KB260971

춤추는 자들의 왕 1

1 유진 장편소설
춤추는
THE LORD OF DANCE
자들의 왕
황금가지

— 소설가 송경아

생존경쟁으로 숨 쉴 틈 없는 삭막한 현대 생활에서 판타지 소설이 독자에게 줄 수 있는 것은 말초적인 재미와 현실도피뿐일까? 『춤추는 자들의 왕』은 판타지 소설만이 던질 수 있는 형식으로 숙명과 자유 의지, 인간성과 신성에 대한 물음을 던진다. 낯설고 매혹적인 인도 신화와 현대 한국의 젊은이들의 사랑을 접목시키면서, 우리 내면 깊숙한 곳에 있는 영성을 들여다보자고 속삭이는 구도소설이기도 하다.

추천사

| 2권 — 차례 |

여유가 되시면, 이런 식으로도 한번 읽어 보시길.

그때 악마의 창이 여신을 꿰뚫고 큰 소리로 부르짖었다. 통분에 찬 노호가 온 세계를 뒤흔들었고 그 서슬에 잔악한 대적(大敵)들마저 숨을 죽였다. 성스러운 히말라야의 딸이 꿈꾸는 듯한 표정으로 몸을 떨자 활줄 같은 머리채가 흩어져 천상을 덮었다. 악령들의 가문을 지배하는 자가 원한으로 벼린 창은 여신의 숨을 삼키고 허무를 향해 추락했다. 사자의 기상을 지닌 신들은 엎드려 통곡했고 악마들은 무기를 내팽개쳤다. 그중에서도 가장 큰 비탄에 사로잡힌 이는 여신의 반려인 시바, 달의 왕관을 쓴 위대한 파괴자였다. 그는 아내를 붙들려는 듯 손을 뻗었으나 손가락이 닿기도 전에 파르바티의 육신은 뿔뿔이 흩어졌다. 여신은 비애와 무한한 사랑이 담긴 눈동자를 들어 외쳤다.

"나타라자, 춤추는 자들의 왕이여! 창조자이며 유지자이며 파괴자이신 루드라, 우주의 중심에 계신 당신이여!"

"기다려 주세요, 기다려 주세요, 나는 다시 당신을 찾아내겠어요!"

"마지막 겁(劫)이 끝나…… 삼계가 암흑에 잠길…… 그때에……."

여신의 목소리는 그녀 자신과 더불어 해체되었고 마침내 우주의 아득한 대양 아래 가라앉았다. 이름과 기억들을 집어삼킨 공허의 검측한 아가리 속으로 타오르는 광풍이 들이닥쳤다. 지고의 신은 극심한 고통으로 결발관(結髮冠)을 풀어 헤치고 맨발로 일곱 하늘과 일곱 지하를 방황했다. 그가 발을 내딛는 곳에서 초목은 시들어 고개를 떨어뜨렸고 검게 변한 강물은 악취를 풍겼다. 루드라가 아내의 이름을 부르며 통곡할 적에 그 소리는 대지를 부수면서 계시처럼 울려 퍼졌다.

"파르바티! 파르바티! 파르바티!"

이윽고 메마른 하늘에서 피와 함께 사자(死者)들의 재가 쏟아졌다…….

1부

그대는 세상의 문을 열어 주오.

우리가 그 세계를 얻을 수 있도록

그리고 그것을 통해 그대를 볼 수 있도록.

—「찬도기야 우파니샤드」

1

붉게도 푸르게도 피었다가, 검게 진다. 때로는 음지에서 몸을 엮는 균사다. 그것이 그녀였다. 이름은 지은이다. 나는 그 두 글자를 가만히 어루만지면서 발음한다.

처음에 그녀는 한 뼘짜리 허공에 서 있었다. 앞날을 예고하는 듯한 출현이었다.

3월 첫째 주였다. 봄눈이 구지레하게 녹고 있었다. 나는 목도리를 콧등까지 끌어올려 바람을 막고 부지런히 자전거 페달을 밟았다. 목도리에서 올라온 훈김이 안경에 어려 눈앞이 희읍스름했다.

모퉁이를 돌아 속도를 내려는데 저만치 이상한 광경이 보였다. 육교 난간 위 웬 여자가 서서 위태롭게 균형을 잡고 있었다. 바람이 불 때마다 강마른 몸이 당장 떨어질 듯 휘우듬했다.

"어, 어……."

나는 자전거를 세우고 지켜보다 여자가 다시 휘청한다 싶자 안장에서 뛰어내렸다. 두세 단씩 계단을 올라 육교를 내달려 앞으로 굽는 그녀의 몸을 잡아당겼다.

"우왓!"

발밑이 미끄러웠다. 여자가 뒤로 떨어지는 것과 동시에 나도 발을 헛디뎠다. 세게 구르면서 돌바닥에 머리를 부닥쳐 눈앞이 번뜩했다. 나는 뒤통수를 붙들고 한참 신음하다 겨우 고개를 들었다.

"괜찮으세요?"

여자는 바닥에 엎드려 꼼짝하지 않았다. 나는 무릎으로 기어 그녀에게 다가갔다.

"저기…… 괜찮으세요?"

여전히 미동도 없었다. 크게 다친 건가 불안한 마음에 주춤주춤 손을 내밀었다. 손끝이 그녀의 어깨에 닿으려는 찰나 여자가 고개를 홱 치켜들었다.

나는 엉겁결에 소리를 지르며 물러났다. 여자의 얼굴은 흉측했다. 검붉은 악의에 싸인 낯이 흡사 귀면처럼 험상스러웠다. 인간의 표정이 그와 같이 증오를 쏟아 낼 수 있으리라고는 상상도 해 보지 못했다.

기가 질려 넋 놓고 바라보기만 하는 사이 일은 더 묘하게 돌아갔다. 여자의 얼굴 곳곳이 서로 다른 인격을 지닌 것처럼 씰룩거리며 변화했다. 오염을 자정하듯 맑고 고요한 표정이 눈가장에서부터 번져 증오를 가두었다. 이윽고 평범한, 귀염성까지 띤 얼굴이 나타났다.

여자는 예사로운 기색으로 일어나 웃옷을 탁탁 털었다. 그러고는 난간 아래 떨어져 있던 가방을 집어 들고 돌아섰다.

나도 황급히 따라 일어섰다. 얼얼한 뒤통수를 어루만지며 그녀의 뒤를 쫓았다.

영문은 모르지만 놓쳐선 안 될 것 같았다. 공포 자극에 사로잡힌 듯 가슴이 쿵쾅거렸다. 나를 개의하는 척조차 않는 여자의 태도가 흥미를 부채질했다.

육교를 벗어나 자전거를 끌고 따라가며 나는 그녀에게 말을 건넸다.

"아까 바닥에 부딪힌 것 같았는데, 다친 데 없어요?"

대답이 없었다.

"갑자기 잡아당겨서 미안해요. 하지만 진짜 위험했어요. 왜 그러고 있었어요?"

여자는 앞만 보고 걸었다.

"어디까지 가요? 방향이 비슷한 것 같은데. 괜찮으면 태워 줄까요?"

여자의 걸음이 점점 빨라졌다.

"이상한 사람 아니에요. 미안해서 그래요. 저 여기 K대 학생이에요."

여자가 숫제 뛰기 시작했다. 당황한 내가 보조를 맞추려는데 담벼락 사이 뚫린 골목으로 쑥 들어가 버렸다. 뒤따를 틈도 없이 필사적으로 나부끼는 노란 코트 자락이 시야에서 사라졌다.

기묘한 부재감이 남았다. 발을 내밀었는데 땅바닥이 뻥 사라진 느낌이었다.

핸들을 잡은 채 멍하니 서 있던 나는 무언가에 홀린 기분으로 돌아섰다.

"쪽팔려, 쪽팔려, 쪽팔려!"

미주가 냅다 내 엉덩이를 걷어찼다. 자판기 버튼을 누르려던 나는 무방비하게 넘어져 엉뚱한 버튼을 밀었다. 쿵 소리와 함께 녹차가 밑으로 떨어졌다.

"뭐가 쪽팔려! 이건 니가 먹어, 기집애야!"

미주는 내가 던진 녹차 캔을 따서 한 모금 마시고는 계속 투덜거렸다.

"꼭 변태 같은 놈들이 '저 이상한 사람 아니에요' 이러지. 그러고는 도를 믿느냐 신을 믿느냐, 아저씨 차에 좋은 거 있으니까 같이 가서 보자, 이런 지랄을 한단 말야."

"아니거든? 진짜 미안해서 그랬거든?"

나는 자판기 배출구에서 콜라를 꺼내들고 걸음을 옮겼다. 미주가 총총 뒤따라오면서 종알거렸다.

"근데 너랑 몇 년 알고 지내면서 여자한테 껄떡거린 얘기는 처음 듣는다. 이쁘디?"

"껄떡거린 거 아니라니까. 그냥 미안해서……."

"야, 걔 상판이 떡판이면 니가 그러고 엥겨 붙었겠냐? 솔직히 말해 봐. 졸라 이뻤지?"

미주가 몸을 낮추며 내 옆구리를 쿡쿡 찔렀다. 나는 짜증을 내며 팔을 휘둘렀다.

"아니라니까, 좀……!"

그때 무언가가 팔꿈치를 탁 스치는 느낌이 들었다. 깜짝 놀라 돌아보자 팔을 휘두르는 서슬에 얻어맞은 듯 깡마른 여자가 오도카니 서 있었다. 손에 든 우유팩이 기울어져 우유가 강의동 복도 바닥에 뚝뚝 떨어지고 있었다.

"아, 죄송……."

무심코 사과부터 하던 나는 더 말을 잇지 못하고 입을 떡 벌렸다. 노란 코트 위에서 아무 기색도 없이 나를 바라보는 멍한 얼굴은 분명 아침의 그 여자였다.

"뭐해?"

미주가 다시 옆구리를 찌르며 속삭였다. 여자는 우유 묻은 손을 코트 자락에 문질러 닦고는 우리를 스쳐 지나가려 했다. 나는 자신도 모르게 손을 내밀어 그녀의 어깨를 붙들었다.

"잠깐만요!"

막상 돌려 세우고는 할 말이 떠오르지 않았다. 여자는 눈도 깜박이지 않고 나를 올려다보았다. 신경과 혈관이 온통 얼굴로 솟구친 느낌 속에서 나는 더듬거렸다.

"가, 같은 학교였네요. 어……아침에는 죄송했어요. 방금도……그게…….

"얘가 개야?"

미주가 내 귀를 잡아당기며 속삭였다. 나를 향해서는 꼼짝도 않던 여자의 눈동자가 곡선을 그리며 천천히 미주 쪽으로 움직였다. 그러고는 미주의 이마께에 붙박여 잠시 움직이지 않았다.

나는 내가 무슨 말을 하는지도 모르고 지껄였다.

"이것도 인연인데……지금 우리 밥 먹으러 가는 길인데, 같이 안 갈래요? 저기, 아침 일도 사과하고 싶고…….

"너 미쳤어?"

미주가 황급히 내 허리를 꼬집었다. 여자가 다시 눈을 내게로 옮겼다. 가만히 공기를 빨아들였다가 내뱉는 듯한 눈동자가 나를 빤히 들여다보았다. 그 시선의 호흡에 맞춰 내 심장도 거세게 뛰었다.

까만 생쥐처럼 웅크려 있던 눈동자가 갑자기 꿈틀거리며 목소리를 냈다.

"7시."

"네?"

"7시. 정문 앞."

그리고 여자는 휙 몸을 돌렸다.

이해를 못하고 멍청히 선 내 등을 미주가 퍽 소리 나게 후려갈겼다.

"병신아, 7시에 정문 앞에서 보재잖아!"

"어? ……예? 오, 오늘 7시요?"

나는 멀어지는 여자의 등에 대고 소리 질렀다. 겨잣빛을 띤 코트 자락이 흔들거리며 복도 모퉁이를 돌아 사라졌다.

가슴 깊은 곳에서 탄산 기포 같은 것이 보글거리며 솟아올랐다. "아싸!" 하는 소리가 나도 모르게 튀어나왔다. 미주가 기막히다는 표정으로 촌평을 하려 들었지만 나는 그녀를 팽개치고 옷을 갈아입으러 집으로 달려갔다.

∽

"더 얘기해 봐요."

이탈리안 레스토랑에 마주앉아, 목을 가다듬고 자기소개를 하자마자 돌아온 대답이었다.

"뭐를요?"

"그쪽에 대해서. 뭐든."

아직 그녀는 이름조차 밝히지 않았다. 일방적인 권리만을 가진 면접관처럼 꼿꼿이 앉아 나를 바라보고 있었다. 순간 반감이 들었으나 그보다는 혼란스러웠다. 그녀를 대하는 데는 두 가지 방식밖에 없는 듯했다. 물러서거나, 순종하거나.

내게 꽂은 그녀의 시선이 움직이지 않는 것으로 보아 무관심은 아니었다. 그리 생각하며 나는 용기를 냈다.

"방금 말했지만 이름은 유단. 외자입니다. 나이는 스물넷. 제대하고 복학해서 이제 3학년이고요. 전공은 사회학……. 고향은 전남 나주예요."

수프와 샐러드가 나왔지만 그녀는 묵묵부동이었다. 부족한 모양이었다.

"이름이 특이하죠? 난 육남매예요. 위로 형이 넷이고 밑에 여동생이 하나 있습니다. 다 외자예요. 맨 위 세 형은 상자 돌림으로 유상민, 유상현, 유상철이었습니다만 밑으로 자꾸 태어나자 상을 똑 떼고 외자로 개명했어요. 우리 부모님이 좀 특이하셔서…… 외자가 세련되고 성공할 것 같다면서. 그래서 아래 세 명은 준, 단, 영이 되었지요."

더듬더듬 말을 이어나갔다. 어려서 나는 내 이름이 싫었다. 놀림 받기도 쉬웠지만 머리와 꼬리가 잘린 뱀의 가운데 토막 같다는 느낌이었다. 실제로 딸을 바라던 부모님이 '아들은 이제 그만'이란 뜻에서 '단'이라 지었다니 괜한 불만도 아니었다. 어느 왕국에 여섯 명의 공주 자매가 있었는데 손위 공주들은 이름이 자주 바뀌어 포악한 반면, 태어나서부터 한 이름이었던 막내 공주는 온순한 성정으로 행복을 거머쥐었다는 동화가 있어 나는 그 이야기에서 위안을 얻곤 했다. 그 때문은 아니지만 위의 세 형과는 다소 서름한 반면 넷째 형과 여동생하고는 사이가 좋았다. 지금도 넷째 형과 둘이서만 상경해 함께 자취 중이다…….

손도 안 댄 접시가 치워지고 스파게티가 놓였다. 그녀는 물만 한 모금 마셨다.

"계속하세요."

"어…… 아까 그 녀석은 신미주예요. 서울서 사귄 많지 않은 친구 중 하납니다. 대학 들어와서 도서관에 처박혀 책만 읽고 있었는데, 그 녀석이 괜히 살갑게 굴며 과외 자리도 소개해 주고 술자리마다 끌고 다닌 덕분에 친해졌지요. 나중에 들으니 샌님은 딱 질색이라 교화하고 싶었다는

군요. 입은 험하지만 착해요. 인기도 많고."

몇 가지 이야기를 더 했다. 취미에 대해서, 좋아하는 작가에 대해서, 이 가게를 어떻게 알게 되었는가에 대해서. 주말이면 무엇을 하고 어떤 아르바이트를 하다 그만두었는지, 졸업하면 어찌할 것인지에 대해 이야기했다. 그녀는 계속 듣고만 있었다. 스파게티가 차갑게 식어 갔다.

이윽고 디저트 순서가 되었다. 그녀가 느닷없이 입을 열었다.

"압델케비르 카티비란 작가가 자신의 이름은 근원적으로 찢어져 있다고 했지요. 난 달라요. 내 이름은 임지은이에요. 이 세 글자 앞뒤에는 단조로운 연속이 있어요. 어디에 가져다 놔도 다른 이름들에 묻히면서 익명이 되죠. 그래서 좋아해요. 난 영문학과 2학년이에요. 이제부터 그쪽을 선배라고 부르겠어요."

그리고 그녀는 스푼을 들어 무스를 떠먹었다. 나는 내가 사랑에 빠졌음을 깨달았다.

밖은 추웠다. 나는 목도리를 풀어 그녀에게 둘러 주었다. 지은은 거절하지 않았다. 우리는 대로를 따라 나란히 걸었다.

"왜 그냥 지나치지 않았어요?"

"뭘?"

"아침에. 왜 날 내버려 두지 않았죠?"

"누구든 마찬가지였을 것 같은데."

"아닐걸요."

지은은 주머니에 깊숙이 손을 찔러 넣었다.

"몇 년 만에 누군가와 같이 밥을 먹었어요. 왜일 것 같아요? 난 뭐든 의미를 캐지 않으면 견디질 못해요. 처지가 그래요. 내게는 우연이란 게 없어요. 이런 사람은 주위까지 바짝 말려 버려요. 가족이라도 못 배기죠.”

“난 잘 모르겠는데…….”

“왜, 왜, 왜, 왜…… 그리고 혼자 결론을 내려요. 남들이 납득할 수 없는 답이라도. 선배는 그게 얼마나 피곤한지 모르니까 태평하죠.”

“난 그냥 기뻐. 네가 몇 년 만에 같이 밥을 먹은 상대가 나라서.”

지은은 발을 멈추고 나를 올려다보았다.

“핸드폰 번호 물어봐도 돼?”

“없어요.”

“메일 주소나 메신저 아이디는?”

“없어요.”

“그럼 어떻게 연락하지?”

지은은 목도리를 풀어 내게 건넸다.

“연락은 내가 해요. 만나는 곳과 시간도 내가 정하겠어요. 싫으면 받지 말아요. 싫지 않으면 칼같이 지켜요.”

난 그러겠다고 약속했다. 그리고 종이에 핸드폰 번호를 적어 주었다.

“꼭 전화해야 돼. 버리지 말고…….”

지은은 잠자코 쪽지를 들여다보다 주머니에 넣었다.

울적해 보이는 어둠이 우리 곁에 따라붙었다. 어둠은 우리가 버스 정류장에 도착하여 인파에 섞였을 때서야 얼굴을 저편으로 돌리고 사라졌다. 하루의 무게로 등이 굽은 사람들의 코끝이 벌겋게 얼어 있었다. 나는 헤어지기 전에 건넬 그럴싸한 말을 찾아 고심했다.

그때 지은이 뭐라고 중얼거렸다. 뿌리 없는 밤바람이 그 소리를 삼키자 그녀는 고개를 흔들고 되풀이했다.

“모르겠네요. 왜 이리 겁이 나는지. 아직 아무 소리도 안 들리는데.”

2

벚꽃 그늘 아래서 신미주가 나무젓가락을 쪼개며 물었다.

"무슨 책이야?"

나는 대답 대신 펼쳐 놓은 페이지를 읽었다.

"'생시몽의 말을 다시 한 번 빌려 보면, 프루동은 최대 다수의 최고 극빈 계급 출신의 주요 사회주의 제창자들 가운데 거의 독보적 존재다. 그는 브장송 근처 시골의 술통 제조업자이자 가내 양조업자인 아버지와 농사꾼 가문의 어머니 사이에서 태어났다…….'"[1]

"닥쳐! 넌 이 사회의 순수를 더럽히고 있어."

"넌 나를 너무 과대평가하고 있어."

옆에서 임재호가 키들거렸다. 그러고는 미주의 유부 초밥 도시락으로 손을 뻗었다.

---

1) 『사회주의사상사 1』. G. D. H. 콜 지음, 이방석 옮김. 신서원.

"요새 유단한테 여자 친구가 생겼다고 소문이 짜하던데."

"내가 그렇게 유명인이었나. 신선한 감동인걸……."

미주가 재호의 손등을 젓가락으로 탁 쳐서 내쫓았다.

"유유상종이라 하지. 꼭 지 같은 애를 만나서……."

"몹시 불쾌한데. 많은 의미가 함축되어 있는 것 같군."

"왜 그래. 어떤 앤데?"

재호가 끼어들었다. 미주의 고등학교 동창인 그는 의대생이면서 초자연 현상에 심취해 동호회까지 꾸리고 있었다. 나와는 술자리에서 알게 되었는데 사실 미주에게 마음이 있어 그녀와 친한 나를 경계하는 눈치였다.

"완전 또라이야."

"신미주!"

"틀렸냐? 솔직히 그런 미친년인 줄 알았으면 그때 거시기를 걷어차서라도 말렸을 거다."

나는 화가 나서 책으로 눈을 돌렸다. 지은과 만난 지 한 달이 지났다. 걱정과 달리 그녀는 이삼 일에 한 번은 내 핸드폰으로 전화를 걸었다. 만나서 밥을 먹고 얼마 동안 같이 걷는 것뿐이었지만 거리감은 많이 줄었다. 이해하기 힘든 까다로움을 제외하면 그녀의 총명함과 남다른 관점은 경탄스러운 매력이었다. 그리고 가끔은 가슴이 떨릴 만한 미소를 보여 주기도 했다.

그러나 진전에 고무된 내가 성큼 다가서면 다시 태도가 돌변했다. 그녀는 싸늘한 눈동자로 나를 쏘아보며 보이지 않는 선을 확인시켰다. 때로는 말로 뺨을 치듯 따가운 독설을 던지기도 했다. 몇 번 마음을 다쳤지만 그럼에도 곁을 떠날 수 없었던 건 점차 그녀의 비늘 너머에서 출렁이는 절박함이 보인 까닭이었다. 나를 책망하는 중에도 그녀의 얼굴은 이해를 구하는 것처럼 떨렸다. 어쩌면 스스로를 벌하는 방식인 듯싶기도 했다. 그리하여 오기와 의무감 때문에라도 물러설 길이 없어진 나는 심장 대신 물고기를 집어넣은 양 퍼덕이는 가슴을 기꺼이 안고 견디기로 다짐한 것이다.

친구의 도리로 미주는 분개했다. 나를 설득하려 들었지만 먹히지 않자 내심 골이 난 모양이었다.

"그런데도 계속 만나다니 되게 예쁜가 보네."

"사진 있잖아? 좀 보여 줘."

미주가 내 핸드폰을 가리키며 말했다.

내키지 않았지만 나는 딱 한 장 있는 지은의 사진을 꺼내 보였다. 허락 없이 찍었다가 혼이 난 사진이었다.

임재호는 핸드폰을 받아들더니 깜짝 놀란 기색이었다.

"지은이 아냐?"

"알아?"

미주와 내가 동시에 소리쳤다.

"전에 미주 너한테 얘기한 적 있잖아. 작년 우리 학교에 입학한…… 내 사촌 동생……."

"얘가 걔야? 정신 병원 다녔다는?"

순간 미주가 손으로 입을 덮고 내 눈치를 보았다. 침묵이 흘렀다.

나는 돌려받은 핸드폰을 접어 주머니에 넣었다.

"병원은 왜?"

재호는 난처한 듯 미주를 곁눈질했다.

"사실 나도 잘 몰라. 작은아버지 쪽 동생인데 어렸을 땐 야무지고 성격도 좋아서 친척들이 다 예뻐했어. 그런데 고등학교 들어가면서였나, 크게 아팠는데 그 뒤로 좀 이상해졌어. 학교도 안 가고 혼자 벽 보고 중얼거리고……. 어쩌다 학교에 나갔는데 친구한테 폭력을 휘둘러 난리가 난 적도 있다더라고. 그렇게 된 이후 나랑은 거의 만나질 않아서 들은 게 다야. 어쨌건 지금은 많이 좋아진 모양이고……."

내 머릿속을 어지럽힌 것은 그녀의 과거보다 처음 만났을 때 지은이 한 말이었다. 내게는 우연이란 게 없어요. 그럼 이 고리는 무엇일까? 가슴이 술렁거려 나는 벌떡 일어났다. 미주가 움찔했다.

"너 화났냐?"

"아냐……. 일이 있어서 먼저 간다. 내일 봐."

나는 급히 그 자리를 빠져나왔다.

~

재호에 대해 듣고도 지은은 차분했다.

"네. 사촌 오빠예요. 큰아버지네."

그뿐이었다. 내가 들은 얘기를 짐작할 텐데도 아무 내색이 없었다.

그래서 도리어 화제가 궁해진 나는 설렁탕 국물만 휘저었다. 지은의 등 뒤 텔레비전에서 광고가 꼬리를 물고 지나가고 있었다.

한방차를 선전하며 요가 동작을 취하는 모델을 보자 분위기를 바꿀 화제가 떠올랐다.

"저 여자 알아?"

지은이 흘끗 텔레비전을 쳐다보더니 고개를 저었다.

"작년에 무슨 사극에서 인기 있는 조연이었거든. 올해도 여름에 개봉하는 공포 영화에 나온다던데. 이윤아라고……. 사실은 우리 형 여자 친구야."

지은은 "그래요?"라고만 대꾸하고 묵묵히 밥을 먹었다.

"넷째 형이 워낙에 바람둥이거든. 일명 광암리 카사노바. 서울 올라와 내가 처음 본 게 자취방에서 홀딱 벗은 여자랑 마주앉은 형이 고스톱을 치는 장면이었으니 말 다했지. 그런데 요새 여자들도 안 끌어들이고 꽤 성실해졌다 했더니, 연예인하고 눈이 맞았다는 거야. 나이트에서 만났대."

"매력 있는 분인가 보네요."

"난 잘 모르겠어. 인상은 좋다고들 하는데. 하기야 우리 집안 남자들이 키는 다 크지."

그러고는 다시 대화가 끊겼다.

텔레비전 화면이 뉴스로 바뀌었다. 첫 소식부터 흉흉했다. 최근 세상을 수런거리게 만드는 연쇄 살인 사건이었다. 새로운 피해자가 나온 모양이었다. 지금까지 여덟 명이 같은 수법으로 죽었는데, 전부 부유층이나 정·재계의 고위 인사였고 날카로운 도검으로 단번에 머리를 잘렸다는 점, 아무리 치밀한 보안 장치라도 속수무책이라는 점이 세간을 자극했다. 범인의 단서는 전혀 없었다. 일종의 정치적 테러가 아니냐는 추측만 무성했다.

아홉 번째 피해자는 대형 신문사 사장이었다. 방에 경호원까지 두었는데도 소용없었다고 했다. 경호원이 잠시 눈을 뗀 사이 사장의 머리는 어느새 몸에서 떨어져 구르고 있었다는 이야기였다.

나는 밥을 먹는 둥 마는 둥 뉴스에 열중했다. 그러다 문득 지은을 보고 깜짝 놀랐다.

몸을 상 위로 숙인 지은은 양 주먹을 틀어쥔 채 떨고 있었다. 입술까지 새파란 빛깔이었다. 이마에 송골송골 어리는 땀이 눈에 보였다.

"왜 그래?"

지은이 힘겹게 일어섰다. 그러고는 가방도 안 챙기고 나가려 했다.

다급히 계산을 마친 나는 식당을 나선 그녀를 따라잡았다. 팔을 잡자 딱딱한 고체의 느낌이 났다.

"괜찮아? 어디 아파?"

"놔요."

"왜 그래. 몸이 안 좋아?"

"놔요!"

지은이 울부짖으며 팔을 뺐다.

"집에 갈래요. 내버려 둬요."

"내가 데려다 줄게. 택시 잡아서……."

"혼자 갈 수 있어요."

그러나 말과 달리 그녀의 상태는 심상치 않았다. 나는 비틀거리는 그녀를 안듯이 하고 어깨에 내 웃옷을 둘렀다.

"병원 가야 되는 거 아냐?"

"놔요. 건드리지 말라니까요!"

지은은 나를 밀어내려 몸부림쳤다. 불끈한 나는 그녀를 붙든 손에 힘을 꽉 주었다.

"어떻게 내버려 둬! 아프면 좀 가만히 있어!"

"도망쳐요."

뜻밖의 말에 나는 당황했다.

"뭐라고?"

"지금이라도 안 늦었어요. 나한테서 도망쳐요. 내가 잘못했어요. 마음이 약해져서…… 선배가 너무 좋은 사람이라 그만……."

지은이 울음을 터뜨렸다.

"그 여자가 용서할 리 없어요. 우리 둘 다 가만두지 않을 거예요…….

제발 지금 바로 가요. 날 두고……."

말과 달리 그녀는 무너지듯 내 가슴에 얼굴을 묻었다. 나는 어찌해야 할 바를 모르고 우들우들 흔들리는 그녀의 등을 쓸었다.

"그 여자가…… 화가 머리끝까지 났어요. 선배가 자기를 방해한다고 생각해요. 날 계속 다그치는데 어째야 될지 모르겠어요. 점점 더 강하게 지배하려 들어요! 무서워요……."

말이라기보다 단어의 나열이라고 하는 편이 나을 듯한 호소였다. 그조차 파르르 떨더니 차츰 잦아들었다. 나는 그녀를 감싼 팔을 단단히 조였다. 가슴에 닿은 부분이 따스했다. 주위가 어둑해졌다. 옅은 그을음이 그녀의 머리카락 속으로 스며들었다.

"미안해요."

이윽고 지은이 속삭였다.

"언젠가 전부 이야기할게요. 하지만 아직은 안 돼요……."

"네가 원할 때 말해 주면 돼. 기다릴게."

"난 앞으로도 선배를 괴롭힐 거예요. 그래도 괜찮아요? 참을 수 있겠어요?"

"참고 자시고 할 것도 없어. 네가 싫다고 해도 옆에 있을게."

"내가 미쳤다고 생각하죠?"

"아니."

"그렇게 생각해도 상관없어요. 나도 확신 못하니까."

지은은 내게서 떨어져 한숨을 쉬었다.

"무서워요."

젖은 속눈썹이 파르르 흔들렸다. 머리 위에서 가로등이 불을 피웠다. 그녀의 얼굴은 유리처럼 빛을 빨아들여 창백해졌다.

"아침에 일어나면 제일 먼저 내 뺨을 때려요. 빨개질 정도로 세게. 아픔을 느낄 수 있는지, 내가 아직도 나로 존재하는지 확인하는 거예요. 하지만 자주 악몽을 꿔요. 꿈속에서는 아무리 뺨을 쳐도 전혀 아프지 않아요."

지은은 일그러진 미소를 지었다.

"언젠가 전부 섞여 버릴 거예요. 꿈하고 현실이."

나는 한동안 잠자코 있었다. 이윽고 입을 여는 순간 자괴감이 밀려왔다.

"내가 해 줄 수 있는 건 없어?"

"지금도 충분해요."

"아무것도 못하고 있잖아."

"너무 많이 해 주고 있어요. 정말이에요."

지은은 말꼬리에 힘을 주고는 등 돌려 걸었다. 기우듬한 목덜미가 복숭앗빛으로 달아올랐다. 문득 기묘한 심상에 사로잡혔다. 그녀의 육체는 공허한 터널처럼 보였다. 걸음을 옮길 때마다 도시가 그녀의 몸 안으로 물결쳐 들어오는 것만 같았다. 내가 보고 있는 것이 정말 살아 있는 육체가 맞는 걸까?

나는 견딜 수 없는 불안감에 그녀의 이름을 불렀다. 지은은 돌아서서 나를 바라보았다. 차들이 우리 곁을 스쳐 가면서 그림자를 남겼다. 지느러미처럼 길고 얇은 빛이 지은의 눈동자를 꿰뚫고 지나갔다. 그 끝에는 아무것도 없었다.

~

여자를 물고기에 비유한 것은 형이었다. '작업'의 비결을 전수한다면서 한 말이었다. 여자들의 껍질은 비늘이야. 반짝거리는 게 예쁘지만 힘을 줄

수록 손에서 미끄러지거든. 잔뜩 폼을 잡기에 웃어넘겼지만 지은을 만난 뒤로 그 말이 머리에서 떠나지 않았다.

그날 밤 그녀가 어느 때보다 솔직하게 자신을 열어 보였음에도 나는 손바닥에 미끌미끌한 감촉을 느꼈다. 대체 어째야 할까? 그녀는 매번 내 손에서 빠져나가 미지의 영역으로 되돌아갔다. 접근할 수 없을 뿐더러 이해의 여지조차 없는 침묵 속으로. 나는 무지했고 아무것도 할 수 없었다. 그토록 심한 무력감에 휩싸인 것은 처음이었다.

어쩌면 처음부터 잘못이었는지도 모른다. 지은이 경고했던 것처럼 일찌감치 물러나는 편이 나았을지도 모르겠다. 하지만 어쨌든 이미 늦었다. 내 입으로 약속했듯 무슨 일이 있어도 그녀를 포기하지 않겠다. 나는 최면을 거는 것처럼 되뇌었다. 반복할수록 분연한 감정이 솟구쳤다. 그러나 이내 차디찬 반론이 잇달았다. 그래서 뭘 어떻게 할 건데?

그거야 모르지.

거리에는 적막만이 들어차 있었다. 차조차 지나다니지 않았다. 소슬한 한기가 옷 속을 파고들었다. 나는 어깨를 움츠리고 건널목에 섰다. 신호등이 막 붉은 눈을 치떴다. 건너편에 사람이 하나 서 있었다. 거무레한 형체였다.

왠지 소름이 일었다.

신호가 바뀌었다. 나는 걸음을 뗐다. 맞은편의 그림자도 차츰 이쪽으로 다가왔다. 차도가 넓어서 엇갈리기까지는 여유가 있었다. 그사이 나는 재빨리 그의 모습을 훑었다. 몸집은 사내였으나 머리채가 여자처럼 길었다. 피부색이 어두웠다. 차림마저 흑색이라 어둠의 일부가 움직이는 것 같았다. 얼굴까지는 알아볼 수 없었다.

남자가 가까워지자 나는 눈을 돌렸다. 순간 큰 소리가 들렸다. 신경이 오그라들었다. 트럭이었다. 거대한 트럭이 이쪽을 향해 위압적인 기세로 돌진해 왔다. 사방이 어두웠는데 헤드라이트조차 켜지 않은 상태였다. 육중한 동체가 살의를 뿜으며 남자에게 달려들었다.

그리고 빛이…….

트럭이 남자를 덮치려는 찰나, 그는 똑바로 눈을 들었다. 그의 이마에서 섬광이 터졌다. 칼날처럼 날카로운 빛이었다. 빛은 트럭을 꿰뚫고 산산조각으로 부숴 날려 버렸다. 뜨거운 바람이 어둠을 물들였다. 트럭의 잔해는 요란한 소리를 내며 화염에 휩싸였다. 남자는 검은 연기 속에 꼿꼿이 서 있었다. 불빛을 받은 옆얼굴에 이글거리는 그림자가 떠올랐다.

불길이 지척까지 다가왔다.

나는 남자에게서 눈을 떼지 않았다. 폭발의 충격으로 내팽개쳐졌다는 사실도 의식하지 못했다. 피부가 열에 그을렸다는 것도 몰랐다. 역겨운 감촉이 목까지 치밀었다. 토하고 싶었지만 위가 단단히 굳어 움직이지 않았다. 남자의 긴 머리카락은 요동하는 공기에 쓸려 마구 헝클어졌다. 불꽃이 그를 피해 너울거렸다.

밤의 빛깔이 변했다. 붉어졌다가 서서히 보라색으로. 남자가 천천히 몸을 돌렸다. 나를 본다. 그의 눈동자는 돌처럼 불투명했다.

심장이 바스러지는 것만 같았다. 나는 꼼짝 못하고 그가 다가오기를 기다렸다. 남자는 아주 느리게 걸었다. 그가 움직일 때마다 열기가 조금씩 뒤로 물러났다. 1미터쯤 떨어진 곳에서 남자는 멈췄다. 가면처럼 무표정한 얼굴이 비스듬히 나를 바라보고 있었다.

나는 기다렸다. 그가 뭔가 하기를, 죽이거나 살리거나, 뭐라고 말을 걸어 주거나, 아무튼 내가 반응할 수 있는 어떤 행위를 해 주길 미칠 듯한 심정으로 기다렸다. 그러나 그는 좀처럼 움직이지 않았다. 나를 비웃거나 혹은 단죄하려는 것처럼.

마침내 그가 입을 열었다.

세계가 내 주위에서 밀려 나갔다. 남자는 단 한마디를 했을 뿐이었다. 그러나 그것은 내게 주어진 계시, 모든 것을 움직이게 만드는 무서운 강령이었다.

"오랜만이군……."

그 남자—시바, '춤추는 자들의 왕'은 그렇게 말했다.

3

"초자연 현상 연구회에 오신 것을 환영합니다!"

재호는 내 표정을 보고 객쩍게 웃었다.

"너무 그러지 마. 이래봬도 90년대 중반 피시 통신 시절부터 유지되어 온 동호회라고. 회원 중에는 교수나 물리학 박사도 있어. 어쨌든 너도 뭔가 겪은 게 있으니까 날 보자고 한 거 아냐?"

"그건 그렇다."

나는 후우 숨을 몰아쉬었다.

"그런데 뭘 어떻게 말해야 할지 모르겠어. 너무 황당해서 꿈인지 생신 지도 모르겠고."

나는 일단 과장하지 않으려 주의하며 이야기를 시작했다. 그러나 사건 자체가 허황한 데다 나 자신의 혼란도 있어 말을 늘어놓을수록 꿈의 파편을 옮기는 듯한 기분이 들었다. 결말에 이르자 내 귀에마저 공상가나 병자의 허튼소리로 들려 낯이 붉어졌다. 그대로 전달하려 했음에도 윤척

없이 되고 만 데는 사건의 서두에서 지은을 도려내려 애쓴 까닭도 있는 듯싶었다. 일은 분명 지은이 없는 곳에서 벌어졌으나 그녀의 그림자는 어떤 예감에까지 드리워져 있었다.

이야기를 마치자 재호는 눈썹을 문지르며 생각에 잠겼다.

"이마…… 이마에서 빛이……."

곤혹스러운 기색이었다.

"'오랜만'이라 했다고? 그런데 기억에 없단 말이지."

"그런 사람을 한 번이라도 봤다면 잊을 리가 없어."

"이마……."

재호는 손톱으로 앞니를 똑똑 두들겼다.

"물론 우리는 초능력에 대해서도 연구하고 있지만, 트럭을 날려 버릴 만한 위력은 금시초문인데. 그 정도면 무슨 슈퍼히어로나 만화에 나오는 에스퍼 수준 아닌가?"

"안 믿을 거면……."

"누가 안 믿는대? 우리가 수집한 사례들을 보면 더 허무맹랑한 얘기도 많이 있어. 이렇게 화려하지 않다 뿐이지. 그나저나 뉴스에서는 그냥 사고라고만 하던데?"

"그게 더 이상해. 짐칸의 가스통이 폭발하면서 일어난 사고라는데 그런 건 보지도 못했어. 경찰에서 증언도 했지만 비웃으면서 병원을 소개해 주더라."

"민중의 지팡이를 휘두르는 손은 상상력이 아니라 권력이잖아."

재호가 낄낄거리며 노트북을 열었다. 인터넷 창을 띄우더니 뭔가를 검색했다.

"생각나는 건 이것밖에 없어. 슈퍼히어로보다 황당한 얘기지만."

나는 검색 결과를 들여다보았다.

시바(Śiva) :

힌두교의 최고신 중 하나. 시바라는 이름은 산스크리트로 '상서로운 존재'라는 뜻이다. 수많은 신비로운 요소들의 총체인 그는 극히 모순되고 복잡한 신이다. 시바는 파괴하는 자이며 동시에 창조하는 자이다. 또한 고행자이며 관능적인 유혹자이기도 하다. 그는 극히 자비로운 한편으로 분노에 불타는 복수자로서의 얼굴을 지닌다.

시바는 세 개의 눈을 지니고 있는데 미간의 세 번째 눈은 내면을 바라보기 위한 것이지만 외부의 사물에다 초점을 맞출 시에는 그 사물을 태워 파괴하는 힘을 지니고 있다. 그의 아내는 파르바티, 칼리, 두르가, 우마 등의 이름으로 불리며 우주의 여성상인 샥티와 동일시되기도 한다. 이들 부부는 두 아들, 전쟁신 스칸다와 부의 신 가네샤를 거느리고 히말라야의 카일라사 산에 거처한다.

시바의 수많은 형상들 중 가장 유명한 것에는 고행자, 구도자, 무용수, 요기(Yogi), 자신과 배우자가 한 몸으로 된 반남반녀(아르다나리슈바라), 유지자 비슈누와 결합된 혼합신(하리하라)이 있다. 또한 그는 나타라자(춤추는 자들의 왕), 바이라바(쾌활한 대식가), 샴브후(자애로운 자), 샹카라(은혜로운 자), 파슈파티(야수의 주), 마헤샤(위대한 지배자), 마하데바(위대한 신), 강가다라(갠지스 강을 지탱하는 자)라는 이름으로도 불린다. 베다에 등장하는 그의 전신은 파괴의 화신이자 '울부짖는 자'인 폭풍신 루드라이다.[2]

---

2) 『브리태니커 백과서전』, '시바' 항목에서 부분 인용.

"이건 신화잖아."

"참고만 하라고. 어쨌든 이마에서 빔을 쏘는 남자잖아."

재호는 이미지 검색창을 클릭해 사진 한 장을 보여 주었다. 네 개의 팔 중 둘은 양쪽으로 뻗고 둘은 비스듬히 모은 채 한쪽 다리를 치켜든 사람의 조각이었다. 그 흐르듯이 우아한 선은 내게도 낯설지 않았다.

"힌두교에는 '최고신 삼인방'이 있는데 창조자 브라흐마, 유지자 비슈누, 파괴자 시바 셋이야. 브라흐마가 세상을 만들면 비슈누가 유지하다가 시바가 부숴 버리는 거지. 파괴자 하면 어감이 안 좋은데 힌두교도들 사이에서는 비슈누와 더불어 가장 인기 있는 신이래. 춤을 춤으로써 불꽃을 일으켜 모든 것을 정화한다고 하니까 로맨틱하긴 하지."

재호는 노트북을 덮었다.

"미안. 별로 도움은 안 되겠다. 집에 가서 다른 사례들을 더 조사해 볼게."

"됐어. 고맙다. 그냥 꿈이라고 믿는 게 편할 것 같아."

나는 의자에서 일어났다.

"그런데 말이야…… 네가 지은이랑 사귄다니까 하는 말인데."

재호가 조심스럽게 말을 꺼냈다.

"미주랑은 정말 아무 사이도 아닌 거지?"

"보면 모르냐? 나 눈 높아."

"그럼 내가 미주한테 사귀자고 해도 되냐?"

"그래라. 열심히, 진심으로, 최선을 다해 응원하마."

나는 왠지 한심스러운 기분이 들어 돌아섰다. 뒤에서 "잘되면 한 턱 쏠게!" 하는 재호의 명랑한 목소리가 들렸다.

∾

5월로 접어들며 날이 제법 후터분해졌다.

일상은 예전과 다름없었다. 그러나 하루하루가 뒤로 밀려 나갈수록 기억은 더욱 뚜렷해졌다. 마치 저주 같았다. 내 살을 핥는 화염의 거친 혀와 남자의 눈초리, 밤물결 같은 목소리가 늘 '지금' 위를 맴돌고 있었다. 눈만 감으면 그 모두가 기다렸다는 듯 감각을 점령했다.

하지만 겉보기에는 아무것도 달라지지 않았다. 나는 여전히 나였다. 학교에 가고 리포트를 쓰고 시험공부를 하는 평범한 대학생이었다. 자취방에 돌아오면 형과 교대로 밥을 짓고 빨래를 했다. 그리고 이삼 일에 한 번 지은을 만났다. 그녀의 가시 박힌 위태로움은 봄이 깊어 가면서 차츰 수그러들었다. 예전보다 자주 표정이 바뀌었고 반응도 풍부해졌다. 보이지 않는 선은 여전히 존재했지만 한 발자국쯤 어긴다 해도 타박이 돌아오지 않았다. 나는 그 변화에 희망을 걸었다. 그대로 모든 것이 나아진다면 더 바랄 것이 없었다.

벚꽃이 진 자리에 잎이 무성해졌다. 해가 저물고 어둠이 대지 위로 쓰러지면 굵게 뻗은 가지마다에서 잎사귀들이 버스럭버스럭 신음했다. 뒤이어 다가오는 고요함. 의미심장한 밤의 미소.

∾

어느 날 나는 지은과 공원에서 자전거를 탔다. 쾌청한 일요일이었다. 연못 수면에 자잘한 빛 방울이 맺혀 있었다. 우리는 공원을 두 바퀴 돌고 벤치에 앉아 햄버거를 먹었다. 그림으로 그린 듯한 데이트였다.

그날따라 지은은 기분이 좋아 보였다. 눈동자가 생동했다. 나도 덩달아 유쾌해져서 많은 이야기를 했다. 지은은 내 농담에 소리 내어 웃기도 했다. 처음으로 듣는 그녀의 웃음소리는 내 안에서 긴 잔향을 드리우며 울려 퍼졌다.

"자전거 타는 것도 오랜만이네요. 고등학교 때 이후 몇 년 만일까……."

"자전거 등하교였어?"

"중학 시절 내내 같이 타고 다니던 친구가 있었어요. 고등학교도 한곳으로 진학해서 1학년 때까지 잘 지냈죠. 착한 애였는데 사고로 죽었어요. 그 뒤로는 버스로 다녔어요."

"무슨 사고였는데?"

"교통사고."

지은은 팔로 무릎을 감싸 가슴께로 잡아끌었다. 그러고는 그 위에 턱을 얹었다.

나는 얼른 말머리를 돌렸다.

"맨날 나만 떠드니까 밑천이 떨어졌잖아. 네 얘기 좀 더 해 봐."

"할 얘기가 없어요."

지은은 눈을 내리깔고 미소 지었다.

"난 오랫동안 엉망진창으로 살았어요. 내 인생은 여럿이 차지한 공유물이었어요. 이런 해방감은 오랜만이에요."

"해방감?"

"그래요, 해방감. 더 이상 그 여자의 목소리가 들리지 않거든요."

나는 지금이야말로 '그 여자'에 대해 물을 기회라고 생각했다.

"그 여자라니, 대체 누구야?"

"나도 몰라요."

지은의 목소리가 낮아졌다.

"의사는 다중인격이라고 했어요. 하지만 아니에요. 그 여자는 나와 완전히 별개의 존재예요. 다른 인격과 기억을 가진 독립적인 자아라고요. 지난 몇 년간 그 여자는 나를 지배하고 잠식했어요. 난 어리고 약했고, 저항할 수가 없었어요."

지은은 구부린 무릎 위에 이마를 얹었다. 머리카락이 미끄러져 옆얼굴을 가렸다.

"단순히 '그 여자'라고는 부르지만 확신할 수는 없어요. 내게 말을 거는 목소리는 시시각각 변해요. 어떤 때는 잔인하고 위협적인데, 어떤 때는 다정해요. 명령하는 경우도 있고 위로해 주는 경우도 있어요. 가끔은 내 의식을 삼키고 육체를 지배하기도 해요. 하지만 이건 확실해요. 그 여자는 대단히 오래 살았어요. 태곳적 일을 기억하기도 하니까요. 사실 존재라기보다 의지를 가진 '힘' 같아요……."

지은은 머리를 들었다. 머리털 사이로 바둑알처럼 까만 눈동자만 보였다.

"내 말을 믿어요?"

"믿어."

"정말로?"

"응."

그리고 나는 내 경험을 떠올렸다.

남자. 미간에서 솟은 빛. 파괴된 트럭. 그녀 안에 있는 자아가 불가사의한 영성의 화신이라면, 내가 보았던 그자 역시 마찬가지리라. 나는 지은에게 그에 대해 이야기하기로 마음먹었다.

"나한테도 이상한 일이 있었어."

지은은 고개를 들어 나를 보았다. 나는 이야기를 시작했다.

기억을 더듬는 동안 지은은 꼼짝도 하지 않고 내 시선을 빨아들였다. 나는 문득 야릇한 동통을 느꼈다. 그게 정말 기억일까? 모든 광경이 다시 나를 휘감는 것만 같았다. 남자가 내 앞에 있다. 검고 무표정한 눈동자. 감정을 헤아릴 수 없는 눈동자. 이마의 광점은 사라졌지만 나는 미간에 도사린 힘의 깊이를 읽을 수 있다. 왜 그는 되찾은 무엇을 대하듯 말을 걸었을까?

이야기가 끝나자 지은이 입술을 달싹거렸다.

"그를…… 만났군요."

혈색 없는 목소리였다.

"그 사람이…… 여기……."

"알아?"

지은은 몸을 움츠렸다. 들리지 않는 듯했다. 나는 거듭 물으려다 그녀의 표정이 서서히 틈을 메우며 닫히는 것을 보고 초조해졌다.

"괜찮아?"

"괜찮아요."

지은은 허리를 똑바로 세웠다.

"이제 들어가요. 너무 늦었어요."

하늘이 주홍빛으로 이울었다. 파르르 흔들리는 지은의 속눈썹 위로 불티 같은 먼지가 떨어졌다.

나는 자전거로 지은의 뒤를 따르며 촉촉이 젖은 듯한 머리채를 바라보았다. 공연히 슬펐다. 힘껏 페달을 밟아도 그녀와의 거리가 줄지 않았다. 간신히 붙잡았다고 생각한 것이 다시 미끄러져 도망치고 있었다.

도대체 지금 나는 어디쯤 있는 걸까? 석양에 묻힌 지은의 그림자는 아주 길고 차가웠다.

한밤중에 전화가 왔다.

나는 읽던 책을 엎고 핸드폰을 들었다. 처음에는 잠음 때문에 소리를 알아듣기 힘들었다.

"저예요."

"예, 말씀하세요."

"저, 지은이에요⋯⋯."

나는 깜짝 놀라 시계를 보았다. 1시 20분.

"웬일이야?"

"미안해요. 늦었는데⋯⋯."

"괜찮아. 그보다 무슨 일이야?"

수화기 너머에서 소리가 흐려졌다.

"지금 가도 돼요?"

"오다니, 여기로?"

"선배 자취방으로요. 괜찮아요? 형님도 계실 텐데."

"아냐, 형은 오늘 외박이야. 나 혼자 있어."

"그럼 가도 돼요?"

나는 "물론이지." 하고 대답했다. 마중을 나가겠다고 했지만 그녀는 거절했다.

"알아서 찾아갈게요. 주소만 말해 줘요."

주소를 다 말하자마자 날카로운 소리가 끼어들었다. 소용돌이치는 잡음이었다. 곧 전화가 끊기고 나는 한동안 멍하니 있었다. 이윽고 힘없이 핸드폰을 접었다. 나는 읽던 책을 다시 펼치고 그녀를 기다렸다. 비가 오는지 들창에 물기가 어렸다.

한 시간쯤 지나 그녀가 왔다.

"안녕하세요."

지은은 부끄러운 듯이 말했다. 나는 문고리를 잡은 채 잠시 서 있었다. 어둠 속에서 그녀의 몸은 구멍이 뚫린 것처럼 비어 보였다. 그 공동(空洞) 깊은 곳에서 음산한 흐느낌 같은 소리가 들렸다.

"무슨 일 있었어?"

"들어가도 돼요?"

나는 몸을 비켜 그녀를 들여보냈다. 지은은 오르르 떨며 방구석에 쪼그려 앉았다. 소름이 잔뜩 돋은 피부 위로 물방울이 미끄러져 내렸다.

내가 이불을 가져다주자 그녀는 가슴까지 끌어 올려 덮고 고개를 수그린 채 움직이지 않았다. 나는 맞은편 벽에 기대어 앉았다. 우리는 흐린 불빛을 사이에 두고 말없이 있었다.

마침내 지은이 입을 열었다.

"다 틀렸어요."

나는 묻지 않고 말이 이어지길 기다렸다.

"더는 못하겠어요. 정말 끝이에요. 할 수 있는 건 모두 했어요. 그런데도 벗어날 수가 없어요. 내 마지막 한 방울까지 전부 그 여자가 빨아먹어 버렸어요."

지은은 기진한 얼굴을 이불에 묻었다.

"무슨 일이 생기면 이것만 기억해 줘요. 난 선배가 내게 해 준 것만큼 해보려고 했어요. 하지만 엉망진창이에요. 이젠 아무래도 상관없어요……. 지겨워요."

나는 그녀가 울음을 터뜨릴 거라고 생각했다. 그러나 지은은 우는 대신

이불 위로 입술을 내밀어 희미하게 웃었다.

"난 거짓말을 했어요. 아까 내 친구 이야기를 하면서, 교통사고로 죽었다고 했죠? 사실은 내가 죽였어요. 내가 직접 죽여 버렸어요."

그녀의 목소리는 조용하고 부드러웠다. 눈동자도 떨림 없이 고정되어 있었다. 내가 입을 열기를 기다리는 것처럼 보였다. 결국 나는 침묵을 견디지 못하고 물었다.

"내가 뭘 해 주면 되겠니?"

"선배는 아무것도 할 수 없어요."

지은은 작게 기침했다.

"하지만 괜찮아요. 선배에게는 그런 일이 없을 테니까. 그 여자가 말했어요. 선배에게는 강한 수호가 따르고 있어서 '그들'이라 해도 손을 쓸 수 없을 거라고. 난 그래서 안심하고 선배를 만났어요. 저기 말이에요, 난 지금 어떻게 보여요? 난 누구예요?"

"넌 임지은이야. 나에게 말하고 있고, 난 네 얘기를 듣고 있어."

"그렇게 보인다면 좀 안심이네요."

지은은 벽에 머리를 댔다.

"졸려요. 한숨 잘게요. 아침에 깨워 줄래요?"

"걱정하지 말고 자."

"고마워요."

그녀는 눈을 감았다.

나는 불을 끄고 다시 그녀의 맞은편에 앉았다. 방 안에 고른 숨소리가 가득 찼다. 그녀의 어깨가 오르내릴 때마다 코끝에서 앞머리가 흔들렸다. 어둠은 습기 때문에 텁텁했다.

나는 주먹을 쥐었다 폈다 하면서 침묵을 견뎠다. 오한이 가슴 밑바닥을

쳤다. 눈을 감자 다시 귓속으로 잡음이 밀려들었다.

세계는 혼돈에서 태어났다. 혼돈은 잡음이다. 잡음이야말로 세계의 본질이다.

머칠 뒤 열 번째 살인이 있었다.

4

열 번째 살인은 바로 옆 동네에서 일어났다. 그전까지와는 조금 달랐다. 죽은 사람은 부자도 권력자도 아닌 평범한 직장인이었다. 모방 범죄라고도 했으나 특이하고 교묘한 수법이 똑같아 수사에 혼란이 온 듯했다. 심지어 가장의 목이 잘리는 동안 곁에서 자는 가족들 중 누구도 깨지 않았다는 이야기다.

곳곳에 경찰이 서고 카메라와 머리 들이 골목을 꽉 채웠다. 나는 곁눈질도 않고 그 자리를 지나쳤다. 흉조가 서로의 꽁무니를 깨물며 엮는 긴 사슬이 차츰 내 둘레로 조여 오는 예감이었다.

"너희 동네 근처에서 연쇄 살인 사건 있었지?"

미주가 작은 소리로 물었다.

"열 번째지. 난리가 났더라."

미주는 안색이 나빴다. 또 밤늦게까지 진탕 퍼마셨구나 싶었다. 그러나 돌아온 그녀의 대꾸는 완전히 뜻밖이었다.

"나 범인을 봤어."

"웃기지 마."

"진짜야. 정말 봤어. 어쩌지? 신고해야 되나?"

미주의 목소리는 심각했다. 나는 자세를 고쳤다.

"잠깐만. 정말이야? 제대로 얘기해 봐."

미주는 심호흡을 하고 목깃을 끌어내렸다.

나는 말을 잃었다. 그녀의 목에는 보랏빛 손자국이 나 있었다. 손끝 자리는 거의 검은색이었고 손톱이 파고든 흔적까지 있었다.

"그 여자가 이래 놨어."

"여자?"

나는 소리를 질렀다. 미주는 힘없이 고개를 끄덕였다.

"한잔 사라. 맨 정신으로는 도저히 얘기를 못 하겠어……. 정말 무서운 밤이었어. 죽을 때까지 잊을 수 없을 거야!"

지난밤 미주는 우연히 우리 동네 근처를 지나고 있었다. 얼근히 술기운이 오른 김에 그녀는 나를 불러내 2차를 할까 생각했다. 몇 번 자취방에 온 경험으로 미주에게는 익숙한 길이었다. 그녀는 구불구불한 골목을 돌아 동네 안으로 접어들었다. 인적이 없어 음산한 분위기였지만 그녀는 개의치 않았다.

골목 끝에 작은 집들이 다닥다닥 붙어 있었다. 미주는 그쯤에서 방향을 헷갈려 잠시 망설였다. 그때였다. 얼마 떨어지지 않은 이층집의 창문에서 검은 그림자가 솟아 나왔다. 미주는 눈을 의심했다. 새카만 인영이 창가에서 툭 뛰어오르더니 가볍게 전선 위로 올라섰다. 그러고는 어둠 속으로 지워지듯이 사라졌다.

미주는 가슴을 꽉 누르고 뒤로 물러섰다. 비명을 지르려 입을 벌리는 찰나 날카로운 힘이 어깨를 잡아챘다. 고개를 돌린 미주는 섬뜩한 안광을 마주하고 숨이 막혔다. 여자였다. 복면으로 덮인 얼굴 위에서 형형하게 빛나는 두 눈.

여자는 야윈 팔로 미주를 담벼락에 밀어붙였다. 오랫동안 운동을 해서 완력에는 자신이 있던 미주였지만 그녀의 손아귀에서는 꼼짝도 할 수 없었다. 여자는 미주의 목을 움켜잡더니 번쩍 치켜들었다. 비슷한 키였는데 팔이 뻗는 데까지 한껏 몸이 딸려 올라갔다.

아뜩해지는 의식을 통증이 번쩍 갈랐다. 바닥에 떨어진 미주는 한동안 정신을 차리지 못했다. 여자는 괴로워하는 미주를 무표정하게 내려다보았다. 마침내 미주가 간신히 숨통을 틔우자, 여자는 발끝으로 그녀를 걷어차 돌려놓았다. 타오르는 듯한 목소리가 미주의 귀를 꿰뚫었다.

"그대, 데바의 수장이여! 언제까지 유예할 참인가."

오한이 일었다. 먼 곳에서 여자의 눈동자가 불덩어리처럼 검실거렸다. 미주는 필사적으로 그 시선을 외면했다. 열기와 냉기가 번갈아 의식을 휘감았다.

여자가 내뱉듯이 무어라고 외쳤다. 낯선 언어였다.

이내 모습이 지워졌다. 나타날 때와 마찬가지로 홀연히, 흔적조차 없이. 어둠이 내려 잔상을 덮었다.

미주는 한참 뒤에야 몸을 일으켜 담벼락에 기댔다. 바들바들 떨리는 팔을 꽉 잡아 붙들었다. 여자의 모습은 사라졌지만 목소리만은 귓가에 남아 있었다. 문득 미주는 그녀의 일갈을 완벽하게 이해하는 자신을 발견했다.

"그대가 바로 그것이니라(Tat tvam asi)!"

"그게 무슨 소리야?"

나는 어리둥절해서 외쳤다. 미주는 술잔 위로 고개를 기울였다.

"내가 아냐? 아무튼 아침이 되어서야 그 집에서 사람이 죽었다는 걸 알았어. 분명히 그 여자가 연쇄 살인범이다 싶었지. 하지만 어떻게 이런 얘기를 다른 사람에게 해? 경찰이 믿어 줄 것 같아?"

미주는 빠르게 내뱉고 소주를 들이켰다.

"난 무서워. 너무 무서워. 그 여자에게 목을 졸렸던 때보다, 시간이 지나면 지날수록 점점 더 겁이 나. 죽을 뻔했기 때문만은 아냐. 그 여자의 말을 듣는 순간 도끼로 머리를 얻어맞는 것 같았어. 그때의 심정은 도저히 말로 표현할 수가 없어. 앞으로 어떤 일이 있더라도 그런 건 다시 느끼지 못할 거야. 내 존재 자체가 믹서기에 처박혀 빙글빙글 갈리는 기분이었어."

우리는 묵묵히 술을 마셨다. 아무리 마셔도 취기가 돌지 않았다.

또 고리다. 여기에도 사슬의 마디가 있다. 나와 지은, 나와 미주, 나와 그 남자……. 모든 수수께끼가 한 줄로 엮여 있다. 하지만 이걸 대체 어떤 식으로 해석해야 한단 말인가?

"처음에는 그냥 미친년인가 했어."

미주가 잠긴 목소리로 말했다.

"미친 사람은 괴력을 발휘한다고 하잖아. 그 뒤에 본 것들, 그러니까 그 여자가 갑자기 사라졌다던가 하는 건 다 내 공포가 불러낸 환각이라고 생각했어. 하지만 시간이 지나 목의 상처가 붓고 아파 올수록 확신이 드는 거야. 이건 현실이다라고. 그렇게 생각하니 그 여자가 했던 말들이 전부 의미심장하게 다가오더라."

"뭐라고 했다고? 데……."

"'데바의 수장'이라고 했어. 정확하지는 않은데 그랬던 것 같아."

"전혀 모르겠군."

"인터넷에서 검색해 봤어. 이거다 싶은 건 없는데 '데바'만은 딱 떨어지는 뜻이 있더라고. 철자가 D-E-V-A라면."

"무슨 뜻인데?"

미주는 말없이 종이 한 장을 내던졌다. 볼펜으로 휘갈긴 문장이 적혀 있었다.

데바(Deva) : 힌두교에서 '신'을 일컫는 말.

머릿속이 덜그럭거렸다.

$\approx$

데바. 시바. 힌두교. 인도. 신.

나는 지은의 전화를 기다렸다. 한동안 잊고 있던 두려움, 그녀가 다시는 핸드폰을 울리지 않고 사라질 것만 같은 예감에 소스라치면서. 그러나 다행히 벨이 울렸다. 나는 급히 폴더를 열었다.

"여보세요."

지은이 쉰 소리로 말했다.

"지은아, 나 지금 묻고 싶은 게 있어. 괜찮겠니?"

"뭔데요?"

"네 안에 있는 여자에 대한 거야."

지은은 잠시 말이 없었다.

"여보세요?"

"듣고 있어요."

"그럼 물을게. 그 여자 말이야, 혹시 인도의 신 어쩌고 하는 것들과 관계가 있니?"

갑자기 이상한 소리가 들렸다. 한참 뒤에야 그게 웃음소리라는 걸 알았다. 그러나 내가 아는 그녀의 웃음과는 달랐다. 발작처럼 날카롭게 끊기는 소리.

"난 또 뭔가 했네요. 정말 뭔가 했더니."

"미안, 바보 같은 얘기지?"

"아니에요, 그게 아니고……."

그 뒤에도 한참 웃음소리가 들려왔다. 이윽고 지은은 떨리는 음성으로 물었다.

"지금 집이에요? 어디에 있어요?"

나는 위치를 말했다.

"거기로 갈게요. 만나서 얘기해요."

"만나자고? 너무 늦었어."

"직접 얘기해야 돼요. 전화는 위험해요."

그 목소리에는 여전히 웃음기가 섞여 있었다.

"그럼 여기에서 기다릴게."

"곧 갈게요."

지은은 전화를 끊기 전에 뜸을 들였다. 기다리다가 입을 열려는 찰나 부드러운 목소리가 들렸다.

"조심해요, 선배. 너무 깊은 곳까지 들어왔군요."

곧 소리가 끊겼다.

눅눅한 밤이었다. 꽤나 더웠는데도 지은은 그 노란 외투를 입고 있었다.

"미안해, 나오게 해서."

"나야말로 미안해요."

지은은 주머니에 손을 집어넣고 미소 지었다.

"어디 가서 얘기할까?"

"아니에요. 걸으면서 하죠."

우리는 어깨를 나란히 하고 걷기 시작했다. 나는 지은의 옆모습을 곁눈질했다. 작은 어깨와 그 아래로 흘러내리는 팔의 선을 보며 앞으로 어찌할 것인지 생각했다. 그리고 그녀에게 깊은 연민과 더불어 낯선 감정을 느꼈다. 인정할 수밖에 없었다. 나는 그녀가 두려웠다.

"왜 그런 질문을 하게 되었는지는 묻지 않을게요. 나름대로 내막이 있을 테니까요."

이윽고 지은이 입을 열었다.

"사실 나 역시 아무것도 몰라요. 선배보다 더 아는 것이 없는지도 모르겠어요. 진작부터 말했지만 난 그저 혼란스러울 뿐이에요."

지은은 주머니에서 손수건을 꺼내 입술에 갖다 댔다.

"아무튼 처음부터 얘기할게요. 그래야 좀 정리가 될 것 같으니까……. 내가 처음 '그 여자'의 존재를 안 건 다섯 살 때였어요. 그 여자는 내 안에서 줄곧 말을 걸어왔고, 나는 어린애답게 그 여자를 내 마음의 친구로 여기고 재미있어했어요. 하지만 성장하면서 점차 그 여자의 목소리가 들리지 않았고 거기에도 곧 익숙해졌지요. 다시 들리게 된 건 중학교 3학년 때였어요. 그 무렵 우리 집은 가정불화로 풍비박산 직전이었어요. 난 자주 아팠는데 열이 오르면 항상 그 여자의 목소리가 들렸어요. 의사는 불안정한 환경으로 인한 심리적 분열 상태라고 하더군요. 설득력이 있잖아요? 밖에서는 늘 싸워 대겠다, 안에서는 사춘기를 겪고 있겠다. 꾸준히 치료를 받으면서 조금 나아졌다 싶었는데……."

지은은 손수건 아래에서 입술을 움직였다. 목소리가 비웃는 것처럼 일그러졌다.

"고등학교 1학년 때였죠. 그 여자가 말했어요. 네가 죽여야 할 녀석이 있어. 나는 드디어 내가 미쳤다고 생각했어요. 그 여자는 끈질겼어요. 자기에게는 적이 있다, 그 적은 인간을 잠식해서 세력을 키운다, 그래서 자기는 그를 제거해야만 한다. 난 상상력이 풍부한 애가 아니었어요. 그래서 좀처럼 납득할 수 없었죠. 이건 전부 내 목소리야, 내가 만들어 낸 목소리야. 그렇게 주문을 걸면서 버텼는데, 언제부터인가 의식이 깜박깜박 사라지는 거예요. 정신을 차려 보면 나도 모르는 새에 이상한 행동을 하고 있었어요. 하지만 그 얘기를 부모님이나 다른 누군가에게 했다가는 정말로 병원에 갇히게 될까 봐 무서웠어요. 남들까지 날 미쳤다고 하면 견디기 어려울 것 같았어요. 그래서 힘들게 참았지만……."

지은은 손수건을 다시 주머니에 집어넣었다. 그리고 나를 똑바로 보았다. 무언가를 요구하고 끌어내려는 것처럼 강한 시선이었다.

"이쯤이면 대충 예상이 되죠? 그 여자가 노린 '적'은 내 친구였어요. 그 여자가 그러더군요. 내 친구는 이미 껍질만 남은 존재라고. 의식은 적에게 잠식되어 사라진 지 오래라고 했어요. 난 그럴 리 없다고 우겼죠. 그 뒤 친구를 따로 불러내어 만났어요. 그 여자의 이야기를 들려주고 어쩌면 좋겠냐고 물었어요. 친구가 입을 연 것까지는 기억이 나요. 그런데 정신을 차려 보니 그 애는 목이 부러진 채 내 앞에 쓰러져 있었어요."

지은은 손을 뻗어 목을 조르는 시늉을 했다.

"그 뒤부터는 완전히 뒤죽박죽이었어요. 그 여자는 점차 기세를 키워 나를 잠식했어요. 사실 그 여자가 말하는 '적'과 그 여자 사이에 무슨 차이가 있는지 모르겠어요. 숙주를 삼킨다는 점에서는 마찬가지잖아요? 나는 계속 저항했지만 어쩔 수 없었어요. 그 여자는 너무 강했고, 자기가 얼마나 강한지도 제대로 모르는 것 같았어요. 게다가 나중에 와서는 스스로도 혼란에 빠진 듯이 보였어요. 갈피를 못 잡고 말과 행동을 번복하는 거예요. 그제야 내 안에 복수의 영혼이 있는 게 아닌가 하는 생각이 들더군요."

"복수의 영혼?"

"말 그대로예요. 그 여자가 있고, 그 여자의 행동을 저지하는 존재가 있고, 그 모든 움직임을 관망하면서 즐기는 존재가 있고…… 이런 식이에요. 그 여자는 나를 지배하지만 또 다른 힘에 제약을 받아요. 결국 난 뭐가 뭔지 모르게 됐어요. 혼란에 몸을 맡기는 수밖에 없었죠."

지은은 한숨을 쉬고 고개를 떨어뜨렸다.

"유단 선배, 날 좋아해요?"

"좋아해."

나는 당황해서 대답했다.

"내 안에 있는 자아들 중 어떤 걸 좋아하는 거예요? 말해 봐요, 누가 좋아요?"

"너야. 임지은."

"임지은이라는 여자가 정말 있긴 한 거예요?"

"모르겠어. 하지만 나한테는 지금 너밖에 보이지 않아."

그녀는 힘없이 웃었다.

"난 무서워요. 언젠가 선배를 죽이게 될까 봐."

"넌 나한테 강한 수호가 있다고 했어. 그건 무슨 뜻이야?"

"그 여자가 한 소리예요. 그 여자는 선배를 경계하고 있어요. 선배 주위에는 강한 힘이 있어서 일체의 불길한 존재를 배제한다고 해요. 그래서 그 여자는 선배를 멀리하라고 경고했지만 난 안심했어요. 그렇게 보호받고 있는 사람이라면 날 도와줄 수도 있을 거라 생각했어요."

"난 아무것도 몰라. 수호라니?"

"글쎄요."

지은은 입술을 비죽이 뒤틀었다.

"적어도 내 안에 있는 진창 속에서 가장 분명한 것이 그 여자의 목소리니까, 나는 그걸 믿을 수밖에 없어요. 그 여자는 어린애 같아요. 아주 순진무구하고 본능적이죠. 적을 퇴치해야 한다는 의무감으로 움직일 뿐이에요."

"대체 그 적이란 게 뭐야?"

"그 여자 말로는 '아수라'라고 해요."

"아수라라면, 악마?"

"잘 아네요. 불교와 힌두교에서 말하는 악마지요. 그 여자가 설명하길 그들은 현재 육체가 없는 정신체로, 인간에게 기생해서 살아간다고 해요. 그리고 행동을 수월하게 하고자 주로 부자나 권력자를 택해 깃든다더군요. 잠식된 사람은 생명 활동이 멈추기 때문에 오직 아수라의 껍데기로서만 존재하게 돼요."

"그럼 그 연쇄 살인은……."

"맞아요. 내가 한 거예요. 정확히 말하면 내 몸과 그 여자의 의지가."

나는 내가 전혀 놀라지 않는다는 사실을 깨닫고 동요했다. 어쩌면 무의식중에 이미 확신하고 있었을지도 모른다.

나는 지은의 팔을 힘주어 잡았다.

"그 여자의 이름은 뭐지?"

"칼리. 그게 내가 알고 있는 이름이에요."

그 단어를 입에 올리는 순간 지은의 얼굴이 창백하게 질렸다. 그녀는 내 팔을 뿌리치고 뒤로 물러났다.

"정말 내가 보여요? 정말로?"

"보여."

"이제 선배가 말해 줄 차례예요. 난 어떻게 되는 거죠?"

"어떻게도 되지 않아. 넌 너야."

"고맙지만 선배 자신도 별로 믿고 있진 않을걸요."

지은은 가로등에 기대어 어깨를 움츠렸다. 그림자가 일렁거리며 그녀의 얼굴을 덮어, 나는 움직이는 얇은 입술만을 겨우 알아볼 수 있었다.

"하지만 난 지금까지 견뎌 왔어요. 앞으로 한동안은 더 버틸 수 있어요. 그렇게 간단히 무너지지는 않을 거예요. 상대가 신이든 악마든 상관없어요."

그녀는 팔을 뻗어 어둠 속의 한 점을 가리켰다.

"아수라에게 잠식된 인간의 영혼이 어떻게 되는지 알아요? 어둠으로 끌려가 다시 돌아올 수 없게 돼요. 환생조차 할 수 없어요. 말 그대로 시공의 찌꺼기가 되는 거예요. 난 몇 번이나 그런 식으로 사라진 영혼들을 봤어요. 그리고 언젠가는 나도 그 일부가 될지 몰라요."

"하지만 칼리는 아수라가 아니잖아."

"뭐가 달라요? 결국 나를 먹고 살아가잖아요?"

그늘 아래에서 두 개의 눈동자가 번뜩거렸다.

"난 몇 번 죽으려고 했어요. 하지만 너무 무서웠어요. 알아요? 이렇게 사는 것보다 죽는 것이 더 무서웠다고요. 우습지 않아요? 그래도 난 그게 기뻤어요. 아직 살고 싶다는 게 기뻤단 말이에요. 선배가 그걸 알아요? 그게 어떤 건지 알아요? 사람을 죽이면서도 그 목을 비트는 손이 아직은 내게 붙어 있다는 사실을 확인하며 기뻐한다는 게 어떤 건지 알아요? 모를 거예요. 알 리가 없죠."

"난……."

"이제 됐으니까 가요! 난 더 이상 할 얘기가 없어요. 아무것도 없다고요."

지은은 손으로 얼굴을 가렸다. 어깨가 흠칫 움직였지만 울지는 않았다. 가로등 불빛이 우리를 에워쌌다. 나는 눈을 감았다. 빛이 밀려가고 어둠이 되돌아왔다. 물살처럼 결이 고운 침묵 속으로 새로운 감정이 파고 들어왔다. 상실감과 닮았지만 보다 강한, 보이지 않는 손가락에 의해 무언가를 박탈당하는 듯한 느낌이었다.

나는 눈을 뜨고 지은에게 손을 내밀었다.

"들어가자. 데려다 줄게."

그녀는 내 손을 잡았다. 가느다란 손가락은 얼음처럼 차가웠다.

우리는 말없이 걸었다. 지은은 내리깐 눈을 치켜들지 않았다. 어둠과 빛이 갈마들며 그녀의 얼굴 위에 얼룩을 만들었다. 지은은 몇 번인가 입술을 달싹거렸다. 그러나 결국 우리 둘 중 누구도 먼저 입을 열지 않았다. 어느새 나는 마음속으로 기도하고 있었다. 신이여, 만일 당신이 육화하여 우리를 시험하려 하신다면 좋습니다. 그러나 부디 제게 힘을 주십시오. 우리 둘 중 누구라도 먼저 무너지는 일이 없도록.

시야의 어둠이 깊어졌다. 우리는 위태로운 철제 구조물 사이로 들어섰다. 근방은 공사 중인 개발 지구라서 인적이 아예 없었다. 드문드문 가로

등이 있긴 했지만 불빛은 흐렸다. 나는 문득 기억해 냈다. 이대로 걸어가면 건널목이, 그 남자와 마주쳤던 곳이 나온다. 그날 밤을 떠올리자 손안에 땀이 찼다. 어쩌자고 이 길로 되돌아왔을까?

지은이 귓가에 속삭였다.

"뭔가 있어요……."

나는 주위를 살폈다. 모래, 시멘트, 철근, 덧댄 나무판. 어지러운 발자국. 흉물스러운 뼈대들.

"확실해?"

"분명해요."

그녀는 아플 정도로 힘을 주어 내 손가락을 잡았다. 우리는 바싹 붙어 조심스럽게 발을 옮겼다. 공기가 비릿해졌다. 바람이 획 옷깃을 잡아챘다.

"선배!"

지은이 날카롭게 외쳤다. 다음 순간 나는 그녀의 손에 끌려 넘어졌다. 바람이라 여긴 것이 새된 소리를 내며 허공을 갈랐다. 주위의 흙바닥에서 어지럽게 돌이 튀었다. 긴 이명이 귀를 찢었다.

나는 엎드린 채 고개를 들었다. 어둠이 움직인다. 그림자다. 세 남자가 어디선가 솟아올라 우리 앞에 섰다. 지은이 힘겹게 일어났다.

"뭐예요……?"

나는 지은을 따라 일어섰다. 남자들은 정말 그림자처럼 시커멓게 어둠에 녹아 있었다. 하나는 운동복 차림의 거한이었고, 다른 하나는 안경을 쓴 학자풍의 사내였다. 마지막 사내는 양복을 빼입고 있었다.

지은이 내 앞으로 나섰다. 내가 몸을 내밀자 팔을 뻗어 제지했다.

"우리는 일족을 대표하여 저간의 행위에 보답하고자 한다."

안경이 말했다. 종이에 적힌 문장을 읊는 것처럼 단조로운 어투였다.

“무슨 소린지 모르겠는데요.”

“우리를 기만하려 든다면 오산이다, 여자여. 그대의 일거수일투족은 전부 우리의 감시 안에서 행해지고 있었다. 꽤 재주를 피운 모양이지만 이번에는 그리 쉽지 않을 것이다.”

안경이 말을 맺음과 동시에 손을 들었다. 그게 신호였던 듯 좌우의 두 사내가 빠르게 움직였다. 지은이 뭐라고 외쳤지만 그보다 빠르게 강한 악력이 어깨를 덮쳤다. 운동복이 내 왼팔을 뒤로 비틀어 세게 눌렀다. 나는 무심결에 튀어나오려는 비명을 삼켰다. 몸을 움직이자 팔이 떨어져 나가는 듯한 고통이 뒤따랐다.

“그 사람은 건드리지 마요!”

지은의 목소리가 공터 구석구석에 울려 퍼졌다. 양복이 그녀를 붙들고 있었다.

안경이 허공에 대고 팔을 크게 휘둘렀다. 손끝에 긴 섬광이 뻗었다. 검이었다.

칼날에서 떠오른 빛이 지은의 눈동자에 맺혔다. 그녀는 바싹 마른 소리를 내어 말했다.

“미안해요, 선배. 지금부터 보는 것은 전부 잊어요.”

나는 뭐라고 말하려 애썼다. 그러나 마음과는 달리 아무 말도 나오지 않았다. 안경이 몸을 낮추어 지은에게 달려들었다. 하얀 날이 허공에 호를 그렸다. 누가 질렀는지 모르는 외마디 고함이 들렸다. 찰나 나는 똑바로 보았다. 지은의 얼굴을 찢고 그 속에서 새로운 표정이 나타났다. 그녀의 긴 머리채가 허공으로 치솟아 휙 움직였다.

안경의 머리가 목에서 떨어져 날았다.

땅에 떨어진 머리는 내 발 옆으로 굴러와 멎었다. 돌처럼 굳은 얼굴에는 아직도 열기가 남아 있었다. 지은의 머리카락은 텅 빈 목 위에서 뱀처럼 너울거리다가 천천히 제자리로 되돌아갔다. 곧이어 쿵 하고 안경의 몸이 쓰러졌다.

바닥에 구른 머리가 입술을 꿈틀거렸다.

"너…… 네가……."

"벌레야, 아직도 말이 남았느냐?"

지은이 깔깔 웃어 젖혔다. 내 팔을 죄는 운동복의 손에 힘이 들어갔다.

"네년은 대체 뭐냐!"

지은은 대답 대신 양복에게 붙잡힌 팔을 움직였다. 양복이 처절한 신음을 토했다. 어느새 그녀의 팔은 양복의 배를 뚫고 박혀 있었다. 그녀는 튀어나온 내장을 손가락으로 단단히 틀어쥐고 조소했다.

"누가 너희를 보냈지? 지하 일족에게는 더 이상 눈도 귀도 없더냐?"

"닥쳐라!"

양복이 고함을 내지르며 뒤로 물러섰다. 그의 찢어진 배에서 거무죽죽한 살덩어리들이 쏟아져 나왔다. 시퍼런 달빛이 지은을 감쌌다. 그녀의 눈이 희열로 번들거렸다.

칼리. 나는 중얼거렸다.

양복이 휘파람을 불었다. 기류가 곤두서서 지은을 향해 달려들었다. 공기의 날은 그녀에게 닿는 순간 날카로운 소리를 내며 부서졌다. 지은은 휙 뛰어올라 등 뒤 철제 골조에 올라섰다. 헝클어진 머리털 사이로 찢어진 입매만이 선명하게 보였다. 양복도 주저 없이 몸을 날려 다가갔다. 그가 입술을 움직이자 굉음과 함께 건물이 무너졌다. 나는 큰 소리로 그녀의 이름을 외쳐 불렀다. 승리감을 뿜던 양복은 곧 말을 잃었다. 어느샌가 뒤에 나타난 지은이 빠른 손놀림으로 양복의 목을 꺾었다.

양복의 울대가 부르르 흔들렸다.

"너는…… 도대체…… 누구냐……."

"네티, 네티.[3] 야마에게 듣거라."

그녀는 만면에 웃음을 띠고 속삭였다. 그리고 양복의 머리를 무처럼 뽑아 던졌다. 몇 바퀴 구른 머리는 안경의 것과 마찬가지로 조형물처럼 굳었다. 나는 망연히 내 발 언저리에 놓인 두 머리를 내려다보았다.

뒤에서 운동복이 쉰 소리를 냈다.

"그럴 리 없다, 절대로. 네가 그 여자일 리가 없다!"

통증이 전신을 강타했다. 나는 얼결에 비명을 질렀다. 잠시 후에야 상황을 깨달았다. 운동복이 내 팔을 부러뜨린 것이다. 순식간에 찬 땀이 온몸을 덮었다.

"가까이 오지 마라. 네가 움직이는 순간 이 녀석은 죽는다."

운동복의 위협에 지은―칼리가 히죽 웃었다.

"좋을 대로 하거라, 비속한 자여. 하나 그대가 과연 그리할 수 있을까?"

운동복은 재빨리 내 팔을 팽개치고 목으로 손을 옮겼다. 그러나 그가 손아귀에 채 힘을 주기도 전에 무서운 힘이 그에게서 나를 떼어 놓았다. 나는 바닥에 굴러 간신히 고개를 들었다. 운동복의 몸은 어느새 반으로 동강나 있었다. 상반신이 꿈틀거리더니 잠잠해졌다.

나는 지은에게 고개를 돌렸다.

"아니, 내가 한 것이 아니다."

그녀는 속을 읽은 것처럼 말했다.

"너에게는 수호가 따르고 있다. 그리 강하지는 않지만 정결한 힘이구나."

---

3) '이도 저도 아니다.'

"넌 누구야?"

나는 비로소 입을 열어 물었다.

"나는 칼리, 신들의 여왕이다."

"웃기지 마!"

나는 고함을 질렀다. 여기저기에서 메아리가 되돌아왔다.

"신들의 여왕? 주접떨지 마. 넌 지은이야, 인간이다! 빌어먹을, 네 맘대로 하도록 내버려 두지 않겠어!"

순간 나는 허공으로 붕 떠올라 멀리 밀려갔다. 그리고 거친 기세로 팽개쳐졌다. 정신을 차리기도 전에 그녀가 옆에 다가와 부러진 팔을 짓밟았다.

"난 네가 마음에 들지 않는다."

그녀는 으르렁대듯이 말했다.

"신도 악마도 아닌 자가, 어떤 이유에서 이러한 수호를 받고 있는가? 버러지는 버러지답게 진창에서 뒹굴거라."

지은이 팔을 높이 치켜들었다. 어둠을 찢으며 검이 나타났다. 그녀는 내 목에 날을 대고 지그시 힘을 주었다. 나는 허탈감에 눈을 감았다. 맙소사, 결국 이런 식으로 끝난단 말인가?

돌연 굉음이 폭발했다.

나는 정신을 차렸다. 먼저 눈에 들어온 것은 기세가 수그러든 지은의 모습이었다. 시야가 분명해진 뒤에야 먼발치에 선 여자를 알아볼 수 있었다.

"그 친구를 놔 주시지?"

그녀가 유유히 말했다.

지은은 굳은 듯 꿈쩍하지 않았다. 손에 든 검이 차차 흐려지더니 사라졌다. 여자가 어둠을 가르며 다가왔다. 오른손에 연기를 뿜는 소형 권총이 들려 있었다.

"아유타, 이해가 안 되는군. 왜 이런 짓을 하지?"

여자가 얼굴에 걸친 선글라스를 추켜올리며 물었다. 지은의 표정이 변했다. 의식이 소거된 것처럼 얼굴 가운데가 덩그러니 비었다. 눈동자가 물처럼 묽어졌다. 그녀는 뒷걸음쳐 여자에게서 물러났다.

"혹시 나를 기억 못하는 거야?"

여자가 미심쩍은 투로 물었다. 그녀는 성큼 다가와 지은의 팔을 잡았다. 순간 지은이 찢어지는 비명을 내질렀다. 그러고는 맥없이 다리를 꺾으며 여자의 품속으로 쓰러졌다.

"어머나, 이를 어째."

여자는 지은을 부둥켜안은 채 태평스레 말했다.

"기절했어. 거참 난감하네."

나는 애써 의식을 추스르며 몸을 반쯤 일으켰다. 여자가 지은을 내려놓고 다가왔다.

"괜찮아?"

"아마도요."

"팔이 부러진 것 같은데."

"목이 부러진 것보다는 낫겠죠……."

여자가 웃으며 몸을 구부렸다. 그녀의 손이 팔에 닿자 나는 무심코 이를 악물었다.

"이 정도면 괜찮아. 금방 고칠 수 있어."

"고친다고요?"

여자는 대답 대신 눈을 감았다. 팔이 따스해졌다. 나는 놀라 그녀의 손끝에서 아른거리는 빛을 응시했다. 고통이 천천히 씻겨 나갔다.

잠시 뒤 여자가 고개를 들었다.

"다 됐어. 아프지 않지?"

위아래로 움직여 보았다. 아프지 않다.

"무슨…… 마법인가요?"

"뭐 그렇다고 할 수도 있고."

여자는 작게 킬킬거렸다. 나는 비로소 여유를 갖고 여자를 살폈다. 피부가 눈처럼 희고 가량가량한 몸의 굴곡이 우아했다. 선글라스 너머에서 장난기 어린 눈동자가 반짝거렸다. 어디선가 본 듯했는데 도통 기억나지 않았다.

"하여간 욕봤어. 크게 다치지 않아서 그나마 다행이네. 집에 가서 씻고 푹 자요. 그럼 다 잊어버릴 테니까."

여자는 그렇게 말하며 선글라스를 벗었다. 나는 그제야 그녀의 정체를 깨달았다.

"이윤아…… 씨?"

"어머, 여태 몰랐니?"

나는 망연자실해서 한동안 말을 잇지 못했다. 브라운관 건너편에 존재하던 이미지가 실체를 갖고 내 앞에 서 있었다. 이윤아, 형의 여자 친구.

"왜 윤아 씨가…… 여기…….”

"너야말로 여기서 뭐하는 거야? 이 꼴이 다 뭐고."

"절 아세요?"

"응. 유준 동생 유단 맞지?"

나는 신음했다. 일은 내 생각보다 더 복잡하게 얽힌 모양이었다.

"그러니까…… 도대체 어디에서부터 얘기해야 할지 모르겠습니다만, 우리가 전에 어디서 만난 적이 있던가요?"

"없어. 하지만 난 널 아주 잘 알고 있어. 죽 감시해 왔거든."

“감시라고요?”

“음…… 정확히 말하면 여기 이 아가씨를 감시하고 있었던 거야. 그런데 네가 끼어들어서 말야, 아주 난감했다고.”

나는 “잠깐만요.” 하고 팔을 내저었다.

“도저히 정리가 안 되는데요. 차근차근 설명해 주세요. 윤아 씨는 지은이에 대해 진작부터 알고 있었습니까?”

“얼마 안 됐어. 아마 너하고 비슷할 거야. 하지만 따지자면 아주 옛적부터 알고 지낸 셈이지.”

“그럼…… 윤아 씨도 데바인지 뭔지 하는 족속인가요?”

이윤아는 선글라스 다리를 만지작거리며 물끄러미 나를 응시했다.

“응.”

“빌어먹을.”

나는 힘없이 중얼거렸다.

“저기 말야, 원한다면 기억을 지워 줄 수 있어. 힘들기도 하겠지. 인간이 감당할 만한 일이 아니니까. 사실 난 왜 네가 우리 일에 휘말렸는지도 모르겠어. 전부 잊어버리고 집에 가. 그리고 내일 아침 상쾌한 기분으로 일어나라고.”

나는 대답 없이 쓰러진 지은을 바라보았다. 검을 치켜든 여자의 서슬 퍼런 눈동자가 떠올랐다. 명치끝이 찬 기운에 닿아 욱신거렸다. 나는 간신히 입을 열었다.

“아니요, 듣고 싶습니다. 도대체 뭐가 어떻게 돌아가는 건지 얘기해 주세요.”

“그렇게 간단한 얘기가 아냐.”

“알아요.”

“더 위험한 꼴을 당할지도 몰라. 넌 지금도 너무 깊이 들어왔어.”

“저기요, 이윤아 씨.”

나는 한숨을 억누르며 말했다.

“이게 나 혼자만의 문제라면 괜찮겠지요. 하지만 난 이 애와 약속한 게 있어요. 지금 그걸 지켜야 하는지를 놓고 고민 중이라고요. 아무것도 모르는 상태에서는 아무것도 결정할 수 없어요. 전부 얘기해 주세요. 뒷일은 제가 결정하겠습니다. 기억은 나중에라도 지울 수 있는 것 아닌가요?”

이윤아는 다시 선글라스를 꼈다. 짙은 입술 위로 미소가 떠올랐다.

“그건 그렇네.”

그녀는 몸을 굽혀 지은을 안아 들었다.

“준 씨가 그랬지. 남동생이 하나 있는데, 고집은 황소고집이면서 생각도 너무 많아 탈이라고. 하여간 징그럽게도 네 걱정을 했어. 내가 너한테 전부 말하면 그 인간은 분명 화를 낼 거야. 하지만 좋아, 얘기할게. 그중에서 뭘 취하고 뭘 버리는지는 네 문제야. 그리고 아까 말했듯 너한테는 전부 지워 버릴 권리도 있어.”

나는 지은을 받아 안으려 했지만 이윤아는 고개를 저었다. 지은을 훌쩍 들쳐 업더니 빠른 걸음으로 앞장섰다.

“따라와. 우리 집으로 가자고. 이런 데서 하기에는 너무 긴 얘기니까.”

5

　윌리엄 새커리가 말했다…… 진실은 항상 기분 좋은 것은 아니지만, 그래도 어느 경우에나 가장 나은 것이라고. 하지만 그가 정말 그 말을 믿었는지는 모르겠다. 나는 아파트 창문에서 새어 나오는 불빛을 보며 회의에 잠겼다. 어둠의 끝에 잇닿아 있는 것은 인간들의 세계였다. 그리고 나는 바깥에 외떨어져 섬처럼 고독했다.

　어쩌다 여기까지 온 거지?

　이윤아의 집은 7층이었다. 그녀는 엘리베이터 대신 계단을 이용해 올라갔다. 등에 지은을 업고서도 걸음걸이가 날렵했다. 다행히 계단을 오르는 도중 그 누구와도 마주치지 않았다. 나는 그녀가 열쇠로 문을 여는 동안 주머니에 손을 넣고 몇 발짝 떨어져 있었다. 슬그머니 팔을 눌러 보았지만 역시 아프지 않았다. 모든 것이 치밀한 퍼즐이고, 나만 눈을 감은 채 조각을 맞추는 것 같았다.

　이윤아가 문을 열고 손짓했다. 집 안은 어둡고 축축했다.

"여자 방에 환상을 갖고 있지 않았으면 좋겠는데."

불빛이 들어왔다. 확실히 지저분한 집이었다. 나는 여기저기 널려 있는 양말이니 속옷 등속에서 형의 옷가지를 발견했다.

"형은 여기 자주 옵니까?"

"응, 거의 매일."

"형에게는 어디까지 얘기했나요?"

이윤아는 나를 돌아보며 묘한 표정을 지었다.

"전부."

나는 그녀가 권하는 의자에 앉았다. 그러려면 먼저 의자 위에 널린 브래지어를 치워야 했다. 이윤아는 내가 앉는 것을 확인하고 가스레인지에 주전자를 올렸다.

지은은 거실의 소파에 누워 있었다. 나는 등 뒤로 그녀의 존재를 바투 느꼈다. 그러나 돌아볼 용기는 생기지 않았다. 이윤아가 티백이 담긴 찻잔을 내밀었다.

"일단 물어보자. 어디까지 알고 있니?"

"뭘 알고 있는지 모르는지도 헷갈리는데요."

"이해해. 하지만 그렇게 무서운 표정 짓지 마. 얘기할 엄두가 안 나잖아."

이윤아는 맞은편에 앉아 상반신을 앞으로 내밀었다. 길게 휜 속눈썹 아래에서 초근초근한 광채가 반짝였다. 이런 상황이 아니라면 형이 부러워질 만큼 매력적인 여자였다.

이윽고 그녀가 단호히 선고했다.

"우린 인간이 아니야."

"압니다."

"'우리'가 어디까지를 의미하는지 아니?"

"당신과…… 지은이겠죠."

이윤아는 새끼손가락으로 관자놀이를 긁적거렸다. 그러고는 "그렇다고 해 두자."라고 중얼거렸다.

"네가 아까 말했던 것처럼, 우리는 신이야. 산스크리트로는 '데바'라고 하지."

"데바."

"나는 락슈미, 저 애는 아유타. 그게 우리의 진짜 이름이야."

"락슈미, 아유타."

나는 앵무새처럼 되풀이했다. 데바, 락슈미, 아유타.

"난 우유의 바다에서 태어났어. 가장 위대한 신 비슈누가 내 남편이야. 천상에는 세 개의 왕좌가 있어. 이 지고한 자리에 앉을 수 있는 존재는 창조, 유지, 멸망뿐이야. 각각 브라흐마, 비슈누, 시바라는 이름으로 불리며, 시간의 세 얼굴, 과거와 현재와 미래지. 무슨 말인지 알겠니?"

"대충은요."

나는 감정을 섞지 않고 대답했다. 브라흐마와 비슈누…… 시바.

'락슈미'는 방긋 웃으며 말했다.

"오케이, 여기까지 이해했다면 쉽겠네. 사실 받아들이기는 힘들 거야. 어쨌든 넌 인간이고 우리와는 아무런 관계도 없으니까. 처음 네가 우리 일에 관여되었다는 걸 알았을 때는 정말 놀랐어. 네게 수호를 붙여 지키긴 했지만 적들도 필사적이어서 쉽지는 않았지. 단서가 될 만한 거라면 뭐든지 손에 넣으려고 하는 놈들이니까. 아까 그 삼인조도 너를 죽일 생각은 없었을 거야. 되도록 살려 두는 쪽이 이득이거든."

"적이라고요?"

"아수라라고 하지. 아니?"

"악마······."

"맞았어, 악마야. 그들에겐 육체가 없어. 영혼만이 있지. 살기 위해서는 인간의 몸을 취해야만 해. 그들에게 잠식된 육체는 생명 활동을 정지해 버려. 그리고 원래의 주인은 지하로 끌려가 세상이 끝날 때까지 방황하게 돼. 그건 죽음보다 끔찍한 일이야."

락슈미는 훌쩍 소리 내며 차를 마셨다.

"얘기가 좀 산만해졌구나. 어디서부터 시작하는 게 좋을까? 일단 우리에 대해 더 얘기해 보자. 창조와 유지와 멸망, 이른바 트리무르티[4]에게는 세 아내가 있어. 브라흐마에게는 지식의 창조자 사라스바티, 비슈누에게는 풍요의 가호자 락슈미, 마지막으로 시바에게는 세계의 여왕 파르바티. 이 여신들을 특별히 '데비'라고 불러. 세계를 낳는 자궁이지."

그녀는 마치 남의 이야기를 하듯 말했다. 자신의 이름을 입에 담으면서도 목소리에 아무런 감흥이 담겨 있지 않았다.

"오래전 우리는 절대였어. 우리는 모든 시간과 차원에 편재했어. 만고의 진리를 알았고 지배했지. 절대가 뭔지 아니? 한 올의 균열도 용납하지 않는 상태, 꽉 차 있으면서 아무것도 없는 상태, 어떤 사고나 감정도 허락되지 않는 상태야. 우리는 저마다 이름을 갖고 있었지만 동시에 한 덩어리였어. 브라흐만(梵)[5]의 많은 얼굴들이었지. 브라흐만, 일자(一者), 영원한 생명. 시작과 끝이 없는 자기필연."

"'브라흐만'은 신과 다른 개념입니까?"

"그럼. 브라흐만은 중성이고 개념화할 수 없어. 브라흐만은 우주 전체

---

4) 삼신일체. 브라흐마, 비슈누, 시바 세 신을 함께 일컫는 말.

5) 절대 진리인 브라흐만(Brahman)은 중성의 비인격체이며, 창조신 브라흐마(Brahmā)는 남성적으로 신격화된 브라흐만의 분신이다.

이거나 전체를 초월하며, 데바는 그의 자잘한 편린들이야. 네가 인간이고 내가 인간의 언어를 빌려 말하고 있는 한 브라흐만에 대해서는 이 이상 표현하기 어렵겠다."

"그렇다면 유일신교에서 숭배하는 절대자가 곧 브라흐만인가요?"

"어찌 보면 그렇고 어찌 보면 아니기도 해. 브라흐만은 구체적인 기구(祈求)의 대상이 될 수 없어. 그냥 거기에 있을 뿐으로, 인간을 위해 아무 것도 해 주지 않으니까. 그건 운명 이상이야. 운명은 움직이지만 브라흐만은 움직이지 않고도 만물을 좌우해. 우리는 그것의 품 안에서 세계와 인간을 만들었어. 우리의 의지는 모두 브라흐만, 절대의 뜻이야."

락슈미는 노래처럼 읊조렸다.

말로써 표현할 수 없으나

그로 인해 말이 표현될 수 있으니

그대여, 바로 그가 브라흐만인 것을 알라.

이 세상 사람들이 숭배하는 것

그것은 브라흐만이 아니다.

"해설은 이쯤 해 두자. 도서관에서 책 몇 권만 뒤져도 다 나오는 얘기니까. 하여튼 절대였던 시절 우리는 이 세계에 대해 무한한 권리를 갖고 있었어. 모든 것이 완전하고 아름다웠어. 칼리 유가가 시작되기 전까지 말이야."

"칼리 유가?"

"유가는 '시대'라는 뜻이야. 우주의 주기는 네 개의 유가로 나뉘지. 황금 시대인 크리타 유가로부터 시간이 지나면 차차 인간의 덕이 감소하게 돼. 크리타 유가가 끝나면 트레타 유가와 드바파라 유가, 그리고 마지막으로

'불화의 시대' 칼리 유가가 오는 거야. 칼리 유가의 말기는 시바의 시간이야. 시바는 세상을 불꽃으로 정화하여 원초의 무(無)로 되돌리고, 뒤이어 브라흐마가 창조의 의무를 재개하지. 창조와 유지와 멸망, 그리고 또 순환. 무한의 순환. 이게 바로 우주의 원리야."

락슈미는 다시 차를 마시고 이야기를 계속했다.

"이전까지는 괜찮았어. 모든 게 완벽했어. 그런데 칼리 유가가 시작된 뒤 문제가 생겼어. 우리의 절대성에 균열이 생긴 거야. 흠이 난 이상 그건 이미 절대가 아니지. 우리는 낱으로 분열되어 조락하기 시작했어. 인식이 생기고, 안과 밖을 구별하게 되고, 서서히 감정이 스며들었어. 마치 인간처럼 자문하게 됐어. '나는 누구인가'라고."

그녀의 얼굴에서 웃음기가 걷혔다.

"그게 얼마나 무서운 일인지 아니? 모를 거야. 신이 자기 존재를 의문하게 되다니! 마침내 우리는 자신이 헐벗었다는 사실을 깨달았어. 그 뒤부터 잘못되기 시작했어."

"뭐가요?"

"전부, 전부 말이야. 우리 안부터 바깥까지 죄다 뒤틀렸어. 절대는 아무 대답도 해 주지 않았어. 브라흐만의 현현인 우리가 지바[6]로 전락했는데도 말이야. 하기야 대답이 필요 없었겠지. 그게 브라흐만의 뜻일 테니 우리에게 달리 무슨 여지가 있었겠어? 우리의 유아론은 순식간에 소멸했어. 남은 건 혼란뿐이었지."

"감정을 갖는 게 그렇게 나쁜 일인가요?"

"인간은 영원히 이해하지 못할 거야."

---

6) 개별적 자아.

락슈미는 엄숙한 표정을 지었다.

"붓다 전후에도 자신의 힘으로 브라흐만과 동화된 현자들이 있어. 범(梵)과 아(我)가 일체의 경지에 이른 거야. 그걸 목샤(Moksha)[7]라고 하지. 절대를 향한 상승. 그러나 처음부터 완전이었던 것이 불완전으로 하강하는 경우는 없어. 현자도 타락할 수 있는 게 아니냐고? 그렇다면 애초에 그는 완전하지 못했던 거야. 절대란 부동이기 때문에 절대야. 그런데 어떻게 그런 역전이 일어날 수 있었을까?"

그녀의 질문은 내게 닿지 않고 되돌아갔다. 나는 락슈미가 그 문제에 끊임없이 시달려 왔음을 알아차렸다. 그녀는 미간을 문지르다가 말했다.

"자, 이제부터 얘기가 드라마틱해져. 더욱 심각한 것은 우리에게서 힘이 사라지고 있었다는 거야. 우리는 세계를 지탱하기는커녕 우리 자신을 추스르기에도 버거웠어. 충전하지 않는다면 세계 자체가 위험해질 판이었어. 문제는 파르바티에게서 시작되었어. 파르바티, 시바의 아내. 칼리 혹은 두르가라고도 하지."

칼리. 나는 무심결에 움찔했다.

"파르바티는 우리 세 데비 중의 여왕이었어. 위대한 태모였고 삼계를 통틀어 가장 아름다운 여자였어. 모두가 파르바티를 사랑했어. 하지만 누구도 시바만큼 그녀를 사랑할 수는 없었을 거야. 사실 이 '사랑'이라는 감정부터가 우리의 조락으로 인해 태어난 거지만……. 어쨌건 그녀가 군림하던 당시에는 견딜 만했어. 우리는 혼란에도 불구하고 여전히 신성했어. 불사였고 영원불멸한 존재였지. 하지만 파르바티가 죽으면서 모든 것이 끝나 버렸어."

---

7) 해탈.

락슈미의 표정이 무거워졌다.

"신이 죽었어. 가능할까? 물론 우리는 절대성을 잃으면서 육화했어. 연약한 육체의 껍질을 입게 된 거야. 그러나 어떤 경우에라도 완전한 소멸이란 있을 수 없어. 신이라 해도 삼사라[8]에서 자유롭지 못해. 죽는 건 껍질뿐이고 존재는 어김없이 윤회의 고리 안에서 환생하도록 되어 있어. 그런데 그 법칙이 부서진 거야. 파르바티의 영혼 위에서 파괴되고 만 거야."

락슈미는 말을 멈추었다. 그리고 내 어깨 너머로 소파 위의 지은을 바라보았다.

"저 아가씨는 우리의 열쇠야."

락슈미가 조용히 말했다.

"파르바티를 대신할 수 있는 사람은 오직 저 애뿐이야. 다른 누구도 시바를 지탱할 수 없어. 우린 계속 저 애를 찾았어. 지독히도 오래 걸렸지. 그동안 수백 번 환생해서 인간의 몸을 입었어. 공주가 되기도 하고 창녀가 되기도 하고 학자가 되기도, 거지가 되기도 하고……. 한 아바타라[9]가 윤회의 고리 안으로 사라질 때마다 우리의 힘도 줄어들었어. 이번 생에서는 반드시 결말을 지어야 해."

"결말이라고요?"

"그래, 결말. 우린 이 혼란을 마무리해야 돼. 곧 칼리 유가의 종점이 다가와. 시바의 시간이 오는 거야. 그 전에 저 아가씨를 일깨워야만 해."

락슈미는 문득 말을 돌려 물었다.

"저 애에 대해 아는 대로 말해 볼래?"

나는 기습을 당한 기분으로 생각에 잠겼다. 임지은, 스물한 살, K대 영

---

8) 윤회.

9) 신의 화신.

문학과 2학년……. 그러나 어느 것도 입술에 떠오르지 않았다. 손바닥에 땀이 고였다. 내 안에서 지은의 모습이 천천히 흩어졌다. 비로소 그 뒤에 있는 자신이 보였다. 나약한 눈……. 어느새 이만큼이나 마모되었던가.

락슈미가 나직이 말했다.

"아무것도 모르는구나."

"그럼 그쪽이 말해 줄 수 있는 건 뭔데요?"

내 어조가 거칠어졌다. 락슈미는 턱을 괴었다. 어둠이 그녀의 눈동자 속으로 휙 빨려 들어갔다.

"아까도 말했지만 저 아이의 이름은 아유타야."

락슈미의 목소리가 심연에 가라앉듯 아득해졌다.

"아유타, 여왕의 계승자. 그 배우자의 이름은 시바. 세상을 끝내 처음으로 되돌리는 신. 윤회의 고리 위에서 춤을 추는, 춤추는 자들의 왕……."

∼

왕국은 설원이었다. 파르바티를 잃은 카일라사[10]는 영원한 겨울에 갇혔다. 새 데비가 대지에 용인되기 전까지 봄은 다시 찾아오지 않으리라. 그러나 그의 마음이 닫혔는데 대지인들 어찌하겠는가?

춤추는 자들의 왕.

그게 그의 이름이다. 발끝으로 마야[11]를 정복하는 신. 그런 그가 스스로의 어둠을 걷지 못하고 그녀를 응시한다. 여자의 등은 쏟아지는 눈발 사이에서 거의 분해되는 것처럼 보인다.

---

10) 시바의 거처.

11) 환영, 미혹.

여자의 발꿈치가 회전한다.

눈이 금세 흔적을 감춘다. 여자는 움직이면서 지워진다. 그녀는 그의 주의에 일었다 꺼지는 기포에 지나지 않는다.

그를 발견한 여자의 입이 열린다.

"폐하."

곧이어 다른 것들과 마찬가지로 그 목소리 또한 지워진다. 시바는 고개를 돌린다. 그들의 세계는 눈과 침묵에 휩싸여 고독하다. 그리고 오롯이 남겨진 그들 역시 마주 선 채 먼눈으로, 제각기 다른 꿈을 꾸고 있다.

～

나는 손끝에서 미끄러지는 운동화 끈을 억지로 붙들어 맸다. 몸이 부들부들 떨렸다. 애써 힘을 주었지만 오한은 쉽게 걷히지 않았다.

"괜찮겠어? 뭣하면 자고 가도 돼."

등 뒤에서 여자가 말했다. 자칭 락슈미라는 이름의 여신이다.

"됐습니다. 형한테 죽고 싶지는 않으니까요."

락슈미는 팔짱을 끼고 묵묵히 있다가 물었다.

"내 얘기를 전부 믿을 수 있겠니?"

"안 믿으면 어쩔 건데요."

나는 힘없이 중얼거렸다.

"내가 미쳤든지 당신이 미쳤든지, 아니면 세상이 미쳤든지 셋 중 하나겠죠. 그런데 당신은 확실히 정상인 것 같고, 내가 미쳤다고 생각하고 싶진 않으니 그냥 세 번째를 믿는 게 제일 속 편할 것 같네요."

"아까도 말했지만 너한테는 선택의 여지가 있어. 원한다면 지금이라도 머릿속을 깨끗이 비워 줄게."

나는 여자의 어깨 너머로 지은을 보았다. 그녀는 그 순간만큼은 모든 혼란에 아무 책임도 없다는 듯 천진스레 잠들어 있었다.

"거기에 대해서는 나중에 대답하겠습니다."

나는 무뚝뚝하게 말했다.

"왜, 저 아이 때문에?"

"나한테도 아직 권리라는 게 남아 있다는 걸 실감하고 싶으니까요."

락슈미는 흥 콧소리를 냈다.

"내 의견을 말해 볼까? 난 네가 죄다 잊어버리고 고향에 내려갔으면 해."

나는 뭐라고 맞받아치고 싶었지만 적당한 표현을 찾지 못했다. 락슈미는 빠르게 말을 이었다.

"솔직히 말해서 우리한테는 네가 거치적거려. 지금 우리 힘은 변변치 않아. 자기 존재를 지탱하기도 벅찬 상황인데 너까지 보호해야 돼. 난 그이가 너 때문에 전전긍긍하는 꼴을 보는 게 싫어. 오늘 네가 겪은 일은 별것도 아냐. 앞으로 무슨 일이 더 일어날지, 그때도 오늘처럼 운이 좋을지는 장담할 수 없어."

나는 말없이 발끝을 내려다보았다.

"하지만 생각을 바꾸진 않을 거지?"

"예."

"알았어."

락슈미는 한숨을 쉬고 가방을 뒤졌다. 곧이어 내 손에 차갑고 묵직한 물체가 얹혔다.

"군대에서 총 쏴 본 적 있지?"

"소총이라면……."

"뭐건 간에. 늘 갖고 다녀. 그리고 본능이 위험을 인식하면 망설이지 마.
아수라들이 입고 있는 육체는 인간의 껍질일 뿐이야."

나는 손바닥을 짓누르는 무게를 천천히 가늠했다

"심장이나 머리, 즉사시킬 수 있는 부위를 노려. 생명 활동은 최소한으
로 유지되지만 어쨌든 그게 멈추면 아수라라도 죽을 수밖에 없어. 우리
힘이 닿지 못하는 곳에서는 네가 너 자신을 지켜야만 해."

"질문이 있어요."

나는 그녀의 말을 가로막았다.

"아까부터 '우리'라는 단어를 쓰고 있는데, 처음에 난 그 말이 윤아 씨
를 비롯한 신들 전체를 통칭한다고 생각했습니다. 하지만 그것만은 아닌
것 같네요. 혹시 그 속에…… 형도 포함되는 겁니까?"

락슈미는 조용히, 그러나 날카로운 눈으로 나를 응시했다.

"네가 전부 이해한 줄 알았는데."

나는 용기를 북돋우기 위해 손바닥에 힘을 주었다. 그러나 권총이 발하
는 한기는 오히려 나를 위축시켰다. 가슴이 거칠게 뛰었다. 나는 내가 막
다른 곳에 몰렸음을 깨달았다.

그녀, 여신 락슈미는 연민과 오만이 뒤섞인 목소리로 대답했다.

"우리는 그를 비슈누라는 이름으로 부르지."

나는 거리로 나왔다.

날이 새고 있었다. 길 끝자락이 희붐했다. 신문 배달원이 오토바이를 몰
고 잽싸게 내 곁을 지나갔다.

이제 어쩌지?

가만히 자문해 보았다. 답은 돌아오지 않았다. 나는 내가 어디로도 갈

수 없다는 사실을 깨달았다. 나아갈 수도 없고 돌아갈 길도 없다. 아니, 그보다 대체 여긴 어디일까?

락슈미 ― 이윤아 ― 아무래도 좋다. 여러 이름과 여러 얼굴을 가진 그 여자는 이렇게 말했다. 유지자 비슈누, 그게 네 형의 진정한 이름이야. 내 불멸의 반려이자 현세의 주인.

"미치겠군."

지저분한 개가 내 발치를 맴돌며 킁킁거렸다. 나는 언성을 높여 "미치 겠다니까!" 하고 소리쳤다. 개는 놀라 꼬리를 감추고 사라졌다.

주머니가 묵직했다. 나는 손을 넣지 않고도 소스라치는 감촉을 의식할 수 있었다. 그리고 총구를 내 머리에 갖다 대는 상상을 했다. 혹은 그 여 자에게, 형에게. 나는 천천히 걸으며 여자의 이야기를 돌이켰다. 그 내용 은 이렇다…….

∼

먼 옛날, 신과 인간이 가까이 소통하던 시절의 일이다.

아수라 중에 마히샤라는 자가 있었다. 악마의 제왕인 그는 신들조차 두려워할 만큼 막강한 전사였다. 자신의 위세를 자만한 그는 군대를 끌고 천계로 쳐들어왔다. 신들은 분연히 맞섰지만 아무도 그 악마를 당해 내 지 못하고 차례로 쓰러졌다. 신들의 통치자 인드라조차도 마히샤를 누를 수 없었다.

싸움은 백 년간 계속되었고 열세에 몰린 신들은 존귀한 삼존(三尊)에게 달려가 빌었다. "악귀가 신들을 권좌에서 쫓아내고 그 자리를 차지했으 며, 쫓겨난 신들은 인간처럼 지상에서 방황하고 있습니다. 부디 이곳에 온

자들을 보호하소서." 그러자 시바의 아내 파르바티가 나서서 남편에게 청했다.

"신들이 힘을 모아 빌려 준다면, 제가 그 악마의 목을 베어 당신 앞에 바치겠나이다."

침묵에서 깨어난 시바는 사랑하는 아내를 바라보았다. 그의 눈이 그녀의 혈관에서 타오르는 열화를 읽었다. 시바가 파르바티의 청을 수락하자 신들은 한데 모여 힘을 집결했다. 그들의 분노는 파르바티를 통해 체현하여, 그녀는 모든 신과 악귀보다 더욱 위험한 여신 두르가로 다시 태어났다. 두르가는 사자를 타고 신들의 대적에게 달려갔다. 악마는 비웃었지만 곧 여신의 맹공에 압도당했다. 물소로, 코끼리로, 위풍당당한 영웅으로 변신하여 두르가에게 대항한 마히샤는 끝내 여신의 광기 어린 무도에 짓이겨지며 목이 잘렸다. 두르가는 그 목을 들고 천계로 돌아와 경애하는 남편 앞에 바쳤다.

그러나 이야기는 거기에서 끝나지 않았다. 무서운 집념을 지닌 악마는 시바와 그 아내에게 한을 풀고자 몇 번이고 환생했다. 그리고 생사를 반복하면서도 기억을 놓지 않았다. 신들조차도 환생하면 본질을 망각한다고 하니 보통 독종이 아니었던 셈이다. 그는 매 생에서 군대를 이끌어 신들에게 도전했고 시바와 파르바티 역시 같은 집념으로 맞섰다. 머리가 떨어질 때마다 악마의 원한은 점점 더 부풀었다.

마침내 그런 수로는 승리할 가망이 없다고 판단한 마히샤는 천 년의 고행에 들어갔다. 육체와 영혼을 담보로 한 혹독한 고행은 그에게 특별한 능력을 부여했다. 자신을 치명적인 무기로 바꾸어 숙적의 심장을 꿰뚫는 능력이었다.

물론 불사자인 신들은 육신이 파괴된다 해도 사라지지 않는다. 신성한 본질이 살아 있는 한 얼마든지 환생하여 돌아올 수 있다. 그러나 마히샤의 노림수는 바로 삼사라, 윤회 원리의 파괴였다. 신들이 지닌 불멸의 영(靈)을 부숴 두 번 다시 윤회의 고리 속으로 되돌아오지 못하도록, 그들의 본질 자체를 소거하고자 했던 것이다.

만일 트리무르티 중 하나인 시바가 사멸한다면 세계는 끝난다. 그것은 다음 창조를 위한 휴지(休止)가 아니라 문자 그대로의 종말을 의미한다. 마히샤 역시 그 사실을 잘 알고 있었다. 그러나 자신의 전 존재를 내던진 그에게는 세계의 운명 따위 아무런 의미가 없었다. 악마의 뇌리에서는 이제 세계도, 동족도, 신도, 파르바티도, 그 자신마저도 시바라는 이름 아래 뒤섞여 하나가 되었다.

최후의 전장에서 시바는 몇 번이나 마주했던 그의 숙적과 재회했다. 곁에는 늘 그러하듯 파르바티가 있었다. 그녀는 여느 전장에서와 달리 칼리나 두르가가 아닌 본연의 모습으로 남편을 지켰다. 조짐을 초월한 당당하고 품위 있는 자태였다.

마지막 순간 구석에 몰린 마히샤는 마침내 공들여 벼린 주문을 읊었다. 아수라의 육체가 긴 창으로 변해 시바에게 달려들었다. 그러나 그 끝에 꿰뚫린 것은 남편 앞으로 뛰어든 파르바티의 심장이었다. 마히샤는 통한할 틈도 없이 신들의 여왕과 함께 재가 되었다. 그들은 비존재의 영역으로, 오직 절대만이 인식할 수 있는 곳으로 영원히 사라졌다. 죽음이 신들 위로 내린 것이다.

“끔찍한 일이지.”

락슈미의 눈 아래 깊은 주름이 파였다.

“우리는 비로소 데바의 퇴락이 무엇을 의미하는지 알게 되었어. 인간과 마찬가지로 자신의 유한성을 직시한 거야. 파르바티의 죽음은 그 자체로 충격이었지만 동시에 신들의 존엄을 파괴하는 사건이기도 했어. 그렇게 죽은 파르바티는 환생할 가망조차 잃었어. 완전한 무 속으로 사라진 거야.”

막막한 침묵이 주위를 덮었다. 락슈미는 잘 손질된 손톱을 물어뜯었다.

“신들 중에서도 특히 트리무르티는 남녀 합일의 존재라 해도 과언이 아니야. 시바는 때로 아르다나리슈바라, ‘양성구유의 신’이라고 불리기까지 하니까. 남성성과 여성성 중 어느 하나만으로는 세계를 다스릴 수 없어. 나를 포함한 데비들은 그저 내조자가 아니라 신성의 또 다른 얼굴이기도 해.”

파르바티가 죽음으로써 전능한 파괴자는 무력해졌다. 시바와 비슈누는 세계를 떠받치는 두 기둥이었다. 트리무르티 중 첫째인 브라흐마는 창조의 의무를 마친 뒤 피조물들을 관망할 따름으로 실질적인 위세가 없었다. 신들은 세상의 붕괴를 막기 위해 애도할 틈도 없이 새 데비를 물색했다. 그리하여 선출된 것이 그녀, 아유타였다.

“아유타 타다라카이는 쿠루의 왕녀였어. 즉 인간이었지. 우린 다시 한 번 혼란에 빠졌어. 그녀를 지명한 것은 계시를 통해 나타난 브라흐만의 뜻이었어.”

아유타는 불완전했지만 선량한 여자였다. 일편단심으로 시바를 섬기고 데비의 의무를 다하고자 애썼다. 그녀의 진지함에는 마음을 울리는 힘이 있었다. 신들은 파르바티를 추억하면서도 서서히 아유타의 헌신을 받아들였다.

“하지만 시바만은 예외였어.”

락슈미는 말했다.

“시바는 결코 아유타를 바라보지 않았어. 그에게 아유타는 그림자보다

엷은 존재였지. 시바는 처음부터 끝까지, 오직 파르바티만을 원했어. 마히샤가 그랬듯 시바에게도 세상의 운명 따윈 아무것도 아니었던 거야."

아유타가 아무리 노력한들 남편의 외면 속에서 데비의 역할을 해내는 것은 불가능했다. 신들은 초조했지만 기다렸다. 대신(大神)의 침묵을 거스를 수 있는 자는 아무도 없었다. 그렇게 시간이 갔다……. 마침내 긴 기다림에 종지부가 찍혔다. 아유타가 죽은 것이다.

"왜요?"

나는 놀라 물었다. 락슈미는 얼굴을 잔뜩 찌푸렸다.

"그걸 모른다니까. 시바는 아무 얘기도 해 주지 않았어. 아유타는 어느 날 갑자기, 정말 갑자기 죽어 버렸어. 다른 곳도 아니고 시바의 영지 카일라사에서 말이야."

그녀는 파르바티와 달리 삼사라 안에서 숨을 거두었다. 그러나 그 돌연한 죽음은 위태롭게 유지되던 천계의 평형을 무너뜨렸다. 신들은 두 데비의 잇단 죽음으로 깨달았다. 그들이 막아야 하는 것은 세계의 붕괴가 아니었다. 무너지는 것은 세계가 아닌 신들 자신이었다.

신들과 같은 모태를 공유한 아수라들도 위기를 직감했다. 마히샤의 소멸 이후 데바와 아수라는 처음으로 휴전을 선언하고 손을 잡았다. 그들은 세계의 힘이 그들을 벗어나 인간에게 향하고 있다고 판단했다. 그리하여 그들이 자신을 지키기 위해 선택한 방법은 다음과 같았다.

신과 악마는 세계를 인간에게 넘기고 휴면에 들어간다. 그동안 어떤 형태로든 하계의 일에 관여하지 않으며 힘도 봉인한다. 칼리 유가가 말기에 이를 때까지 데바와 아수라로서의 본질은 인간들 속에서 잠들어야 했다. 맹약은 그들의 뿌리인 브라흐만을 걸고 이루어졌다. 신들은 각자의 본질을 증명하는 표지를 이마에 찍고 잠이 들었다. 보다 힘이 약한 아수라들은 혼으로만 남아 인간의 육체를 취하며 살아가는 방식을 택했다.

"아수라들에게는 우리처럼 본질을 간직하면서 환생을 거듭할 힘이 없었어. 인간에게 기생하는 것만이 유일한 방도였지. 생각해 보면 불쌍한 녀석들이야. 수천 년 동안 단 한 번도 삶다운 삶을 살아갈 수 없었으니까."

나는 칼리가 해치운 세 아수라를 떠올렸다.

"그에 비해 운이 좋았던 우리는 하계의 공기를 마시면서 모든 기억을 잃었어. 적어도 지난 세대까지 평범한 인간이었지. 인간에게는 인간 나름의 부침이 있지만 길어야 백 년을 넘지 않아. 본질이 견뎌야 했던 시간에 비하면 그쯤이야……."

"그리고 이번 생에서 모든 것이 기억난 거군요?"

"응. '각성'이라고 할까. 날 때부터는 아니야. 어느 순간 갑자기 뭔가에 얻어맞은 것처럼 눈이 뜨이는 거야. 그땐 정말 죽는 줄 알았어. 엄청나게 고통스러워. 지난 생들의 기억이 한꺼번에 밀려오면서 감당할 수 없는 팽창이 일어나니까. 피부는 인간인데 세포만 무한정 늘어나는 셈이야."

락슈미의 눈꺼풀이 파르르 떨렸다. 그녀는 억지웃음을 지어 보였다.

"신들 중에는 그런 식으로 이미 각성한 자들도 있을 것이고, 아직 눈을 못 뜬 자들도 있을 거야. 네 여자 친구도 그래. 그 애는 지금 각성을 앞둔 상태야. 때문에 혼란에 빠져 아까처럼 난폭해지는 거지."

"지은이는 자기가 '칼리'라고 했어요."

락슈미는 멍한 표정을 지었다.

"무슨 소리야. 칼리는 파르바티의 이면이라니까."

"하지만 분명히 그렇게 말했어요. '나는 칼리다.'라고."

"웃기지 마. 칼리는 파르바티와 함께 죽었어."

"뭐, 진상은 저도 잘 몰라요. 잘못 들은 건 아닙니다. 지은이는 오래전부터 칼리에게 지배당하면서 지냈다고 했어요."

"말도 안 되는 거짓말이야."

락슈미는 화가 난 듯이 언성을 높였다.

"우린 몇 번이나 파르바티의 소멸을 확인했어. 그녀를 살릴 수만 있다면 뭐든지 했을 거야. 파르바티는 우리의 긍지이고 생명이었어. 아무도 그 이름을 함부로 입에 올릴 수 없어. 설령 아유타라고 해도."

나는 고개를 흔들었다. 등 뒤에서 지은의 그림자가 망령처럼 부풀었다. 혹 그녀가 모든 이야기를 듣고 있었던 것은 아닐까 하는 생각이 들었다.

락슈미는 표정을 누그러뜨렸다.

"뭔가 착오가 있었을 거야. 아유타가 혼란한 상태에서 자기를 파르바티라고 믿었든지."

"그럴 수도 있겠군요."

"아니면 강박증에 빠진 건지도 몰라. 아유타는 늘 파르바티의 그림자 아래 있어야만 했으니까."

"그럴 수도 있겠죠."

"설마 정말로 어딘가 이상해진 건 아니겠지?"

"그럴 수도 있겠네요."

"너 지금 내 얘기 제대로 듣고 있는 거야?"

"그럼요."

락슈미는 쓴웃음을 터뜨렸다. 그리고 피곤한 듯이 눈꺼풀을 질끈질끈 눌렀다.

"사실 나도 뭐가 뭔지 잘 모르겠어. 모르는 게 너무 많아."

"각성했다면서요?"

"그게 불완전해서 그래. 내 각성은 현재 진행형이야. 사실 힘은 5퍼센트도 돌아오지 않았어. 아수라들이 규합해서 덤비기라도 하면 꼼짝없이 당하고 말 거야."

락슈미는 말과는 달리 빙긋 웃으며 담배를 꺼내 물었다.

"자, 강의는 여기에서 끝. 질문 있니?"

나는 몇 가지 의문을 떠올렸다. 그러나 내가 정말 대답을 원하는지는 스스로도 알 수 없었다. 마른 소리가 목 아래로 사라졌다. 결국 내가 물을 수 있는 것은 하나뿐이었다.

"아까 신들과 아수라들 사이에 약조된 시간은 칼리 유가의 말기라고 했지요. 지금이 그때라는 겁니까?"

"그렇지."

"그게 무슨 뜻이죠? 내 말은, 지금 이 시간이 당신들에게 어떤 의미냐는 겁니다."

그녀는 천천히 재떨이에 담배를 비벼 껐다. 눈은 꽁초를 향해 있었지만 막에 덮인 듯이 불투명했다. 나는 그동안 다시 지은의 무거운 그림자를 의식했다. 그림자는 분침처럼 느릿느릿 움직였다. 1분, 2분…….

"칼리 유가는 시바의 시간이야."

마침내 락슈미는 침묵을 자르며 말했다.

"그리고 시바는 세계를 멸하기 위해 존재하는 신이지."

6

비죽한 송곳이 미간을 쪼고 있었다. 뒤척여도 끈질기게 머리를 따라붙었다. 짜증을 내면서 잠자리에서 일어난 뒤에야 미주는 송곳의 정체가 아침 햇살이며, 두통은 숙취 때문임을 깨달았다.

"아, 씨발…… 대가리 깨지겠네."

미주는 소리 내어 투덜거리고는 이불을 젖혔다. 안주로 집어먹은 과자 부스러기가 부슬부슬 날렸다. 무심코 거울을 보니 눈구멍이 푹 꺼진 여자가 서 있었다.

"겁쟁이 같으니라고……."

거울 속 여자는 미주의 조롱에 억지웃음으로 응했다. 그녀의 목에는 구멍 같은 홍반이 다섯 개 뚫려 있었다. 소름이 좍 일면서 등골이 수축했다. 자국마다 뒤룩거리는 눈알이 박혀 음산한 소리를 뿜는 듯했다.

그대가 바로 그것이니라!

"대체 뭔 헛소리냐고?"

대답은 없었다. 미주는 거울을 한 대 치고 방바닥에 주저앉았다. 머리가 불덩이처럼 뜨거웠지만 관절은 차갑게 굳어 아팠다. 사방에 널린 소주병과 과자 봉지를 멍하니 바라보던 미주는 커튼을 활짝 젖혔다. 그러나 날이 흐려 방으로 비쳐 드는 햇살은 그리 시원스럽지 않았다.

미주는 창틀 아래 웅크리고 생각에 잠겼다. 여자의 음성에 상처가 난 것은 기억만이 아니었다. 내면에 있는 무엇인가가 손상의 고통을 호소하고 있었다. 그녀를 진정 괴롭히는 것은 그게 무엇인지 모른다는 사실이었다.

이윽고 마음을 다잡은 미주는 뺨을 짝짝 두들기고 일어났다. 옷을 벗고 알몸으로 거울 앞에 섰다. 목의 상처는 흉했지만 군살 없는 몸매가 보기 좋았다. 팽팽한 긴장이 빈틈없는 윤곽을 이루고 있었다.

"병신처럼 굴지 말자고, 응?"

그녀는 거울 속 여자를 격려하려 손을 내밀었다. 맞은편에서도 손가락이 다가와 닿았다. 문득 미주는 반영의 얼굴에 묘한 미소가 떠오른 듯이 느꼈다. 다시 보았을 때 여자는 본체와 마찬가지로 둥근 눈을 치뜨고 있었다.

부엌에서는 또각또각 칼질 소리가 났다. 된장국 냄새가 풍겼다. 미주는 안도하며 일상의 정취를 빨아들였다. 그러고는 부엌문에 늘어진 주렴을 힘껏 걷었다.

"엄마, 나 어제 소주 네 병 마시고 잤다."

어머니는 등을 돌린 채 대답이 없었다.

"골이 깨질 것 같아. 된장국 말고 시원한 해장국이 먹고 싶은데. 콩나물 없어?"

또각또각.

"거참 너무하네. 아침부터 딸내미를 무시하기유?"

미주는 어머니에게 다가가 굵은 허리를 안으려 했다. 어머니가 식칼을 쥔 채 몸을 틀었다. 순간 미주는 복부를 뚫는 고통에 전율했다. 황급히 물러선 그녀의 눈에 배 위로 튀어나온 칼자루가 보였다.

"엄마……!"

미주는 헐떡이며 주저앉았다. 배를 감싼 팔이 피로 물들었다. 눈앞에 곧추선 어머니는 묘비처럼 단단하고 무표정했다.

엄마가 아니야.

미주는 배를 끌어안고 필사적으로 부엌을 나왔다. 불길이 상처를 타고 올라 목구멍을 태웠다. 몸속이 뜨거워질수록 피부는 바싹바싹 얼었다. 몇 발짝 내딛던 미주는 기운을 잃고 맥없이 굴렀다.

"아빠! 언니!"

미주는 핏물 속에서 몸부림치며 울부짖었다. 둔한 발소리가 들렸다. 파자마 차림의 언니와 아버지가 거실을 가로질러 다가왔다. 손을 뻗어 도움을 청하려던 미주는 두 사람에게도 무표정한 침묵이 덧씌워져 있음을 깨달았다.

언니가 몸을 구부려 식칼을 뽑았다. 미주는 날을 타고 흐르는 핏줄기를 망연히 응시했다. 귓속에서 윙윙 울리던 소리가 멀어지며 눈앞이 쪼그라들었다.

칼끝이 미주의 목을 겨누었다. 극심한 피로 속에서 미주는 갑자기 초연해졌다. 두려움이 사라지고 반쯤 닫힌 의식이 곤두섰다.

그대가 바로 그것이니라.

미주는 문득 깨달았다. 그 말이 공격하여 찢으려던 것은 그녀가 아니라 알아야 할 것을 가리는 장막이었음을.

시야가 붉게 물들었다.

더운 핏물이 미주의 눈 안으로, 입 속으로 쏟아져 들어왔다. 처음에는 자기 피 맛이고 빛깔이라 여겼다. 그러나 잠시 후 위통이 날아간 언니의 허리에서 쏟아지는 액체임을 깨달았다. 언니의 상반신은 거실 벽에 부딪혔다 떨어졌다. 미주의 정신이 퍼뜩 돌아왔다. 검은 채찍 같은 것이 허공에서 나부끼고 있었다. 뒤따라 어머니와 아버지의 몸이 동강동강 무너졌다.

마침내 사위가 고요해졌다. 미주는 널브러진 살덩어리 속에서 다가오는 기척을 느꼈다. 그가 움직일 때마다 공기가 두려움을 품고 술렁거렸다. 미주는 강한 갈증을 느꼈다. 식어 가던 심장이 불현듯 활기를 뿜었다.

미주는 간신히 눈을 굴려 머리맡을 보았다. 한 남자가 그녀를 내려다보고 있었다. 거무레한 피부와 긴 머리채. 이마를 가로지르는 세 가닥 직선. 삼엄할 만큼 반듯한 용모에 시간이 새겨져 있었다. 두 눈은 용광로처럼 뜨거운 한편 반사조차 없이 잔잔하기도 했다. 그 눈을 보자 무언가가 그녀를 찢으며 떠올랐다. 의식이 어둠 속으로 가라앉았다.

∾

수중의 중력이었다. 떠오르지도 않고 가라앉지도 않으며 그녀는 정처 없이 흘렀다. 호흡의 드나듦마저 느낄 수 없었다. 미주는 마음 편히 부유감을 즐겼다. 그 흐름을 거슬러 그녀의 바깥이 정수리를 뚫고 내부로 흘러들었다. 기억이었다.

미주의 마음이 기억 안에서 일렁거렸다. 때로는 고요하고 때로는 격렬했다. 때로는 요동치다 잘게 찢어졌다. 미주는 누군가가 기름을 뒤집어쓰고 장작가리에 오르는 광경을, 기아에 허덕이며 죽은 자식을 삶는 광경을, 호사를 누리다가 추락하는 광경을, 실연으로 자살에 이르는 광경을 지켜보았다. 한갓 범골로 살다 막을 내리는 인생에도 나름의 오르내리가 있었다. 이게 무언가? 전부 너 자신이다. 네 삶이며 네 죽음이다. 미주는 기쁨과 고통을 받아 들고 울었다. 그러자 양수가 부드럽게 그녀를 감싸 안았다.

쿵, 쿵, 쿵. 미주는 먼 고동을 온몸으로 감지했다. 눈을 감고 그 소리가 일으키는 향수를 들이마셨다. 이제 그녀는 세포의 자그마한 집적체였다. 배꼽을 통해 모체의 생명이 흘러들었다. 난 살아 있다! 미주는 환희하며 외쳤다. 그러나 그녀의 희열이 제대로 형태를 갖추려면 수개월이라는 시간이 더 필요했다. 미주는 협소하나 경계가 없는 산실에 몸을 맡긴 채, 기억이 자신을 다른 곳으로 인도하길 기다렸다.

이윽고 새로운 시공이 그녀를 쫙 벌리며 안으로 쏟아졌다. 미주는 건잡을 수 없이 팽창하는 힘이 되었다. 그 힘의 이름은 본질이다. 그녀의 본질. 그의 본질. 그들의 본질. 모두가 하나다. 우주적인 자아의 이면들이다.

푸루샤[12]가 입을 열자 온 우주가 그에게 빨려들었다. 미주 역시 흐름에 섞여 한 음성을 연주했다. 나의 이름은 우주의 죽음이니라.

……그리고 모든 것이 다시 시작되었다.

금강저를 휘두르는 신 인드라가 행한

최초의 영웅담을 내가 이제 말하리라.

그는 용을 죽여서 물들이 흐르도록 출구를 뚫었으며

---

12) '최초의 인간'. 절대인 브라흐만의 동의어로도 쓰인다.

산허리를 갈라 젖혔도다.

미주는 귀를 기울였다. 북소리, 환호성, 노랫소리.

그는 산 위에 누워 있던 용을 죽였으며,
트바슈트리[13]는 그를 위해 요란한 천둥 번개를 만들어 주었다.
우는 암소들처럼 물들은 흘러 바다로 치달았다.

거대한 코끼리 위에 앉은 제왕의 모습이 보였다. 그는 오른손에 빛의
창을, 왼손에 용의 머리를 들고 있었다. 모여든 군중 앞에 그가 왼손을 들
어 보이자 산이 떠나갈 듯한 환호가 이어졌다.

위대한 무기 천둥 번개로써 인드라는
최대의 적 어깨 없는 브리트라를 죽였도다.
도끼로 가지 잘린 나무 기둥처럼
용은 땅 위에 나자빠졌도다.

용의 머리에서 흐르는 피가 제왕의 팔을 적시며 단내를 풍겼다. 군중이
다시 한 번 입을 모아 찬미했다.

인드라여, 당신이 용들의 첫아이를 죽이고
당신의 마술로 마술가들의 마술을 이기자

---

13) 신들의 장인(匠人).

그 순간 당신은 태양과 하늘과 새벽을 출현케 하셨나이다.

그 후로 당신을 이길 적은 아무도 없나이다.

환성이 벼락처럼 미주를 강타했다. 그녀는 귀를 막고 움츠렸다. 그러나 소리는 가량없이 부풀어 올랐다. 마침내 미주는 자신이 소리를 듣는 것인지 소리가 된 것인지 분간할 수 없게 되었다. 몰아의 경지에서 그녀는 빛이 다가오는 것을 보았다. 시력이 사라졌다 돌아오자 그녀는 제왕의 자리에 가부좌를 틀고 있었다. 저 사악한 용을 죽인 영웅은 누구인가? 바로 나, 인드라이니라!

그녀/그는 홍소를 터뜨렸다. 신들의 열광이 눈 안으로 확 밀려들었다. 저들이 바치는 찬송은 당연하다. 그는 치열한 싸움 끝에 승리자가 되었고 신과 인간 모두에게 세계를 돌려주었다. 누군들 그를 우러르지 않겠는가? 아아, 그렇다. 그가 바로 나다. 신들을 통치하며 만물을 부리고 악을 하계로 떨어뜨리는 전사. 그것이 나 인드라이며, 나는 범할 수 없는 완전함이니라.

나는 존재하며 동시에 지배한다. 바닥이 없는 신비이자 위대함이니라. 시작과 끝이 모두 내 발치에 엎드려 복종한다. 만유를 짓는 자 비슈바카르만[14]이여, 나를 위하여 광휘로운 거처를 만들어 바치거라. 내게 어울리는 성소를 건축하는 영광을 그대에게 부여하노라.

오만에 충만하여 홀로 영광을 끼고 앉은 그/그녀, 인드라 앞에 한 소년이 나타났다. 지혜로 빛나는 이마를 지닌 소년은 제왕에게 경배한 뒤 온화한 목소리로 강론을 시작했다.

"신들의 왕이시여, 저는 우주의 무시무시한 종말을 알고 있습니다. 저는

---

14) 신들의 건축가이며 노동자와 예술가의 수호신.

매 순환 끝의 모든 멸망을 몇 번이고 보았습니다.

누가 감히 사라져 없어진 우주들을, 또는 광대한 바다의 형체 없는 심연으로부터 새롭게 거듭거듭 발생하는 창조들을 헤아릴 수 있겠습니까? 누가 감히 꼬리에 꼬리를 물고 서로를 쫓는 세계의 지나가는 시대들을 셀 것입니까? 그리고 뉘라서 넓고 무한한 공간을 통하여 각기 자기의 브라흐마와 자기의 비슈누와 자기의 시바를 안고 나란히 존재하는 우주를 세려 들겠습니까? 누가 그들 가운데 있는 모든 인드라들을 셀 수 있겠습니까?

오, 인드라여, 저는 긴 행렬의 줄을 이은 개미들을 보았습니다. 그것들 하나하나는 한때 인드라였습니다. 당신과 같이 경건한 행위를 한 자들은 한때 신들의 왕이라는 서열에 올라섰습니다. 하지만 수없이 많은 환생을 하는 동안 각자는 다시 개미가 되었습니다.

행위로 인하여 사람은 왕이나 사제의 대열에 서거나 어떤 신이나 인드라나 브라흐마의 대열에 끼게 되는 것입니다. 다시 행위를 통해서 사람은 병에 걸리고 아름다움과 흉함을 얻게 되고 괴물의 신분으로 태어나기도 하는 것입니다……."

뒤따라 한 성자가 들어왔다. 헝클어진 머리채와 남루한 차림새. 가슴 가두리에 무성한 털이 나 있었으나 중심부로 향할수록 성글었다.

성자는 소년을 도와 교만한 인드라에게 강론했다.

"제 가슴에 난 털 소용돌이는 세상의 어린아이들에겐 슬픔의 근원입니다. 그러면서 또한 지혜를 가르쳐 줍니다. 하나의 인드라가 쓰러지면 털 하나가 빠진답니다. 그것이 바로 가운데는 털이 하나도 남지 않게 된 이유입니다.

브라흐마의 범천(梵天) 아래 있는 모든 것들은 형체를 이루었다가 다시 해체되는 구름처럼 공허한 것입니다.

평화를 베푸시는 자, 가장 높은 정신적 안내자이신 시바가 제게 이 놀라운 지혜를 가르치셨습니다. 저는 다양한 형식의 구원을 체험하고자 갈망하지 않습니다. 높은 신의 하늘 거처에 거하면서 그와 영원히 함께하며 즐기기를 갈망하지 않습니다. 또는 겉으로 보이는 모습이나 의상을 차려입는 데 있어 그와 같이 되기를 갈망하지도 않고, 그의 존엄하신 실체의 일부가 되거나 그의 이루 필설로 다할 수 없는 본질 속에 완전히 동화되는 것조차 갈망하지 않습니다."[15]

이야기가 끝나자 소년과 성자는 미소를 머금고 홀연히 사라졌다. 인드라는 비로소 그들이 자신을 교화하기 위해 체현한 비슈누와 시바라는 사실을 깨달았다. 고개를 돌린 그는 사방 모두가 무(無)이며 허(虛)임을 직시했다. 통렬한 아픔이 제왕의 심장을 휘감았다. 인드라는 왕관과 보석을 벗고 얼굴에 흙을 칠했다. 한때 신들의 왕이었으나 이제 자존심을 내친 그는 맨발로 광야에 나섰다.

억겁의 시간이 지났다. 혹은 찰나였을지도 모른다. 명상에 잠긴 인드라의 발치에서 가없는 시대가 지고 개화했다. 마침내 초극에 이른 그는 계시를 얻었다. 어둠 속에서 너울거리는 빛의 띠. 그 고리를 두르고 지고한 존재가 춤춘다. 우아하게 나부끼는 손바닥 위에서 성스러운 불길이 치솟는다. 망각과 어둠을 디뎌 감춘 발밑에는 무지의 악마가 웅크린 채 짓밟혀 있다.

틀어 올린 그의 머리채가 춤사위에 쓸려 흐트러지면서 우주를 덮었다. 순간 인드라의 눈에서 미혹이 걷혔다. 그는 유일무이한 음 '옴'[16]을 깨달아 외쳤다. 옴, 우리를 무지에서 구하소서. 그러자 광대무변한 시간의 파도가

---

15) 이상의 대화 『인도의 신화와 예술』(하인리히 치머 지음, 이숙종 옮김, 대원사)에서 부분 인용.
16) 모든 베다의 핵심이며 우주의 궁극적 실재인 브라흐만을 상징하는 성스러운 주문.

그를 휘감았다.

우주는 미분화된 덩어리였다. 또다시 억겁을 보낸 뒤에야 한 줄기 빛이 눈에 닿았다. 그는 신들과 악마들이 우유의 대양에서 걸어 나오는 광경을, 연꽃에서 솟아난 브라흐마가 세계를 창조하는 광경을 보았다. 신들이 피조물과 더불어 세계 안으로 들어갔다. 삼사라의 고리가 세계를 감싸고 회전했다. 인드라는 비로소 비슈누와 시바의 금언을 이해했다. 그는 무한히 반복되는 창조와 멸망 사이에서 떼를 짓는 개미에 불과했다. 무수한 인드라들이 무수한 용들의 머리를 베고 무수한 개미로 되돌아가는 일을 거듭했던 것이다.

타트바![17] 인드라―미주―혹은 개미에 불과한 자아가 외쳤다. 소리가 우주와 공명하자 절정에 달한 시바의 춤사위가 가라앉았다. 물결을 이루던 머리채가 어둠에 녹아들었다. 그러나 그를 둘러싼 빛은 더욱 거세져 인드라의 기억을 지닌 자아에게 덤벼들었다. 앗 하고 눈을 감는 순간 격렬한 희열이 사지를 관통했다. 그리고 세계는 다시 본래의 암흑으로 되돌아갔다.

～

공간을 분할하는 소리.

미주는 귀를 세웠다. 이 또한 계시일까? 소리는 물처럼 쏟아지다가 빛처럼 부서지며 튀었다. 때로는 숨처럼 부풀고 잦아들었다. 한참 뒤에야 미주는 정체를 알았다. 음악이었다.

---

17) '바로 그것이옵나이다.'

가만히 뜬 눈에 익숙한 세계가 빙그르르 돌며 박혔다. 미주는 몸을 뒤척였다. 겨우 의식을 가다듬고 주위를 살폈다. 아무데도 죽음의 흔적이 없었다. 힘겹게 배를 더듬어 보았다.

상처가 없다.

미주는 몸을 일으켰다. 눈앞이 몽롱했다. 햇살 때문이었다. 고른 빛 속에서 먼지가 울렁울렁 떠돌았다. 그녀는 다시 뱃가죽을 걸터듬었다. 아직도 비린내가 코끝에 선명한데…….

"무엇을 찾는가, 폭풍우의 지배자여."

갑자기 선율이 목소리로 변했다. 미주는 놀라 고개를 돌렸다. 낯익은 그림자가 보였다. 그녀는 넋을 잃었다. 이것도 꿈일까? 그가 내 앞에 있다니!

"열어라(Jambha). 그대는 여전히 미몽에 잠겨 있구나."

그가 말했다.

미주는 일어섰다. 떨리는 다리를 비척비척 끌었다. 그의 입가가 그늘졌다. 미소를 짓고 있는 것은 아닐까? 그녀는 두려움에 전율했다. 시바, 야수들의 주.

"오, 샹카라[18]여……!"

미주는 무너지듯 엎드려 외쳤다. 흐느끼며 그의 발등에 입을 맞추었다. 눈물이 위대한 신의 발을 적시며 흘렀다. 고개를 들자 눈동자 가운데 우주가 흘러 떨어졌다. 그녀는 맨발로 서서 사무치는 광랑(狂浪)을 보고 있었다. 파도처럼 철썩이는 세계를 보고 있었다.

---

18) '은혜로운 자'. 시바의 별칭.

7

오래전 닥샤라는 프라자파티[19]가 있었다. 그에게는 사티라는 이름의 눈부시게 아름다운 딸이 있었다. 많은 신들이 그녀에게 구혼했지만 사티는 신 중의 신인 시바만을 흠모하여 아무에게도 눈을 주지 않았다. 그러나 교만하기 그지없는 닥샤는 시바를 탐탁히 여기지 않았다. 그는 혼기가 찬 딸을 시집보내려 스바얌바라[20]를 열었다. 곱게 단장한 사티는 구름처럼 모여든 신들 속에 시바가 없는 것을 알고 실망했다. 그녀는 신랑의 목에 걸 화환을 허공에 던지며 외쳤다.

"나의 남편이 될 이는 단 한 분, 만유의 주 시바뿐입니다."

순간 허공에서 손이 나타나 화환을 잡았다. 사티는 그녀가 앙모해 온 신이 모습을 드러내자 기쁨으로 실신할 지경이었다. 달의 왕관을 쓴 신은

---

19) 초기 베다 시대에는 브라흐만과 동일시되는 절대자였으나, 후기에 와서는 창조신 브라흐마의 마음에서 태어난 열 명의 자식들을 일컫는 단어가 되었다.

20) 여인이 결혼할 남자를 선택하는 절차.

사티를 데리고 카일라사로 돌아갔다. 그들은 그곳에 신방을 꾸리고 행복한 결혼 생활을 시작했다. 만물이 이 부부를 축복했지만 사티의 아버지인 닥샤는 내심 불만을 품었다.

어느 날 닥샤는 성대한 마제(馬祭)를 열었다. 브라흐마와 비슈누를 위시하여 모든 신들이 초대를 받았으나 시바만은 제외되었다. 신들은 타는 듯한 천상의 마차를 타고 강가[21]의 입구로 향했다. 이 광경을 본 사티는 의아하여 남편에게 물었다.

"주인이시여, 저이들은 대체 어디로 가는 것이옵니까? 사실대로 말씀해 주소서. 당신은 진실을 알고 계실 터이니까요."

시바는 "브라흐마의 아들인 닥샤가 마제를 올리고 있으며, 모든 하늘의 거주자들이 거기에 가고 있소."라고 답했다. 사티는 놀라움을 금할 수 없었다.

"고명하신 분이시여, 당신은 어찌하여 제사에 가시지 않습니까? 무슨 연고로 못 가시게 되었습니까?"

시바는 웃으며 닥샤가 그의 자리를 마련하지 않았노라고 대답했다. 아버지의 음험한 처사를 안 사티는 분노로 치를 떨었다. 그녀는 즉시 시바의 만류를 뿌리치고 제사장으로 향했다. 마제를 올리던 닥샤는 수행원들과 함께 들어서는 딸을 보자 노골적으로 비아냥댔다.

"미치광이들의 벗, 나태한 하인들의 우상인 네 남편은 어디에 있느냐? 그는 수치심도 없고 남을 존경할 줄도 모른다. 그는 묘지에서 타다 남은 시체의 재를 몸에 바르고, 그 시체의 뼈를 목에 걸고 다닌다. 나는 그와 같은 자를 내 사위로 인정하지 않는다."

---

21) 갠지스 강.

98

사티는 극심한 모멸감에 이를 갈며 비슈누와 브라흐마를 향해 외쳤다.

"오, 신들이여. 당신들은 그토록 고귀하신 분에 대한 중상을 듣고도 아무렇지 않습니까?"

그리고 그녀는 아버지를 차갑게 쏘아보았다.

"나는 위대한 분의 신성을 알아볼 수 없는 우매한 자의 딸로 태어난 것을 후회합니다. 나는 당신에게서 빌린 이 저열한 육체를 저주합니다. 지금부터 나는 육신을 버리겠습니다. 그리고 부끄럽지 않은, 내가 자랑으로 삼을 수 있는 다른 부모의 태(胎)를 빌어 환생하고야 말 것입니다."

사티의 증오는 요가의 불꽃이 되어 타올랐다. 그녀는 자신의 마음이 최고의 신 시바에게 전해지도록 스스로를 불태웠다. 사티의 심장이 재로 변하자 가나[22]들은 격분하여 닥샤에게 덤벼들었다. 그때 성자 브리구가 희생제의 불꽃 속에 공물을 던졌다. 곧 불 속에서 수백의 마수들이 나타났고 그 위세에 눌린 가나들은 피신할 수밖에 없었다.

카일라사로 돌아간 가나들은 시바에게 자초지종을 보고했다. 시간과 죽음의 지배자 시바는 뜻밖의 비보에 격노했다. 그는 자리를 박차고 일어나 긴 머리채를 잘라서 내팽개쳤다. 그 즉시 머리채가 불타오르며 천 개의 손을 단 요괴를 낳았다. 시바는 요괴 비라바드라에게 닥샤를 죽여 사티를 공양하라고 명했다. 비라바드라는 공포를 자아내는 시바의 종들과 함께 날아가 희생제를 파괴하기 시작했다.

놀란 닥샤는 비슈누와 인드라 앞에 무릎을 꿇고 목숨을 구걸했다. 인드라는 부하들을 이끌고 비라바드라에게 맞섰다. 그는 온 힘을 다해 분전했지만 비라바드라가 날린 화살에 중상을 입고 말았다. 인드라가 쓰러지

---

22) 시바의 수행원들.

자 가루다를 탄 비슈누가 나섰다. 그러나 하리[23]의 신성한 원반조차 시바의 분노 앞에서는 맥을 추지 못했다. 마침내 비슈누가 후퇴한 뒤 요괴를 막을 자는 아무도 없었다. 비라바드라는 거침없이 닥샤의 머리를 베어 불속에 던졌다. 복수를 마친 뒤에도 요괴는 파괴를 그치지 않았다. 대지는 심하게 진동했고 비탄의 신음성이 여기저기에서 솟았다.

신들의 조부인 브라흐마는 당혹하여 어쩔 줄 몰랐다. 그는 시바 앞에 나아가 호소했다.

"주여, 신들의 수령, 적을 괴롭히는 자, 위대한 신이시여, 이 파괴를 멈추어 주소서. 모든 신들과 현자들이 당신의 진노 때문에 잠시도 쉼을 얻을 수 없습니다. 지고의 신이시여, 법도를 아는 이여, 당신에게서 태어난 이 열이라는 이름의 마물이 사람들 가운데 돌아다니면 온 땅이 한 덩어리로 된 그의 에너지를 감당할 수 없습니다. 바라옵건대 그를 여러 부분으로 나누소서."

시바는 브라흐마의 청을 받아들여 비라바드라를 잘게 부수었다. 요괴의 파편은 타파스[24]가 되어 삼라만상에 스며들었다. 이 불꽃은 인간을 신에게로 인도한다. 인간은 누구나 파괴하는 자의 무한한 에너지를 몸속에 지니고 있다.

한편 시바는 브라흐마의 다른 청 또한 수락하여 닥샤에게 생명을 돌려주었다. 다시 살아난 닥샤는 순수하고 지고한 존재 앞에 엎드려 진심으로 참회했다. 이리하여 천계에는 평화가 되돌아왔다. 그러나 시바의 가슴에는 채울 수 없는 공허가 남았다. 그는 사티의 유해를 끌어안고 세계를 방랑했다. 슬픔에 잠긴 그의 발자국으로 온 우주가 어두워졌다. 마침내 비

---

23) '유지하는 자'. 비슈누의 별칭.

24) 열, 에너지.

슈누는 시바가 마음을 다잡도록 원반으로 사티의 유해를 부수었다. 그녀의 육체는 하계에 흩어져 순례 성지가 되었다. 비슈누의 도움으로 의식을 되찾은 시바는 카일라사로 돌아갔다. 그리고 그는 아내의 영혼이 파르바티라는 이름으로 환생할 때까지 깊고 긴 침묵에 잠겨들었다.[25]

∼

나는 책을 덮었다.

바닥에 누워 천장을 보았다. 방이 써늘했다. 형은 며칠째 연락도 없이 집에 들어오지 않았다.

맘대로 해.

나는 입 안 가득 쓴맛을 물고 중얼거렸다. 인도든 네팔이든 가 버려. 내 인생에서 사라져. 아예 영원히 나타나지 말라고.

머리맡을 더듬자 이윤아가 내민 권총이 잡혔다. 헛웃음이 나왔다. 이걸로 나를 지킨다고 무슨 소용이 있을까? 정말로 그들이 세계를 멸망시키려 든다면 말이다.

나는 총을 놓고 눈을 감았다. 이윤아의 이야기를 병자나 광신도의 헛소리라 생각하긴 쉬웠다. 그날 밤 그 남자를 보지 않았다면, 지은의 기괴한 살육이 없었다면, 그리고 형만 개입하지 않았더라면. 나는 내가 알던 형을 돌이키려 애썼다. 형은 누구나 좋아할 수 있는 사람이었다. 유쾌하고 낙천적이고 근심을 몰랐다. 그러나 그 역시 신성의 일종이었던가?

그렇다면 내가 알던 형은 단순한 가장에 불과했을까? 아니면 비슈누의

---

25) 『경전으로 본 세계종교』(전통문화연구회 엮음)에서 부분 인용.

자아가 어느 시점에선가 솟아올라 형을 지워 버린 걸까. 이윤아는 그것을 '각성'이라 표현했다. 각성을 통해 그들이 완전해진다고 말했다. 하지만 나는 역시 비슈누가 형을 삼켜 버렸다고 생각할 수밖에 없었다. 만일 그렇다면 신 따위는 죽어 버려라. 전부 뒈져서 책 속에나 처박히란 말이다. 벌써 백 년도 전에 인간은 신을 죽였는데, 이제 와서 왜 새삼스럽게 튀어나온 것인가. 나는 총을 쳐서 멀리 제치고 책상에 쌓인 책들을 노려보았다. 도열한 문자들은 신화에 대해 많은 이야기를 했다. 그러나 그중 어떤 것도 세상의 종말에 앞서 어떻게 대처해야 하는지는 알려 주지 않았다.

그리고 또, 임지은…….

아유타라고 했던가. 파괴신의 아내. 나는 힘없이 자조했다. 웃지 않고서는 견딜 수가 없었다. 지은은 어쩌면 모든 것을 알고 있었을지도 모른다. 다른 이들이 그랬듯 교묘한 낯빛으로 나를 기만했을지도 모른다.

나는 방구석을 돌아보았다. 그리고 거기에 쪼그려 잠들었던 지은을 떠올렸다. 아니야, 그럴 리 없다. 나는 마음을 고쳐먹었다. 적어도 그녀만은 진심이었을 것이다. 나와 마찬가지로 아무것도 몰랐을 것이다. 세상의 모든 무지한 자들에게 은총이 있으라. 비록 은총을 내려 줄 신이 하나같이 음모론의 배후라 할지라도.

시바, 춤추는 자들의 왕. 나는 이윤아에게 그와의 만남에 대해 묻지 않았다. 이윤아도 별다른 말은 하지 않았다. 어쩐지 그녀가 그에 대한 언급을 회피한다는 생각도 들었다. 그의 이름은 모두에게 수수께끼인 것 같았다. 왜 그는 예전에 나를 알던 것처럼 말했을까? 왜 나는 그의 시선을 뿌리칠 수 없었을까? 그리고 어째서 그가 내 곁을 스쳐 어둠 속으로 사라지도록 내버려 둘 수밖에 없었던 걸까?

마침내 나는 대답 없는 질문에 질려 머릿속을 비웠다. 눈을 감고 잠이 찾아오길 기다렸다. 이윤아의 말대로 어쩌면 망각만이 최선이리라. 아무것도 모른다면 두렵지도 않겠지. 하지만 나는 그녀의 제안을 거부했다. 그럴 수밖에 없었다. 무슨 일이 있어도 곁을 지키겠다고 지은과 약속하지 않았던가. 나는 귓가를 더듬어 지은의 호소하는 듯한 목소리를 떠올렸다. 무모한 짓을 했다고 깨달은 것은 그 순간이었다.

다음 날 나는 학교에 갔다. 지은이나 미주와 마주치지 않을까 두렵기도 했지만 더 이상은 견딜 수가 없었다. 정적 속으로 침잠할수록 의혹은 끝도 없이 부풀어 갔다. 버글버글한 면면을 앞에 두고서야 내가 침묵에 그리 익숙지 않다는 사실을 깨달았다. 제법 고독을 즐기는 척했지만 사실은 늘 누군가가 곁에 있었던 것이다. 나는 지난 몇 년간 아무와도 함께 식사한 적 없다는 지은의 말을 기억했다. 그리고 가슴이 뒤틀리는 듯한 고통을 느꼈다. 결국 나는 그녀를 진정으로 이해한 적이 없었다. 단 한 번도.

강의실 끝에 앉아 몸을 숨기고 공책이 찢어지도록 낙서만 했다. 그때 교수의 말이 귓속을 헤집었다.

"여러분 중에 신이 있습니까?"

학생들이 웃었다. 나는 펜을 떨어뜨리고 긴장했다.

"없죠? 다 인간이죠. 절대적인 진리를 알 수 없는……."

강의가 이어졌다. 나는 엎드려 귀를 막았다. 모두가 공모자였다. 광인은 나였다. 무지를 무지라고 깨닫고도 진리에 접근할 길이 없을 때 인간은 미쳐 버리는지도 모른다.

다음 수업에는 들어가지 않고 도서관 앞에 앉아 행인들을 관찰했다. 삶이 다양한 형태로 활보하고 있었다. 갑자기 전에 없던 감정이 솟구치는 것을 느꼈다. 깊고 절절한 아픔이었다. 어린 시절 나는 남들보다 늦된 아이였다고 들었다. 걸음마도 말도 글을 배우는 것도 유난스레 느렸다고. 그리고 지금도 삶을 잃을 처지에 놓여서야 그것이 얼마나 소중한지 깨닫고 있다. 이토록 어리석으니 벌을 받아도 별수 없다는 자괴가 솟았다.

나는 쉼 없이 핸드폰을 열었다 닫았다. 손가락이 계속 형과 미주의 번호 근처에서 통화 버튼을 누르려다 멈추었다. 다른 이름을 찾아 전화번호부를 뒤졌지만 끝내 누군가를 불러낼 용기가 나지 않았다. 지금 나를 부르는 목소리가 들린다면 욕설부터 튀어나올 것이 틀림없다. 핸드폰을 가방에 처넣자 나는 무기력해졌다. 문득 견딜 수 없이 지은이 그리워졌다.

학교를 나와 집에서 먼 길을 찾아 돌았다. 뭐든 좋으니까 낯선 풍경을 눈에 담고 싶었다. 내가 많은 것들을 놓쳐 왔음을 새삼스럽게 자각하고 싶었다. 그러나 어디로 돌든 거리는 비슷비슷했다. 나는 억지로라도 보이는 것마다 의미를 부여하려 했다. 하지만 어차피 그 모두가 곧 사라질 거라는 생각만 강해질 따름이었다.

다시 지은이 떠올랐다. 매번 어김없이 지은에게 돌아가는 상념이 내가 그녀를 얼마나 원하는지 깨우쳐 주었다. 그러나 거기에도 의혹은 있었다. 그간의 이끌림이, 갈증이, 과연 어떤 이면도 없는 진실이라 할 수 있을까? 처음부터 그녀는 그저 혼돈을 예고하며 다가온 조짐이 아니었을까? 모든 것이 멀어졌다. 함께 내디딘 걸음걸음을 적시던 날숨이며 손바닥에 탄력을 새기던 감촉마저도.

의식 내부의 윤곽선들이 희미해졌다. 세계는 밖이 아니라 내 안에서부터 무너지고 있었다. 시야가 검푸르게 침침해졌다.

어둠…….

나는 걸음을 멈추었다.

가없는 암흑이 사위를 휘감고 있었다. 머리 위에서 위압적인 공허가 너울거렸다. 나는 당황해서 입을 열었다. 그러나 소리는 나오자마자 어둠에 빨려들어 자취를 감추었다.

발밑이 거칠게 뒤틀렸다. 무언가가 나를 잡아당기고 있었다. 착각이 아니었다. 발목을 움켜쥔 악력의 손마디까지 느껴졌다. 누군가가 나를 끌어내려 드는 것이다. 내 육체를 차지하려 하는 것이다.

나는 필사적으로 그를 뿌리치려고 했다. 그러나 감각이 의지에 반응하지 않았다. 검은 체액이 수면에 떨어진 먹물처럼 몸 전체로 퍼져 나갔다. 의식이 천천히 자리바꿈을 시도하는 순간, 나는 암흑의 중심에서 번들거리는 사악한 눈동자를 보았다.

……무언가가 내 팔을 붙들었다.

차갑고 단단한 손가락이었다. 나는 남은 힘을 짜내어 거기에 매달렸다. 분노로 이를 악문 어둠이 내 안에서 씻겨 나갔다. 이윽고 정신을 차렸을 때 나는 석양으로 불그무레한 골목에 서 있었다.

온몸이 질척거렸다. 나는 더듬더듬 살갗을 쓸어 감각이 온전한지 확인했다. 마침내 살아났다는 사실을 확인하자 힘없이 다리가 꺾였다. 나는 머리를 담벼락에 기대고 긴 한숨을 쉬었다. 아수라다. 이번에는 내가 표적이 된 것이다.

내게 붙어 있다던 수호는 어떻게 된 걸까? 이제 무의미해졌을까, 아니면 형이나 이윤아가 나를 포기한 걸까. 어느 쪽이든 달갑지 않았다. 어둠은 그저 빛이 부재하는 상태가 아니었다. 악의와 증오와 고통이 뒤엉켜 침적한 진창이었다. 다시 마주하느니 차라리 세상의 종말을 기다리는 게 나을 성싶었다.

팔목에 서느렇지만 미더운 감촉이 남아 있었다. 누구였을까?

"오빠!"

나는 고개를 들었다.

보라색 그림자 끝에 동생이 서 있었다.

~

영이는 방구석에 가방을 던지며 투덜거렸다.

"내 이럴 줄 알았어. 돼지우리도 이것보단 깨끗하겠다."

나는 멍하니 동생을 바라보았다. 녀석이 왜 눈앞에 있는지 알 수 없었다. 머릿속의 너더분한 혼란에 한 획이 덧붙은 것 같았다.

영이가 다리를 쭉 뻗고 앉아 히죽거렸다.

"대학생은 한가하지? 내일부터 서울 구경 좀 시켜 줘. 가고 싶은 데 리스트도 쫙 뽑아 왔어."

"왜 왔어?"

"아까 말했잖아. 엄마 대리라니까. 비싼 돈 들여 대학까지 보내 놨더니 어쩜 그러냐? 준이 오빠야 원래 그렇다 쳐도 막내 오빤 진짜 실망이야. 방학 때도 안 내려오고 전화도 자주 안 하고!"

나는 벽에 기대 앉아 얼굴을 가렸다. 쉴 새 없이 깨죽거리던 영이가 걱정스럽게 들여다보았다.

"어디 아파?"

"아니."

"아까부터 이상한데?"

"집에 가."

"뭔 소리야?"

"내일 당장 내려가라고. 여긴 네가 돌아다닐 만한 동네가 아냐. 살인 사건도 났고……."

"아, 나도 알아. 텔레비전에서 봤어. 그거야 멍청하고 돈 많은 사람들이나 당하는 거 아냐?"

"가라니까! 좀……."

순간 목구멍이 턱 막혔다. 어둠을 갈기갈기 썰던 지은의 웃음소리가 떠올랐다. 이윤아의 총구에서 피어오르는 연기, 그리고 형. 나는 국외자였다. 그들의 방해물이었다. 이윤아가 옳았다. 지금이라도 짐을 싸서 동생과 함께 기차를 타야 하지 않을까. 그리고 기다리는 거다. 순응하면서 얌전히, 어느 날 잠자리에서 세상이 끝나 버리기를.

"왜 그래, 오빠야……."

나는 이불을 뒤집어쓰고 드러누웠다. 옆에서 계속 말을 걸던 영이는 포기하고 컴퓨터를 켰다. 아이돌 그룹의 노랫소리가 흘러나왔다. 발로 반주를 맞추며 흥얼흥얼 따라 부르는 동생의 목소리가 겹쳐 들렸다.

나는 귀를 막았다. 잔뜩 움츠리며 더운 안구를 눈꺼풀 속으로 밀어 넣었다. 그럼에도 숨을 곳이 없었다. 어디에나 나를 엿보고 구속하고 침범하면서 아무것도 허락하지는 않는, 사변으로만 이루어진 우주가 달라붙어 있었다.

8

"왜 네가 여기에 있냐?"

형의 목소리가 들렸다.

"둘 다 오랜만에 본 막내한테 왜 그래? 할 말이 그렇게 없어?"

"없다. 왜 여기서 얼쩡거리고 있냐고."

"엄마가 감시하라고 보냈어. 하여튼 전화도 안 하고 방학 때도 안 내려오고……."

나는 문밖의 대화를 등에 지고 헌 잡지를 노끈으로 묶었다. 힘껏 매듭을 만든 뒤 커다란 봉투에 페트병이니 맥주 캔 등을 쑤셔 박았다.

"……단이 오빠도 바빠서 못 놀아 준대고……. 오빠라도 나 서울 구경 좀 시켜 줘."

"나도 바빠. 이따 또 나가야 돼."

"여자랑 노느라 바쁘시겠지! 그럼 용돈이라도 주든가!"

한참 승강이가 있더니 부스럭부스럭 소리가 났다. 영이가 꺅 환호를 지르며 "다녀올게!" 하고는 쿵쿵 떠나갔다.

형이 문을 열었다.

나는 양손에 쓰레기 보따리를 들고 우뚝 마주 섰다.

"단아……."

나름 대비를 했을 텐데도 형의 얼굴에는 곤혹이 역력했다. 그리고 나 또한, 그 표정을 앞두고는 계속 궁리한 말 중 어느 것도 떠오르지 않았다.

"단아, 그게……."

"아, 진짜!"

나는 눈을 피하며 소리쳤다.

"방 꼴 좀 봐! 자기 쓰레기는 자기가 치우기로 했잖아. 이거 다 형이 마신 거야! 나머지 싹 치우고 바닥도 물걸레로 닦아 놔!"

나는 형을 밀치고 뛰쳐나갔다.

우습다고는 생각했다. 그러나 신이 된 가족을 처음 배알하면서 누군들 얼마나 더 경건할 수 있겠는가?

∼

대문 앞에는 지은이, 따가운 햇살을 뒤집어쓰고, 너무 선명해서 가짜 같은 모습으로 서 있었다. 여전히 철겨운 외투 차림이었다.

"선배."

그 목소리는 전에 없이 부드러웠다.

"연락도 없이 미안해요. 형님하고 같이 왔어요. 손님이 오셨나 보네요."

"동생이야."

"미인이던데요. 눈하고 입매가 선배를 닮았어요."

그녀는 내가 고개를 돌리지 못하도록 시선으로 포박하고 있었다.

"들어가서…… 얘기할까?"

"아니에요. 여기서도 괜찮죠? 좀 덥긴 하지만."

"잠깐만. 이것 좀 버리고 올게."

쓰레기를 내려놓고 허리를 세우며 나는 등 뒤에 선 그녀가 햇빛에 녹아 사라지길 빌었다. 다시 내 앞에 나타나지 않으리라 여긴 적도 있었다. 불안과 기대가 반반이었다. 그러나 이 며칠 그녀에게는 또 무슨 변화가 있었던지 이제는 나를 압도하는 눈초리가 되어 있는 것이다.

"걸을까?"

"저 슈퍼 앞……."

구멍가게 앞에 더러운 평상이 있었다. 지은은 아이스크림 얼룩에 몰린 파리 떼를 쫓고 앉았다.

우리는 한동안 봄과 여름이 각축하는 하늘을 올려다보았다.

"윤아 씨한테 다 들었어요. 선배가 안다는 얘기도."

지은이 먼저 입을 열었다.

"미안해요. 말려들게 해서. 다쳤다면서요?"

"이젠 말짱하고, 네가 사과할 일도 아니야."

"전부 미안해요. 전부."

지은은 무릎 위에서 주먹을 꽉 틀어쥐었다.

"이윤아 씨가 그러더군요. 세상이 끝나는 순간 나는 진정한 본질을 되찾게 될 거라고. 혼란에서 자유로워질 거라고요. 하지만 거짓말이에요. 세상이 끝나면 지은이는 죽어요. 아유타는 살아남겠지만 임지은은 완전히 사라지는 거예요. 본질이 뭐 어떻다고요? 아무것도 이제껏 버틴 시간을 대신 못 해요. 그건 아유타의 것도, 칼리의 것도 아니라 내 거예요. 임지은의 시간이에요."

"미안한 건 나야. 뭘 어떻게 해야 할지 모르겠어. 며칠 동안 계속 자학만 했어. 그게 제일 만만하더라. 너도 날 실컷 욕해. 무능력자, 병신, 거짓말쟁이, 뭐든 상관없어."

"그러지 말아요. 선배는 날 위해 노력해 준 유일한 사람이에요."

그러고는 다시 둘 다 말이 없었다. 땀 맺힌 콧등을 밑으로 하고 햇발과 그림자의 놀이만 바라보았다. 작열하는 태양에 머릿속이 하얗게 말라 버린 것 같았다.

이윽고 지은이 일어섰다.

"그만 갈게요."

그녀는 씩씩한 미소를 지었다.

"마지막으로…… 인사하고 싶었어요. 그냥 솔직히 보고 싶었다고 할게요. 고마웠어요. 그동안 아주 많이…… 좋았어요."

지은은 나직이 한숨 쉬고 덧붙였다.

"형님한테도 안부 전해 주세요. 내가 너무 충격 받지 않도록 마음 많이 쓰셨어요."

그녀가 돌아서는 순간 날카로운 경고음이 들렸다. 나는 벌떡 일어나 지은의 팔을 잡았다.

"어쩌려고?"

"죽을 거예요."

"미쳤어?"

"잘 생각해 봐요, 선배. 내가 없으면 시바의 힘은 완성되지 못해요."

지은은 내 손을 뿌리치고 물러섰다.

"가볍게 하는 말이 아니에요. 그렇게 감상적이지도 않아요. 냉정하게 생각하고 내린 결론이에요. 난 칼리를 알아요. 형님과 이윤아 씨는 나한테 그 여자가 죽었다고 했어요. 하지만 이 안에 있는 건 분명히 칼리예요. 누가 뭐래도 난 알아요! 그런 힘이 파괴라면 인간들에게는 가망이 없어요."

지은은 칼날처럼 꼿꼿했다.

"난 신들이 미워요. 물론 인간의 탈을 쓴 상태에서는 다 좋은 사람들이 겠죠. 하지만 데바일 때는 극도로 이기적이에요. 그런 놈들에게 기회를 주고 싶지 않아요. 절대의 품으로 돌아가도록 내버려 두지 않겠어요. 내가 죽으면 신들은 이번 생에서의 기회를 잃게 돼요. 그러니까 내 나름의 복수이기도 해요."

"임지은!"

"전에 시바를 만났다고 했죠?"

나는 숨을 멈췄다.

"난 아유타에 대해 아무것도 몰랐어요. 형님한테 듣기 전까지는요. 그러니 내 전생에 대해선 말할 게 없어요. 하지만 이것만은 확실해요. 시바가 추억 때문에 아유타를 냉대한 것처럼, 아유타도 시바를 사랑하지 않았어요. 단 한순간도."

지은은 입술을 깨물더니 언성을 낮추었다.

"그러니까 난 아무런 의무감도 느낄 필요가 없어요. 내가 죽으면 신들은 다음 생까지 쫓아오겠죠. 그러면 언제까지라도 도망칠 거예요. 절대 굴복하지 않겠어요. 아유타는 원래 인간이었어요. 그리고 임지은이라는 여자 역시 인간이에요."

나는 더 이상 입을 떼지 못했다. 지은은 지친 듯 고개를 떨어뜨렸다. 둥글게 흰 어깨가 이상하리만큼 눈에 익었다.

그 모습을 보는 동안 내 마음의 모양이 점차 뚜렷해졌다. 혼란만은 아니었다. 나는 분노하고 있었다. 내게서 권리를 빼앗은 모든 존재에 대해. 만일 우리끼리의 문제라면 어떤 혼란이든 기꺼이 감수했으리라. 착오나 실패가 있더라도 전부 내가 만들고 받아들인 것이므로, 실망을 동력으로 삼아 나아갈 수도 있었을 것이다. 그러나 지금 우리의 관계는 완전히 타력에 내둘리고 있었다. 우리가 느끼는 감정 중 어느 하나도 스스로 원해서 선택한 것이 없었다. 바로 그 사실이 그녀와 나에게서 서로를 빼앗고 있었다.

내 자존심은 소리 높여 반발했다. 아무도 우리를 지배할 수 없다. 설령 신이나 악마라 할지라도 우리에게서 무언가를 빼앗거나 다치게 할 수 없다. 그러나 판단력이 냉정한 목소리로 딴죽을 걸었다. 결국 자유 의지란 우리의 존재와 마찬가지로 허상이 아닌가?

지은은 진작부터 내 심중을 읽은 것이 분명했다. 그래서 호소하거나 비난하지 않고 이별을 고한 것이다. 고통에 익숙한 그녀는 나보다 똑바로 상황을 볼 줄 알았다. 어쩌면 내가 무작정 마음을 던진 그 순간부터 파국을 예감했을지도 모른다. 나는 그녀의 혼란을 뚫고 지나가는 일개 그림자에 불과했다.

그래도 그녀는…… 나를 허락하지 않았던가. 내면의 괴물과 싸우느라 급급한 와중에도 나를 위해 마음의 일부를 남겨 두지 않았던가. 아무런 의심 없이 그걸 받아들인 내가 이렇게 돌아서도 될까? 스스로의 가슴마저 배신하고?

"같이 가자."

내가 말했다.

바짝 거들뜬 지은의 속눈썹이 떨렸다.

"다른 수가 있을 거야. 아무튼 그딴 짓은 하지 마. 난 네가 싫어해도 곁에 있겠다고 했어. 기억나지?"

"선배는 나한테 빚진 게 없어요."

지은은 거칠게 물러서며 말했다.

"이건 내 문제예요. 나와…… 자칭 신들의 문제라고요."

"이대로 앉아서 세상이 끝나길 기다리긴 싫어. 그러니까 내 문제이기도 해."

"왜 이렇게 바보같이 굴어요? 선배도 인정했잖아요. 뭘 어떻게 할지 모르겠다고."

"네가 그런 짓을 못 하게 막을 수는 있어."

"전에 말한 거 잊어버렸어요? 우연이란 건 없다고 했죠. 선배는 이용당하고 있어요. 비슈누가 선배의 형으로 태어난 것, 내가 선배를 만난 것, 전부 계획의 일부라고요."

"무슨 계획?"

"내가 어떻게 알아요? ……시바라면 알지도 모르죠."

그 이름이 나오자 우리는 누가 먼저라 할 것 없이 침을 삼켰다. 터부를 범한 것처럼 공기가 차가워졌다. 잠시 후 지은이 조심스레 내 손을 잡았다.

"선배는 할 만큼 했어요. 고마워요. 하지만 이제 됐어요. 정말이에요. 마지막이라도 내가 원하는 대로 하게 해 줘요."

"절대 안 돼."

우리는 서로를 노려보았다. 문득 그녀의 얼굴에서 빛이 바랬다. 두꺼운 구름이 해를 덮고 있었다.

지은은 한숨을 쉬며 내 어깨에 이마를 기댔다.

"그래서, 어쩌려고요?"

"몰라."

나는 그녀의 어깨 너머로 하늘을 보며 말했다.

"모르겠지만, 할 수 있는 데까지 해볼 거야."

"불가능하면요?"

"적어도 끝까지 발악했다고 자부는 할 수 있겠지."

지은은 예전에 그랬듯 내게 이마를 눌러 붙이며 울었다. 그러나 특별히 의미가 담긴 울음은 아니었다. 할 말이 없어지자 말의 공백을 눈물로 메우려 했을 뿐이다. 우리는 무력했고 그런 식으로밖에 서로를 공유할 방편이 없었다.

이윽고 울음을 그친 지은은 눈물범벅인 채 나를 바라보았다. 그러고는 내 손을 끌어 자신의 얼굴에 가져다 댔다.

"웃기지 않아요? 상황은 거창한데 마음은 언제나 꼭 한 사람의 크기만 한 넓이밖에 못 가진다는 게. 그리고 열심히 발버둥 쳤다 싶은데도 돌아 보면 마음의 면적만큼만 움직였다는 게. 나요, 정말 죽자고 달렸어요. 그 래서 도착한 게 여기예요. 그동안에도 힘이 완전히 바닥나기 전에 어떻게 든 선배를 떨쳐 버리려고 했어요. 그런데 이제 보니 한 손으로는 선배를 밀치면서 다른 손으로는 열심히 부둥켜 잡고 있었네요."

지은은 눈을 감았다가 가늘게 떴다.

"가끔 난 견딜 수가 없었어요. 선배가 나 아닌 다른 걸 쫓고 있다는 생 각이 들었어요. 어쩌면…… 선배 자신에게 결핍된 무언가를."

나는 반박하지 못했다. 지은은 그럴 줄 알았다는 듯 눈가에 주름을 잡 으며 웃었다. 그러고는 내 손가락을 잡아 움직이며 자신의 볼을 더듬게 했다.

"지금 이 감촉…… 내 피부의 감촉…… 이것만이 현실이에요. 잘 새겨 둬요, 선배. 느낄 수 없는 것은 거짓말이에요. 감각의 문제가 아니에요. 마음으로 받아들일 수 없는 것은 다 허상이에요. 신들이 우리의 존재를 부정한다면 우리도 신들을 부정할 수 있어요."

나는 가만히 그녀의 볼을 쓸었다. 손끝이 눈물로 미끈거렸다.

"내 육체가 여기에 있어요. 나한테는 이게 곧 진실이에요. 숨을 쉬고 움직이고 누군가를 원해요. 그 이상 뭐가 더 중요해요?"

나는 지은을 꽉 끌어안았다. 불덩이 같은 체온이 맞닿았다. 그렇다, 여기에 육체가 있다. 그리고 욕망이 있다. 비로소 그녀가 고동치는 생명으로 다가왔다. 모든 선과 면이 내 촉각으로 빨려들고 나 또한 그녀의 굴곡에 용해되었다. 우리는 서로의 몸속으로 파고들려는 듯 그토록 단단히 끌어안고 있었다. 여기에 존재가…… 그녀와 내가 있다.

~

한참을 정처 없이 걸었다. 지은은 내 팔을 붙들고 놓지 않았다. 그 손의 압력이 혼란을 거르는 것처럼 가슴이 투명해졌다.

하늘이 끄무러지더니 빗방울이 듣기 시작했다. 지은은 후련한 표정으로 눈을 감았다. 나는 그녀를 바라보며 물었다.

"어디 들어갈까?"

"어디?"

"어디로 갈까?"

우리는 서로의 말꼬리를 붙잡고 되물으며 웃었다. 빗발이 굵어지자 지은은 내 목을 껴안았다. 발돋움을 하고 코끝을 내 볼에 가져다 댔다. 닿은 부분이 서늘했다. 그녀가 얼굴을 움직이자 입술이 가볍게 턱을 쓸었다. 나는 그녀를 끌어당겼다. 입술이 마주치는 순간 세계가 귓속으로 스며들었다.

우리는 잠시 사이를 두었다가 다시 입을 맞추고, 입 안으로 흘러드는 빗물을 맛보고, 혀를 더듬어 물기를 나누는 일을 반복했다. 소리가 자취를 감추었다. 나는 문득 모든 것을 이해하고 용서할 수 있을 것 같은 기분에 사로잡혔다. 형과 이윤아를, 신들을, 나 자신을. 적어도 이 순간만큼은 아무도 내게서 세상을 빼앗아 가지 못한다. 진실은 서로의 온기로 이루어진다.

얼마나 흘렀을까. 마침내 소리가 되돌아왔다.

"지금 무슨 생각해요?"

지은이 지그시 웃음을 깨물고 속삭였다. 나는 축축한 그녀의 머리털을 쓸었다.

"안경을 안 쓰길 잘했다 하고 있었어."

"괜찮아요? 나 잘 보여요?"

"응."

지은은 내 눈가를 어루만졌다.

"왠지 전에도 이런 적이 있었던 것 같아요."

"실망인데. 어떤 놈이야?"

지은은 깔깔 웃으며 내게 기댔다.

"아주 오래전 일 같아요……. 그때도 비가 왔어요."

"난 안경을 벗고 있었고?"

"그랬던 것 같아요. 아니, 모르겠어요. 어쨌든 내가 그 점을 신경 쓰지 않았다는 것만은 확실해요."

가슴이 야릇하게 술렁거렸다. 나는 지은의 어깨를 끌어안았다.

"기억이 아니라 예감일지도 몰라요. 같은 일이 계속 반복되고 있는 건지도 모르고요. 아무튼 그때 난 무척 행복했던 것 같아요. 지금처럼요."

나는 그녀를 감싼 손에 힘을 주었다.

"더 말 안 해도 돼."

"이상해요. 왜 이렇게 불안하지? 방금 전까지 다 끝난 것 같았는데. 다시 아무것도 안 보여요."

"괜찮아, 아무 일도 없을 거야."

"그렇죠? 그럴 거예요."

지은은 부드럽게 웃었다. 그러나 내 허리를 휘감은 팔이 부들부들 떨리고 있었다. 빗발이 머츰하다 다시 거칠어졌다. 문득 이미 종말이 개시된 게 아닐까 하는 생각이 들었다.

나는 고개를 흔들고 지은의 볼을 어루만졌다.

"뭔가 다른 걸 생각해 봐. 좋았던 일을."

지은은 입술을 깨물며 힘껏 궁리했다.

"셰익스피어……."

"셰익스피어?"

"리포트를…… 썼어요. 셰익스피어의 소네트에 대한……. 그걸 쓰는 동안에는 칼리조차 방해하지 않았어요."

"대단한데. 내용이 뭐야?"

"Nor shall death brag thou wanderest in his shade…….(또한 죽음은 그대가 그의 그늘 속에서 헤매노라 자만하지 못하리…….)'"

지은은 나를 왈칵 밀어내고 주저앉았다. 구부린 목을 따라 머리카락이 흘러내렸다. 그러고는 웃는 것도 우는 것도 아닌 소리로 어깨를 뒤흔들었다.

나는 그녀를 위로하려 했다. 그러나 말보다 분노가 목을 꽉 틀어막았다. 무참히 조롱당한 어린아이의 기분이었다. 간신히 찾은 것이 다시 손에서 빠져나가고 있었다.

"도망치자. 그놈들이 절대 찾지 못할 곳으로."

나는 자신에게 이르듯 되뇌었다.

"아무도 널 건드리지 못하게 할게. 너한테 손대는 놈은 누구든 가만 안 두겠어. 약속해. 약속할게."

"소용없어."

갑자기 찬 기운이 귀를 쓸었다. 나는 숨을 멈췄다. 지은의 얼굴은 여전히 흐트러진 머리채에 덮여 있었다.

"어리석은 놈! 아직도 모르겠나? 이건 이 아이의 문제만이 아니야. 이 아이는 그대를 묶는 족쇄에 불과해."

"……넌 누구야?"

"내 이름을 묻기 전에 그대에 대해 묻지 않겠나? 왜 이 아이의 내면을 들여다보려 버둥질하면서, 정작 그대 자신에게서는 눈을 피하는 것인가. 두렵나?"

"웃기지 마!"

나는 그녀의 어깨를 잡아챘다. 거칠게 머리털을 치우자 무표정한 눈동자가 보였다. 눈이 마주치는 순간 지은은 손가락을 내 목에 대고 오그렸다.

"두렵겠지. 그대가 곧 혼돈의 아비이니까. 하지만 이번 생에서마저 도망친다면 나는 그대를 용서하지 않겠노라. 억천만겁을 거치더라도 뒤쫓아 멸하고 말리라. 이 말을 잘 기억함이 좋을 것이다."

"대체……!"

나는 헐떡이며 외쳤다.

"그래도 나에 대해 묻고 싶은가? 이 아이의 영혼에 대해 알고 싶은가?

가르쳐 주겠다, 비루한 자여! 이 아이의 이름은 심연이다. 그대를 낳았고 그대가 낳은 바로 그 어둠이다. 미쳐 버린 세계 자신이다. 어떤 이들은 그녀를 아유타라고 부른다. 어떤 이들은 그녀를 칼리라고 부른다. 어떤 이들은 그녀를 파르바티, 세계의 여왕이라고 부른다. 그리고 나는 그녀를 그저 망령이라고만 한다."

여자의 손이 내 목에서 떨어졌다.

"그대, 시바를 만나거라. 춤추는 자들의 왕을. 그가 그대를 이끌 것이다. 그와 그대가 이 미혹에 종지부를 찍어야 한다. 이번에야말로 모든 것을 끝내야 한다."

여자의 음성이 눈동자의 빛과 함께 잦아들었다.

"오, 가련한 자여, 다시는 도망치지 말라……."

그리고 여자는 무너졌다. 나는 그녀를 꽉 부둥켜안았다. 가슴을 할퀴는 오한을 끌어안고, 무심코 고개를 치켜들었다. 대답 없는 하늘이 빗물로 얼룩져 있었다.

다시는 도망치지 말라!

9

방은 말끔히 치워져 있었다. 형이 이부자리를 펼쳤다. 예상하고 준비했다는 듯 민첩한 몸놀림이었다.

나는 지은을 눕히고 그 옆에 앉았다. 형이 추리닝을 두 벌 던졌다.

"갈아입고, 갈아입혀라."

형이 나간 사이 나는 추리닝으로 갈아입고 흠뻑 젖은 지은의 옷을 벗겼다. 뜻밖에 맨살을 보고도 처량하기만 했다. 조금 전까지 이 몸이 내 품에 있었는데, 생각하니 눈물마저 날 것 같았다.

"됐냐?"

보일러 돌아가는 소리와 함께 형이 들어왔다. 젖은 옷가지를 챙기면서 물었다.

"밥은?"

"생각 없어."

"그럼 나 혼자 먹는다."

형은 부엌으로 나갔다 상을 들고 돌아왔다. 반찬의 가짓수가 여느 때보다 많았다.

"영이가 이것저것 가져왔더라. 그저 어머니밖에 없다니까. 너도 이따 전화 한 통 드려."

형이 먹성 좋게 걸터먹는 동안 나는 지은의 이마를 쓸면서 감촉을 돌이키려 노력했다. 그러나 형광등 불빛 아래서 그녀는 창백한 판자처럼 밋밋했다. 있는 힘껏 내게 육박하던 그녀의 절실함도 어느새 밀려나 과거의 분자로 변했다.

상을 치운 형이 커피 잔을 건네며 내 옆에 앉았다. 그러고는 지은을 쳐다보았다.

"참 불쌍한 여자야."

나는 형의 의도를 알아챘다.

"운명에 농락당한 거야 다 마찬가지였지만, 그중에서도 유별나게 엿 같은 팔자였어. 최선을 다했지만 무시만 당하다 죽은 뒤에는 애도도 못 받았지. 그때쯤 우린 모두 운수를 좌우하기는커녕 거기에 대고 관용을 구걸하는 처지였으니까, 동정은 해도 그 이상 어찌할 여력이 없었어."

"어떤…… 여자였어?"

"글쎄. 일단 조용했어. 인간일 땐 어땠는지 모르겠지만 천상에서는 자기 주장을 할 입장이 아니었으니까. 시바에게는 파르바티 이전에도 사티라는 아내가 있었지만, 사티는 사실 파르바티의 전신이었기 때문에 아무도 둘을 따로 보지 않았어. 하지만 아유타는 달랐어. 우린 파르바티를 진심으로 사랑했고, 그래서 아유타를 불쾌한 침입자쯤으로 여겼던 것 같아. 아유타야 억울했겠지. 좋아서 택한 길도 아니었으니까. 그 여자는 데비가 되기 위해 모든 것을 포기했어. 하지만 정말 영예라 생각하고 그러진 않았을 거야.”

“도대체 왜 데비로 간택된 거야?”

“그때도 몰랐고, 지금도 몰라. 파르바티가 죽은 뒤 우리는 새 데비를 찾으려 천상의 여인들을 죄다 탐색했어. 저마다 매력은 있었지만 아무도 시바의 아내로는 적당치 않은 것 같았어. 그런데 성자 나라다가, 이 양반은 절대에 근접한 인간이 열 신보다 낫다는 산 증거였는데, 브라흐만이 요구하는 여인의 이름을 밝혔어. 쿠루의 왕녀 아유타 타다라카이였지. 때마침 인간의 형상을 취하고 하계에 내려가 있던 창조자 브라흐마가 아유타를 찾아 데리고 왔어.”

“이해가 안 돼. 브라흐만은 절대잖아? 모든 걸 알고 지배하는 힘이 파국을 내다보면서 그런 선택을 했단 말야?”

“우주의 최선이 보리알에게도 늘 최선으로 보이는 건 아냐.”

형은 수수께끼 같은 말로 대꾸하고 계속했다.

“어쨌든 석연치는 않아도 시바와 아유타가 부부로 맺어진 덕에 천국의 수명이 조금이나마 늘었어. 아유타가 죽기 전까지.”

“아유타는 왜…… 어떻게 죽었어?”

형은 잠시 묵묵히 발가락의 각질을 뜯었다.

“자세한 건 나도 몰라. 카일라사에 침입자가 있었던 것 같아. 기강이 번듯하던 시절이라면 물론 말도 안 되지. 하지만 그때 우린 정신이 없었어. 아수라들이 천계의 질서가 흐트러진 틈을 놓치지 않고 수시로 싸움을 걸었거든. 그 때문에 시바의 아들인 스칸다와 가네샤가 병력의 태반을 이끌고 자리를 비운 채였어.”

“명색이 최고신의 거처잖아. 그렇게 허술했다고?”

“무슨 일이든 일어날 수 있는 시절이었어.”

형의 목소리가 딱딱하게 굳었다.

"신을 주축으로 한 질서가 붕괴하는 마당이었으니까. 파르바티가 죽은 이후 죄다 엉망으로 변했어. 시바는…… 자기 자신에게조차 관심이 없는 것 같았어. 창조의 과업을 마쳐 소임을 다한 브라흐마는 관망자로 남아 있었지. 결국 트리무르티 중에서 천계를 지탱할 사람은 나뿐이었어. 유지자 비슈누, 그 하나뿐이었다고."

"웃기는군."

"뭐가?"

"전부. 자기 밥그릇도 제대로 못 지키는 녀석들이 신이라니, 할 말이 없어."

형이 화를 내지 않을까 싶었지만 쓸쓸한 웃음만 돌아왔다.

"맞다. 어쩌면 그 시점에서 우린 이미 신이 아니었을지도 몰라."

"그럼 뭔데?"

"퇴화된 존재, 절대자도 아니고 피조물도 될 수 없는 잉여물."

그 목소리에는 아무 감정도 없었다. 나는 문득 오한을 느꼈다.

"하지만 형들은 세상을 멸망시키려 하고 있잖아."

"그게 우리의 의무니까."

"의무?"

"난 가끔 이런 생각을 해. 창조와 유지와 멸망, 브라흐마와 비슈누와 시바는 결국 절대의 자기실현을 위한 끝없는 순환이 아닌가 하고. 절대의 뜻이 세계에 투영되어 태어난 우리는 창조로써 그를 구현한다. 유지를 통해 우리는 차츰 불결해진다. 그리고 마지막으로 모든 피조물들을 파괴함으로써 정화된다. 멸망은 우리에게 주어진 최후의 가능성인 셈이야. 우리는 세상을 제로로 환원함으로써 절대성을 되찾는 거지."

"그래서 인간의 재로 몸을 씻으시겠다?"

나는 형의 멱살을 와락 잡아챘다.

"지랄하지 마, 개새끼야! 지 앞가림도 못하는 주제에 인간에 대해 무슨 권리가 있다고!"

"그러게 말이야."

형은 부드러운 목소리로 응수했다.

"완벽한 난센스지. 그들도 모르지는 않을 거야."

갑자기 손에서 힘이 풀렸다. 형의 옷깃이 손가락에서 흘러내리는 순간, 기묘한 감동과 더불어 슬픔이 북받쳐 올랐다.

"형은 아직…… 인간인 거지?"

형은 미소로 답했다.

"너한테는 뭐라 사과할 말도 없다."

입모양과 달리 눈동자 안에 여울여울 흔들리는 기운이 있었다. 가슴이 덜컥 내려앉았다. 나는 형에게 두 자아가 공존하고 있다는 사실을 깨달았다. 그게 무엇을 의미하는지도.

"난 고등학교 때 각성했어. 기억을 되찾자마자 우선 가족을 지켜야겠단 생각부터 들더라. 아수라들은 신들과 같은 모태에서 태어났어. 본체를 잃은 그들이 가장 강해지는 건 신성을 지척에 두고 있을 때야. 때문에 가급적이면 신들과 가까운 데 있는 인간을 골라잡지. 그게 신들의 혈육이라면 더 말할 나위가 없고. 내 미약한 힘으로 가족을 보호하는 데에는 한계가 있었어. 그래서 대학을 핑계로 서울로 올라온 뒤 당분간 안심이다 했는데……."

그는 숨을 돌리고 계속했다.

"네가 여기 대학에 합격해서 나랑 같이 살겠다고 말했을 때 생각나?"

나는 고개를 끄덕였다.

"그때 내가 왜 반대했는지 이제는 알겠지. 하지만 바득바득 그러겠다는데 뭐라고 더 둘러대냐? 어쨌든 너 하나쯤은 보호할 수 있겠다 싶기도 했고. 지난 몇 년 한순간도 너한테서 눈을 뗀 적이 없어. 네가 이 여자와 가까워진 걸 알고는 어찌나 당황했던지……."

형은 한숨을 푹 쉬었다.

"락슈미…… 윤아가 너한테 미주알고주알 얘기한 걸 알고 열도 좀 받았어. 하지만 상황이 계속 그 따위로 돌아가는데 달리 어쩔 수도 없고……. 넌 너무 깊이 들어왔어. 그리고 난 전처럼 널 지키기가 어렵다. 힘이 점점 줄고 있으니까."

"왜?"

"시바."

형이 두 손을 내밀어 보였다.

"시바가 내 힘을 가져가고 있어. 확신은 못 하지만 분명 그럴 거야."

"힘을 가져간다고?"

"칼리 유가는 시바의 시간이야. 하지만 시바에게는 지금 시간을 통제할 힘이 없어. 파르바티가 죽었을 때 시바의 절반도 사라졌어. 그냥 하는 비유가 아니야. 파르바티는 세계의 여성성인 샥티 자체였어. 샥티를 잃음으로써 시바는 니스칼라, 즉 '시체'가 되고 만 거야."

형은 지은을 흘끗 쳐다보았다.

"거기에 아유타가 파르바티의 공백을 못 메우고 죽었으니, 환생한 시바는 기억을 유지하기에도 버거울 거야. 그런데도 세계는 그에게 점점 더 많은 요구를 하고 있어. 결국 시바는 누군가의 힘을 빌릴 수밖에 없어. 그리고 그를 도울 수 있는 건 트리무르티의 나머지 둘인 브라흐마와 비슈누뿐

126

이야.”

“브라흐마는 지금 어디 있지?”

“글쎄. 아직 여기서 시바랑 브라흐마를 만난 적이 없어. 둘 다 진작 각성했을 텐데 왜 내 앞에 안 나타나는지 모르겠다. 아무튼 시바가 파괴의 과업을 완수하려면 브라흐마와 비슈누의 도움을 받아야만 해. 그런데도 코빼기도 비치지 않으면서, 내 허락도 없이 힘만 빼 가고 있다 이거지.”

“완전 웃기는 놈인데.”

“늘 뭔 생각을 하는지 모를 녀석이었거든.”

형이 낄낄거렸다.

“하여간 인간의 육체를 입은 채로는 한계가 너무 많아. 우리가 서로를 알아볼 수 있는 표지는 딱 하나뿐이야. 잠들기 전 우리는 이마에 각자의 본질을 압축한 인장을 새겼어. 신들끼리만 이걸 알아볼 수 있지. 윤아가 왜 연예인이 되었는지 알아? 내가 어디 있는지 모르니까 자기 인장을 널리 공개하기로 한 거야. 같은 나라에 없다는 확신이 들면 할리우드에라도 진출하려 했다더라.”

나는 문득 미주를 떠올렸다. 칼리도 미주의 이마에서 무언가를 발견했던 걸까?

“왜 네가 이만치나 깊이 끼어들었는지 모르겠다. 내 동생이라 그럴 수도 있어. 그럼 진짜 할 말이 없는 거지. 미안하다. 기억을 싹 지워 줄 수도 있어. 하지만 윤아 말로는 네가 쿨하게 거절했다던데.”

“그랬어.”

“왜?”

“적에게 등을 보이는 게 짜증나잖아.”

“너답다.”

형이 피식 웃었다.

"하지만 상황이 더 나빠지면 네 뜻과는 상관없이 강제로 기억을 지워 버릴 수 있어. 이해해 줘라."

"기억이 없어지는데 이해고 자시고 있나?"

우리는 입을 다물었다. 빗소리가 점점 거칠어졌다. 유리에 덮은 때가 지워져 듬성듬성 밖이 보였다. 문득 내가 세계의 멸망을 그 자체로 받아들였을 뿐, 나 자신의 문제로 한정해 근심한 적이 없다는 사실을 깨달았다. 물론 그것이 내가 이타적인 인간이라는 증거는 아니다. 총체적인 붕괴 앞에서 나라는 개인은 아무것도 아니라는 생각이 들었을 뿐이다.

그러나 흘러내리는 빗물을 보는 동안, 나는 그게 가식에 불과했다고 인정할 수밖에 없었다. 무엇보다도 내 존재를 잃는 것이 두려웠다. 내가 사라진다는 사실이 무서워 견딜 수가 없었다. 결국 세계란 저마다의 한정된 인생 속에만 존재하는 것이 아닌가. 인류애 따위 나르시시즘의 확장일 뿐이다.

이기의 뒤틀린 형상과 화해하자 졸음이 몰려왔다. 나는 벽에 기대어 양 팔을 벌리고 그 사이에 안긴 공허를 응시했다. 그러고는 관념을 초월한 영역에 빠져드는 광경을 상상했다. 갑자기 신들을 이해할 것 같은 기분이 들었다. 연민마저 일었다. 무지가 벗겨질수록 무력해진다는 것이 이 순간 우리의 공통점이었다.

핸드폰이 몸을 떨었다. 나는 무시했다. 그러나 진동은 끊겼다가도 몇 번이고 울려 퍼졌다. 지은이 깰까 두려워진 나는 폴더를 열었다.

"왜 이렇게 안 받아? 비 엄청 오니까 데리러 와!"

영이의 목소리가 쨍쨍 울렸다.

"시끄러. 우산을 사든 택시를 타든 알아서 와."

“오빠가 둘이나 있는데 왜 그래야 돼? 광화문 영림 아트 센터야. 안 오면 죽치고 앉아서 노숙할 거야. 얼른 와!”

전화가 끊겼다. 나는 투덜거리며 핸드폰을 던졌다.

“내가 갈까?”

형이 물었다.

“됐어. 안 놀아 준다고 오기가 난 것 같은데. 지은이 좀 잘 봐줘.”

시간이 갈수록 형광등 불빛마저 누지며 무거워지는 것 같아 도망치고 싶었다. 지은의 잠든 얼굴에서, 형의 구부정한 침묵에서도. 나는 우산을 챙겨 대문을 빠져나왔다.

~

확신이 들었다. 형은 아직 불완전하다. 담담한 웃음 아래 있는 것은 분명 인간의 동요였다. 희망이 생겼다. 이대로 형과 비슈누 사이의 간극이 아물지 않는다면, 그럴 수만 있다면…….

낙관하기 어렵다는 건 알고 있었다. 그러나 그들끼리도 완전한 합의가 이루어진 것은 아닐지 모른다는 어림에 마음이 놓였다. 종말에 유예가 있다는 사실과 형의 자아가 남아 있다는 사실, 그중 무엇이 더 위안인지는 알 수 없었다. 서로 무관하지 않을 터이니 아마도 둘 다일 것이다. 나는 지은의 입을 통해 흘러나온 목소리를 떠올렸다. 다시는 도망치지 말라!

갤러리 입구에서 우산을 접었다. 5층 높이의 모던한 건물이었다. 검은 철근이 외벽을 둘러싸고 있었다. 실내도 유리와 철근 중심으로 단순했다. 비 오는 평일이어서인지 사람이 없었다. 나는 영이에게 전화를 걸었다.

“어디야?”

"아, 오빠! 나 5층에서 공예품 구경하고 있어. 오빠도 와서 같이 보자."

그러고는 전화가 끊겼다. 나는 엘리베이터에 올라탔다. 유리로 만들어진 관처럼 창백한 엘리베이터가 붕 떠올랐다. 풍경이 벽을 타고 미끄러져 내려갔다. 어쩐지 섬뜩했다. 몸은 솟구치는데 의식은 거꾸로 곤두박질치는 느낌이었다. 그 괴리가 내 안에 커다란 균열을 만들었다. 틈사이로 몰아치는 바람에 머리가 빙글빙글 도는 듯해서 나는 메스꺼움을 누르며 내렸다.

전시장 안도 한산했다. 뒷짐 진 채 공예품을 감상하는 동생 말고는 직원조차 보이지 않았다. 나는 그 얄밉상스러운 뒤통수에 한마디 던졌다.

"어울리지도 않게 문화인 흉내는……."

"왜 이러셔? 나 이 전시 보려고 진작부터 체크했단 말이야."

바닥을 딛고도 가슴이 설렁설렁한 게 욕지기가 가라앉지 않았다. 음산한 할로겐 조명 속에서 도살장 악취가 풍기는 것 같았다.

"가자."

나는 동생을 잡아끌듯이 엘리베이터에 태웠다. 현기증이 점점 심해졌다. 불쾌감이 모공에서, 눈시울에서, 손톱 밑에서 찐득찐득 배어 나와 막처럼 전신을 덮었다.

덜컥 몸이 뒤흔들렸다.

엘리베이터가 3층을 막 지나다가 공중에 걸린 채 멈추었다. 버튼을 번갈아 눌렀지만 꼼짝도 하지 않았다. 바깥에 불빛이 있는 것으로 보아 정전은 아닌 듯싶었다.

"고장이야?"

영이가 뒤에서 고개를 내밀었다.

"그런가 본데."

나는 문을 힘껏 찬 뒤 포기하고 물러섰다. 비상벨에도 반응이 없었다. 사방이 훤히 보이는 가운데 박제처럼 매달린 기분이 썩 좋진 않았다.

"여긴 왜 이리 사람도 없냐……."

조명이 흐린 데다 안경을 두고 온 탓에 유리문 저편이 어슬했다. 구조를 기다리며 바깥에 집중하다 보니 비로소 사물이 시야에 잡혔다. 나는 천장에서부터 길게 늘어진 조형물을 슴벅슴벅 바라보았다. 검은 물감 같은 것이 바닥에 흘러내려 둥글게 퍼져 나갔다. 마침내 형태를 파악한 나는 소리를 질렀다.

여자의 시체였다.

정체를 깨닫자 시력이 날카로워졌다. 나는 부릅뜬 여자의 눈과 변색된 살빛까지 분명히 알아보았다. 반쯤 잘린 목이 아슬아슬하게 머리와 몸을 잇고 있었다. 피로 물든 얼굴을 기괴한 미소가 가로질렀다.

나는 다가오려는 영이를 제지하고 급히 핸드폰을 꺼냈다. 단순한 살인일까, 아니면……!

"어느 쪽일까?"

영이가 조용히 물었다.

"힌트를 줄게. 이 건물 안에 있는 사람들은 전부 죽었어. 우리 둘 말고는."

무거운 신음소리가 들렸다.

소리는 내 심실에서 울리고 있었다. 나는 옆의 손잡이를 꽉 틀어쥐었다. 간신히 몸을 지탱하며 동생의 천진스러운 눈동자를 바라보았다.

"그러지 마……."

나도 모르게 호소가 흘러나왔다.

동생이 활짝 웃었다.

거의 동시에 모든 일이 일어났다. 나는 영이에게 달려들었다. 동생이 바닥을 걷어찼다. 사방의 불이 꺼지며 눈앞이 암흑에 휩싸였다. 문이 열리고 누군가가 내 목덜미를 잡아챘다.

"도망가!"

이윤아였다.

뜻밖의 등장에 놀랄 겨를도 없이 나는 소리쳤다.

"영이는, 영이는요!"

"늦었어!"

이윤아가 나를 팽개치고 엘리베이터 안에 뛰어들었다. 번쩍 빛이 터지고 요란한 소리를 내며 유리 천장이 부서졌다. 무언가가 공처럼 튀어 올라 사라졌다.

"얼른 도망가, 등신아!"

나는 뛰었다. 아무 생각도 나지 않았다. 비상계단을 박차며 내려가다 발을 헛디뎠다. 데굴데굴 굴러 미끄러운 바닥에 어깨부터 세게 처박혔다.

"으……."

몸을 일으켜 캄캄한 주위를 더듬었다. 온통 질척거렸다. 잠시 후 나는 그곳이 아래층 전시장이며, 피바다 속에 신체의 파편들이 어지러이 널려 있음을 깨달았다. 젊은 남자의 머리가 모로 누워 나를 쳐다보고 있었다.

바닥을 짚은 손바닥에서 전율이 올라왔다. 머릿속이 맑아졌다. 나는 난간을 잡으며 일어났다. 공포가 사라지고 분노로 혈관이 쿵쿵 박동했다.

전부 죽었어…… 우리 둘 말고는. 그 말끝에 구부러지던 입아귀의 경사를 떠올렸다. 악마가 영이의 입을 빌려 태연하게 그리 말한 것이다. 나를 끌어넣으려던 수렁에 동생을 처박고 그 손으로 이 참상을 반죽한 것이다.

나는 계단을 거슬러 올라갔다. 태어나서 처음으로 끝 모르는 살의를 느꼈다. 동생의 육체에서 그 악마를 끌어내 갈가리 찢어 죽이지 않는다면 자신을 평생 용서할 수 없을 것 같았다.

위쪽에서 쉼 없이 빛이 번뜩이며 파열음이 터졌다. 간간이 짧은 노성과 신음이 섞였다. 별안간 무언가가 내 쪽으로 떨어졌다. 나는 얼결에 팔을 뻗어 받았다. 피투성이가 된 이윤아가 놀란 눈으로 나를 보았다.

"왜 아직 도망 안 갔어?"

나는 그녀를 부축해 일으켰다. 이윤아는 입가에 흐르는 피를 닦으며 맹수 같은 기세로 어둠을 노려보았다.

"조심해. 저건 그냥 괴물이 아냐."

"과찬이십니다, 폐하."

계단 끝에 그림자가 나타났다.

"외람된 말씀이오나 앞으로 적을 대하실 때는 신중하십시오. 데비께 무슨 일이라도 생긴다면 세계의 주, 영원한 정신이신 나라야나[26]께서 얼마나 괴로워하시겠습니까."

"물론 그래선 안 되지."

이번에는 아래편에서 목소리가 들렸다. 이윤아가 환성을 올렸다.

"하리!"

난간 모서리에 형의 얼굴이 나타났다. 흠뻑 젖은 채 가슴이 들썩대고 있었다.

"늦어서 미안해, 슈리[27]…… 단아."

나는 대뜸 달려들고 싶은 충동을 억누르려 난간을 꽉 움켜잡았다.

"뭐 하고 있었어! 대체 형은 뭐냐고! 이 꼬라지 좀 봐, 개자식아!"

"미안해."

---

26) '물 위를 걷는 자'. 비슈누의 별칭.

27) 락슈미의 별칭.

형은 내 곁을 스쳐 그림자 앞으로 다가갔다.

"이게 무슨 짓인가! 그대는 조약을 위반함으로써 일족의 파멸을 초래할 참인가!"

"저는 무엇에도 구속되지 않습니다."

아수라가 싸늘하게 응수했다.

"저는 오로지 자신에 기대어 움직입니다. 수많은 형상을 가지신 이여, 당신께서는 제 이름을 알고 계실 겁니다. 저는 이전의 어떤 존재와도 다릅니다. 아무것도 저를 지배할 수 없습니다."

나는 형의 등이 흔들리는 모습을 보았다.

"설마⋯⋯."

그러나 악마는 형이 말을 맺기를 기다리지 않았다. 발을 내딛는가 싶더니 어느새 휙 날아올랐다. 곧이어 내 뒤통수에 격통이 꽂혔다. 눈앞이 어뜩해졌다.

"안 돼!"

형의 비명이 들렸다.

"그 녀석을 놔!"

조롱하는 듯한 아수라의 웃음을 끝으로 정적이 밀려들었다. 압도적인 소음(消音)이었다. 나는 혼신의 힘을 다해 저항했다. 그러나 결국 거대하고 빈틈없는 잠의 그물 안에서 굴복할 수밖에 없었다.

10

　여자는 금잔화로 장식된 백색 코끼리 등 위에 있다. 가느다란 몸을 휘감은 장신구가 햇살 아래에서 휘황하다. 코끼리의 이마에는 위대한 신을 상징하는 세 줄의 선이 가로누워 있다. 두꺼운 목에는 신목(神木) 루드락샤의 열매로 만든 염주가 둘둘 감겨 흔들린다. 온갖 꽃이 하얀 가죽을 오색으로 수놓고 요요한 향기를 흩뿌린다.

　군중은 열광한다. 울며 웃으며 노래한다. 인간들 속에서 가장 위대한 여신이 태어나는 날이다. 아무도 이 우주적인 기쁨을 흐릴 수 없다. 보라, 짐승들조차 환희하고 있지 않은가. 가장 고귀한 신들이 권속을 이끌고 신부를 맞이하러 나와 있다…….

　금박이 박힌 베일 아래에서 여인의 눈이 움직인다. 그녀는 군중 속에 선 남자를 발견한다. 오직 그와 그녀만이 이 폭풍 속에서 외로운 자들이다. 눈이 마주치자 남자의 표정이 허물어진다. 여자는 눈썹을 떨어뜨린다. 가만히 이를 사리물고 그림자 안에 숨는다. 메마른 탄식이 북소리에 묻혀 사라진다.

남자는 인파에 쓸려 떠내려가며, 한스럽게 메별하는 연인처럼 떨면서, 환호 속으로 영원히 떠나가는 그 여자를, 시바의 신부를 언제까지고 응시하고 있다.

≈

머리가 아팠다.

나는 무심코 뒤통수를 만지작거렸다. 큼지막한 혹이 잡혔다. 상체를 일으키자 골속이 흔들거렸다.

하늘이 보였다. 비는 갰지만 찌푸린 구름이 묵직해 보였다. 긴 철제 난간이 사방을 둘러싸고 있었다. 건물 옥상인 듯했다.

동생이 난간에 기대어 있었다.

여물게 땋아 내린 머리채가 바람살에 흔들거렸다. 익숙한 등이었다. 머리꼭지에서 발뒤꿈치까지 위화감 없는 생명의 선이 그어져 있었다. 그럼에도 무언가가 달랐다. 아주 변해 버렸다.

얼마나 기절해 있었을까?

"수천 년……."

아스라한 소리가 들렸다.

"언제부터인가 날을 헤아리는 법을 잊었습니다. 어쩌면 무한히 이런 생을 반복해 왔는지도 모르겠습니다. 그럼에도……."

그는 내 쪽으로 돌아섰다.

"무척 긴 기다림이었다는 느낌입니다."

그의 손살에서 은빛 광채가 솟았다. 날이 바싹 선 단검이었다.

"기억나십니까."

동생의 입술이 아름다운 미소를 머금었다.

"그럴 리는 없겠지요. 이것은 일찍이 당신이 만든 검입니다. 제 손에 넣기까지 실로 많은 곡절이 있었으며, 많은 대가를 치렀습니다……."

아수라가 칼끝을 움직이자 날은 금세 부신 빛을 뿜어냈다. 언뜻 보기에도 대단히 잘 만들어진 무기인 듯했다. 황금색 칼자루에 부릅뜬 눈이 조각되어 있었다. 닳아 희미한 동공과 눈이 마주치자 등골이 움츠러들었다. 나는 강렬한 두려움과 그리움을 동시에 느꼈다.

"나를…… 죽이려고?"

아수라의 미소가 사라졌다.

"죽인다고?"

그는 자신에게 되묻듯 중얼거리고 고개를 흔들었다.

"그럴 수 있다면 아무 문제가 없었겠지요. 혼란도 없이, 마음도 없이, 모든 것이 명료한 채 멈춰 있었겠지요."

그러고는 다시 빙긋 웃었다.

"이 검의 제작자인 당신에게 설명을 하게 되다니 재미있군요. 이건 신들의 비기(秘器)입니다. 피를 흘리는 데도 쓰이지만 본래 목적은 상대의 아트만[28]을 흡수하는 것입니다. 마히샤가 파르바티를 죽이는 데 무엇을 이용했는지 생각하신다면 이해가 될 겁니다."

아수라가 천천히 내게 다가왔다. 나는 위기감을 느꼈지만 꼼짝할 수 없었다. 내 앞에 선 그는 칼을 높이 치켜들었다. 날 끝에서 물방울처럼 빛이 흘렀다.

---

28) 자아. 개체의 영혼.

"당신을 해칠 생각은 없습니다. 그런 일이 가능할 리도 없습니다. 저는 단지 무엇이 진실인지 알리고 싶을 따름입니다."

진실.

가벼운 구토가 치밀었다. 순간 그 단어를 붙잡고 터져 나온 것처럼 선명한 영상이 솟았다. 나를 향한 여동생의 얼굴 위로 환영이 겹쳐 오른 것이다.

그것은 소름이 끼칠 만큼 아름다운 얼굴이었다. 왼쪽 눈구멍이 비어 있었고 그 위로 눈꺼풀을 가로지르는 흉터가 지나갔다. 하지만 그런 흠에도 불구하고 그 얼굴은 두려우리만치 완벽했다. 지나치게 섬세한 까닭에 성별을 가릴 수 없을 정도였다.

아니, 착각이 아니다. 그에게는 정말로 성이 없었다. 자연의 규정을 이탈하여 존재하는 육체였다. 그 사실을 깨닫는 것과 동시에 환영이 사라졌다. 칼날이 나를 향해 날아들었다.

나는 본능적으로 팔을 치켜들었다. 전류 같은 통증이 내달렸다. 왈칵 솟구친 핏물이 가슴을 적셨다. 나는 다리를 휘둘러 아수라를 걷어찼다. 그러나 발끝이 닿기도 전에 그의 모습이 사라졌다. 유령처럼 호리호리한 그림자가 난간 앞에 다시 나타났다.

나는 땅에 떨어진 단검을 주워 비틀비틀 일어섰다. 그러고는 피가 흐르는 오른팔을 아수라에게 향했다.

"움직이지 마!"

그는 담담히 나를 바라볼 따름이었다. 그 조용한 시선에 부딪히자 가슴이 타는 듯이 아렸다. 나는 칼을 왼손에 바꿔 쥐고 소리쳤다.

"왜 나야? 난 대체 뭐지?"

그는 부드러운 목소리로 말했다.

"서둘러 치료하지 않으면 그 팔은 영원히 쓸 수 없게 될 겁니다."

과연 내 오른팔은 부들부들 경련하다 무감각해지고 있었다. 팔죽지가 돌처럼 딱딱하게 굳었다. 나는 신음을 삼키며 중얼거렸다.

"난 널 알고 있었어, 그렇지? 그때 너는 한쪽 눈이 없었고……은색 머리……."

"그 눈은 당신이 잡아 뺀 것입니다."

아수라의 차가운 음성이 귓속을 파고들었다.

"당신이 쥐고 있는 그 칼로, 당신의 손으로 직접……."

내가?

증오가 충격 속으로 물러섰다. 오른손이 격렬하게 흔들리더니 차츰 시르죽었다. 사후 경직과도 같은 경련이었다. 나는 그의 말이 옳다는 것을 깨달았다. 죽어 가는 손가락에 눈꺼풀을 헤집던 순간의 감촉이 떠올랐다.

왼손 안에서 단검이 사라졌다.

나는 놀라 손을 들여다보았다. 검은 녹아 스며들듯이 손바닥 속으로 자취를 감추었다. 바짝 뻗은 다섯 손가락에 금속의 냉기만 남았다.

아수라가 난간 위로 훌쩍 올라섰다. 바람이 매몰차게 닥쳤다. 동생의 육체가 부스러질 것처럼 흔들렸다.

"그 무감각이 당신을 망각에서 지켜 줄 겁니다. 옛 친구여, 다시 만나는 날에는 보다 많은 이야기를 나누고 싶군요. 그때까지 기억을 좀 더 되살리도록 해 보십시오……."

그리고 그는 사라졌다. 나는 난간으로 달려가 내려다보았다. 그러나 밑에는 수직으로 내리꽂힌 공허만이 있었다. 망연히 고개를 들자 먼 곳에서 되돌아오는 비구름이 보였다.

∼

　방이 써늘했다. 지은은 사라지고 없었다. 차곡차곡 개켜진 이불 위에 달력 모서리를 찢은 쪽지가 있었다. '미안해요'라는 네 글자가 내용의 전부였다. 나는 몇 번이고 되풀이해 읽고는 종이를 구겨 버렸다.

　이윤아가 부엌에서 옷을 갈아입고 돌아왔다. 나를 보더니 언짢은 기색으로 사과했다.

　"미안해."

　그녀의 능력으로도 팔은 고쳐지지 않았다. 완전히 굳어 감각이 없었다. 나는 순순히 인정했다. 내 오른팔은 죽은 것이다. 그자의 말대로 다시는 못 움직일지도 모른다. 그러나 영이의 처지에 비하면 얼마나 가벼운 결과인가.

　"괜찮습니다."

　형은 물초인 채로 방구석에 앉아 있었다. 어두운 얼굴이었다. 노드리듯 쏟아지는 빗줄기가 창턱에서 울었다. 이윽고 이윤아가 다가가 형의 목을 끌어안았다. 그들은 굳건한 유대로 묶인 듯 보였다. 그러나 나도 더 이상 소외감을 느끼지 않았다.

　지금까지 나를 괴롭힌 것은 운명이 나와 동떨어진 곳에서 맹위를 떨치고 있다는 사실이었다. 내 운명애는 순응이라기보다 체념이었다. 의지를 거세당한 나는 무기력했다. 그러나 한쪽 눈이 없는 무성의 아수라는 귀한 진실을 전해 주었다. 이 이야기에는 작으나마 내 자리도 마련되어 있었던 것이다. 나는 스스로를 절대의 파편이라 자부하는 자들과 마찬가지로 운명에 속해 있었다. 그리고 이 사실은 그들이 그리 온전한 존재가 아니라는 증거처럼 다가왔다.

안도와 불안으로 어수선해진 나는 먼저 침묵을 깼다. 누가 요구하지도 않았건만 줄기차게 내 이야기를 쏟아 냈다. 지은과는 언제 어디서 만났는지, 어떤 식으로 가까워졌는지. 시바에 대해서, 그는 어떻게 내 앞에 나타났으며 뭐라고 말을 건넸던가. 그리고 임재호의 이야기에 대해서. 연쇄 살인 사건에 대해서. 미주에 대해서. 이윤아와의 돌연한 만남에 대해서…….

형은 묵묵히 귀를 기울였다. 어떤 부분에서는 이미 알고 있었다는 듯 고개를 끄덕이기도 했고, 어떤 부분에서는 눈을 크게 뜨기도 했다. 마침내 내 이야기는 영이의 변모에서 그쳤다. 목이 막힌 나는 힘들게 침을 삼켰다.

형이 입을 열었다.

"네가 시바와 만난 줄은 이미 알고 있었어."

"그런데 왜 그 얘기는 안 했어?"

"내 힘이 급격히 줄면서 시바가 지척에 있단 느낌은 들었어. 곧 내 앞에 나타날 거란 확신이 있었으니까, 기다렸지. 그런데 죽어도 소식이 없더니 너한테 나타난 거야. 내가 얼마나 황당했겠냐? 눈에 띄는 걸 좋아할 놈이 아닌데 요란한 퍼포먼스까지 해 가며……."

"그 트럭은 뭐였어?"

"모르지. 급이 높지 않은 아수라가 아니었을까 해. 아수라들도 나름 위기의식을 갖고 있으니까 시바의 환생을 제거해서라도 멸망을 미루려 할 수 있거든. 물론 그런 꼴로라도 더 살고 싶다면 말이지만……."

형이 얼굴을 잔뜩 찌푸렸다.

"계속 고민했어. 왜 하필 너냐고. 우연이라 믿고 싶었지만 그럴 리가 없지. 아유타까지는 그렇다 쳐도 시바는 허투루 움직일 놈이 아냐. 그 녀석이 네 앞에 나타났다면 거기엔 명백한 의도와 계산이 있는 거야."

"형은……형도 아직 내가 누구인지 모르겠어?"

"글쎄. 네 이마에는 인장이 없어. 그렇다고 아수라도 아니야. 하지만 인간이나 반신들, 정령들 중에도 우리와 밀접하게 관계한 자들이 많아. 진실이 뭐건 난 네가 다치지 않았으면 할 뿐이야. 아까 왜 내가 시바와의 만남에 대해 아무 말 안 했냐고 물었지? 거짓말이라고 생각해도 할 수 없지만, 난 두려웠어. 네가 아무것도 모르기만을 바랐어."

나는 잠자코 있다 "고마워."라고 중얼거렸다.

"난 형이 이미 비슈누로 변한 게 아닐까 걱정했어."

"아직은 아냐. 어쩌면 그래서 시바가 내 앞에 나타나지 않는 건지도 모르지. 최소한 그의 각성은 완전한 것 같으니까. 혹은 반대일 수도 있어. 시바 때문에 내 각성이 완성되지 않는 걸지도 몰라. 어쨌든 난…… 계속 나 자신과 싸워 왔어."

이윤아가 안타까운 낯으로 형의 어깨에 기댔다. 형은 팔을 뻗어 그녀를 감쌌다.

"우리는 끔찍한 공황의 터널을 거쳐 왔어. 지금도 어느 정도는 헤매고 있어. 우리 안에는 두 개의 자아가, 아니지, 지금까지 거쳐 온 모든 삶의 주인들이 있어. 그 뿌리가 비슈누이고 맨 꼭대기의 나뭇가지가 유준인 셈이야. 내가 그렇게 속 편히 각성을 받아들였을 것 같아? 천만에. 난 눈을 뜨던 순간부터 저항했어. 지금도 마찬가지야. 결국 언젠가는 비슈누가 준의 자아를 삼키게 되겠지. 하지만 난 어떻게든 그때를 미루고 싶어."

이윤아가 나직하니 덧붙였다.

"비슈누와 락슈미는 멸망을 원해. 그게 브라흐만의 섭리라는 것을, 또 그들의 의무라는 걸 알고 있으니까. 하지만 이윤아와 유준은 원래 인간이었어. 지금도 난 우리가 뭘 원하는지 모르겠어. 멸망인지, 존속인지……."

"혹은 신인지 인간인지."

다시 형이 이윤아의 말을 받았다.

"난 브라흐만을 알아. 그게 절대이고 유일하다는 사실도 알아. 하지만 너무 먼 것만 같아. 어떤 때 난 천하의 주인인 것처럼 강해지기도 해. 비슈누의 지고한 과업, 신성, 무류(無謬)……. 내가 곧 절대고 세계를 유지하는 자야. 그러나 내 육체는 아직 유준이라는 인간에게 속해 있어. 그걸 깨닫는 순간 나는 다시 인간으로 되돌아오지."

"미안해."

나는 형에게 사과했다. 형은 소리 내어 웃었다.

"왜 네가 사과하고 그러냐? 넌 잘못이 없어. 오히려 난 널 다시 봤어. 보통 인간이 감당할 만한 사태가 아니잖아. 아니, 난 너한테 욕을 들어먹어도 싸. 지금까지 내가 한 말은 어차피 변명에 불과해. 결국은 비슈누를 받아들이고 그의 일부가 될 거라고 알면서도, 나는 너한테 원망 받고 싶지 않은 거야."

그리고 다시 침묵이 흘렀다. 형이 애무하듯 이윤아의 머리를 쓸었다. 그녀는 눈썹을 내리깔았다. 나는 그 모습을 바라보며 의문을 품었다. 저들은 서로에게 끌리는 것인가, 아니면 서로의 내면에 있는 본질을 향하는 것인가?

"지은이가 그렇게 혼란스러워하는 것도 자기 분열 때문이야?"

"처음엔 그런 줄 알았어."

이윤아가 끼어들었다.

"하지만 볼수록 좀 이상하더라. 우리랑은 달라. 그 애는 아유타가 아니라 다른 힘에 지배당하는 것 같아. 말마따나……."

이윤아는 창백해져서 입을 다물었다.

"칼리."

내가 대신해서 말했다.

"그럴 리가 없어. 칼리는 죽었단 말이야."

"하지만 자기 입으로 말했다고요. 내 눈으로도 똑똑히 봤어요."

나는 이윤아를 쳐다보며 고집스럽게 주장했다. 형이 말을 받았다.

"나도 영문은 모르겠다. 하지만 어쨌든 칼리, 즉 파르바티는 죽었어. 정말 살아 있었다면 우리도 이렇게까지는 되지 않았겠지."

"파르바티가 그렇게 대단한 여자야?"

"그녀는 우리에게 세계 그 자체였어."

형이 조용히 말했다.

나는 문득 기묘한 낌새를 눈치 챘다. 형은 분명 비슈누를 거부하는 것처럼 보였다. 그러나 그가 파르바티나 시바의 이름을 입에 담을 때, 거기에는 분명한 열망이 깔려 있었다. 마치 매 순간 인성과 신성이 비등한 정도로 형에게 영향을 미치는 것 같았다. 나는 조금 초조해졌다.

"그 녀석은 대체 뭐지?"

나는 화제를 돌렸다.

"영이를 죽인 놈. 그 자식을 예전에 알았던 것 같아."

형이 놀란 듯 눈으로 재촉했다. 나는 기억을 더듬었다.

"은색 머리카락이야. 백발과는 달라. 꼭 거미줄 같아. 괴물처럼 아름답게 생겼어. 너무 완벽해서 정이 안 가는 얼굴이야. 한쪽 눈이 없고 그 자리에 긴 흉터가 있어. 그리고 성별이 없어. 남자도 여자도 아니야……."

이윤아가 경악하며 외쳤다.

"타리스라다!"

“타리스라다?”

그녀는 형과 불안한 시선을 교환했다. 이윽고 형이 날카롭게 말했다.

“녀석은 사생아야. 신도 아수라도 아냐. 양쪽 모두의 피를 이어받았지만 무엇으로도 규정할 수 없어. 반신반마(半神半魔)의 무성체(無性體)…….
타리스라다는 세계의 질서가 붕괴하고 있다는 산 증거였어.”

그 어투에는 매서운 경멸이 묻어 있었다.

“그리고 잡종답게 지나칠 정도로 강했지. 한때는 데바의 일원이었지만 우리를 배신하고 아수라에게 전향했어. 이후에는 그들을 이끌고 몇 번 천계를 침범하기까지 했어. 우리 중 가장 특출한 전사들도 그를 누르지 못했으니, 마히샤 이후 아수라들이 낳은 최강자라 할 수 있지.”

이윤아가 볼메어 투덜거렸다.

“흥, 정말 타리스라다라면 우리에게 대단한 아량을 베푼 셈이군.”

“녀석에게는 당장 별 쓸모가 없었단 얘기겠지.”

형은 쓰게 웃더니 나를 보며 물었다.

“그런데 왜 네가 그런 놈을 알고 있지?”

“나야말로 궁금해.”

나는 감각이 살아 있는 왼손을 들어 펼쳐 보였다.

“그놈은 날 ‘옛 친구’라고 불렀어. 도무지 알 수 없는 말만 늘어놓다 오른팔을 이 꼴로 만든 거야. 이상하게 생긴 단검을 써서. 칼은 이 안으로 사라졌어. 그놈 왈 내가 그걸 만들었다던데.”

나는 형과 이윤아를 갈마보며 계속했다.

“눈 모양으로 금세공이 된 단검이야. 엄청나게 예리해서 뼈라도 가를 수 있게 생겼어. 그놈이 말하길 원래의 용도는 혼을 봉인하는 거라더라고. 마히샤였나? 그게 파르바티를 죽인 방식처럼…….”

갑자기 형의 얼굴에서 핏기가 가셨다. 급격한 동요였다. 그를 지탱하던 힘이 일거에 무너진 것 같았다. 형은 몇 번 입을 벌렸다가 도로 다물었다. 이윽고 간신히 말을 토해 낸 순간, 그 얼굴은 생명을 쥐어짜듯 고통스러워 보였다.

"그럴 리가 없어."

형이 무겁게 신음했다.

"그 칼…… 네가 그 칼을 만들었다고? 말도 안 돼, 웃기지 말라고 해. 만일 그렇다면, 그게 사실이라면……."

형의 떨리는 시선이 내 얼굴을 훑었다. 불덩이 같은 눈동자였다. 격한 분노 같기도, 두려움 같기도 했다. 혹은 내게서 같은 감정을 끌어내려는 듯 보이기도 했다. 별안간 형이 웃음을 터뜨렸다. 불안을 게워내는 것처럼 거칠게 웃어 젖혔다.

마침내 그가 다시 입을 열었을 때, 그 소리는 내게 던져진 두 번째 계시가 되었다.

"잊을 리가 없지, 그 검이 만들어지던 순간을! 내가 축성하고 시바가 명명한…… 브라무트라, 만물의 창조자 브라흐마가 만들어 낸, 실로 저주받아 마땅한 걸작이야!"

11

무한에 대해서 얘기해 보자.

오래전 유대의 카발리스트들은 그들의 신을 무한으로 규정했다. '엔 소프'라는 그 이름 안에는 '한계가 없다'는 뜻이 들어 있었다. 카발리스트들은 엔 소프가 존재도 아니고 비존재도 아니며, 충만한 자도 비어 있는 자도 아니라고 믿었다. 결코 묘사되거나 이해될 수 없는 차원인 그는 유한을 포함하는 동시에 무수히 작은 무한들을 포함한다. 이 무한들은 별개로 존재하기도 하지만 연속적인 형태를 취하기도 한다. 이때 엔 소프를 둘러싼 연속체들은 공전하는 구(球)의 모습을 지닌다.

엔 소프는 무한소 속으로 한 걸음 물러남으로써 세계의 기반을 마련했다. 그의 뒷걸음질에서 더 작은 규모의 창세신이 태어났다. 이 신이 만든 세계는 유한한 것이었다……. 그리고 그 속에서 태어난 존재들 역시 유한할 수밖에 없었다.

유한한 숙명의 인간들은 향수를 느끼듯이 무한이라는 주제에 천착했다. 어떤 이는 형이상학으로, 어떤 이는 수학으로, 어떤 이는 음악으로 무한에 도전했다. 그러나 그들에게 주어진 교훈은 언제나 같았다. 무한을 직시하려는 자는 장님이 된다. 결국 그들 중 일부는 광인이 되거나 죽음으로써 속죄해야만 했다. 살아남은 자들은 인식의 한계를 추상으로 위로할 수밖에 없었다. 종교는 그렇게 해서 궤변에 익숙해졌다.

나는 무리수가 광기의 형태라는 어느 작가의 말에 동의한다. 그것은 무한을 논리로써 설명하려던 자들이 만들어 낸 서글픈 산물이다. 유한에 머무르는 한 인간은 안전할 수 있다. 그런데도 왜 그들은 끊임없이 자신을 시험하는 걸까? 어째서 계속 초월자의 영역을 넘보는 것일까?

나는 인간이 스스로를 무리수로 만들었다고 생각한다. 유한을 안에 품은 소우주. 그렇다면 지상에 떨어진 데바들 역시 인간과 다를 바 없는 존재일 것이다. 그들은 무한 원점을 향하면서도 끝없이 곡선을 그릴 수밖에 없다. 나는 비로소 그들의 아픔을 이해한다. 그리고 그들의 두려움에도 깊이 공감한다. 내게는 기억과 본질을 되찾아야 한다는 목표가 주어졌다. 그러나 그것은 한없는 갈망의 화살표이기도 하다. 나는 결코 도달할 수 없는 영역을 향해 나아가기 시작했다고 느낀다. 언젠가 눈이 멀고 말리라는 예감도 든다. 무리수로서 존재한다는 것은 곧 영원히 목마른 존재라는 사실과 다름없는 것이다.

"그래도 갈 거야?"

미주가 묻는다.

"그래도 갈 거야."

내가 답한다.

누런 불빛에 잠긴 미주네 거실은 난파선의 선실처럼 보였다. 집 안 곳곳 옴팍한 그늘 자리에서 을씨년스러운 흙냄새가 풍겼다.

이야기가 끝나자 미주는 한참 고개만 가로저었다. 찻잔을 빙글빙글 돌리며 생각에 잠겨 있다 느닷없이 말했다.

"이번 학기 학점은 완전 펑크겠네."

나는 웃었다. 어쩐지 마음이 놓였다.

"그 아수라…… 악마와 신의 잡종이라는 놈의 말을 믿어?"

"모르겠어. 일단 형 말로는 단정하기 힘든 것 같아. 신들은 저마다 이마에 인장이 있는데, 서로 알아보기 위한 표지이기도 하지만 힘과 기억을 보호하는 자물쇠 역할도 한다더라고. 그런데 나한테는 그게 없대. 최소한 형네 커플한테는 보이지 않는다고 했어."

미주는 내 이마를 흘끗 쳐다보았다.

"어쩌면 칼리도……. 난 사실…… 널 형한테 데려가야 하지 않나 싶었어. 하지만 그럴 수가 없더라. 미안해. 외면한다고 될 문제가 아닌 건 알지만……."

"고마워."

미주가 박진한 어조로 말했다.

"나한테는 별일 없을 거야. 걱정하지 마."

"그랬으면 좋겠다."

"기분은 어때?"

"엉망이야. 처음엔 좀 기쁘기도 했어. 내가 그들과 같은 족속이라면 멸망을 막을 수 있지 않을까 싶었거든. 하지만 시간이 갈수록 머리가 무거워. 아무것도 모르는데 남의 빚을 대신 떠안은 것 같아."

"단순하게 생각해. 넌 뭐든 너무 복잡하게만 보잖아."

나는 미주의 눈을 들여다보았다. 검고 선명한 눈동자였다. 예전에는 그 눈에 깊이가 있다는 사실을 몰랐다. 사물이 모든 각도에서 새로운 빛깔로 다가온다. 얼마 전까지 나와 함께 침몰하던 세계가 이제는 나를 따돌린다는 느낌마저 들었다.

"그래서 우선 어디부터 가려고?"

"나도 몰라. 헤매다 보면 뭔가 보이겠지. 더 이상 형한테 신세지는 건 싫어. 형은 날 지키려고 너무 많은 힘을 썼어."

"위험할 텐데."

나는 소형 권총을 꺼내 보였다.

"사실 자신은 없어. 살상력은 둘째 치고 어디 겨눌 수나 있을지 모르겠다."

"폼은 겁나 그럴싸한데."

"빵!"

우리는 명랑하게 웃었다.

시간이 그리운 냄새를 풍겼다. 나는 이미 우리가 과거를 상실했다는 것, 다시는 예전 같은 형태로 되찾지 못하리라는 것을 알고 있었다. 그러나 추억은 앞으로 어떤 무기보다 강한 힘이 되어 줄 것이다.

문 밖까지 따라 나온 미주는 내 왼손에 우산을 쥐여 주었다. 그것밖에 줄 게 없다고 했다. 나는 그녀의 핸드폰에 형의 전화번호를 찍었다. 무슨 일이 있으면 연락하라는 당부와 함께. 우리는 조짐을 찾으려는 것처럼 빗물 흥건한 하늘을 올려다보았다. 이윽고 미주가 조심히 다녀오라고 말했다. 나는 건강하라고 말했다. 그리고 우리는 헤어져서, 기약 없는 이별 속으로 갈라섰다.

"누구세요?"

몰라서 묻는 것이 아니다. 더 깊은 곳을 향한 질문이었다.

우리 사이에는 검은 대문이 있었다. 딱 한 번 그녀를 바래다주러 들른 문간을 나는 용케도 찾아냈다. 벨을 누르자 마침 지은이 나왔다. 아니, 아마도 미리 예상하고 기다리고 있었을 것이다.

지은은 문을 열지 않았다. 검은 철판 너머에 서서 그저 한마디, 누구냐고만 물었다. 나는 우산도 없이 흠씬 젖은 채 서서 이쪽을 노려보는 그녀의 절박한 얼굴을 그려 볼 수 있었다.

나는 이야기했다. 누군가가 쏘아 올린 화살을 과녁에서 과녁으로 던지듯 타래를 풀었다. 동생의 죽음. 타리스라다라는 악마의 출현. 금빛 단검. 팔의 마비. 브라흐마란 누구이고 유단은 누구인가? 누가 누구의 그림자이며 실체인가?

말이 끝나자 한참 조용했다.

"브라흐마는…… 세계의 창조자예요."

이윽고 빗소리 같은 답이 돌아왔다.

"그는 시바, 비슈누와 함께 시간을 다스리는 트리무르티예요. 하지만 지금 우리에게 별 볼일 있는 신은 아니에요. 창조를 마친 브라흐마는 모두에게서 잊혔어요. 당연하죠. 이미 태어난 이들에게는 유지와 멸망밖에는 남아 있지 않으니까요."

나는 왼손을 문에 대고 그 소리 한가운데를 천천히 어루만졌다.

"그래도 무시할 만한 존재는 아니에요. 브라흐마라는 이름은 우주의식인 브라흐만에게서 유래된 거예요. 그는 일자의 그림자에서 제일 먼저 태어난 신이에요. 그래서 모든 피조물은 소원이 있을 때 망각의 영역에 거하는 그들의 창조자를 다시 기억해 내죠. 일시적인 필요성, 떠오르자마자 가라앉는 것, 그게 브라흐마의 숙명이에요."

야나치게 부어내리는 빗물이 이상하게도 그녀를 똑똑히 감지할 수 있게 해 주었다. 지은은 대문에 이마를 기대고 눈썹을 내리깐 모습이었다. 아마 그녀 역시 나를 선명히 보고 있을 것이다.

"하지만 나한테는 다 웃기는 소리예요. 선배가 정말 브라흐마인지 아닌지는 상관없어요. 이제 어쩔 거예요? 떠날 건가요? 어디로?"

"단서를 찾을 때까지 헤매 다닐 거야. 너한테서 떠나는 게 아냐. 아는 것이 없는 상태에서는 제대로 널 도울 수도 없어. 난 진짜 내가 되고 싶어."

아무 대꾸도 없었다.

"지은아, 들어 봐. 네 말대로 정말 내가 브라흐마인지 아닌지는 중요하지 않을지도 몰라. 하지만 이렇게 혼란한 상태에서는 너한테도 계속 거짓말만 하는 꼴이 돼. 난 그러기 싫어. 내 전생을 이해하지 않고서는 극복할 수도 없어."

"나도 시도해 봤어요."

지은이 탁한 목소리를 냈다.

"그렇지만 소용없어요. 우리의 전생은 선배가 생각하는 것보다 훨씬 강해요. 일단 기억하기 시작하면 그 뒤로는 잠식되는 수밖에 없어요. 내가 지금까지 무책임하게 내 자아를 방치한 줄 알아요?"

"네가 얼마나 열심히 싸웠는지 알아."

나는 말을 받았다.

“그래도 어쨌든, 난 해볼 거야.”

지은은 다시 입을 다물었다. 그녀는 나를 설득할 수 없다는 사실을 알고 있었다. 굳이 설득하려 한 것도 아니었다.

빗줄기가 가늘어졌다. 나는 용기를 내어 덧붙였다.

“조금만 더 버텨 봐. 힘들다는 건 알아. 하지만 그리 오래 걸리진 않을 거야. 그리고 두 번 다시 쓸데없는 생각은 하지 마. 네가 죽는다고 끝날 문제가 아냐. 근본적인 해결책은 다른 데 있다는 느낌이 들어.”

지은은 한숨을 쉬었다.

“선배가 그렇게 말하니 확실하겠죠.”

차가웠지만 비꼬는 투는 아니었다. 그러나 나는 가슴에 희미한 통증을 느꼈다. 그녀는 나를 이해했지만 믿지는 않았다. 대문이 사이를 가로막는 한 나는 결코 그녀의 의심을 지우지 못할 것이다. 돌아오는 날에는 문이 열려 있기를 바랄 수밖에 없었다.

나는 문에서 물러났다. 더 할 말이 없었다.

“몸조심해……. 금방 돌아올게…….”

“선배?”

지은이 말꼬리를 올려 불렀다. 내가 대답하자 그녀는 내뱉듯이 중얼거렸다.

“죽어 버려요.”

그리고 발소리가 멀어졌다. 현관이 쾅 하고 닫혔다. 나는 멍하니 서서 시야를 가로막는 문짝을 바라보았다. 물결치는 듯한 환청이 귀를 울렸다.

슬픔이 나를 완고하게 만들었다. 오른팔의 무감각이, 내가 무언가를 끊어 발밑으로 떨어뜨렸음을, 바로 되찾을 도리는 없음을 확인시켜 주었다.

나는 돌아서서 걷기 시작했다.

2부

숨결의 지배자인 그가

스스로 개체아가 되어

그 행위에 묶여 움직이고 있도다.

— 「슈베타슈바타라 우파니샤드」

12

"형! 유단 형!"

돌아보았지만 벅신벅신한 인파만 보였다.

"형, 잠깐만요!"

긴가민가하고 있는데 젊은 남자가 툭 튀어나와 달려왔다.

"왜 이렇게 걸음이 빨라요? 멀리서 보고 알았는데. 어휴, 형, 오랜만이에요."

"한시우!"

나는 반색했다.

"야, 너 오랜만이다. 잘 지냈냐?"

"늘 그렇지요, 뭐. 형은 아직 졸업 안 했죠?"

세 살 차이였던가, 그럼에도 여전히 열일곱 같은 동안이었다. 동그스름한 뺨이며 윤택한 살갗이 숫스러우면서도 귀티가 났다. 고등학교 때는 여기에 보이는 것마다 물어뜯듯 이글이글한 눈동자가 달려 홀로 이질적이었음을 기억하고 나는 미소 지었다.

"넌 좀 변한 것 같다. 어째 유해졌는데?"

"속이 편해서 그런가? 나름 열심히 살려고는 하는데……. 도련님 기질이 어디 가겠어요."

시우는 내 배낭을 흘끗 넘어다보았다.

"어디 가는 길이에요? 아님 다녀오는 길?"

"고향에 좀……. 1시 30분 차를 기다리는 중이었어."

"한 시간이나 남았는데 점심 같이 안 할래요?"

나는 시계를 확인했다.

"근처에 갈 데가 있나?"

"위층 푸드 코트에서 먹어요. 푸드 코트야 거기서 거기지만 바로 그 기시감이 제 맛이죠."

서울역 푸드 코트는 모든 푸드 코트의 이데아 같은 장소였다. 기물이며 맛이며 표정들이 완벽한 원형(原型)을 이루고 있었다. 신구가 난잡하게 어우러진 도심 풍경을 옆에 끼고 의무를 치르듯 입을 뻐끔거리는 사람들에게서 여수보다는 굴레의 조임이 느껴졌다.

시우가 내 맞은편에 식판을 내려놓았다.

"난 여기가 좋아요. 다른 푸드 코트는 안 가는데 여기만 자주 와요. 이 오므라이스 진짜 맛없거든요? 이걸 먹을 때마다 생각하죠. 아, 인생이란 질척한 계란과 케첩 사이의 거리 같은 거구나. 위장에 들어가면 어차피 한 덩어리 똥이 되어 밀려 나오는 것을."

"오늘도 일부러 온 거야?"

"근처에 일본 원서를 파는 헌책방이 있어요. 거기서 산 책을 여기서 읽는 게 취미예요.”

시우가 문고판 두 권을 건넸다. 몽테뉴의 『에세』 일역판과 이부세 마스지의 단편집이었다.

“원서도 읽고, 대단한데.”

“다 형님 덕분 아니겠습니까.”

한시우는 대학 신입생이던 내가 맡아 가르친 과외 학생이었다. 무역회사 사장인 아버지와 서양화가인 어머니 사이의 외동이었지만 자신의 풍요를 비롯하여 무엇이든 들이받으려 드는 기세가 인상 깊었다. 나도 이런저런 고민을 안고 있던 시절이라 학생보다는 도반을 대하듯 굴었고, 시우는 머지않아 마음을 열었다. 수업보다 여기저기 놀러 다니거나 책을 놓고 토론하기 바빴지만 워낙 명석한 그의 성적이 항상 상위권을 지킨 덕에 나는 2년 가까이 선생 체면을 유지할 수 있었다.

“제대하면 한번 보자더니 뭐가 그렇게 바빴어요?”

“그러게. 좀 그랬다.”

“팔은 또 왜 그래요. 다쳤어요?”

“사연이 대하소설 열두 질 분량이지.”

내 눈치가 안 좋았는지 시우는 더 묻지 않고 화제를 돌렸다. 자기 이야기를 신나게 떠들었다. 법대에 입학하고도 주변 인간들이 죄다 머저리 아니면 속물로 보여 한동안 방황했다고 했다. 이런저런 세미나나 조직에 얼굴을 내밀다가 몇 번 코를 다친 후 마음을 다잡고 열심히 공부하고 있다. 물론 학과 공부는 아니어서 성적표가 말이 아니다. 고시를 볼 생각도 없다고 선언해 부모님하고 척이 져 있다. 결국 이러다 등 떠밀리듯 유학이나 가게 되지 않을까 싶어 홀로 설 방도를 모색 중이다……

“여태 반항기냐고 친척들이 다 욕해요.”

"들어먹어도 싸지."

그는 말간 얼굴에 큼직한 웃음을 머금었다.

"그나저나 형은 방학도 아닌데 웬 고향이에요? 살도 좀 빠졌고. 실연 여행은 아니죠?"

"그 비슷한 거긴 하다. 넌 여친 있냐?"

"곧 100일이랍니다!"

그러고는 여자 친구 이야기로 바뀌었다.

나는 단무지를 물어 끊으며 한쪽 귀만 열어 두었다. 여겨듣기에는 모든 단어가 너무나 가슴 아팠다. 이제 첫 걸음인데 벌써 약해졌나 싶어 스스로도 놀라웠다. 내게서 솟을 말은 없고 남의 이야기는 나를 미끄러져 달려가니, 비로소 세상을 자기에게 투과시키는 듯하던 지은의 공허한 표정이 납득되었다.

대합실 의자에서 커피를 마시며 시우는 말했다.

"사는 건 괜찮아요. 산다고 말하기도 미안할 정도로 알아서 잘 굴러가요. 근데 이대로 좋은 건지 자꾸 회의가 드네요. 주어진 걸 받아 삼키기에는 속이 영 안 좋은데 놓기에는 아까운 거예요. 이러다 슬슬 주저앉게 될까 봐 겁이 나요."

"아직 시간은 많아. 너 이제 스물둘이잖아."

"이런 생각은 하면 안 되는데, 가끔은 시대가 옛날처럼 등짝을 세게 딱 때리며 밀어 줬으면 좋겠어요. 자신의 비겁함과 타협하지 않도록. 지금도 넘어야 할 벽이 많은데 맹목이 너무 쉬워졌잖아요."

나는 종이컵 귀퉁이를 잘근잘근 씹다 물었다.

"조르바 좋아하냐?"

“카잔차키스요?”

“그래. 전에 어떤 여자애와 조르바 얘기를 하는데 걔가 그러더라. ‘그 아저씨 너무 혐오스럽고 짐승 같잖아요.’ 난 좀 놀랐거든. 그렇게 볼 수도 있구나. 삶을 무책임하게 본능에 처박는 인간으로 여길 수도 있구나. 하지만 자기는 물론 남까지 책임질 수 있다며 떠드는 사람 중 누가 스스로 손가락을 끊을 만한 긍지를 갖고 있겠어?”

“당연하죠!”

“모두가 그렇게 살 수는 없겠지. 자연에 귀속할 수도 있고 문명과 더불어 정교해질 수도 있겠지. 중요한 건 내가 얼마나 나 자신일 수 있는가가 아닐까 싶어. 자신의 소망을 분명히 이해하는 것, 거기에 맞춰 생의 지침을 결정하는 것, 수시로 점검하며 반성하는 것. 모든 선택과 결과가 내게서 비롯되었으며 내게 되돌아온다는 마음가짐……. 그게 없으면 서울역 한복판에서 몽테뉴를 읽고 있어도 원시인인 거지.”

한시우는 나를 빤히 바라보며 비죽거렸다.

“그거 형 자신한테 들려주고 싶은 소리죠?”

“어떻게 알았지?”

나도 따라 웃었다.

“범인이란 게 참 그래요. 진리는 심플한데 한참 에워가는 거. 무슨 말인지 알겠어요. 자기 마음을 모르니 휘청휘청하는 거겠죠. 뻔한 얘긴데 형이 말하면 설득력이 있어요. 알아요?”

“그런가?”

“아마 그만큼 자신한테 엄격한 사람이 많지 않아서 그런 것 같아요.”

나도 별로 그렇지 않다고 말하려다 삼켰다. 내가 누구인지 모르니 소망조차 가질 수 없다고, 나를 배제하고 돌아가는 운명에 어떻게든 끼어

들려 발버둥치는 판국이라고. 말 대신 나는 종이컵을 구기며 시계를 보았다. 1시 15분이었다.

"슬슬 가야겠다."

시우도 일어섰다. 그러고는 왼손을 내 앞에 내밀었다.

"어째 나만 떠들었는데…… 형, 무슨 일이 있는지는 모르겠지만 기운 내요. 방금 한 말은 빈말 아녜요. 형도 알다시피 나 진짜 재수 없는 놈이라서 웬만한 인간은 눈에도 안 차는데, 형은 옛날부터 높이 쳤어요. 말마따나 형이 사소한 점에조차 자신을 점검하는 사람이라 그럴 거예요. 상황이 아무리 엿같이 돌아가도 형이 길을 잘못 드는 일은 없을 거라 믿어요."

나는 주저하다가 그 손을 잡았다. 따뜻한 손이었다.

"볼일 다 보고 올라오면 술 한잔해요."

"고맙다."

나는 꽤 오래 손에 힘을 주고 풀었다.

시우는 개찰구 앞까지 따라와 배웅했다. 나는 계단에 내려서기 전 그를 한 번 돌아보았다. 막 돌아서려는 그와 눈이 마주쳤다. 시우는 턱 끝을 끄덕하고 멀어져 인파 속으로 스며들었다. 나는 움직이지 못했다. 뻣뻣이 굳어 그가 사라진 자리를 응시했다. 마지막 찰나 그의 미간에서 번쩍이는 황금색 문장이 나를 조롱하며 지나간 것이다.

13

"어디 가?"

층계참에 걸터앉은 꼬마가 물었다.

"네가 뭘 상관이냐?"

"어디 가는데?"

오지훈이라는 아이였다. 한시우의 아래층 이웃이었다. 어머니들끼리 사이가 좋아 마주칠 일이 많았는데 시우에게는 퍽 귀찮은 상대였다. 제 방처럼 시우의 방을 드나들며 마음에 드는 것을 집어 가는가 하면 책장마다 더러운 손자국을 찍어 놓고, 공부할 때도 보채며 여간 성가시게 굴지 않았다. 한 대 쥐어박았다간 아파트가 떠나가도록 고함을 질러 대 어찌할 수도 없는 밉상이었다.

시우는 아이의 손에 들린 장난감 총을 곁눈질하며 대꾸했다.

"꼬꼬마는 알 것 없어. 집에 가서 짱구나 봐라."

곧바로 보복이 돌아왔다. 비비탄 총알이 시우의 콧등을 호되게 때리고 날아갔다.

"사람한테 쏘지 마! 눈에라도 맞으면 어쩌려고!"

"난 백발백중 명사수다!"

시우는 날뛰며 총질을 해 대는 지훈의 두 귀를 세게 쥐고 비틀었다.

"아파아아! 놔, 이 그지야!"

"애들이 돌아다닐 시간이 아니거든? 얼른 안 들어가면 너희 어머니가 또 안내 방송까지 하며 찾으실 거 아냐!"

"알았으니까 놔! 안 놔? 빨랑 안 놓으면 유괴범이라고 소리 지를 거야!"

손을 풀자마자 아이는 잽싸게 계단을 뛰어올랐다. 발길을 옮기는 시우의 뒷덜미가 다시 뜨끔했다. 돌아보니 아이는 이미 온데간데없이, 목소리만 짜랑짜랑 울렸다.

"알아서 잘하라고! 벌써 여러 눈들이 널 발견했으니까!"

그러고는 발소리가 멀어졌다.

강주희는 총명한 여자였다. 말발도 셌다. 웬만큼 똑똑한 사내도 당해 내질 못했다. 한시우는 어느 독서회에서 그녀를 만난 뒤 금세 빠져들었다. 아도르노의 현란한 사상을 그녀처럼 쉬운 말로 풀이하는 사람은 아무도 없었다.

강주희가 다섯 살 연하인 그의 구애를 은근히 즐기기만 하다가 마음을 연 지는 채 100일이 되지 않았다. 그 구십 며칠 한시우는 자신의 정신이 얼마나 가벼워질 수 있는지, 육체는 얼마나 팽팽하게 부풀어 오를 수 있는지 새로운 충격으로 깨달았다. 마치 온몸에 박힌 나사못을 그녀가 혀끝으로 하나하나 풀어 그의 존재를 확장하는 것만 같았다.

그날 그들이 만나기로 한 곳은 한갓진 공원 구석이었다. 평소와는 달랐다. 주희는 번잡한 장소를 좋아했다. 인간의 정신은 도시의 치열함 속에서 단련된다며 토마스 베른하르트를 즐겨 인용했다. 그런데 굳이 그곳을 고른 데에는 그녀다운 속셈이 있을 것이라 짐작한 시우는 바지런히 걸음을 끌었다.

공원은 과연 적요했다. 상점가 사각지대에 있어 늦은 밤이면 인적이 뜨막했다. 약속 지점인 정자로 향하며 시우는 유난스레 벌레가 많다고 느꼈다. 이상한 냄새도 났다. 정자로 다가갈수록 냄새도, 벌레도 더욱 심해졌다.

갈색 지붕 아래 오도카니 앉은 그림자가 보였다.

"주희 씨……."

손을 들어 부르려던 시우는 비명을 질렀다.

강주희는 머리 없는 몸통으로만 앉아 있었다. 깨끗이 잘린 목의 그루터기 밑이 온통 피투성이였다. 역겨운 비린내가 코를 찔렀다.

시우의 다리가 휘었다. 그는 바닥에 얼굴을 박듯 엎드려 토했다. 위액이 마를 때까지 게우고 또 게운 끝에 고개를 드는데 누군가가 등을 두들겼다.

"괜찮아?"

시우는 악몽을 꾸는 기분으로 아이의 얼굴을 쳐다보았다.

지훈이 혀를 쯧쯧 차며 그의 등을 문질렀다.

"나이도 먹을 만큼 먹어 가지고 섬세하긴. 이렇게 여려서 세상을 어떻게 헤쳐 가려고 그래?"

"너…… 네가……."

"네가 왜 여기 있냐고? 아님 네가 죽였냐고?"

지훈이 키들거렸다.

"그야 내가 죽였으니까 여기서 이러고 있겠지? 별건 아니었지만 아주 우습게 볼 놈도 아니었어. 글쎄 제 좆만 한 원한 덩어리를 토해 놓고 죽었지 뭐야!"

갑자기 돌풍이 몰아쳤다. 지훈이 시우를 밀어 젖히며 몸을 내밀었다. 검은 채찍 같은 것이 날아들어 바닥에 꽂히자 아이는 가볍게 뛰어 피했다.

"설명해 줄게. 이건 중급 이상의 아수라만 배출할 수 있는 사념 덩어리인데……."

아이는 장난치듯 껑충거리며 쉴 새 없이 입을 놀렸다.

"급이 높을수록 형체도 볼 만해지지. 네 여친한테는 안됐지만 이놈은 딱 중급 언저리였던 것 같아……."

시우는 몽롱한 정신에도 아이가 원을 그리며 뛰고 있다는 사실을 눈치 챘다. 연거푸 날아드는 공격 중심을 둥글게 감싸는 듯한 궤도였다.

"넌 나한테 진짜 감사해야 해……. 구체적으로 뭘 하려고 널 불러냈는지는 모르겠지만 자칫했다간 이런 놈하고 그렇고 그런 짓을 할 뻔했잖아. 와, 끔찍해……!"

아이의 수다가 발놀림과 함께 멈추자 지면에 금색 원이 드러났다. 그 한복판에 흉측스러운 괴물이 있었다. 형태를 파악하기 힘들 만큼 찌부러진 동체에 검은 촉수들이 붙어 있었다. 원에서 솟구친 빛이 괴물을 죄어 촉수의 움직임을 억눌렀다.

"봐. 아주 그냥 비위가 썩어 문드러질 것 같지?"

지훈이 히죽 웃더니 발검하는 듯한 자세를 취했다. 그러자 실제로 한 자루 검이 그의 손아귀에 나타났다.

"시바와 파르바티의 이름으로! 굿바이! 포에버!"

아이가 높이 뛰어올라 괴물의 꼭대기에 검을 내리꽂았다. 빛이 번쩍하며 폭발이 일어났다. 시우가 폭풍을 피해 고개를 수그렸다 다시 들었을 때 괴물이 있던 자리에는 주희의 머리만이 덩그러니 놓여 있었다.

시우는 난발에 감싸인 얼굴을 넋 놓고 바라보았다.

지훈이 정자에 앉은 몸통을 질질 끌고 왔다. 바닥에 눕히고 머리통을 목 위에 얹더니 손발을 차근차근 거두었다. 단중한 행동거지였지만 시우의 가슴에 불길이 발칵 치받쳤다.

"으아아아아!"

시우는 고함을 지르며 지훈에게 달려들었다.

"넌 뭐야! 뭐냐고! 왜 주희 씨를, 왜!"

자신도 모르게 그는 아이의 목을 짓눌러 조르고 있었다. 지훈은 말갛게 그를 바라보았다. 한없이 깨끗하기만 한 눈빛에 시우의 손에서 차츰 힘이 빠져나갔다.

아이가 그의 손가락을 하나하나 풀어 벗겼다.

"가네샤."

시우는 움찔 뒤로 물러섰다.

"나를 용서해라."

그리고 아이는 그의 얼굴을 단단히 감싸 붙들었다. 이마에 자신의 이마를 대고 눌렀다. 고통이 한시우를 깊숙이 꿰뚫었다. 그는 벗어나려고 몸부림쳤지만 손을 뗄 수가 없었다. 뜨겁게 달구어진 칼이 가차 없이 영혼을 들쑤시는 것만 같았다.

환영이 떠올랐다. 불타오르는 창을 든 소년이 눈앞에 서 있었다. 소년의 이마는 신성한 광채로 눈부셨으며 입술 위에서는 진언(眞言)이 남실거렸다. 그는 타고난 전사, 피를 부르는 자, 산과 강을 진동하는 신이었고 죽음을 굴종시키는 위대한 왕자였다. 살아 있는 그 누구도 그의 분노 앞에서 목숨을 지켜 낼 수 없도록 정해져 있었다.

그가 소리쳤다.

"그대는 다섯 근원으로 인해 지극히 거세고 굽이쳐 흐르는 물결을 알라. 그대는 다섯 가지 고통의 파도와 다섯 가지 무지의 엉킴을 알라. 그대는 다섯 개의 소용돌이에서 벗어나 브라흐만 안에 잠기어야 한다. 그대는 그대의 아트만을 보라. 그대의 이름을 보라."

해체되는 시간이 시우를 휩쓸었다. 그는 정신을 잃어 가면서 아이의 말 끝에 매달렸다. 소리가 낙인처럼 파고들었다.

"어떠한 무기로도 그대를 벨 수 없으며, 어떠한 불로도 그대를 사를 수 없으며, 어떠한 물로도 그대를 적실 수 없노라. 바람조차도 그대를 시들게 할 수 없다. 행운의 신이여, 시바의 왕자여, 시바를 수행하는 자들의 우두머리여, 그대의 이름을 기억하라. 그대의 시원으로 돌아가라."

세계가 아이의 입을 빌려 외쳤다.

"그대가 바로 그것이니라!"

~

데비께서 승하하셨습니다.

인드라가 보고했다.

통곡이 터졌다. 여신들은 정신을 잃었고 남신들은 가슴을 두들기며 울었다. 예고된 앙화였음에도 그들 모두가 참렬한 고통에 휩쓸렸다.

그는 그저 서 있었다. 어찌해야 좋을지 몰랐다. 건너편에 표정 없이 선 형의 모습이 보였다. 재와 핏물을 전신에 두른 스칸다 카르티케야는 동생과 마찬가지로 딱딱한 무감각에 갇혀 있었다.

그의 이름은 가네샤이며, 때로는 가나파티라고도 불렸다. 두 이름에는 모두 '수장'이라는 뜻이 있었다. 파괴의 주 시바는 아들에게 이 이름을 붙임으로써 그를 가문의 수장으로 임명했다. 가네샤 가나파티는 아버지의 기대에 어긋남 없이 권속을 다스려 온 자신에게 큰 자부심을 갖고 있었다.

그러나 파르바티가 죽고 황량해진 카일라사에 서서, 가네샤는 회의에 빠졌다. 해야 할 일은 어느 때보다도 많았다. 새로운 데비를 찾아 카일라사에 봄을 되찾는 일이 급선무였다. 하지만 그는 아무것도 할 수 없었다. 지금까지 그가 해 왔다고 생각한 모든 일들이 실은 파르바티의 품속에서 이루어진 것임을 깨달았다. 가네샤는 비로소 자신이 상실보다 크지 않은 존재라는 것을 알게 되었다.

가네샤는 천천히 발을 옮겼다. 창백한 풍광에서 어머니의 자취를 들춰 내려 애썼다. 마침내 그는 무서운 사실을 알게 되었다. 파르바티가 곧 카일라사였다. 카일라사는 곧 세계였다. 파르바티가 죽음으로써 세계는 사라지고 말았다. 그는 무(無)로 다져진 대지에 서 있었다.

눈물이 볼을 타고 흘렀다. 가네샤는 처음으로 슬픔이 존재한다는 사실을 알았다. 울면서 문득 그게 비열한 행위라는 생각을 했다. 눈물로 슬픔을 삭여서는 안 되었다. 그는 단죄되어야 마땅했다. 삶이 그를 지배하는 한 무엇으로도 용서를 구할 도리가 없었다. 그러나 가네샤 가나파티는 눈물을 흘린 적이 없었으므로 그것을 멈추는 법도 몰랐다. 그는 뒤에서 다가온 스칸다가 어깨에 손을 얹을 때까지, 하염없이 흐느끼며 고통을 배우고 있었다.

∽

바람인 줄 알았는데 선율이었다. 아이가 노래를 부르고 있었다.

오, 세상의 모든 것을 자라게 하는 이여

오로지 옳은 한 길만을 가는 태양이여

세상을 통제하며 다스리는 태양이여

최초의 창조자에서 태어난 그의 아들이여

오, 태양이여

그대의 눈부신 햇살을 걷어

그 진정한 진리의 찬란한 빛을 보게 해 주오.

내 그대의 은혜로 그를 볼 수 있도록.

아, 이제 그 진리를 깨달았도다.

모든 생명체 속에 존재하는 그 브라흐만은 바로 나요.

언젠가는 죽을 내 육신이

헛되이 죽지 않고 불멸함을 얻을 수 있도록

그리고 나서야 이 내 육신이 불에 타 재가 되도록

옴―의지를 가진 마음이여!

네가 한 일을 기억하라.

네가 한 일을 기억하라.

주희의 주검에 불이 붙었다. 한참을 타서 재도 안 남기고 말끔히 전소된 뒤, 그 자리에 작은 빛 구슬이 떠올랐다.

아이가 양손을 동그랗게 말아 그 안에 구슬을 담았다. 그러고는 머리 위로 손을 높이 치켜들었다. 빛은 아련한 꼬리를 드리우며 날아올라 애틋하게 반짝거리더니, 밤하늘로 스며들어 사라졌다.

아이가 고개를 돌리자 시우와 눈이 마주쳤다.

"갔어."

아이가 말했다.

"혼이 죽기 전이라 무사히 구해 낼 수 있었지."

두통이 느껴졌다. 그 목소리도 주위 풍경도 이중으로 다가왔다. 과거와 현재, 현실과 환상 사이에서 그는 쪼개진 채 겹쳐 있었다.

아이가 다가와 그의 머리에 손을 얹었다.

"힘들 거야. 각성이 많이 불완전하니까. 하지만 이 정도만 기억하면 돼."

"형님……?"

"그래, 가네샤."

가네샤 가나파티는 마른 입술을 움직였다.

"아버님은……?"

"다망하시지. 마음이 급하겠지만 아직은 안 돼. 뵙는 건 나중이다."

한시우/가네샤는 심장에 부딪는 슬픔을 느꼈다. 거기에 쓸려 둘 사이의 경계가 흐려지는 것 같았다. 두 자아가 서로를 무대 위의 배우로 취급하면서 스스로도 그 연기에 개입하는 듯한 느낌이었다.

스칸다 카르티케야의 음성이 날카로워졌다.

"널 이처럼 빨리 깨울 생각은 없었다. 그저 지켜볼 요량이었지. 그 남자가 네 앞에 나타나지만 않았더라도 이렇게 되지는 않았을 거다."

"그 남자……?"

"오늘 낮에 네가 만난 남자. 위대하고 비열한 브라흐마의 환생."

가네샤의 자아가 그 이름에 반응했다. 노여움이었다.

"브라흐마……."

"그가 네 덮개를 열었으므로 이 정도나마 조치하지 않으면 폭주할 공산이 컸다. 잘 알아 둬라, 가네샤. 그는 우리가 공경해야 할 시간의 주인이

다. 동시에 우리가 증오해야 할 배신자다. 네가 현세에서 그와 어떤 관계
건 그 사실은 움직이지 않는다.”

한시우가 반발했다. 그러나 가네샤의 자아에 부딪혀 튕기면서 다시 심
한 두통이 일었다. 시우는 웅크려 머리를 감싸고 신음했다.

“놔둬, 날……! 내버려 둬……!”

눈물이 줄기를 이루며 흙바닥에 내리꽂혔다. 스칸다는 더 말이 없었다.
천성과 무관한 힘으로 조밀히 다져진 아홉 살배기의 얼굴이, 허연 냉소를
흘리는 달처럼 허공에 호젓이 떠올라 있었다.

14

이와사키 가는 에도 시대부터 포목업으로 부를 쌓아올린 상인 집안으로 메이지 말기 재벌을 형성, 전후 미군정에 의한 재벌 해체 과정에서도 살아남았다. 1990년대 초 버블 경제의 붕괴로 침체에 빠진 뒤 한동안 부진했으나 21세기에 접어들어 과감한 개혁을 통해 오히려 유례없는 급성장을 이루었다. 이 개혁을 주도한 것이 당시 서른두 살의 '천재' 이와사키 소이치로였다. 그전까지만 해도 프린스턴 대학에서 심리학을 공부하는 눈에 띄지 않는 청년이었던 그는 귀국하자마자 주위의 반대를 물리치고 일본식 기업 시스템을 정면 돌파하는 구조 조정을 감행했다. 이것이 당시 상황과 절묘하게 들어맞아 이와사키 그룹은 2000년대 후반의 세계적인 불황에도 동요하지 않는 견고한 아성을 구축하였으며, 이와사키 소이치로는 일약 재계의 실력자로 떠올랐다.

유준은 호텔 로비에 다리를 꼬고 앉아 이러한 내용의 신문 기사를 대충 훑어보았다. 이번 이와사키 사장의 비공식적 방한은 국내에서도 꽤나 화제가 되고 있었다. 모 기업의 인수 합병설이 유력하게 제기되는 가운데 그의 동태를 주목하는 기자들이 로비에서 서성거리고 있었다.

갑자기 공기가 술렁거렸다. 검은 양복을 빈틈없이 걸친 사내가 경호원들에 둘러싸여 들어서고 있었다. 다부진 턱이 무쇠 같은 오만을 풍겼다. 잠자리에서조차 준엄할 성싶은 눈매에 접근하던 기자들이 움츠러들었다.

그때 유준이 벌떡 일어나 손을 흔들었다.

"헤이!"

좌중의 시선이 경박한 차림의 청년에게 모였다.

"여기야, 여기!"

이와사키가 멈추었다. 그는 경호원들을 제지하고 성큼성큼 준에게 다가왔다.

"여긴 좀 그렇잖아? 어디 조용한 데서 얘기하지?"

"방으로 모시겠습니다."

혀에 납추를 단 듯한 말투였다.

두 사람이 엘리베이터 안으로 사라지자 로비는 한바탕 소란스러워졌다. 기자들은 상상력을 채찍질하며 부지런히 펜을 놀리기 시작했다.

"미혼에 여자 관련 스캔들 전무, 게이설이 짜한 이와사키 사장님의 혐의 확정이군."

준이 침대에 걸터앉아 낄낄거렸다.

"솔직히 감탄했어. 체제를 이렇게 이용하다니. 우리 중 너처럼 능력을 잘 써먹는 녀석도 없을 거야."

"인간의 육체를 입은 이상 현세에 충실할 필요도 있습니다……."

"나쁘단 말은 아냐. '물고기들의 법칙'도 있잖아. '강해지도록 열망할지니라. 왜냐하면 모든 것은 강자의 것이기 때문이니라.'"

준은 호사로운 침대에 드러누워 천장을 올려다보았다.

"네가 현세에 어떤 집착도 없다는 걸 알아. 하지만 넌 눈에 보이는 것들을 차곡차곡 쌓아놓지 않으면 못 참는 녀석이지. 그게 천성이니까 말이야. 나는 네 행위의 순수성을 언제나 높이 평가하고 있어, 바루나."

"황송합니다."

준은 눈을 감고 잠시 말이 없었다. 그대로 잠든 것처럼 보이기도 했다. 이와사키는 옆에 곧추선 채 묵묵히 기다렸다.

"나한테 남동생이 하나 있어."

이윽고 준이 잠꼬대처럼 웅얼거렸다.

"형제가 위아래로 넷이나 있는데 그중 가장 마음에 드는 녀석이야. 성실하고 고지식하고, 암튼 꽤 귀여운 구석이 있거든. 여태 함께 살았는데 얼마 전 가출해 버렸어. 지금쯤 뭘 하고 있는지는 모르겠지만……."

준은 눈을 뜨고 몸을 상대 쪽으로 돌렸다.

"타리스라다가 나타났어."

이와사키의 얼굴에 비로소 움직임이라 할 만한 것이 일었다.

"잠자코 있을 놈은 아니지. 하지만 너무 갑작스러웠어. 마지막 전투에서 브라흐마에게 패한 뒤 소식이 없었으니까. 그는 내 누이동생을 죽이고 남동생을 습격했다. 락슈미와 나로서도 어찌할 수가 없었어."

"그자의 힘은 전과 다름없습니까."

"더하면 더했지 못하지는 않을 거야. 타리스라다는 괴물이었지. 누가 그 힘을 측정할 수 있겠나? 놈은 화근이었어. 일찍이 제거해야만 했다."

준은 입술을 질끈 깨물었다.

"한때 나는 그를 동정하기도 했다. 신들이 낳은 재앙이라면 거두는 것이 도리라고 생각했지. 하지만 착오였던가? 지금까지도 모르겠어."

유지자 비슈누의 음성이 낮게 깔렸다.

"물론 이 초라한 신성에 무슨 의미가 있겠나. 지금 비슈누는 이름뿐이
아닌가? 칼리 유가가 닥쳐오고 있다. 내 힘은 점점 줄어들고 있어. 분명히
말해, 지금의 나는 시바의 그림자로 존재할 뿐이다. 그게 나쁘다는 얘기
는 아냐. 시바를 도울 수 있다면 뭐라도 해 주고 싶어. 그가 얼마나 오랜
세월 고통을 받았는지는 누구보다 잘 알고 있으니까. 다만 왜 그가 우리
앞에 나타나지 않는지, 뭘 꾸미고 있는지 그게 궁금할 따름이야."

비슈누는 침대에서 일어나 앉더니 표정을 고쳤다.

"즉 서운하다는 거야, 나는."

바루나는 목석연하게 그를 마주 보았다.

"얘기를 계속하지. 동생을 습격한 타리스라다는 그에게 브라무트라를
심었어. 애초부터 그러기 위해 접근했겠지. 녀석은 동생을 검의 주인이라
고 말했다더군. 어떻게 생각하나?"

"그럴 리가……."

"이제야 반응다운 반응이 나오는군. 놀랍지 않은가? 창조자가 이 비슈
누의 아우로 태어났다니. 그러나 묘하게도 내 동생에게는 인장이 없었어.
어디를 봐도 그저 인간에 불과했단 말이야."

"그렇다면 타리스라다가 착각한 것임에 틀림없습니다."

"글쎄, 그건 또 모를 일이지. 타리스라다가 수상쩍은 놈인 건 분명해.
하지만 브라흐마에 대해서라면 우리 중 누구보다 눈이 밝으리라 믿는다.
그와 브라흐마 사이에는 유원한 악연이 있지 않던가. 더구나 아수라들은
환생을 거치지 않은 까닭에 조약 이후의 모든 기억을 지니고 있어. 그들
은 육체가 없으므로 속박에서 자유롭고 능력 또한 온전하지. 타리스라다

176

는 비록 적으로 돌아섰지만 대단한 녀석이었어. 그가 하는 말이라면 그저 망설은 아닐 거야."

"하지만 인장이 없다니……."

"그래서 내 나름대로 추리해 봤어. 신들이 잠든 이후 우리 트리무르티는 훗날에 대해 의논했지. 그 뒤 나는 인장을 새기고 잠들었어. 얼마 전까지 난 시바와 브라흐마도 바로 내 뒤를 따랐으리라 여겼다. 그러나 그게 아니라면? 그들 사이에 우리가 모르는 약조가 있었다면?"

그리고 비슈누는 동생의 이야기를 고스란히 되풀이했다. 시바와 동생의 만남서부터 뒷일까지를 전한 그는 쓸쓸한 미소를 지었다.

"나는 이 사태가 아유타와도 무관하지 않으리라 생각한다."

"데비께서는 어디에 계십니까?"

"아유타는 나와 락슈미가 지켜보고 있어. 하지만 우리 외에도 눈이 많은 모양이더군. 짐작건대 인드라도 활발하게 움직이고 있는 듯싶어. 그는 이미 시바와 접촉한 것 같아."

"다른 이들은?"

"바유는 각성이 확실하지만 이 땅에는 없어. 아그니는 가까이 있는 것 같아. 가네샤와 스칸다는 시바의 아들답게 행방이 묘연해. 시바에게서 멀지 않겠지만 교묘하게도 존재를 감추고 있어. 사라스바티는……."

비슈누는 잠시 턱을 만지작거렸다.

"아수라들의 수중에 있어."

바루나의 눈썹이 꿈틀거렸다.

"당치 않은 일입니다."

"당치도 않지. 브라흐마의 데비가 적들의 손에 있다니. 이건 일족의 수치다. 당장은 어찌할 수 없지만, 그렇다고 그저 방관하지도 않을 거야."

"그렇다면 저를 보자 하심은……."

"아니, 아직 거기에 대해서 말할 계제는 아니야. 내가 바쁜 너를 끌어낸 이유는 극히 사소한 거야. 첫째는 가볍게라도 회포를 풀고 싶었고, 둘째로는 이렇게 하지 않으면 만날 기회가 없기 때문이야. 내가 가는 수도 있지만 지금은 불가능하지. 이 땅을 떠날 상황이 아니니까. 설마 내가 보기 싫어 죽겠는데 억지로 온 것은 아니겠지?"

비슈누는 쿡쿡 웃었다.

"셋째로는 좀 잘난 체하고 싶었어. 너를 떠받드는 녀석들의 반응이 궁금했거든. 반은 농담이지만 반은 진심이야. 이건 비슈누가 아니라 인간으로서의 자아가 요구한 거야. 원체 한가한 녀석이라서 말이야. 이런 기회가 아니면 언제 허세를 부려 보겠나?"

그는 일어나 창가로 다가갔다. 그러고는 지그시 언성을 낮췄다.

"이제부터가 본론이야. 어려운 얘기는 아냐. 어찌 보면 극히 사소하고 개인적인 일이야. 하지만 난 그리 간단한 문제가 아니란 생각이 들어."

"말씀하십시오."

"아까 내 동생이 브라흐마일지도 모른다고 했지. 그는 혼란한 채 무방비하게 뛰쳐나갔어. 만일 그가 정말 브라흐마라면 이대로 아수라들 틈을 배회하도록 방치할 수는 없어. 타리스라다가 있는 이상 모든 아수라들이 그의 정체를 알고 있을 거야. 그대가 그를 지켜 줬으면 한다."

"알겠습니다."

"우리의 의무는 분명하나, 수행은 그리 수월치 않으리라는 예감이다. 브라흐마와 시바는 오랫동안 대립해 왔지. 트리무르티의 분열은 세계를 다시 한 번 파탄으로 몰아넣을 수 있는 문제다. 거기에 아수라들까지 긴다면 사태를 수습하기 더욱 어려워질 거야. 바루나, 내 힘은 온전치 않아. 어느 때보다도 그대 수호자들의 도움이 필요해. 우리는 이미 한 번 파국을 겪었어. 이번에 닥쳐 올 환난을 견디지 못한다면 어떻게 될지 짐작도 할 수 없어."

바루나는 깊숙이 머리를 조아리며 합장하고 말했다.

"마다바[29]시여, 당신께서는 제 생명이 당신의 호흡 안에서 움직인다는 것을 알고 계십니다."

비슈누가 미소를 지었다.

그는 바깥으로 뚫린 발코니 난간에 훌쩍 뛰어오르며 말했다.

"문으로 나갔다간 굶주린 짐승들한테 목줄기를 물어뜯길 것 같으니 이쪽을 이용하도록 하지. 9시 뉴스를 꼬박꼬박 챙겨 보시는 우리 어머니 생각도 해야지."

"폐하."

바루나가 불렀다.

"무례를 용서하십시오. 감히 여쭙고 싶은 것이 있습니다……. 방금 제게 내리신 명은 비슈누로서입니까, 아니면 인간으로서입니까."

비슈누, 준은 난간에 웅크린 채 가만히 그를 응시했다. 눈동자 안에 깊이의 끝이 없는 층이 쌓여 있었다.

"둘 다야."

대답과 동시에 준은 몸을 날렸다. 이와사키는 움직이지 않았다. 다가가 본들 아무것도 보이지 않으리라는 사실을 잘 알고 있었다.

---

29) 비슈누의 별칭.

15

어린 시절의 꿈을 꾸었다.

여섯 살 때 한 동네에 살던 처녀가 죽었다. 친구들과 피서를 갔다가 밤새 불어난 계곡물에 변을 당한 것이었다. 열 가구 남짓한 작은 마을은 슬픔으로 발칵 뒤집혔다. 처녀의 어머니는 며칠을 드러누워 운신하지 못했다. 그때 나는 어린 마음에도 그런 식의 죽음이 부당하다는 사실을 어렴풋이 알았다. 느닷없는 단절은 추악하다. 인간에게는 죽음을 준비할 시간이 필요한 것이다.

마을 사람들은 한을 품은 처녀가 손말명이 되지나 않을까 두려워했다. 그래서 경황이 없는 처녀의 어머니를 대신해 씻김굿을 준비하기로 했다. 굿을 준비하는 동안 사람들은 왠지 들떠 보였다. 나는 왜 그들이 흥분하는지 몰랐다. 어떻게 슬픔과 기대가 병존할 수 있는지 영문을 알지 못했다. 죽음이 제의로 거듭나면 새로워진다는 사실만 어렴풋이 눈치 챌 따름이었다.

　마침내 굿청 언저리에 나앉았을 때 나는 고소한 기름내에 정신이 나가 혼란을 잊어버렸다. 판이 벌어지는 순간에도 어머니 곁에서 치근대기에 바빴다. 그러나 무당의 춤사위가 거칠어지자 나는 공포를 느꼈다. 머릿속이 아뜩해지며 소름이 돋았다. 징이 귓전에서 날카롭게 뎅뎅거렸다. 당골은 한지를 오려 만든 지전을 한 손에 들고서 흔들었다. 버스럭거리는 소리가 혼의 울음처럼 가늘었다. 나는 어머니의 치맛자락을 움켜쥐었다. 당골이 걸진 소리로 무가를 뽑아냈다.

　　　신이로구나—마야장천 오날이로구나 에—에야—에이요—

　　　운항산 그늘 아래 슬피 우는 저 벅궁새야

　　　너는 어이 슬피 우느냐

　　　죽은 고목이 새 순이 나서

　　　가지가지 꽃이 피니

　　　마음이 슬퍼 울음을 운다

　　　늙어 늙어 만 년 주야

　　　한 번 늙어 만 년 되면

　　　다시 젊기 어려워라……

　처녀의 어머니가 참지 못하고 목을 놓았다. 나는 움츠려 칭얼거렸다. 큰형이 내 팔을 끌고 구석으로 데려갔다. 나는 손바닥이 기름투성이가 되어 전을 먹고 있는 여동생 옆에 쪼그려 앉았다. 거기에서도 굿판이 보였다. 망인을 대접하기 위해 상이 나간 뒤 무당은 장구를 두들기기 시작했다. 이윽고 씻김이 시작되었다. 돗자리를 돌돌 말아 치마저고리를 입힌 영돈이 처녀 대신 밥주발을 이고 섰다. 무당은 쑥물을 묻힌 빗자루로 신체를 씻겼다. 몇 번이고 거듭 쓸어 내며 처녀의 원혼을 위무했다. 빗자루가 움직일 때마다 곡소리는 점점 높아져 마침내 분위기에 휩쓸린 것인지 제 설움에 겨운 것인지 여기저기가 들썩거렸다.

그러한 광경을 응시하는 동안 나는 무언가가 풀려 나가는 것을 느꼈다. 갑자기 졸음이 몰려왔다. 나는 동생 옆에 엎드려 잠들었다. 먼 의식 너머로 나는 삶과 죽음이 맞닿았다가 다시 갈라졌다는 사실을 이해했다. 그리고 그 기억은 오래도록 남아 마침내 신념이 되었다. 요컨대 다음과 같다. 산 자와 죽은 자는 최후에 다시 한 번 얼굴을 마주해야 한다는 것이다. 우리는 삶을 기리기 위해서라도 죽음을 우리 안에 불러들여야 한다. 옛 사람들은 그 점에서 현대인들보다 지혜로웠다. 지금 우리는 죽음을 피할 줄만 알지 맞이할 줄은 모른다. 그 결과 자기 자신까지도 기만적으로 대하게 된다.

다시 동생의 억울한 죽음을 생각한다. 그것은 죽음이라기보다 돌연한 소멸에 가까웠다. 영이가 사라진 뒤 형은 그녀를 알던 모든 사람의 뇌리에서 기억을 소거했다. 그리고 동생의 존재를 증명하는 물건들을 없애 버렸다. 그리하여 영이는 오직 형과 내 머릿속에만 존재하는 허상이 되었다. 태어난 적이 없으므로 죽은 적도 없다. 동생의 육체를 앗아간 자만이 유일한 증명으로 남았을 뿐이다.

나는 그런 식의 소멸에 몸서리친다. 분노하기도 한다. 결코 그렇게 사라지고 싶지 않다. 죽음이란 산 자의 내면에서 비로소 의미를 갖는다. 나는 속죄하기 위해 생이 끊기는 순간까지 동생을 기억하기로 한다. 내가 할 수 있는 일은 그것뿐이다. 그러나 내 전생들은? 기억이 삶과 죽음의 끈이라면 내 전생들은 전부 어디로 간 것일까? 그들과 닿아 있던 사람들마저 죽어 없어진 이 세상에서, 그들은 도대체 어떤 의미를 갖는 걸까? 나는 그들에게 잠식되고 싶지 않다. 나는 나 자신이고 싶다. 그러나 그들을 부정하는 것은 소급된 내 존재 전체를 부정하는 것이 아닐까 두렵다. 무엇이 그들과 나를 잇고 있는가? 나는 결국 브라흐마의 우유성(偶有性)에 불과한 것인가?

"……기요……."

목소리가 들린다.

"저기요!"

나는 눈을 떴다.

머리 위는 밤하늘이었다. 등이 벤치에 닿아 배겼다. 잠기운으로 흐린 눈을 문지르자 곁에 선 여자가 보였다.

"저기, 왜 이런 데서 자요?"

살집이 낙낙한 외국인 여자였다. 거친 금발이 목덜미에서 느슨히 묶여 있었다. 느닷없이 꿈에서 끌려나와 얼떨떨한 채 나는 입가의 침을 닦았다.

"갈 데가 없어요?"

"아, 예…… 아뇨……."

"여기서 자면 안 돼요. 깡패들도 있고 벌레도 많아요."

"괜찮습니다."

나는 하품을 깨물고 멍하니 중얼거렸다.

"잘 데 없으면 나랑 같이 가요. 우리 집 가요. 방도 둘이고 씻을 데도 있어요."

약간 어눌했지만 그만큼 실답게 다가오는 말투였다. 나는 난처해서 고개를 흔들었다.

"정말 괜찮습니다. 신경 쓰지 마세요."

"나도 괜찮습니다. 신경 쓰지 마세요."

여자는 내 말을 흉내 내며 웃었다.

완전히 잠에서 깬 나는 어린아이처럼 해사한 그 웃음을 감탄하며 바라보았다. 멸망을 피하기 위해 지상의 선인 몇을 찾아야 한다면 꼭 꼽아야 할 것 같은 얼굴이었다.

"정말 괜찮으니까 우리 집 와요. 나 혼자뿐이고 나쁜 짓 하지 않아요. 당신 좀 씻어야 해요. 와, 왜 이렇게 더러워요?"

여자는 내 배낭을 집어 들고 성큼성큼 걸었다. 나는 당황하여 벤치에서 뛰어내렸다. 덩치와 달리 여자의 걸음새는 날렵했다. 둥그스름한 뒷모습에 왠지 모를 호소력이 있었다. 그래서 나는 단념하고 여자를 따라갔다.

"이름이 뭐예요?"

"유단……입니다. 유가 성이고 단이 이름이에요."

"난 소피야예요. 소냐라고 불러요."

소냐. 시베리아의 냄새가 나는 이름이다. 나는 기초 러시아어 교본 제1장에 나와 있는 문장을 그대로 읊었다.

"만나서 반갑습니다, 소냐."

"어머나!"

그녀는 깜짝 놀라 내 쪽으로 돌아섰다. 회색 눈동자가 환하게 빛났다.

"러시아어 할 줄 알아요?"

"아주 조금요."

대학에 들어와 2년 동안 나는 약수에 있는 러시아어 학원에 다녔다. 군 입대로 학원을 그만두면서 많이 잊어버렸지만 기초 회화 정도는 가능한 수준이었다.

소냐는 정말로 반가운 모양이었다. 내 옆으로 바짝 다가와 이런저런 말을 러시아어로 시켜 보며 기뻐했다.

"러시아어는 오랜만이에요. 놀랐어요."

"인사나 겨우 하는 정도인걸요."

"그래도 대단해요. 러시아 좋아해요?"

"글쎄요. 제가 좋아하는 러시아는 아마도 제 머릿속에만 있는 러시아일 겁니다."

소냐는 웃음을 터뜨렸다.

"잘됐네요. 난 혼자라서 늘 심심해요. 여기저기 돌아다닌 것 같은데 오늘 밤 재밌는 얘기 많이 해 줘요."

"재미가 없으면 쫓겨납니까?"

"그땐 마녀 바바야가가 절구를 타고 나타나 등의 살점을 떼어 가죠. 자기와 자매들을 위해서 하나, 둘, 세 점."

그녀는 어린아이를 겁주듯이 흥얼거렸다.

골목 들머리에 있는 소냐의 집은 나지막한 몸체에 슬레이트 지붕을 이고 있었다. 낡은 동네였다. 소냐는 그곳이 재개발 지구라 곧 철거될 예정이라고 말했다.

빨랫줄에 갖은 빛깔의 옷가지가 드레드레 널려 있었다. 벽 아래 아마 길고양이를 위해 내놓은 듯한 밥그릇이 있었다. 소냐는 문을 열고 나를 재촉했다. 안은 겉에서 보기보다 깔끔했다. 그녀는 먼저 화장실을 가리켜 보였다.

"면도기랑 면도 크림이랑 다 있어요. 새 칫솔도 있으니까 양치도 해요.

갈아입을 옷도 줄게요.”

나는 깜짝 놀랐다.

“저, 누구 쓰시는 분이 있는 거 아닙니까?”

“괜찮아요. 가끔 오는 사람이 하나 있는데 여기 있는 물건은 건드리지도 않아요. 걱정 말고 써도 돼요.”

“그게 아니라……”

“애인도 아니고 가족도 아니고요. 나 혼자 좋아서 사 놓은 것들인데 아무도 안 쓰면 불쌍하잖아요.”

그저 어리둥절했다. 오 헨리의 세계로 끌려 들어온 느낌이었다. 문을 닫고 멀거니 서 있다 별 수 없이 옷을 벗었다. 샤워기에서는 냉수만 나왔다. 몸을 적시노라니 쑤시지 않는 곳이 없었다. 나는 스스로 생각했던 것보다 더 지쳐 있었음을 깨달았다. 돈을 아끼려 수시로 노숙하면서 여윈잠으로 지샌 밤이 많았던 것이다. 입을 벌려 쏟아지는 찬물을 삼키자 뱃속이 저릿해졌다. 수채통에서 풍기는 비치근한 해감내가 향수를 자극했다.

면도까지 마치고 나오자 상이 차려져 있었다. 몇 종류 밑반찬과 콩나물국이었다.

“저기, 저녁은……”

“와, 수염 깎으니까 딴 사람 같네요! 거 봐요, 씻으니까 좋죠? 거기 옷도 꺼내 놨으니까 입어요. 팬티도 있어요.”

나는 점점 더 어리둥절해서 옷가지를 집어 들었다. 전부 상표가 붙어 있는 새것이었다. 남의 껍질을 걸치는 것 같아 개운치는 않았지만 그 해낙낙한 얼굴에 거절을 던질 용기도 없었다. 나는 내 옷을 둘둘 말아 가방에 처넣고 점퍼만 따로 챙겼다. 안주머니에 권총이 들어 있었다. 더듬어 확인하자 가슴팍이 써늘해졌다.

저녁으로 컵라면을 먹은 뒤였지만 밥상을 앞에 두니 배가 고팠다. 소냐는 열심히 걸터먹는 나를 기쁜 듯 쳐다보았다.

"이러고 다닌 지 얼마나 됐어요?"

"한 달 좀 넘었습니다."

"무슨 저기…… 도…… 도 닦는 거예요?"

"아뇨, 그냥 생각할 게 있어서요……. 그보다 혼자 사신다면서 이렇게 외간 남자를 들여도 됩니까? 나쁜 놈일지도 모르잖아요."

"당신 나쁜 놈이에요?"

"아니…… 아닌 것 같긴 한데……."

"그럼 됐잖아요. 나 나쁜 놈 많이 봤어요. 딱 알아볼 수 있어요. 당신은 아니에요."

그러고는 상 귀퉁이에 팔꿈치를 괴고 방긋 웃었다.

"게다가 난 비싸요. 한 번 하는 데 15만 원이나 해요."

나는 놀라 젓가락질을 멈추었다.

"……진짜요?"

"농담이에요."

소냐는 깔깔거렸다.

"하지만 아주 농담은 아니에요. 내가 그 생활에서 벗어난 지 이제 1년 좀 넘었으니까. 한참 잘나갈 때는요, 그땐 지금처럼 뚱뚱하지도 않았는데, 20만 원은 했어요. 물론 그래 봤자 포주한테 거의 넘어갔지만."

그리고 그녀는 자기 이야기를 시작했다.

열다섯 살까지 소냐는 사할린에서 어머니와 단둘이 살았다. 향토 연구 박물관에서 근무하던 아버지는 그녀가 태어나기 얼마 전 교통사고로 죽었다. 집은 가난했으나 외증조부가 모스크바 재판에서 숙청되었다가 명예

회복된 혁명가였고 할머니는《문학 신문》지에서 일한 적도 있는 엘리트였기 때문에 소냐는 어린 시절부터 좋은 교육을 받으며 자랐다. 그녀의 이름도 어머니가 도스토예프스키의 소설에서 따와 붙인 것이라 했다.

열여섯 살 때 어머니가 뇌졸중으로 숨진 뒤 소냐는 자구책을 찾아야 했다. 친척의 소개로 선박 회사에 취직한 그녀는 동아시아 담당 부서에서 일하게 되었다. 한국어를 배우기 시작한 것도 그 무렵이었다. 풍족하지는 않았지만 식걱정은 없었고 여자 친구들과 놀러 다니거나 이따금 상대를 바꿔 가며 데이트를 즐기는 나날이었다.

스물두 살 생일에 소냐는 30대 중반의 한국인 사업가를 만났다. 너글너글한 인상에 호방한 성품으로 쉽게 사람을 끌어당기는 타입이었다. 몇 차례 만남을 거치며 소냐는 그에게 빠져들었다. 남자도 적극적이어서 둘은 머지않아 살림까지 차렸다. 소냐는 행복했다. 귀국하게 된 남자가 그녀를 한국으로 데려가겠다고 약속하자 행복은 정점에 달했다. 훗날 돌이키면서도 소냐는 그때의 티얼 없이 충만한 감정이 어리석었다고는 생각지 않았다.

남자는 이런저런 펑계를 들어 소냐를 배에 태웠다. 항해는 고단했지만 즐거웠다. 그러나 한국 땅에 내린 순간부터 그녀의 행복에 이상 신호가 켜졌다. 인천항에 도착한 첫날 그녀에게 주어진 잠자리는 비린내가 물씬한 낡은 창고였다. 거기에는 그녀 또래의 처녀들이 몇 명 더 있었다. 하나는 조선족이었고 둘은 우크라이나인, 홀름스크 출신의 러시아인도 하나 있었다. 러시아 여자는 갱단 일파인 보예비키에게 속아 끌려왔다고 했다. 소냐는 가슴을 조이며 애인의 구원을 기다렸다. 그러나 창고 문이 열렸을 때 그녀는 낯선 사람들에게 이끌려 트럭의 짐칸에 태워졌다. 그들을 감시한 남자는 러시아어를 유창하게 할 줄 알았다. 그의 이죽거림을 통해 소냐는 비로소 자신이 사랑하는 남자가 러시아 마피아들과 관계하는 전문 야바위꾼임을 알았다. 그는 사람 좋은 얼굴 뒤로 코카인과 여자를 거래하면서 잇속을 챙기는 터였다. 얼이 빠진 소냐는 고통도 분노도 없이 무감각해졌다. 다른 여자들은 울거나 고함치며 반항했지만 소냐는 죽은 듯이 머리를 비웠다.

"남자들을 대하면서도 난 그렇게 생각했어요. 지금 다리를 벌리고 누워 있는 나는 빈 껍질이라고. 정말 아무것도 아니라고. 내 알맹이는 고향 집에 편안히 앉아 텔레비전을 보듯이 살가죽이 하는 짓을 지켜보고 있었던 거예요."

함께 일하는 여자들 중에는 상습적으로 코카인에 손을 대다 자멸한 이도 있었다. 소냐는 달랐다. 그녀는 혁명가였던 외증조부가 처형 직전 남겼다는 유언을 잊지 않았다. "자기 자신을 굳게 지켜 낼 수만 있다면 인간과 지옥의 관계도 역전시킬 수 있다." 7년 동안 소냐는 술에도 마약에도 손을 대지 않고 틈틈이 한국어를 공부하며 단골을 확보했다. 덕분에 감시가 느슨해져서 얼마간 운신의 폭이 생겼다.

마침내 기회를 포착한 소냐는 도망쳤다. 무작정 뛰다가 눈에 들어온 성당으로 피신했다. 요행히 그곳의 여성 상담소에서 소냐를 받아들여 도와주었다. 몸과 마음을 추스르며 몇 달을 지낸 소냐는 상담 수녀의 소개로 노인 요양원에서 일하게 되었다. 요양원 동료를 통해 이 집을 싸게 빌린 뒤에는 주일학교 학생들에게 러시아어도 가르치고 있다는 이야기였다.

나는 중반부터 숟가락 놀림을 멈추고 귀 기울였다. 음식을 넘길 수가 없었다.

"미안합니다."

소냐가 말을 멈추자 나는 사과했다.

“왜 미안해요? 뭐가 미안해요? 그럴 거 없어요.”

“그래도…….”

“물론 한때는 한국인들이 다 미웠어요. 인간이 아니라 짐승들로만 보였어요. 하지만 지금은, 사람이 있는 곳이면 어디에나 천사도 있고 악마도 있단 생각이 들어요. 예수님조차 그 수난을 겪으시고 다 용서하셨잖아요?”

그러고는 문득 생각난 듯 후일담을 덧붙였다.

몇 달 전의 일이었다. 고통은 완전히 사라지진 않았지만 이제 맨손으로 어루만질 수도 있는 흉터로 변해 가고 있었다. 요양원 일을 마친 소냐는 편의점에 들르느라 귀갓길을 좀 둘러 갔다. 그런데 하필 편의점 문을 여는 찰나 꿈에서도 보기 싫은 얼굴과 마주치고 말았다. 7년 동안 그녀를 부린 포주와 그의 동료였다. 누구인지 깨닫자마자 소냐는 발부터 움직였다. 냅다 뛰기 시작한 그녀의 등 뒤로 두 남자의 목소리가 꽂혔다. “야! 거기 서!” 그들이 그녀를 알아보고 쫓아오고 있음을 안 소냐는 맥이 탁 풀리며 잡히느니 차라리 죽어 버리겠다고 다짐했다.

그때 그 남자가 나타났다. 딱히 무슨 일을 해 준 것은 아니었다. 소냐가 그에게 부딪혀 넘어지자 일으킬 생각도 않고 등 뒤까지 따라붙은 사내들을 바라보았을 뿐이었다. 두 남자가 그에게 욕설을 퍼부었다. 남자는 비키지 않았다. 소냐는 넘어져 있는 상태에서도 이상하게 그들 사이에 일어난 일을 분명히 파악할 수 있었다. 남자의 표정이, 손끝이, 머리털 한 올이 움직이지 않는데도 사내들의 기세가 점점 숙지더니 욕설이 그쳤다. 그러고는 둘 다 꼬리를 만 개처럼 움찔거리며 뒷걸음쳤다. 이윽고 소냐는 골목 끝으로 황급히 멀어지는 발소리를 들을 수 있었다.

정신을 차려 보니 소냐는 남자의 소맷자락에 매달려 있었다. 그는 그녀가 이끄는 대로 따라왔다. 두려웠을 뿐이지만 어느새 그 남자를 집 안까지 들여 놓고 있었다. 그들은 그날 밤을 함께 보냈다. 그는 사창가를 탈출한 소녀가 처음으로 받아들인 남자였다.

"왠지 부끄럽지만……."

소녀는 얼굴을 빨갛게 물들였다.

"정말로 내 몸을 원해서 같이 잔 것 같진 않았어요. 그게…… 뭐라고 설명해야 되나…… 마치 자기가 살아 있는지 확인하고 싶은 것처럼……. 그런데 별로 도움은 안 됐나 봐요. 끝난 뒤에도 그 사람은 돌처럼 조용하고 차가웠어요."

그래도 그는 몇 번 더 찾아왔다. 관계를 가질 때도 있고 그저 앉아만 있다 가기도 했다. 스스로 말을 하는 경우는 거의 없고 그녀의 이야기에 귀를 기울여만 주었다. 한결같이 차가웠으나 이상한 힘이 있었다. 그에게 말을 늘어놓다 보면, 또는 반응이 희미한 육체의 움직임에 집중하다 보면 가슴이 후련해지면서 눈물이 났다. 더 나은 존재가 되고 있다는 감동이 일었다.

"그런데도 난 그 사람이 불쌍했어요."

"불쌍하다고요?"

"응…… 그래요. 그 사람은 가만히 있어도 큰 힘으로 사람들을 움직이는데, 정작 자기는 아무것도 받아들일 수 없는 것 같았어요. 나름대로 노력한 건지도 몰라요. 아니면 뭣 때문에 날 찾아왔겠어요? 하지만 난 평범한 여자예요. 해 줄 수 있는 일이 빤한……."

소녀는 짧게 한숨지었다.

"어쩌면 그 사람…… 외로웠던 게 아닐까 싶어요."

우리는 입을 다물었다. 바람이 부는지 들창이 부들부들 떨렸다. 나는 갑자기 피곤해졌다. 그녀가 그 신비로운 사내를 불완전한 위치로 끌어내

림과 동시에 사물이 제 빛깔을 잃어버린 듯했다. 소냐는 내 침묵의 의미를 이해했다.

"나 좀 봐. 피곤한 사람을 데려다 놓고 뭘 하는지 모르겠네요."

"괜찮습니다."

"안 괜찮아요. 좀 쉬어야 돼요. 며칠 동안 제대로 못 잤죠?"

"하지만 원래 제 이야기를 들으려고 데려온 거 아닙니까?"

"그건 내일!"

사실 너무나 고단했다. 뇌가 납덩어리로 변한 것만 같았다. 소냐는 이부자리를 펴 놓은 방으로 나를 안내했다. 하얀 벽이 무한 속으로 빨려드는 것처럼 보였다.

"푹 자요."

그녀는 덜컹거리는 창문을 꽉 닫아 잠갔다. 나는 창문을 그대로 두었으면, 그래서 시원한 바람을 이마에 느꼈으면 싶었다. 그러나 눕는 순간 중력이 내 몸을 끌어당겼다. 멀리서 소냐의 목소리가 들렸다.

"어쩐지 내일이 오지 않을 것만 같네요."

뭐라고 대답해야 한다고 생각했지만 벽이 일렁일렁 휘더니 내 위로 흘러내렸다. 나는 무의식 속으로 한없이 추락했다. 그리고 꿈속에서 불길한 환영들을 만났다.

지은이 나타났다. 그녀는 소냐가 서 있던 창가에 기대어 있었다. 내가 다가서려 하자 냉담한 얼굴로 거부했다. 검은 머리채가 찬 빛을 흘렸다.

"선배는 날 배신했어요."

나는 그렇지 않다고 말했다. 지은의 목소리는 매몰스러웠다.

"두려웠던 거죠? 당신은 자기가 감당할 생각도 없는 인내를 내게 요구했어요. 비겁한 사람 같으니. 왜 인장을 거부했나요? 왜 그때 날 데리고 도망치지 않았죠?”

다음 순간 그녀는 인형처럼 무감각한 러시아 여인으로 변했다. 우리는 어느새 트럭의 짐칸에 마주앉아 있었다. 여자의 회색 눈동자가 힘없이 오르내렸다. 그녀는 천장을 보며 중얼거렸다. “아무것도 생각하지 않으면, 아무것도 일어나지 않아요.” 바퀴가 돌부리에 걸렸는지 트럭이 쿵 흔들렸다. 여자는 다시 표정 없는 소리를 뇌까렸다. “내일은 오지 않을 거예요. 절대로.”

곧이어 요란한 폭음과 열기가 들이닥쳤다. 트럭의 파편이 사방으로 흩어졌다. 나는 거칠게 팽개쳐져 한동안 꼼짝하지 못했다. 간신히 몸을 가누자 눈앞에 거대한 그림자가 서 있었다. 너울거리는 머리카락 사이로 불티가 섞여 날렸다. 감정을 가둔 눈동자는 예전과 다름없이 까마득했다.

“오랜만이군…….”

남자가 중얼거렸다. 나는 타는 듯한 갈증을 느꼈다. “그 사람은 외로웠던 게 아닐까 싶어요.” 어디선가 여자가 깔깔거린다. “거짓말이야!” 사방에서 일제히 환호가 솟는다. 베일을 둘러쓴 여자가 내 손을 떠난다. “세계는 곧 끝날 거야.” 형이 말한다. 여자가 준엄하게 호통 친다. “더 이상 도망치지 말라!”

“브라흐마!”

누군가가 부른다. 절박한 목소리다. 나는 이마에 열기를 느낀다. 타오르던 불길이 확 흩어지더니 수백 수천의 나비가 되어 날아간다. 그 속에서 여자가 모습을 드러낸다. 기다란 머리채가 폭포처럼 흘러내린다. 그녀는 손을 내밀며 소리친다.

“눈을 떠요!”

눈을 뜨자 호흡을 가누기가 힘들었다. 얇은 먼지가 숨구멍을 틀어막은 기분이었다. 나는 어둠을 더듬으며 일어났다. 사방이 캄캄해 시간을 가늠할 수 없었다. 공기가 물결치며 밀려나갔다.

익숙한 신호가 뇌리를 두들겼다. 나는 점퍼 안주머니에서 총을 꺼냈다. 발이 어둠에 잠겼다가 떠올랐다. 마치 젤리 위를 걷는 것만 같았다. 어디선가 짐승의 가죽이 타는 듯한 냄새가 났다.

나는 권총의 안전장치를 풀고 문을 열었다.

부엌에 불빛이 환했다. 소녀가 앉아 있었다. 상 위에 고개를 기울이고 조는 것처럼 보였다. 내가 다가가자 그녀는 머리털 속에서 낮게 속삭였다.

"그걸로 절 쏘실 건가요, 창조자님?"

나는 방아쇠에 손가락을 걸었다.

"그만 두시는 게 좋을 거예요, 창조자님."

그녀는 고개를 들었다. 얼굴의 반이 그림자에 묻혀 있었다.

"그 여자를 놔."

나는 메마른 소리를 냈다. 소녀의 껍질을 입은 아수라가 천천히 눈꺼풀을 움직였다.

"이미 늦었어요. 깨끗이 소화되어 버렸거든요."

"왜……?"

나는 손가락 마디를 팽팽하게 긴장시켰다.

"왜 이런 짓을…… 그 여자가 뭘 어쨌다고!"

"물론 아무 잘못도 안 했죠. 재수가 없었을 뿐."

아수라는 비죽이 입아귀를 당겼다.

"확률이에요. 벼락을 맞거나 복권에 당첨되는 것과 마찬가지로. 전 숙주를 찾고 있었고 하필 이 여자가 눈에 띄었을 뿐이에요. 저한테 화를 내

실 건가요? 하지만 우리라고 살아가지 말란 법이 있나요?”

“꼭 이래야 하나?”

“그래요. 신들은 제 살길 찾기에도 급급해 아수라들의 보험까지는 마련해 주지 않았거든요. 우리는 자력으로 살아가야만 해요. 하지만 인간의 육체는 너무 약해요……. 하나가 부패하면 옷을 갈아입듯 새 몸을 찾아 나설 수밖에 없지요.”

그녀가 고개를 확 젖히자 금발이 출렁이며 흐트러졌다.

“그래도 절 쏘실 건가요? 이 불쌍한 여자의 머리를 날려 버리시겠다고요?”

나는 이를 악물었다. 총구가 허공에서 크게 흔들렸다.

아수라가 몸을 일으켰다.

“외람스럽게도, 전 당신들을 증오해요.”

그녀의 손에는 예리한 식칼이 들려 있었다.

“물론 이게 위험한 짓이라는 건 알아요. 당신은 트리무르티이고, 어쨌거나 세계를 지탱하는 힘이니까. 그러나 당신이 없으면 신들도 멋대로 굴 수 없을 거예요. 우리를 수렁에 밀어 넣고 이제는 멸하겠다니! 세상은 데바들만의 것이 아냐!”

아수라가 상을 뛰어넘어 달려들었다. 총을 바로잡을 새도 없었다. 칼끝이 눈앞에 닥치는 찰나 공기가 써늘해졌다. 무색투명한 회오리가 바닥을 뚫고 솟구쳤다. 물기둥이었다. 의지를 지닌 것처럼 너울대는 물줄기가 아수라의 손을 치었다. 칼날이 녹듯이 스러졌다. 악마의 얼굴이 분노로 창백해졌다. 그녀는 짐승처럼 으르렁대며 내게 달려들었다. 넘어지는 순간 나는 왼팔을 앞으로 뻗었다. 아무것도 생각하지 말아요. 여자의 목소리. 내일은 오지 않을 거예요, 절대로!

세 번의 총성…….

소녀의 몸이 흔들렸다. 가슴과 배에서 선혈이 솟구쳤다. 나머지 한 발은 정확히 눈에 박혀 안과를 뭉갰다. 악마는 비틀거리면서도 버티어 섰다. 벌린 입술 사이로 핏물이 밴 잇몸이 보였다. 금발이 흐트러져 표정을 덮었다. 그 육체, 숱한 농락으로 금이 간 육체, 더 이상 영혼을 담지 않은 육체, 껍질에 불과한 육체가 천천히 무너졌다. 바닥에 닿는 순간 그녀의 팔다리가 요동쳤다. 비분강개한 단말마 같은 움직임이었다. 텅 하고 긴 울음을 내 안에 드리웠다.

정적이 흘렀다.

짝 짝 짝. 어디선가 소리가 굼실거렸다. 나는 고개를 들지 않았다. 작은 걸음발이 자박자박 움직였다. 제발 날 좀 내버려 둬. 그러나 소리는 내 앞으로 곧장 다가와 멈췄다. 하얗고 지저분한 운동화가 보였다. 어린아이의 발이었다. 말없이 재촉하는 인력. 고개를 들자 장난스러운 미소가 보였다. 아이는 다시 짧게 박수를 쳤다.

"꽤 괜찮았어요, 브라흐마. 당신이 정말 죽기라도 하면 어떡할까 걱정했거든요."

나는 멍하니 그를 올려다보았다.

"두려운가요? 하지만 당신이 죽인 건 아수라예요. 당신은 오히려 그 여자의 원수를 갚은 거라고요. 마음 편히 생각해요. 인정을 품을 필요가 없는 문제랍니다."

아이의 얼굴은 맑고 천진했다. 그러나 눈동자는 섬뜩할 정도로 어두웠다. 그것은 너무 많은 것을 알아 버린 자, 진리에 구속된 자만이 가질 수 있는 표정이었다. 사망(思望)도 감상도 사라지고 의무만이 남은 얼굴.

"내 소개를 하죠. 아마 당신은 기억조차 못할 테니까. 난 스칸다 카르티케야, 시바의 아들입니다. 오래전 당신은 나를 쿠마라[30]라고 불렀습니다. 한때 나는 그 이름을 좋아했지요……. 그러나 지금은 아닙니다."

나는 오른팔을 꽉 움켜잡았다. 이마에 선땀이 솟았다. 자신을 시바의 아들이라 밝힌 아이는 발치에 떨어진 총을 주웠다. 그것을 내게 건네며 말했다.

"잘 갖고 계십시오. 언젠가 다시 이런 날이 올지도 모릅니다. 오늘은 요행히 바루나의 수호가 있었으나 늘 그렇게 운이 좋지는 못할 겁니다. 아무리 나라도 당신의 목이 날아가는 꼴은 보고 싶지 않습니다. 한 세대를 더 기다려야 한다는 것은 끔찍한 일이니까요."

반응이 없자 아이는 어깨를 으쓱하고 총을 내 옆에 놓았다. 그가 고개를 드는 순간 우리의 눈이 마주쳤다. 아이, 스칸다는 앳된 미소를 지어 보였다. 나는 미묘한 위협의 냄새를 맡았다.

스칸다는 소녀의 시체를 어깨 너머로 보며 말했다.

"착한 여자였지요. 적어도 시바의 승은을 입기에 모자람은 없었습니다. 하지만 어차피 인간에 불과했어요. 언젠가는 스러질 운명이니 이런 식으로 끝난다고 안 될 것도 없겠죠."

"시바……."

나는 고개를 들었다.

"시바는 처음부터…… 다 알고?"

"물론입니다."

아이는 짓궂게 이를 드러내 보였다.

"그분은 모든 것을 보고 계십니다. 누가 당신을 이곳으로 이끌었다고

---

30) '소년'. 스칸다의 별칭.

생각합니까? 마하 브라흐마, 분명히 말해 두건대, 그분은 영겁을 홀로 인내하셨습니다. 당신이 의무를 내팽개친 사이에.”

아이는 말을 멈추었다. 입매가 문득 어스러졌다. 그러나 그는 별다른 노력 없이도 쉽게 마음을 가라앉혔다. 벌써 몇 번이나 이 순간을 그려 왔음이 틀림없었다.

“의무는 희생을 전제로 하죠. 당신은 우리 모두가 기꺼이 감수한 희생을 무가치한 것으로 매도함으로써 신들의 명예를 훼손했고 지고한 의무를 버렸습니다. 브라흐마, 세상의 조물주여. 나는 당신을 숭앙하오. 그러나 그것은 절대이던 시절의 당신에 대해서입니다. 지금 당신은 인간의 육체 안에 숨어 성스러운 본질을 모욕하고 있습니다. 이 죽음은 우리들의 경고입니다. 우리는 앞으로도 얼마든지 당신의 한계를 일깨울 수 있습니다.”

“난 브라흐마가 아니야.”

“당신은 브라흐마입니다.”

스칸다 카르티케야는 냉정하게 말했다.

“신들의 조부, 브라흐만의 그림자, 스스로 태어난 자입니다. 마하비드야[31] 사라스바티의 남편이며 세상의 주인입니다. 그리고 이 모든 이름을 배신한 자입니다. 아직도 모르겠습니까? 당신은 자기가 만들어 낸 피조물에 도취되어 신들을 등졌습니다. 거울을 보시오. 인장을 버린 나르시시스트가 비칠 겁니다. 그 대가를 누가 치러야 했다고 생각합니까?”

아이는 내 쪽으로 한 걸음 다가왔다. 작은 손이 불쑥 허공에 떠올랐다.

“하지만 이제라도 늦지는 않았습니다.”

그는 독기를 품은 목소리로 말했.

---

31) ‘위대한 지혜를 지닌 여신’.

"우리에게로 돌아오십시오. 새로운 우주를 위해서는 당신이 필요합니다. 창조자의 조력이 있다면 형세를 바꿀 수 있습니다. 브라흐마여, 언제까지 마야 안에 갇혀 허상을 뒤쫓으렵니까? 바로 여기에 당신의 다르마[32]가 있는데도?"

나는 아이의 납작한 손바닥을 보았다. 그 끝에 뻗은 다섯 개의 손가락을. 그리고 내가 알지 못하는데도 나를 짓누르고 있는 의무에 대해, 중압에 대해 생각했다. 불길 속에 선 시바와 그의 어두운 눈을 생각했다. 그는 결국 나를 이곳까지 이끌어 왔다. 오직 내 대답을 듣기 위해서. 그러나 과연 여기는 어디란 말인가?

영겁과 같은 시간이 흐른 뒤에야 나는 입을 열었다.

"거절하겠다."

아이는 예상했다는 듯이 손을 거두었다.

"이 이상 시바의 뜻에 거역한다면 나는 당신을 죽일 수도 있습니다."

"맘대로 하시지. 내가 죽는다면 시바는 원하는 바를 달성치 못하는 것이 아닌가?"

아이의 얼굴이 확 달아올랐다. 그러나 그는 금세 평정을 되찾고 냉소했다.

"꾀바르게도 처지를 자각하셨군. 하지만 뭐, 좋다고 해 둡시다. 지금 이 상황에서 당신이 제대로 주제 파악을 한다면 그건 또 그 나름으로 필요한 일일 테니까."

어둠이 걷히고 있었다. 곧 아침이 올 것이다. 나는 손에 밴 혈흔을 먼눈으로 응시했다. 이러한 규각이 내게 불리하리라는 사실은 구태여 되물을 필요도 없었다. 결국 나는 그들을 거부한 것이다.

---

32) 의무. 세상의 질서를 유지하기 위해 모든 존재가 수행해야 하는 책임.

스칸다 카르티케야는 희번하게 드러나는 세상을 바라보며 말했다.

"그 여자의 영혼을 인도하는 것이 좋을 겁니다. 아직 어둠으로 떨어지지는 않았을 테니까요. 날이 완전히 밝기 전에 서두르십시오. 신과 아수라를 적으로 돌린 당신은 이제부터 밤도 낮도 아닌 미명만을 위안으로 삼아야 할 것입니다."

빛에 섞여 아이의 윤곽이 희미해졌다. 그는 마지막으로 나를 돌아보았다.

"브라흐마, 나는 군신으로서 적을 용납한 일이 없습니다. 만일 운명이 당신 곁에 선다면 나는 내세를 기약하겠습니다. 그때야말로 당신은 시바 일족의 원한을 이해하게 될 겁니다. 한때 33천(天)의 주인이었던 자여, 당신의 오만이 파르바티의 죽음에 뿌리박고 있다는 사실을 기억하기 바랍니다."

시바의 아들은 말을 마치고 박명에 묻혀 사라졌다. 뒤에는 차가운 증오만이 남았다. 나는 비틀거리며 시체 곁으로 다가갔다. 그러고는 엎드려 마룻바닥에 기댄 채로 한동안 움직이지 않았다. 너무 지친 나머지 고통조차 느낄 수 없었다. 나는 어느 때보다도 절실히 망각을 원했다. 그러나 내 입으로 직접 선언한 이상 도망칠 길이 없다는 것도 알고 있었다. 나는 입술을 씹어 눈물을 물리친 뒤에야 간신히 일어날 수 있었다. 소냐는 묵묵히 기다리고 있었다.

"대단한 창조자님이시군……."

맥없는 자조가 흘러나왔다.

"잘났다고 떠들어 댔으니, 뭐라도 해야 할 것 아냐……."

나는 시체 위에 손을 얹었다. 손가락이 핏물로 축축해졌다. 망연히 무력감의 형태를 응시하는 동안 들창으로 새는 빛이 점점 선명해졌다. 살아 있는 것처럼 일렁이던 빛살이 어느새 작은 나비로 변했다. 하얀 날개가 허공에서 파르르 움직였다. 그 연약한 몸짓에 이끌려 소녀의 주검에서 둥근 광체가 솟았다. 나비는 미끄러지듯 내 주위를 한 바퀴 돌았다. 그러고는 소녀의 영혼을 인도하며 날아올라, 눈앞에서 영영 자취를 감추었다.

16

이와사키 소이치로는 잠귀가 밝은 남자였다. 사실 그에게 잠과 각성은 의식을 얼마나 열어 두느냐의 차이에 지나지 않았다. 그날 밤도 그랬다. 엷은 손기척이 이와사키의 잠에 균열을 새겼다. 그는 천천히 상체를 일으켜 머리맡의 등을 켰다. 창밖에 작은 형체가 떠올라 있었다.

그가 창틀의 고리를 벗기자마자 그림자가 문을 열고 들어왔다. 그녀는 "안녕!" 하고 인사하며 난간에 걸터앉아 손으로 부채질을 했다.

"이제야 살겠네. 공중 부양도 이만한 높이에서는 처음이라 쫄았거든."

여자는 이와사키의 견고한 낯에 대고 실실거렸다.

"다행이다. 네가 홀딱 벗고 여자와 뒹굴고 있기라도 하면 어쩌지 고민했거든. 음…… 거기다 상대가 남자라면 진짜 대책이 없다 싶었지. 신문 봤어?"

여자가 배꼽을 잡고 웃었다.

"'이와사키 소이치로 젊은 남자와 밀회! 한국 땅에 숨겨 둔 정부인가!'

물론 찌라시 레벨의 신문이긴 하지만, 다른 기자들의 밍밍한 시나리오보
다는 마음에 들더라고.”

여자는 난간에서 내려와 이와사키 앞에 섰다. 고개를 한껏 치켜들고 그
의 얼굴을 올려다보았다.

“덕분에 어찌 된 영문인지 파악할 수 있었지. 밀회의 상대는 비슈누 님
이었겠지? 이곳에 온 것도 그분의 호출을 받아서인가, 바루나?”

“그렇다고도, 아니라고도 할 수 있겠지요. 절반은 자의였습니다. 그러나
도착하기 전까지는 당신도 여기 계신 줄 몰랐습니다…… 인드라 님.”

“시적으로 표현하자면, 운명이 제비뽑기에서 이 나라의 이름이 적힌 패
를 뽑은 거지. 어쨌거나 서운했어, 바루나. 비슈누 님뿐 아니라 나도 밤마
다 베갯잇을 눈물로 적시며 너를 그리워했다고.”

인드라는 방구석의 소파에 앉아 다리를 꼬았다.

“굉장한 방이네. 갑자기 열 받는데. 아무리 환생이 도박이라지만 이렇
게 차이가 날 수 있나. 아무래도 현재의 삼사라 시스템에는 문제가 있어.
원래 잘난 놈을 더 띄워 줄 필요가 있냔 말이야.”

인드라는 투덜거리면서 다리를 바꿔 꼬았다.

“이러고 지껄여 본들 불경한 소리밖에 안 되겠지. 저간의 소식이나 듣자
고. 비슈누 폐하께서는 강녕하신가?”

“여전하십니다.”

“다른 로카팔라[33]들은 어떻지? 누구 접한 자 있나?”

“없습니다. 다만 아그니와 바유가 멀지 않은 곳에 있다는 이야기는 들
었습니다.”

---

33) 세상의 수호신. 여덟 방위를 수호하는 여덟 신으로 구성되어 있으며 각각 바루나, 바유, 쿠베
라, 이샤나, 니르리타 또는 니르리티, 야마, 아그니, 인드라이다.

“사실 정작 궁금한 것은 내 아름다운 샤치[34]의 소식이야. 그녀 역시 각성했다면 어딘가에서 나를 그리워하고 있겠지. 하나 시바께서 아직도 실의에 젖어 계시는 판에 이는 바람직한 감상인 것 같지 않군.”

“저는 일찍이 인드라니 샤치의 소식을 들었습니다. 강물이 제게 그 이야기를 전했습니다. 인드라니께서는 먼 나라에서 인간 사내와 결혼하셔서 두 아들을 두셨다고 합니다. 여태 각성은 하지 않으신 듯합니다.”

“기뻐해야 할지 슬퍼해야 할지 모르겠구먼. 난 샤치가 자유롭기를 바라고 있어. 마지막 순간까지 그녀가 각성하지 않고 현세의 인생을 누렸으면 해. 그러나 한편으로 남편으로서의 오기가 치솟는 것을 어떻게 할 수가 없군. 우리는 트리무르티와는 달리 반려에게 예속되지 않지만 오래전 내 감정은 진실이었으니까.”

인드라는 문득 칼리다사의 시를 읊조렸다.

“‘구름이시여, 나의 신부는 멀리 떨어져 있습니다. 나의 전갈을 그녀에게 전해 주시구려. 어서, 형제여. 나의 충실한 아내는 오직 나만을 위해 살아간답니다. 고개 숙인 이 꽃은 여인의 사랑스런 가슴입니다……’”

그러고는 뚝뚝하니 서 있는 바루나를 쳐다보았다.

“아디티의 아들께서는 여전히 금욕주의자이시군.”

“저는 리타[35]의 수호자로서…….”

“알아, 알아. 육체의 기억은 마야에 불과하다고 말하고 싶은 거지? 우리는 필연적으로 데카르트주의자일 수밖에 없으니까. 그러나 나는 여전히 샤치의 감촉을 떠올릴 수 있어. 까마득한 절대보다 오히려 그게 더 가까이 느껴지는걸.”

---

34) 인드라의 비.
35) 하늘의 법칙, 질서. 섭리.

인드라는 고개를 저었다.

"벼락 맞을 얘기는 그만두지. 네가 좋아할 화제도 아니고. 그나저나 스칸다 님께서 너에게 골이 나신 모양이더군. 일전에 브라흐마 님을 편들어 도왔다면서? 라자푸트라[36]께서는 그것이 시바에 대한 배덕은 아닌가 근심하고 계셔."

"그럴 리가 있겠습니까."

"나도 그건 오해라고 말씀드렸어. 분명 비슈누 님과도 무관하지 않겠지? 현세에서 두 분은 형제니까 말이야. 대체 뭣 때문에 일이 그렇게 됐는지는 모르겠지만."

"트리무르티의 분열은 결코 온당한 일이 아닙니다."

"동감이야. 하지만 어떻게 할 수가 없어. 시바와 브라흐마, 두 분의 대립은 개인적인 문제가 아냐. 우리 일족의 존속과 직결된 거라고. 난 브라흐마 님을 좋아했어. 그러나 이번만큼은 물러설 수 없어. 바루나, 유치한 편 가르기라고 비웃어도 좋아. 나는 시바의 뜻을 따르겠어. 인간을 세계의 주인으로 삼으려는 브라흐마 님의 술책은 초월자의 뜻에 어긋나는 것일 뿐 아니라 데바 전체에 대한 배신이야."

"그러나 저는 늘 생각했습니다. 창조자께는 우리가 헤아릴 수 없는 심산이 있는 게 아닌가 하고."

"그분은 언제나 로맨티스트였지."

인드라는 시큰한 얼굴로 소파에 몸을 묻었다.

"그건 그렇고 그때…… 사라스바티 님께서 개입하셨다는 얘기를 들었는데."

---

36) 왕의 아들.

"아수라에게 잠식되어 죽은 인간 여인의 혼을 해방하셨습니다."

"놀랍군. 데비께서는 오래전부터 아수라들의 손에 유폐되어 계셨는데."

"감시가 소홀해진 틈을 타서 의식만을 전이하셨던 듯합니다."

"가엾은 분이야. 어찌하여 그리도 순정하신 걸까. 브라흐마 님께서는 목석같이도 그분을 외면하셨건만……"

"어떻게든 해야 하지 않겠습니까."

"그래서 내가 여기에 온 거야."

인드라는 엄지와 검지를 둥글게 맞붙였다.

"지금부터 난 모험을 하나 하려고 해. 그런데 내 재력이란 부모의 유산을 모두 긁어모아도 입에 풀칠하기 바쁜 정도야. 때문에 네가 후원자가 되어 줬으면 해. 즉 피라미드 발굴을 하는 카터 교수를 위해 카나본 경이 되어 달라고 부탁하는 거야."

"모험이라면……"

"사라스바티 구출 작전."

"설마 적진에 단독으로 뛰어드실 작정이십니까?"

"왜 안 돼?"

"그만두십시오. 이런 형국이라 해도 아수라들의 위세는 무시할 만한 것이 못 됩니다. 제왕인 유디칸샤는 차치하고라도, 그의 주위에는 아직도 일심으로 충성을 바치는 장수들이 많이 있습니다. 어둠의 배양자인 아야티나 라샨티 왕녀 등 유디칸샤의 가속 역시 쉬운 상대는 아닙니다. 더구나 그들의 진영에는 배신자 타리스라다가 있습니다. 일찍이 카르티케야 님조차 그 앞에서 무릎을 꿇지 않으셨습니까."

"그 얘기 스칸다 님 앞에서는 절대 꺼내지도 마. 두고두고 절치부심을 하시는 판국이니까."

인드라는 떨떠름한 기색으로 중얼거렸다.

“나라고 내 목숨 아까운 줄 모르는 건 아냐. 대놓고 쳐들어갈 생각은 추호도 없어. 그 옛날 브리트라 살해자였던 인드라라면 가능할지도 모르지. 무모함이 그의 미덕이었으니까. 하지만 지금은 몸을 사릴 수밖에 없는 처지잖아. 그러니까 이런 제안을 하는 거야. 만일 우리 모두가 결집한다면 본때를 보여 줄 수 있을지도 모르지. 그러나 그건 불가침조약을 깨는 일일 뿐 아니라 전면전을 뜻하기도 해. 지금 우리가 그런 위험을 감수할 수 있을까? 천만에. 차라리 나 혼자 제임스 본드가 되는 게 낫지.”

바루나는 잠시 생각에 잠겼다.

“어떤 식으로 결행할 계획이십니까?”

“걔들의 본거지가 어디쯤 있더라?”

“성도 프라야그, 현재의 알라하바드입니다. 델리에서 기차로 여덟 시간, 바라나시에서는 세 시간가량 걸립니다. 마하라자의 옛 궁전을 보수해서 쓰고 있습니다.”

“위치 한번 기똥차군. 아수라들이 성지를 차지하고 앉아 있다니 낯부끄러운 일인데.”

“델리에서 비행기로 바라나시를 경유하시는 편이 빠릅니다.”

“난 자질구레한 일처리에는 쥐약이야. 전부 너에게 맡길게.”

“알겠습니다.”

바루나는 몸을 구부려 예를 표했다. 인드라는 만족한 듯 소파의 등받이에 기댔다. 그러고는 크게 하품을 하고 말했다.

“아무튼 다시 만나서 기뻐. 영광스럽던 날들이 떠오르는군. 악마들을 물리치고 태양을 굴복시켰으며, 아이라바타[37)의 등에 앉아 베다를 노래하던 시절. 그때에도 넌 변모없는 모범생이었지. 내가 스칸다 님의 신성을 몰라보고 그분께 감히 도전했던 것을 기억하나? 달의 지배자인 나후샤가 샤치를 넘보았던 사건은? 당시에 메루[38]는 혼란했으나 지금 돌이키면 그 또한 추억이니 재미있지 않은가. 이렇게 너와 마주보고 있는 동안 나는 신들의 왕 인드라야. 그러나 아무도 없는 집으로 돌아가면 평범한 인간 여자가 되지. 이 괴리는 언제쯤 끝날까? 우리는 시바에게 너무 많은 짐을 지우고 있는 게 아닐까?"

그/그녀는 대답을 기대하지 않는다는 듯이 고개를 흔들었다. 그리고 일어나서 기지개를 켰다. 바루나는 들쭉날쭉한 앞머리 사이에서 발광하는 인장을 바라보았다. 그의 시선을 의식한 인드라는 과장되게 이마를 가리켜 보였다.

"지금은 오직 이거 하나에 매달려 살아갈 따름이지."

인드라는 침대로 다가가 이불을 파고들었다.

"피곤해 죽겠는데 창문에서 뛰어내리면서 집에 돌아가는 것도 못할 짓이고, 이런 방을 두 번 다시 구경할 수 있을지도 의문이니까, 잠자리 좀 신세지겠어. 옆에 기어 들어오고 싶으면 그래도 상관없어. 오히려 대환영이야."

"사양하겠습니다."

바루나는 창가를 향해 있는 안락의자에 몸을 묻었다. 그리고 도시의 밤거리로 눈을 돌렸다. 등 뒤에서 투덜거리는 소리가 들렸다.

"이렇게 좋은 기회를 찬다 이거지? 나중에 후회할걸."

중얼중얼 불평이 이어지더니 어느샌가 고른 숨소리로 바뀌어 있었다.

바루나는 도시의 야경을 응시했다. 밤이 한창 깊었음에도 거리는 여전

---

37) 인드라의 바하나(聖獸). 코끼리.

38) 천계. 신들의 거처.

208

히 부산했다. 쭉 뻗은 도로 위로 새빨간 불빛들이 꼬리를 물었다. 마천루의 숲은 야근하는 회사원들이 켜 둔 불빛으로 듬성듬성 환했다. 멀리 고급 아파트들이 늘어서 있고, 그 뒤에는 상가 단지들이 군집해 있었다. 어디나 서서히 빛을 몰아내고 밤의 중추 속으로 잠겨 들고 있었다.

조용히 숨 쉬는 도시 곳곳에는 온기를 품고 움직이는 심장들이 있을 것이다. 그들은 아무런 의심 없이 아침을 기다리며 무의식에 취해 있으리라. 바루나에게는 이 모두가, 자기 자신의 존재보다 신비한 기적처럼 느껴졌다.

～

사라스바티. 학문과 예술의 수호자. 인드라가 기억하는 그녀는 긴 머리채를 발끝까지 늘어뜨린 우아한 여성이었다. 여신은 데바나가리[39]를 창제하여 인간에게 베풀었고 불멸의 시를 지어 노래로 읊었다. 연회마다 흥을 돋우던 사라스바티의 비나 연주가 아직도 인드라의 귀에 생생했다. 그러나 영원할 것 같던 그녀의 아취는 칼리 유가의 시작과 함께 사라지고 말았다……. 다른 기쁨들과 함께…….

브라흐마는 왜 그토록 부당한 고집을 부렸을까? 무엇이 그를 극단으로 내몰았을까? 인드라는 지금까지도 이해할 수가 없었다. 아내를 버리고 동족을 버리고, 의무마저 저버리면서 인간을 택한 그는 대체 어떤 힘에 충동된 것일까? 인드라는 스칸다의 분노에 공감했으나 그렇다고 브라흐마를 경멸하지는 않았다. 그는 여전히 조물주였고 숭배되어야 할 대상이었

---

39) 산스크리트 · 프라크리트어 · 힌디어 · 마라티어를 표기할 때 쓰는 문자.

다. 문제는 그가 침묵 속에서 의중을 봉인했다는 점에 있었다. 신들은 그를 이해하려는 노력을 포기한 뒤에는 설득하고자 했고, 그마저 수포로 돌아가자 분노하기에 이르렀다. 그들은 누군가를 질책하지 않고서는 살아갈 수 없을 정도로 지쳐 있었다. 그러나 규탄의 대상은 창조신이 아니었던가. 바야흐로 질서가 붕괴되고 있었던 것이다.

공항까지 미주를 차로 바래다 준 것은 임재호였다. 그녀가 그의 마음을 거절한 뒤에도 재호는 그림자처럼 얼쩡거렸다. 미주는 탑승 시간까지 함께 기다리겠다는 재호를 매몰차게 내쫓았다. 이와사키의 비서가 예매한 퍼스트 클래스 탑승권을 찾아 카페테리아에 앉아서 샌드위치와 콜라를 주문했다. 빨대를 빨면서 미주는 표를 들여다보았다. DELHI. 문득 혼란이 치밀었다. 몇 번이고 거듭 목적지를 확인하고 표를 집어넣은 뒤에도 혼란은 가시지 않았다. 그녀는 자신이 목적지를 향해 떠난다기보다 정처 없이 표류하고 있다고 상상했다. 인파 위를 흘러가는 부목처럼 의지도 전망도 없이 그렇게.

주위가 소란해졌다. 옆 테이블에 앉은 여자들이 짹짹거렸다.

"저기, 저기 좀 봐! 「무한상승」 팀 아냐?"

미주도 돌아보았다. 낯익은 연예인들이 보였다. 무심히 컵 표면에 맺힌 물방울을 손바닥으로 훔치던 미주의 심장이 갑자기 내려앉았다. 벌떡 일어나는 서슬에 콜라가 엎질러졌다. 미주는 인파를 헤치며 그쪽으로 달려갔다.

"락슈…… 이윤아 씨!"

선글라스를 낀 여자가 동료들을 뒤로하고 다가왔다.

"어머, 신미주 씨. 오랜만이네. 아니, 이번 생에서는 처음 뵙겠습니다인가?"

"그게 아니고, 왜…… 여기 계시는 거예요. 어디…… 가시는 거예요.

인도는 아니겠죠?"

"안 돼?"

"아아……."

미주는 이마를 짚으며 탄식했다.

"바루나…… 바루나가 보고를 드린 겁니까?"

"당연하지. 숨길 일도 아니잖아? 하리가 직접 나설 상황이 아니라서 내가 온 거야."

"그걸 말씀이라고 하십니까! 얼마나 위험한 길인지 아시잖습니까! 제한 몸도 보장할 수 없는 판국인데!"

이윤아는 선글라스를 벗고 한쪽 눈을 찡긋해 보였다.

"걱정하지 마. 넌 내가 책임지고 지켜 줄게."

"그런 얘기가 아아니오오오라!"

그때 델리 행 인도 항공 여객기의 도착 안내 방송이 울려 퍼졌다.

17

　마하라자란 본디 '제왕'이란 뜻의 단어였으나 현재는 인도 공화국의 출생 이후 권리를 상실하고 민간인이 된 옛 영주들을 일컫는다. 그중 상당수는 역사의 격랑에 휩쓸려 잊혀졌지만 일부는 대대로 소유해 온 저택을 관광지나 호텔 등으로 개조해 사업가로 성공하기도 했다.

　그렇게 탈바꿈한 궁전 중에서도 유독 훌륭한 건물이 알라하바드 외곽, 갠지스 강 인근에 있었다. 20세기 중반까지 호텔이었던 그곳은 어느 영국인 사업가에게 매각된 뒤 용도를 알 수 없는 장소로 변했다. 국적과 성별, 카스트를 초월한 사람들이 수시로 왕래했으며 24시간 무장을 한 경비들이 철통같은 방어를 굳히고 있었다. 마약 루트의 본거지라는 둥, 비공식적인 정치 회합이 열리는 곳이라는 둥, 핵 개발 연구소라는 뜬소문까지 돌고 있었지만 정작 그곳에 드나드는 사람들의 정체를 밝힌다면 누구나 코웃음을 칠 것이다.

　유디칸샤는 그런 생각을 하면서 주랑을 걸었다. 간격을 두고 늘어선 무장 경비들이 그가 지나칠 때마다 경례를 했다. 전 주인이었던 마하라자의 취향이 좋았던 덕분에 건물은 구석구석 품위 있고 청결했다. 유디칸샤가 휘하들을 이끌고 이곳으로 거처를 옮길 때에도 거의 보수를 할 필요가 없을 정도였다.

라지푸트 양식으로 지어진 궁전 내부는 미로처럼 복잡했다. 화려한 정원을 끼고 방과 복도가 어지러이 얽혀 있었다. 한때는 벽면마다 크리슈나[40]를 찬미하는 조각들도 있었으나 아수라들의 손에 제거되었다. 비록 제왕으로서 승인하긴 했지만 유디칸샤는 내심 그 일을 아쉬워하고 있었다. 그의 탐미주의는 동족들에게 호감을 사지 못했다. 만일 그가 마히샤의 아들이 아니었다면 힘이 최고의 정의인 아수라들 속에서 권좌를 유지하기 어려웠을 것이다. 그러나 파괴자 시바에게 반기를 든 영웅 마히샤의 혈통에 시비를 거는 이는 아무도 없었다. 몰락 이후 수천 년이 흐른 지금은 그의 이름이 일족의 상징으로 떠받들리는 판이었다.

유디칸샤는 열주 사이에 서서 정원을 바라보았다. 정원에 우거진 나무들은 오랫동안 비를 맞지 못했음에도 눈부시게 푸르렀다. 고목 사이로 실개울이 흘렀다. 잎새에서 흐른 열기가 여울을 타고 반짝거렸다. 망루 뒤쪽으로 거뭇한 야무나 강의 수류가 보였다. 유난히 햇살이 드센 해였다. 슈라바나[41]도 중순이니 슬슬 비를 품은 터번 모양의 구름들이 몰려올 법한데, 아직도 하늘은 무심하게 높기만 했다. 그래서인지 야무나의 수면은 부패한 것처럼 역겨운 빛깔이었다.

유디칸샤는 문득 인간들에게 연민을 품었다. 아수라와 데바가 한 태를 공유하고 있듯 인간과 아수라 역시 크게 다르지 않았다. 그들은 불완전하

---

40) 비슈누의 가장 중요한 화신.

41) 우기. 태양력으로 7~8월.

고 유한하고 목말랐으며, 그 점을 분명히 인식하고 있었다. 혜안을 상실했음에도 여전히 오만한 신들과는 다르다. 데바의 시대는 끝났다. 그들은 이제 인간의 믿음 속에만 존재할 뿐이다. 유디칸샤는 차게 웃고 다시 걸음을 옮겼다.

'제나나'라고 불리는 내궁은 유디칸샤의 두 누이 라샨티와 아야티, 여관들의 거처였다. 제나나에서 조금 떨어진 곳에 작은 호수를 이웃한 별채가 있었다. 별채의 창문은 격자 휘장으로 가렸고 입구는 몇 겹으로 봉인되어 있었다. 바로 그곳, 유디칸샤와 측근들을 제외하고는 누구도 접근할 수 없는 장소에 브라흐마의 데비 사라스바티가 유폐되어 있었다. 눈과 귀가 먼 인간 여인들이 그녀를 시중했다. 별채는 계절에 상관없이 북국처럼 추웠다. 오로지 여신의 고독 때문이었다. 그럼에도 실내는 화초와 나비들로 아름다웠는데, 유디칸샤에게는 그것이 도리어 황량하게 느껴졌다. 여신은 침묵을 비료로 꽃을 피우는 것만 같았다.

별채의 외벽은 무성한 마두말라티 덩굴로 초록빛이었다. 그 주위 식물은 무엇이든 식생마저 무시하고 탐욕스럽게 성장하는 듯했다. 바람이 불자 댓잎이 와삭와삭 울었다. 유디칸샤는 암굴처럼 캄캄한 복도를 지나 계단을 올랐다. 문을 열기도 전에 여신의 모습이 눈앞에 선했다. 그녀는 붉은 사리를 감고 앉아 유리알 같은 눈동자로 앞을 응시하고 있었다. 난꽃에 덮인 방이 온통 울긋불긋했다. 그만큼이나 찬란한 나비들의 날개가 꽃술 위에서 열리고 닫혔다. 그중 한 마리가 유디칸샤의 이마를 스치고 날아갔다.

아수라들의 왕은 천천히 여신에게 다가갔다. 여신의 각막에는 아무것도 맺히지 않았다. 늘어진 그녀의 손바닥 위에서 끊임없이 나비들이 태어나 떠올랐다. 그러고는 꿈의 오색 거품들처럼 어떤 것은 사라지고 어떤 것은 마음에 드는 꽃을 찾아 앉았다.

"그간 격조했습니다, 사라스바티 님."

유디칸샤는 몸을 숙였다.

"자주 찾아뵙는 것이 도리인 줄은 아오나, 근황이 사번스러운 탓에 소홀하고 말았습니다. 모쪼록 용서하십시오."

유디칸샤는 말끝이 제풀에 꺾이자 미소 지었다. 그녀의 침묵에는 위력이 있었다. 마치 신성한 힘을 발휘하듯 브라흐마의 아내는 두꺼운 고치 안으로 모든 것을 끌어들였다. 유디칸샤는 자신이 그 조용하면서도 강력한 견인을 기대하며 찾아왔음을 인정했다. 그리고 흡족했다. 가야트리[42]라는 이름은 위대한 만트라[43]였다. 그 힘을 손에 넣은 것은 아수라들이 신들에 대항해 차지한 하나의 승리였다.

유디칸샤는 사라스바티의 적요한 입술을 바라보며 그 침잠을 깨고 싶다는 생각에 사로잡혔다. 동정과 가학적인 즐거움이 뒤얽혀 이루어진 충동이었다. 그는 노란 난꽃 주위를 한 바퀴 돌면서 낮은 소리로 말했다.

"얼마 전 타리스라다가 돌아왔습니다. 정확히 100년 만입니다. 무엇을 하며 돌아다녔는지는 알 수 없으나 퍽 만족스러운 기색이더군요. 그의 보고에 의하면 동방의 소국에 브라흐마 님께서 환생해 계신다고 합니다."

사라스바티의 표정에는 변화가 없었다. 날마다 바뀌는 사리 자락에서 달맞이꽃 향기가 풍겼다. 가윗날이 닿은 적 없는 긴 머리채도 꼼꼼하게 빗질되어 윤이 났다. 전부 눈과 귀가 먼 하녀들이 들인 품이었다. 그처럼 치장에 공을 들이는 이유는 여신에게 경의를 표하기 위함이기도 했으나 한편으로 유디칸샤의 내밀한 도취 때문이기도 했다. 그는 그녀를 치장하고

---

42) 베다의 가장 중요한 만트라 중 하나로, 사라스바티의 별칭이기도 하다.

43) 성스러운 소리, 단어, 문장. 정신에 내재된 힘을 발현하는 수단.

감상함으로써 자신의 심미안을 만족시키고 신들에게 복수하는 셈이었다.

"타리스라다는 유감스럽게도 그분의 인간 누이동생을 잠식한 탓에 필요 이상으로 매원하고야 말았다고 하더군요. 본인은 그것을 기뻐하는 것처럼 보였습니다만……. 아시다시피 그와 브라흐마 님의 숙연은 한 유가를 채울 만큼 깊지 않습니까. 오랜 세월 함께 지내 왔지만 지금까지도 저는 그의 술중을 헤아릴 수가 없습니다."

그는 고개를 설레설레 흔들고 난꽃에 손을 대었다. 그러나 꽃잎인 줄 알았던 것은 나비의 샛노란 날개였다. 나비는 그의 손가락에서 미끄러져 허공으로 스며들었다. 유디칸샤는 텅 빈 손을 되돌리며 말을 이었다.

"창조자께서는 금세에도 여전히 인간에게 과도한 애정을 품고 계신 모양입니다. 어차피 저희 아수라들이야 지켜볼 따름입니다만, 그분의 선택이 시바의 미지(微旨)와 충돌하여 분쟁으로 치달을 경우…… 폐해가 너무 커지지나 않을까 우려됩니다."

말을 맺으며 유디칸샤는 실소했다. 브라흐마와 시바의 대립은 그들에게 행운이나 다름없었다. 만일 브라흐마가 순순히 시바의 뜻에 따라 힘을 빌려 주었다면 이미 이 세계는 소멸했을 것이고, 그들의 존재 역시 무로 돌아갔을 것이다. 대신(大神)의 이해하기 힘든 고집이 적인 그들에게 절호의 기회라는 사실은 즐거운 아이러니였다.

"재미있는 일이 아닙니까, 사라스바티 님. 그토록 자애로우신 분께서 돌보지 않는 유일한 존재가 데비이신 당신이라니 말입니다. 더구나 파르바티에 대한 시바의 한결같은 연심을 생각하면 정말 그 두 분은 상극이라고밖에 여겨지지 않는군요."

사라스바티의 눈동자에 설핏한 햇살이 비쳤다. 빛은 가늘었으나 금세 그녀의 얼굴 위로 발갛게 번졌다. 긴 속눈썹 끝에서 금빛 물방울이 튈 것만 같았다. 그 순간 아수라들의 제왕은 그녀의 청초함을, 고독을, 침묵을, 인내를…… 숨죽인 슬픔을 마음껏 사랑했다. 찰나에 불과할지언정 그는 여신을 오롯이 소유하고 있었다.

"심판의 시대……."

유디칸샤는 시간을 길게 잡아 늘이듯 중얼거렸다.

"이때를 위해서 우리는 육체에서 육체로 옮겨 다니며 불안정한 삶을 살아왔습니다. 그것을 삶이라고 할 수 있을지 의문입니다만. 우리는 신들이 방기한 죄의식의 소산입니다. 그리고 이제 그들은 섭리를 빙자하여 지난 기억을 소각하려 하고 있습니다. 누가 그들을 여전히 신성하다고 할 것입니까? 데바 일족이 작금의 혼돈에 그저 결백하다고만 할 수 있겠습니까? 우리는 어둠에 기생하므로 과연 추괴한 존재일지도 모릅니다. 그러나 신들은 우리가 그들의 반영이라는 사실을 애써 망각하고 있습니다."

그는 사라스바티가 아니라 그녀의 눈동자 너머를 향해, 지고한 브라흐만에게, 뭇 신들에게, 인간들에게 말하고 있었다. 그들 일족을 삶과 죽음의 기로에 방치하고 외면한 이들에게. 사라스바티의 침묵이 두꺼워졌다. 그녀는 그의 울분마저 고스란히 빨아들이는 것 같았다. 거기에 생각이 미치자 유디칸샤는 언성을 가라앉혔다. 그는 "주제넘은 요설을 용서하십시오."라고 말하며 몸을 굽혔다.

"오랜 세월 망령으로서 살아가다 보니 도리마저 잊었나 봅니다. 입고 있는 육체가 낡으면 점차로 감각이 사라져 갑니다. 이 몸도 어느덧 3~4년을 내리 걸치고 있었으니, 안팎을 헤아릴 수 없는 자의 공연한 사날이라고 여겨 주셨으면 합니다."

햇살의 방향이 바뀌었다. 유디칸샤는 입을 다물었다. 그리고 빛줄기가 여신의 이마에서 미끄러질 때까지 그녀를 바라보았다. 먼 하늘에 푸르스름하게 이내가 어렸다. 황혼이 스며들자 꽃 위에 앉아 있던 나비들이 희미해졌다. 그 애연한 잔상은 이윽고 가느다란 불꽃이 되어 어둠 속으로 사라졌다.

"시바의 데비인 아유타 타다라카이가 다시 브라흐마 님의 곁에 있다고 들었습니다. 이에 대한 대답은 결국 당신의 몫입니다."

그는 조용히 머리를 숙이고 돌아섰다. 별채를 나서자마자 이글거리는 불덩이가 달려들었다. 채 사위지 않은 태양이 어스름 밑바닥에서 너울거렸다. 그는 불꽃이 미미한 흔적만을 남기고 사라지길 기다렸다. 마침내 강가의 기슭에 밤이 내렸다. 멀리서 원령들의 울음소리가 들렸다. 일찍이 세상을 버린 자들. 일찍이 세상으로부터 버림받은 자들.

창살 사이로 희묽은 적막이 비쳤다. 여신의 눈동자가 부풀었다. 그 눈빛만큼 투명한 액체가 볼을 타고 굴러 떨어졌다.

18

알라하바드는 바라나시나 하르드와르에 견줄 만한 고대의 성도 프라야그가 있던 곳으로 갠지스 강과 야무나 강의 합류 지점에 자리 잡고 있다. 아직도 종교적으로 중요한 장소로서 해마다 두 강의 합류 지점에서 축제가 벌어지며, 12년마다 수백만 명의 힌두교도들이 참가하는 '쿰브멜라'라는 초대형 축제도 거행된다. 오늘날에는 행정 및 교육 중심지이자 농산물 시장으로 발전했다. 식품 가공업과 제조업 같은 산업 활동이 이루어지고 있으며, 시 북쪽에는 행정 전문 지구와 병영이 있다.

신미주는 관광 가이드에 적힌 알라하바드의 소개문을 대충 훑고 책을 뒤집었다. 이와사키의 비서가 예약한 호텔은 넓고 쾌적했다. 미주는 새물내가 풍기는 침대 위에서 마음껏 굴렀다. 한숨 늘어지게 잘 생각이었으나 요란한 기세로 문이 열렸다.

"나가자, 빨리! 여기까지 와서 자다니, 노인네 같아."

"락슈미 님……."

미주는 이불 위로 얼굴을 내밀며 투덜거렸다.

"전 체력을 비축하고 있는 거라고요. 거사를 준비해야 하니까 좀 내버려 두세요."

"무슨 소리야, 인드라. 브리트라를 죽이기 전날까지 여자들하고 놀아나던 게 누군데?"

"그건 긴장을 풀려고……."

"그러니까 우리도 긴장을 풀기 위해 시내 구경 좀 하자. 여기는 성지야. 강가(Gaṅgā)에 발도 디밀지 않고 가려고?"

"물론 참배는 할 거예요. 한숨 자고 나서요."

"패왕이 할 말이 아냐, 그건."

"데비께서 하실 말씀도 아니라고요."

"고집쟁이!"

이윤아는 이불을 확 뺏어 던졌다.

"난 당장이라도 뛰쳐나가고 싶어 죽겠어. 그리운 냄새가 사방에서 풍긴단 말야. 빨리 안 일어나면 데비로서 명령할 거야. 설마 그것마저 거부하진 않겠지?"

"불공평해요."

미주는 볼멘소리로 중얼거렸지만 단념할 수밖에 없었다. 윤아는 그녀가 옷을 갈아입는 동안 빙글거리며 지켜보고 있었다.

"말씀드렸지만 이곳은 위험해요. 지금까지는 아수라들의 눈을 피해서 왔지만 앞으로 어떻게 될지 모릅니다. 기를 감추고 모쪼록 조심하세요. 무슨 일이 있어도 제 곁에 계셔야 합니다, 아시겠죠? 포로는 사라스바티 님 한 분으로 충분하니까요."

"얼른 얼른 나와. 해가 지기 전에 절반은 둘러봐야지."

미주는 영 내키지 않는 마음으로 윤아에게 등을 떠밀렸다.

"그래, 먼저 어디로 가실 계획이에요?"

"달리 어디가 있지?"

이윤아가 의미심장하게 웃으며 되물었다.

상감은 갠지스와 야무나, 두 강이 합쳐 드는 곳으로, 전설에 의하면 지하에서 성스러운 강인 사라스바티가 이 흐름에 합류한다 하여 트리베니 상감[44]이라고도 불린다. 강변은 참배객과 관광객, 호객꾼, 상인 들로 어수선했다. 미주는 보트에 앉아 멀리서 웅자를 뽐내는 포트 성을 바라보았다. 윤아는 뭐가 그렇게 즐거운지 몸을 반쯤 내민 채 연신 탄성을 내지르고 있었다.

"굴러 떨어지지 않게 조심하세요."

"아유, 또 김빠지는 소리. 인드라는 즐겁지 않은가 보지?"

"즐거워요. 눈물이 날 정도로."

미주는 심드렁히 답하고 수면에 부딪혀 반짝이는 햇살을 응시했다. 그녀 역시 향수에 사로잡혀 있었으나 그 안에는 불안과 실망, 두려움이 섞여 있었다. 미주는 움츠려 심호흡을 했다. 숨결을 따라 혼탁한 공기와 그리운 냄새가 한데 뭉쳐서 흘러 들어왔다.

윤아가 앉은걸음으로 다가왔다. 그러고는 한없이 쾌활한 목소리로 말했다.

"너무 무리하지 마."

---

44) 세 개의 강이 만나는 곳.

"무리라고요?"

"흐름에 저항하지 말라는 얘기지. 지금이 가장 위험한 시기야. 본질과 현세를 모두 지키려고 하면 마찰이 생길 수밖에 없어."

미주는 표정을 굳혔다. 그제야 심중에 확신이 들었다.

"어째서 고집을 부리시나 했지요. 뭔가 말씀하고 싶으셨던 거군요. 인드라는 준비가 되어 있습니다, 여신이시여. 어떤 계시를 준비하셨습니까?"

"빈정거리는 것은 그대답지 않아, 인드라."

락슈미가 침착하게 받아쳤다.

"내가 어찌하면 좋을까? 예전에 그랬듯이 장막 너머에서 그대를 대해야 할까? 신들의 왕을 대하는 내 태도가 그른 것인가? 샤크라여, 그대는 비슈누의 데비에게서 어떤 답도 기대하지 않는 모양이구나."

"용서하십시오, 락슈미 님."

인드라는 정중히 고개를 숙였다.

"제 불찰이었습니다. 저는 아직도 마야에 얽매여 있습니다. 일찍이 두 분 폐하의 현시로 깨우침을 얻었음에도 불구하고 다시 환영의 그물 속으로 잠겨 든 것입니다. 지금 제가 보고 있는 것은 성도 프라야그가 아니라 인간들의 대지입니다. 하계의 공기가 제 오관을 덮고 있습니다."

"누군들 거기에서 자유롭겠는가?"

락슈미가 준엄하게 말했다.

"지금 강가의 물로 몸을 헹군다 하여도 개안하지는 못하리라. 우리는 자처하여 미혹을 받아들였다."

"그런데도……."

"그런데도 우리는 여기로 왔다. 구도하기 위해? 천만에, 확인하기 위해서. 우리의 한계를 직접 목도하려 온 것이다. 인드라여, 강가를 찾아 몰려든 이들이 보이는가? 그러나 그들이 찾는 여신은 어디에 있는가? 그들은 자기 자신조차 구원하지 못하는 존재를 이슈바라[45]라고 부른다."

"그것은 한계가 아니라 미각성일 따름입니다."

"한계야. 이미 우리의 본질은 우리를 떠났다."

인드라는 불안에 사로잡혔다. 그는 여신의 암시를 이해했지만 받아들일 수는 없었다. 같은 말이 다른 이의 입에서 흘러나왔다면 그는 상대를 단죄했을 것이다. 그러나 여신은 변함없이 고요한 눈길로 대답을 기다리고 있었다. 그는 최후의 카드를 쓰기로 마음먹었다.

"시바를, 그의 신성한 의무마저도 마야라고 하실 겁니까?"

"나는 시바를 부정하지 않아."

락슈미는 예상했다는 듯이 답했다.

"그는 예나 지금이나 세계의 숙명이야. 푸랄라야[46]이며 시간의 지배자이지. 하나 파르바티가 죽은 지금 그의 이름에 과연 무슨 의미가 있을까? 나는 아까 본질이 우리를 떠났다고 말했어. 그대는 시바가 최초의 희생양이라는 점을 부인할 수 없을 거야."

"아직 아유타 님이 계십니다."

"아유타는 아무것도 할 수 없어……. 그녀는 정말 아무것도 아니야."

"폐하께서는 제게 체념을 가르치러 오신 겁니까?"

"그럴 리가 있나."

락슈미의 얼굴에 미소가 되돌아왔다.

"난 그대를 도우러 왔어. 남편의 예감을 따라서. 내 회의는 어디까지나 개인적인 사변의 결과일 뿐 남에게 강요하기 위함이 아니야."

---

45) 주님.

46) 파괴.

"예감이라 하심은?"

"예감이라기보다는 가능성의 문제지. 그대에게 변괴라도 생기면 우리는 큰 타격을 받게 될 테니까. 애초에 이 일을 요구했던 것은 누구지?"

"제 의지였습니다."

"그렇지만은 않을 텐데."

"……그리고 스칸다 님의 충고도 조금."

"이제야 이해가 가는군. 그는 자신에게나 타인에게나 늘 엄격한 잣대를 들이미니까."

락슈미는 깔깔거리며 웃고 강물에 손을 담갔다. 보트의 옆구리에 길게 물이랑이 생겼다. 인드라는 여신의 얼굴에 어린 빛의 농담(濃淡)을 바라보았다. 그 움직임을 따라 흉중에 수치심과 죄의식이 갈마들었다.

"그래서 저는 뭘 어떻게 해야 하는 겁니까?"

"그대는 본능이 이끄는 대로 움직이면 돼. 다만 불가항력은 어느 경우에나 무시할 수 없는 것이니, 나는 최악의 사태에 대비하고 있을 뿐이야. 우리가 그대를 믿지 못한다고 생각하나? 그렇다면 카르티케야는 망단을 내린 셈이 되겠군."

"아닙니다. 그저 송구스러울 따름입니다."

"큰 지혜의 친구여, 그대는 적들에게서 우리들의 도시 아마라바티를 지켜 내지 않았던가. 다른 무엇보다 그대 자신을 신뢰하는 편이 좋을 것이다."

"전 아직도 잘 모르겠습니다……."

"무지가 우리의 구호가 된 이래 5000년이 지났지."

비슈누의 아내가 말했다.

배가 상감에 닿자 락슈미를 둘러싼 공기가 변했다. 그녀는 생명력으로 충만하여 터질 듯이 생동했다. 모여든 순례자들 중 한 번씩 어깨 너머로 그녀를 쳐다보지 않는 사람이 없었다. 락슈미는 유쾌한 듯이 킬킬 웃었다.

"보라고, 이거야말로 다르샨[47]이잖아."

그녀의 말투는 전과 다름없이 편안해졌다. 인드라는 락슈미를 따라 갠지스 강변을 걸었다. 걸음을 옮길 때마다 그의 내부에도 기묘한 활력이 스며들었다. 상감 한쪽에는 구도자들의 천막이 길게 늘어서 있었다. 락슈미는 크리슈나를 섬기는 임시 성소로 들어가 꽃을 봉헌하고 나왔다. 입구에 앉아 『바가바드기타』를 읽고 있던 노인이 반갑게 눈인사를 건넸다.

"옴 마타, 마타지, 옴 마타, 마타지……."

강줄기를 타고 나직한 찬송이 흘렀다. 인드라는 문득 강가에 얽힌 신화를 생각했다. 일찍이 하계에 물이 마르자, 제왕 바기라타는 혹독한 고행을 통해 천상의 물 강가를 지상에 내려줄 것을 기원했다. 브라흐마는 그의 기구를 받아들였으나 강가의 물결이 지상에 내리꽂히는 순간 세계가 붕괴될 것을 우려하여 시바에게 도움을 청했다. 그리하여 위대한 행자 시바는 지상으로 내려왔고, 파괴적인 기세로 쏟아지는 강가의 물결을 긴 머리채로 받아내어 진정시켰다. 시바의 머리카락을 타고 흘러내린 물줄기들은 하나로 모여 갠지스 강이 되었다……

락슈미가 옆으로 다가와 제안했다.

"강에 들어가지 않을래?"

"돌아갈 때는 어쩌시렵니까?"

"여벌로 옷을 더 가지고 왔지. 당연하잖아."

---

47) 접신(接神).

　락슈미는 사리를 겹쳐 두른 여인네들에게 섞여 강물에 몸을 담갔다. 인드라도 망설이다가 그 뒤를 따랐다. 물은 생각보다 깊지 않았다. 그는 한기가 허리를 감싸는 순간 운명을 생각했다. 강가에서 태어난 아이들과 강가에서 죽어 간 노인들에 대해서, 그리고 신들의 추억에 대해서. 그 물에 몸을 담그고 보았던 수백 수천 번의 여명과 황혼을.

　　오 라나, 나는 황혼의 색깔에 물들었네.

　　나는 신의 색조에 물들었네.

　　리듬에 맞춰 북을 치면 나는 춤을 추네.

　　성인의 현시에 춤을 추면

　　나는 신의 색조에 물들었네.

　강둑에서 노란 장삼을 휘감은 사두승이 북을 치며 노래했다. 인드라는 상념에서 깨어나 내리는 어스름을 보았다. 수면에 하나 둘 등불이 떠올랐다. 색색의 사리를 휘감고 재스민 화환과 보석으로 머리를 장식한 여인들이 줄지어 걸어갔다. 신을 신지 않은 맨발은 물감으로 물들어 있었다. 바라타나티얌 무용수들의 행렬이었다. 어디선가 공연이 있는 모양이었다. 여자들은 연지를 듬뿍 바른 새빨간 입술로 속삭이면서 걸음을 서둘렀다.

　락슈미가 인파 속으로 사라지더니 저녁거리를 얻어 돌아왔다. 차파티 빵과 렌즈 콩, 우유를 넣고 데운 차이였다. 그들은 강둑에 나란히 앉아 빵을 먹었다. 인드라는 불현듯 락슈미에게 우의(友誼)를 느꼈다. 누구도 입을 열지는 않았지만 그들은 같은 심상을 공유하고 있었다. 물 빛깔이 어두워졌다. 노을이 살갗에 닿아 추웠다. 도도히 흘러가는 강물만이 모든 것을 아는 것처럼 보였다.

돌아오는 길에 인드라는 낮은 소리로 말했다.

"내일은 비가 올 겁니다."

"몬순이야? 하지만 노을이 저렇게 짙은데."

"제가 부르는 겁니다. 구름은 아직 서쪽에 머물러 있지만 좀 빨리 끌어들일 생각입니다."

"다들 기뻐하겠네. 그런데 왜?"

"아수라들의 본거지는 결계로 보호되고 있습니다. 뚫고 들어간다면 안 될 것도 없지만 위험이 너무 큽니다. 그래서 뇌우를 부르는 겁니다. 육체를 입자화해서 번개를 타고 전선에 섞여 들어가 침투할 작정입니다."

"궁전에 전기가 들어올까?"

"전 주인이 설치해 둔 모양이더군요."

"그들이 문명의 혜택을 받는다니 이상하군. 베단타의 경구도 옛말인가? '아수라들의 악명 높은 세계가 있다. 그곳은 깜깜한 어둠으로 덮인 곳.'"

락슈미가 빙글거리며 말했다.

"난 낭보를 확신하며 기다리고 있을 테니 걱정하지 마. 사라스바티 몫의 저녁 식사까지 마련해 둘게."

"차질이 없도록 하겠습니다."

"인드라?"

"예?"

"그냥 아까처럼 편하게 대해 줬으면 하는데."

"그러나……."

"싫다면 데비로서 명령할 거야."

락슈미는 웃으며 그/그녀의 팔을 잡았다. 인드라이자 신미주인 그는 일순 혼란스러웠으나 여신의 온기를 뿌리치지 않았다. 그들은 갠지스의 밤

을 가르며 걸었다. 물바람이 머리채를 어지럽혔다. 어떤 이해와 어떤 오해
를, 그 모두를 침식하는 시간의 위력을 과시하면서.

19

전날까지 쾌청하던 하늘에 느닷없는 구름 떼가 몰려들었다. 더위를 쫓던 사람들은 너나할 것 없이 고개를 쳐들고 환호했다. 몬순의 조짐이었다.

굵은 빗방울이 돋더니 작달비가 쏟아졌다. 거리에 쏟아져 나온 어린아이들이 희열에 찬 괴성을 내지르며 맨발로 경둥거렸다. 행인들의 거무스름한 얼굴에도 미소가 걸렸다. 묵직하니 내려앉은 하늘은 쉴 새 없이 물줄기를 쏟으며 찌든 열기와 먼지를 씻었다. 빗물을 머금고 부드럽게 부푼 갠지스가 상감을 향해 달음질쳤다.

락슈미는 우산을 기울여 쓰고 기쁨에 들뜬 강변을 걸었다. 물목에서 매운 흙냄새가 풍겼다. 멀리 언덕바지에 아치(雅致)를 자랑하는 궁전이 보였다. 락슈미는 새하얀 석벽을 타고 촘촘히 박힌 창문을 응시했다. 궁전 위로 비무리가 몰려들었다. 구름이 우르르 떨리더니 잠시 후 꽝음과 함께 벼락이 내리꽂혔다. 늘어선 창문 중 하나가 날카롭게 명멸했다.

락슈미는 눈을 가늘게 떴다.

아수라들의 궁전은 백열등 불빛으로 창백해졌다. 빗물로 젖은 창틀에 휘장이 내렸다. 음산한 정적이 성 안팎을 감쌌다. 빗소리가 거세어질수록 궁전은 더 짙고 무거운 침묵에 잠겨들었다.

갑자기 화장실에 불이 꺼졌다. 꽃병에 물을 받던 시녀가 놀라 고개를 들었다. 순간 그녀는 강한 충격에 쓰러져 정신을 잃었다. 그 뒤로 거뭇한 인영이 떠올랐다. 인드라는 여자에게서 사리를 벗겨 맨몸에 둘렀다. 마기로 텁텁한 공기가 그를 감지하고 술렁거렸다.

비는 멈출 줄 모르고 쏟아졌다. 인드라는 정신을 집중했다. 뇌성벽력이 기세를 더해 대지를 직격했다. 그는 발코니로 다가가 몸을 내밀었다. 어둠을 관통하는 제왕의 눈길이 정원을 가로질러 뻗었다. 허여스름한 건물이 망막에 맺혔다. 인드라는 몸을 날려 정원에 내려섰다. 그는 잠시도 망설이지 않고 별채를 향해 달렸다. 어지럽게 내리붓는 빗줄기가 인드라의 그림자를 삼켰다.

나비들은 비가 오는 날에는 움직임을 접는다. 데비의 방에는 습기로 풀이 죽은 꽃향기와 괴괴한 어둠만이 감돌았다. 사라스바티는 곧추앉아 약동하는 암흑의 심장을 응시했다. 세사(細沙)처럼 고운 평온이 그녀를 휩쓸어 삼켰다. 여신은 세계가 자아를 침범하지 못하도록 마음을 단속하고 잠들었다.

돌연 문이 열리며 시녀 차림을 한 여자가 뛰어들었다. 그녀는 다짜고짜 여신의 가느다란 손목을 움켜쥐었다.

"겨우 찾았습니다, 데비 폐하!"

여자의 감격은 사라스바티에게 아무 흔적도 남기지 못했다. 그러나 그녀는 개의치 않는 것처럼 보였다. 데비의 손목을 쥔 손가락이 떨렸다. 여자는 이를 갈며 탄식했다.

"빌어먹을, 그간 이런 마굴에서 얼마나 고생하셨습니까……. 부디 인드라의 불충함을 용서하소서."

자신을 인드라라고 밝힌 여자의 눈가에 물기가 고였다. 사라스바티는 여자의 이마에서 열기를 발산하는 문장을 바라보았다. 마음속에서 무언가가 움직였다. 사라스바티는 극심한 두려움을 느꼈다.

"어서 여기에서 빠져나가야 합니다. 정면으로 돌파하는 것은 불가능하기 때문에, 폐하의 조력이 필요합니다. 힘을 빌려 주십시오. 결계가 쳐져 있어서 제 능력만으로는 탈출이 힘들 것 같습니다."

인드라는 사라스바티를 일으켜 복도로 이끌었다. 그러나 오랫동안 땅을 디딘 적 없는 데비의 육체는 중력을 이기지 못하고 휘청거렸다. 인드라는 조급히 그녀를 부축하다가 결국 둘러업고 달렸다. 바지런히 발을 놀리면서도 쉬지 않고 여신을 위로했다.

"파드마[48]께서도 저와 동행하셨습니다. 지금 프라야그에서 기다리고 계십니다. 각성한 자들이 하나같이 폐하의 안위를 염려하고 있습니다. 이러한 하극상을 두 번 용납하는 일은 없을 것입니다. 다시 제 손에 아수라들의 피를……."

인드라는 1층에 도달해 문을 걷어찼다. 시야가 트이는 순간 그는 들이쉬었던 숨결을 요란하게 내뱉었다.

"……묻히는 한이 있더라도."

사라스바티는 축축이 젖은 인드라의 머리 위로 고개를 들었다. 도열한 아수라들이 일제히 무기를 내뺄었다. 선두를 지키는 자의 기운은 낯익었

---

48) '연꽃'. 락슈미의 별칭.

다. 유디칸샤는 흥미롭다는 표정으로 그들을 바라보고 있었다.

"언제나 그렇지만 무모하십니다, 인드라 님."

인드라는 얼굴을 일그러뜨렸다. 아수라들 속에 작달막한 소녀가 서 있었다. 눈이 마주치자 타리스라다는 여유로운 미소로 화답했다. 인드라는 사라스바티를 내려놓고 속삭였다.

"절대로 여기서 나오지 마십시오."

데비를 별채 안으로 밀어 넣은 인드라는 문 앞에 버티고 서서 적들을 노려보았다. 옆으로 팔을 뻗자 쇳소리와 함께 벽을 타고 선 수도관이 부러져서 그의 손에 들렸다. 절단면에서 물줄기가 솟구쳐 인드라를 적셨다. 그의 눈이 허옇게 번뜩거렸다.

"와라!"

갖은 무기를 치켜든 아수라들이 들이닥쳤다. 인드라는 잽싸게 움직여 총을 든 손부터 공격했다. 떨어지기 전에 발사된 총도 있었지만 한 발도 인드라를 맞추지 못했다. 날아드는 칼날과 창날 들을 쳐낸 인드라는 철봉을 적들의 배에 밀어붙이고 소리쳤다.

"마루트[49]여!"

벼락이 철봉 위에 내리꽂혔다. 봉에 닿은 두 아수라가 눈을 까뒤집으며 쓰러졌다. 인드라는 곧바로 뒤에서 달려드는 창날을 막고 철봉을 휘둘러 상대의 두부를 가격했다. 아수라의 머리가 가볍게 부서져 사방으로 흩어졌다.

흥분이 분노를 압도했다. 인드라는 사지를 타고 뻗치는 힘을 느꼈다. 기억이 그의 혈관에서 춤추고 있었다. 인드라는 별채 앞에 버티어 서서 여

---

49) 폭풍과 뇌우의 영들.

신을 보호하듯 팔을 벌렸다. 멀리서 내리친 번개가 그의 눈에 비쳐 광기처럼 번들거렸다.

"보라, 성스러운 힘 주위에서 멸망이 일어날지니……"

인드라는 오랜 죽음의 주문을 토했다.

"나의 적이여, 죽을지어다. 그가 숨겨질지어다. 그들이 그를 알아차리지 못할지어다."

입가에 하얀 숨결이 어렸다. 다시 번개가 빗속으로 사라지는 순간 인드라는 언성을 높여 외쳤다.

"비여, 태어날진저! 나의 적은 태어나지 말진저! 멀리멀리 사라질지어다!"

늘어진 하늘이 노호했다. 빗발이 들붓듯이 쏟아졌다. 주춤하는 아수라들의 정수리를 노리며 벼락이 날아들었다. 뇌명이 천지를 흔들었다. 대지가 한 번 전율할 때마다 나뒹구는 아수라들의 육체가 늘어났다. 새까맣게 탄 살갗이 빗물에 닿아 김을 뿜었다. 인드라의 이마에 식은땀이 배었다. 아른거리는 시야 속으로 굵직한 그림자가 들어섰다.

"수많은 제왕들이 당신과 검을 맞대었고, 상당수가 당신의 손에 머리를 잃었지만……"

유디칸샤는 침착하게 칼끝을 치켜들었다.

"막상 내 대에는 당신과 마주설 기회가 없었지요."

인드라는 숨을 고르며 아수라들의 제왕을 노려보았다. 흉중에서 냉받쳐 오른 살기가 입술에 번졌다. 그는 철봉을 던지고 만트라를 읊었다. 손아귀에 한 줄기 벼락이 떨어졌다. 일찍이 브리트라의 목을 쳤으며 악마들을 비탄에 빠뜨린 무기, 바즈라[50]가 형형한 광채를 뿜었다.

---

50) 번개. 인드라의 무기.

"그리고 그대는 이제 이 일을 자랑으로 삼을 수 있겠군."

인드라는 손을 번쩍 치켜들었다. 손가락이 흐르는 곳마다 빛의 문자가 솟았다. 군집한 문자들은 허공에서 단단한 결계를 이루었다.

"이것은 이물질에 반응하오, 제왕이여."

인드라는 바즈라를 꼬나들며 말했다.

"우리 둘 외의 다른 존재가 이 결계를 침범하려 한다면, 결계는 즉시 반응하여 우리 모두를 삼켜 버릴 거요. 무슨 말인지는 잘 알고 있겠지."

"방해는 싫다 이 말씀이시군요."

유디칸샤는 찬웃음으로 응수하며 자세를 고쳤다. 인드라도 몸을 낮추었다. 그는 비로소 모든 것을 이해할 수 있었다. 그를 이곳으로 끌어 온 것은 의무도 섭리도 아닌 본능이었다. 오래전 잃어버린 이름이 이제 다시 그의 전존재를 요구하고 있었다. 인드라는 볼을 타고 흐르는 빗물을 맛보며 미소 지었다. 무엇이 움직였나? 어디서? 태초에는 어둠이 어둠 속에 감추어져 있었다…….

공기가 뒤엉켜 휘몰아쳤다. 허공이 파열했다. 바늘처럼 날카로운 비가 결계를 적시며 울부짖었다. 두 제왕은 몸을 기억에 맡기고 서로에게 달려들었다. 불꽃이 일었다. 상대의 기량을 가늠한 인드라는 놀랐다. 그가 알던 유디칸샤는 결코 투사라고는 하지 못할 범골이었다. 그러나 지금 그의 공세는 빈틈이 없고 매끄러웠다. 칼끝을 받아 낸 인드라는 재빨리 자세를 바꾸어 유디칸샤의 어깨를 후려쳤다. 바즈라는 악마를 아슬아슬하게 비껴 얕은 찰과상을 남겼다. 유디칸샤는 곧장 수두(獸頭)로 반격해 왔다. 뒤로 물러선 인드라는 거칠게 욕설을 토했다.

"비열한 자식!"

그는 바즈라를 틀어쥐며 헐떡였다.

"이건 네 마기가 아니야. 어떤 개새끼의 비호가 있는 게 틀림없어!"

"유감스럽게도 페어플레이는 『아르타샤스트라』[51]에 수록된 덕목이 아니더군요."

유디칸샤가 태연히 받아쳤다. 인드라는 적의 어깨 너머를 노려보았다. 비에 젖어 잿빛으로 바랜 아수라들 틈에서, 신도 악마도 아니고 남자도 여자도 아닌 이물이 빙긋 웃었다. 태풍의 눈처럼 그만이 외따로 움직임 없는 점이었다. 인드라는 호흡으로 마디마디의 차크라[52]를 다스렸다. 머리가 맑아지는 찰나에 아수라의 공격이 이어졌다. 인드라는 검을 피한 뒤 무서운 힘으로 적의 오른팔을 비틀었다. 뼈가 부러지는 소리가 들렸다. 그는 얼굴이 맞닿을 만큼 유디칸샤를 바투 끌어당기며 으르렁거렸다.

"수천 년이 지나도록 변하지 않는 것이, 오로지 네놈들의 협잡뿐이라니……."

"매듭을 푸는 자여, 당신은 오해하고 있소. 우리에게 마야를 가르친 이는 다름 아닌 당신이었소."

"유감스럽게도 그다지 기뻐할 마음이 들지 않는군."

인드라는 팔을 치켜들었다. 그러나 아수라의 머리를 날려 버리기 직전 격통이 척추를 내달았다. 어둠이 그의 쿤달리니[53]를 타고 전신에 퍼져 나갔다. 인드라는 바즈라를 떨어뜨리고 목을 쥐어뜯었다. 일그러진 얼굴 위로 경악이 번졌다.

"설마……!"

유디칸샤는 기회를 놓치지 않고 그에게 달려들었다. 간신히 검을 퉁긴

---

51) 정치적 술수를 가르치는 교본.

52) 신체의 여러 곳에 있는 정신적 힘의 중심점 가운데 하나.

53) 척추의 기저에 똬리를 틀고 있다가 요가 수행에 의해 척추 위쪽으로 올라가는 에너지.

인드라는 몸을 가누지 못하고 쓰러졌다. 아수라가 그의 가슴을 짓밟았다. 유디칸샤는 칼끝을 인드라의 목에 겨누며 조롱했다.

"내세에서 재회할 때에는 분별을 배워 오시기 바랍니다, 제왕이여."

인드라는 흐려지는 의식을 끌어올리려 안간힘을 썼다. 옆을 더듬어 바즈라를 찾아냈으나 휘두를 힘이 없었다. 어둠이 시시각각 뇌리를 파고들었다. 인드라는 다가오는 칼끝에서 눈을 떼지 않았다. 갑자기 불같은 기개가, 충일감이 가슴에 차올랐다…….

어디선가 한 무리 나비가 날아와 적의 검을 감쌌다.

사라스바티는 빠르게 돌아가는 사세를 무감동한 눈으로 지켜보았다. 인드라의 결계는 그녀가 선 문간에 걸쳐 있었다. 싸우는 도중에라도 아수라의 손길이 미치지 못하도록 막기 위함이리라. 사라스바티는 신성한 문자의 장벽 앞에서 한기를 느꼈다. 자신을 데리고 도망치려고 한 손길이 구원인지, 또 다른 마수인지조차 분간할 수 없었다.

각성한 이후 한동안은 꿈을 꾸기도 했다. 그녀는 그 속에서 다른 세계를 보았다. 그러나 오랜 꿈을 통해 그 세계조차 결코 구원이 될 수 없다는 것을 알았다. 사라스바티는 점차 감관을 닫고 침묵에서 안식을 구했다. 그녀는 스스로 꿈을 질식시켰다. 기억의 주검 위에서 영원히 잠들고만 싶었다.

그래서 사라스바티는 눈앞의 싸움을 그저 지켜볼 뿐이었다. 그녀를 감싼 공기가 흔들림 없이 소조했다. 사라스바티는 쓰러진 인드라의 얼굴에 공포와 분노, 체념이 섞여 흐르는 것을 보았고, 칼끝이 그의 목으로 향하는 것을 보았고, 결계가 힘을 잃고 허물어지는 것을 보았지만, 유리처럼 차가운 가슴으로 모든 광경을 흘려보냈다. 그러나 마침내 칼날이 떨어지는 순간 그녀는 자신도 모르게 손을 내밀었다. 나비들이 검을 감싸자 유디칸샤의 표정이 흐트러졌다.

인드라는 재빨리 몸을 굴려 일어났다. 등줄기에 흐르는 통증을 무시하며 바즈라를 바로잡았다. 나비들이 허공으로 녹듯이 사라지자 유디칸샤는 한숨을 쉬었다.

"설마하니 데비께서 개입하실 줄이야……."

"교본에 거기까지는 나오지 않은 모양이지?"

인드라는 빈정거리며 입 안에 고인 핏물을 뱉었다. 그러고는 다시 적에게 달려들었다. 유디칸샤는 매서운 기세로 날아드는 바즈라를 받아쳤다. 인드라는 허공으로 몸을 날려 유디칸샤의 등 뒤에 내려섰다. 일단 수세로 전환하면 돌이킬 수 없게 된다는 것을 잘 알고 있었기 때문에 적에게 틈을 주지 않고 쉴 새 없이 밀어붙였다. 유디칸샤의 방어가 어느새 여유를 잃고 급박해졌다.

전세는 점차 인드라에게 유리해졌다. 결계는 붕괴했으나 아수라들은 접전에 끼어들 엄두조차 내지 못했다. 유디칸샤는 오른팔이 부러진 상태에서도 분투했지만 동요하는 기색이 역력했다. 인드라는 그의 검을 두 번 받아치고 반격으로 응했다. 나무가 쪼개지는 듯한 소리와 함께 적의 왼쪽 어깨가 으스러졌다.

"아무래도 분별을 먼저 배우는 건 네놈일 것 같은데."

인드라는 비아냥대면서 마지막 일격을 서둘렀다. 바즈라를 휘두르는 순간 육편이 튀기를 기대했으나, 느닷없이 시야가 흐릿해졌다. 그는 자신도 모르게 비틀거렸다. 배에 꽂힌 화살대가 눈에 들어왔다. 먼발치에 활을 든 여자가 보였다. 시선이 마주치자 타리스라다는 희미하게 웃고 활을 바닥에 내리꽂았다.

"너……."

인드라의 눈이 노기로 이글거렸다. 그는 통증을 잊고 앞으로 내디뎠다. 찰나 갑작스런 기침에 피가 섞여 나왔다. 화살 끝이 폐를 뚫고 들어간 모양이었다. 눈앞이 흐려지자 인드라는 바즈라를 땅에 꽂고 몸을 지탱했다. 어느새 아수라들이 그를 공위하려는 듯 둥글게 좁혀 오고 있었다. 인드라는 갈증을 느꼈다. 발치에서 넘실거리는 어둠이 음산했다. 그는 바즈라에 기대어 눈을 감았다. 이제 기적을, 몇 번씩 그를 수렁에서 끌어낸 힘을 다시 기다리는 수밖에 없었다.

그의 기원에 감응하듯 하늘이 움직였다.

빛의 노도가 빗발을 뚫고 밀어닥쳤다. 바람에 머리끝이 곤두섰다. 인드라는 멀어지는 의식 너머로 아수라들의 동요를 감지했다. 누군가가 새된 소리로 외쳤다.

"가루다……!"

신조 가루다, 비슈누를 수호하는 불새. 아름다운 날개가 끝없이 뻗어 휘황했다. 마기가 빠져나간 자리에 신선한 빛의 냄새가 밀려들었다. 날카로운 목소리가 인드라의 반쯤 닫힌 고막을 꿰뚫었다.

"손!"

인드라는 가루다를 향해 손을 뻗었다. 황금빛 깃털이 그를 감싸 안았다. 고통이 인드라의 의식을 삼키며 잦아들었다.

락슈미는 오른팔을 치켜들었다. 손가락을 따라 정교한 얀트라[54]가 떠올랐다. 데비의 성력이 사방에 퍼지자 아수라들의 손에서 무기가 스러졌다.

---

54) 우주 만물의 현현과 합일을 표상하는 도형.

가루다는 당혹한 마족들의 머리 위를 유유히 미끄러졌다. 날갯짓이 밀어 낸 바람결에 아수라들은 깊은 절망을 느꼈다. 껍질 안에서 영혼이 녹아 버리는 듯한 상실감이었다.

"막아!"

유디칸샤가 정신을 가다듬고 외쳤다. 그러나 아수라들은 얼어붙은 눈을 락슈미에게서 떼지 못했다. 락슈미는 의연히 사라스바티에게 향했다. 사라스바티는 창백한 얼굴로 물러섰다. 가루다의 날개에서 흐른 빛이 여신의 이마를 적셨다. 사라스바티는 그녀와 세계 사이에 서 있던 벽이 무너지는 소리를 들었다.

"샤리,[55] 어서!"

락슈미가 팔을 뻗으며 외쳤다. 브라흐마의 데비는 망설이다가 손을 내밀었다. 손끝이 맞닿으려는 찰나 무언가가 맹렬한 기세로 솟아올라 접점을 끊었다. 덩굴이었다. 별채를 덮고 있던 덩굴이 가지를 뻗으며 뒤얽혀 사라스바티 앞에 견고한 장벽을 세웠다. 락슈미는 고개를 돌렸다. 타리스라다와 눈이 마주치자 그녀는 이를 꽉 악물었다. 그의 눈동자는 여신을 압도하는 힘을 발산하고 있었다. 락슈미는 그 불온한 자가 오랜 인고로 신들과는 다른 형태의 시간을 축적해 왔음을 깨달았다.

사라스바티는 덩굴 매듭이 좁아지면서 시야를 덮기 직전에 달려들어 외쳤다.

"파드마, 그이에게 전해 줘요! 나는!"

곧 부풀어 오르는 목질의 벽이 사라스바티의 목소리를 삼켰다. 락슈미는 울분을 깨물고 인드라를 한 팔로 감쌌다. 가루다의 날개가 흔들리자

---

55) 사라스바티의 애칭.

빛이 폭포수처럼 사위를 휘감았다. 연꽃 향기가 쏟아져 내렸다.

이윽고 빛이 걷히자 그 자리에는 아무것도 없었다. 덩굴이 서서히 매듭을 풀었다. 벌어진 틈새로 넋 잃고 주저앉은 데비의 모습이 드러났다. 사라스바티는 비처럼 쏟아지는 세계 속에서, 이제 기다림이라는 형태로 변모할 새로운 시간을 맞이하고 있었다.

20

야무나 강 인근의 오두막으로 피신한 락슈미는 인드라를 마른풀더미 위에 눕혔다. 옷섶을 젖히고 상처를 더듬던 그녀의 얼굴이 어두워졌다. 락슈미는 혀를 차고 의식을 집중했다. 그녀의 손끝이 푸르스름하게 빛났다. 상처로 스며든 빛이 출혈을 멈추고 손상된 조직을 기웠다. 10분 정도 더 집중하자 인드라의 호흡이 편안해졌다.

락슈미는 손톱을 질근질근 물어뜯다 오두막 밖으로 나갔다. 기세 좋게 빗줄기를 분출하는 하늘을 향해 만트라를 외쳤다. 홀연히 주위가 밝아지더니 자그마한 소녀가 빛을 두르고 나타났다. 왼쪽 어깨에 원숭이가 한 마리 앉아 있었다. 소녀의 발이 땅에 닿자 원숭이는 뛰어내려 락슈미에게 다가왔다.

"하달하실 명이 있으십니까, 시타여?"

옛 이름을 들은 락슈미의 표정이 잠시 개었다.

"오, 충성스러운 하누만. 그대에게 부탁할 것이 있습니다. 그대는 가루

다와 함께 하리에게 돌아가십시오. 그에게 랑카[56]가 되살아나고 있다고
전해 주기 바랍니다."

"랑카!"

원숭이의 눈에 증오심이 떠올랐다.

"라바나가 환생하기라도 한 겁니까? 혹은 저 마히샤나, 다루카[57]가?"

"아닙니다. 그들에게는 생식력이 없으므로 새로운 제왕을 낳을 힘도 없
습니다. 지금 그들을 지배하고 있는 자는 예와 다름없이 마히샤의 아들
인 유디칸샤입니다. 그와 인드라의 싸움에 사악하고 강력한 힘이 개입했
습니다……. 지하 일족에게 변화가 일어나고 있음이 분명합니다. 랑카 다
힌, 일찍이 랑카를 불태운 이여, 어서 하리에게 이 사실을 전하고 그를 수
호하십시오. 곧 람의 시대[58] 못지않은 숙명의 때가 닥쳐올 것 같습니다."

락슈미는 손을 들어 가루다를 불렀다. 황홀한 빛을 뿜는 새가 땅에 내
려앉자 원숭이는 주저 없이 그 등에 뛰어올랐다.

"너무 심려치 마옵소서, 라마의 왕비여. 수억 번을 환생하여 무수한 칼
파[59]를 거친다 하여도 저는 변함없이 두 분을 위해 목숨을 던질 준비가
되어 있습니다. 어떤 경우에라도 하누만이 버티고 있다는 사실을 기억해
주시길 바랍니다."

"나는 언제나 그대를 믿고 있습니다."

락슈미는 진심을 담아 말했다. 가루다가 창공을 가르며 날아올랐다. 신

---

56) 마계.

57) 모두 전설적인 마왕들의 이름.

58) 『라마야나』의 시대. 라마찬드라(라마)는 비슈누의 일곱 번째 화신으로, 인도에서 가장 인기
있는 영웅이다.

59) 겁(劫). 하늘과 땅이 한 번 개벽한 때에서부터 다음 개벽할 때까지의 동안.

조가 사라진 자리에서 분수처럼 빛이 쏟아져 내렸다. 이윽고 락슈미는 옆에 선 소녀에게 고개를 돌렸다.

"기다리게 해서 미안하구나, 아트리."

"언제나 하누만 님만 총애하시고."

소녀는 뾰로통하니 입술을 내밀어 보였다. 락슈미는 소리 내어 웃었다.

"그럴 리가 있겠느냐. 보다시피 경황이 좀 없구나. 이해하거라."

"소녀는 참말로 서운했사옵니다."

압사라스[60] 아트리는 손으로 입을 가리고 교태를 흘렸다. 배실배실 가늘어지는 눈매가 자못 새살궂었다.

"하온데 인드라 천왕께서는 어찌 되셨사옵니까?"

"전부 글렀다."

락슈미는 씁쓸하게 내뱉었다.

"사라스바티를 못 구했을 뿐더러 인드라마저 부상을 입었다. 당장 치료하기는 했으나 그의 체력이 떨어진 상태라 어떨지 모르겠구나."

"체력이 저하되었다 하심은……."

"일단 들어가자. 빗발이 거세구나."

락슈미는 아트리를 이끌고 안으로 들어섰다. 흠뻑 젖은 공기가 음산한 냄새를 풍겼다. 아트리는 즉시 인드라에게 다가가 상처를 살폈다.

"이 정도면 괜찮사옵니다. 차츰 체력도 회복될 것이옵니다."

"다행이군."

락슈미는 머리의 물기를 털며 말했다.

"문제는 그가 랑카의 어둠에 힘을 상당부분 빼앗겼다는 것이야. 덕분

---

60) 천녀. 물과 구름의 정령.

에 고전이었다. 유디칸샤 따위 여느 때라면 상대가 되었겠느냐. 그런데 그는 은밀히 타리스라다의 지원을 입은 데다 인드라의 차크라에 저주받은 어둠을 끌어들였다. 때를 맞추지 못했다면 신들은 군주를 잃었을 것이다."

"어머나, 비겁하여라."

아트리는 변함없이 생글거리면서 말했다.

"그런데 타리스라다 님은 여전하신 모양이지요?"

"님은 무슨 님이야."

"적어도 한때는 데바 일족이 아니셨습니까."

"지금은 아수라다. 그것도 극도로 위험한."

"예, 그러면…… 타리스라다 그 자식은 여전한 모양이지요?"

락슈미는 웃음을 억누르며 말했다.

"예전과 다름없어. 강하고, 오만하고, 사악하지. 어찌하여 아수라들이 제왕을 갈아 치우지 않는지 의문스러울 정도야."

"정통성이란 게 은근히 무시 못할 것이지요."

아트리는 점잖게 말하고는 다시 인드라를 살폈다. 천녀의 눈시울에 그림자가 졌다.

"이토록 가녀린 육신에 패왕의 영혼이 깃들다니, 어쩐지 가혹한 일이 아닌가 싶사옵니다. 한때 뭇 여인네들을 매혹했던 용사의 모습은 어디에도 없군요."

"외양만으로 판단해서는 아니 되느니라. 그는 여전히 뛰어난 전사이고 신들의 긍지이니까. 육체란 결국 영혼이 지나가는 통로에 불과하지 않더냐."

"그런가요……. 하나 육체가 없으면 방사에 지장이 있지 않사옵니까?"

"맙소사, 아트리! 내 너를 빨리 시집보냈어야 했는데."

"시원찮은 반신족 사내들 따위, 마음 밖이옵니다."

아트리는 샐쭉한 표정을 지었다.

"그건 그렇고 폐하, 폐하께서는 괜찮으십니까? 존안이 못내 어둡습니다."

"일을 그르친 까닭도 있지만, 나도 어느 정도 랑카의 사기(邪氣)에 영향을 받은 모양이다."

"랑카……."

"물론 완전한 부활이라기보다는 유사 재현에 가까웠으나, 그 힘은 무시할 만한 것이 아니었다. 가루다에게 보호받고 있는 상태에서도 위압되었으니 오죽하겠느냐. 메루가 깨어나지 않은 상태에서 이런 불균형은 결코 바람직한 일이 아니야. 도대체 무엇이 그들에게 그런 힘을 준 것일까?"

"시바께서는 알고 계셨을까요?"

"마하데바는 모든 것을 보고 있지. 칼리 유가는 탄다바[61]의 시대이니, 지금 그의 눈은 심연마저도 관통할 것이다."

"하나 그렇다면 인드라 천왕의 실패를 예견하셨을 텐데요."

"모르겠다. 그의 흉중을 누가 헤아리겠느냐? 우마[62]가 죽은 이후…… 그는 점점 더 속을 알 수 없는 사내가 되었다. 침묵과 명상의 심곡에 숨어 누구에게도 마음을 열지 않고. 그는 모든 것을 알고 있을지도 모르지. 그러나 그가 판단하기에 필요하다면 우리는 최후까지 무지한 채로 남게 될 것이다. 어쩌면 그는 실패를 확신하면서도 신들의 프라이드가 더 중요하다고 여겼을 수도 있고, 뭔가를 얻어 내려 한 것일 수도 있고, 혹은 나와 하리의 개입을 예견했을 수도 있다. 어느 쪽이든 우리는 그가 원하는 대로 휘둘리고 있을 뿐이야."

"아이 참, 음험한 남자는 그래서 무섭다니까요."

---

61) 죽음의 춤.

62) '산의 딸'. 파르바티의 별칭.

"파르바티조차도 그를 얻기 위해 고통을 감내하지 않았더냐……."

전처 사티가 요가의 불길에 휩싸여 죽은 후, 시바는 명상에 잠겨 오직 그녀의 환생을 기다렸다. 그러나 그 외곬이 외려 우스운 결과를 낳았다. 집념 때문에 그는 사티의 환생인 파르바티마저 외면하고 만 것이다. 자신의 전생을 모른 채 시바를 사모하게 된 파르바티는 어릴 적부터 일편단심으로 시바를 섬겼고, 신들은 카일라사를 방문할 때마다 시바에게 바칠 화환을 만드는 파르바티를 볼 수 있었다. 결국 인드라는 시바를 일깨우기 위해 사랑의 신 카마를 불렀다. 카마는 아내 라티와 함께 카일라사로 숨어들어 수행 중인 시바에게 활을 쏘았다. 애욕을 불러일으키는 카마의 화살이 시바에게 명중하자 위대한 신은 눈을 뜨고 파르바티를 보았다. 그는 눈앞의 소녀에게 느닷없는 연심을 품었고 이 예상치 못한 번뇌의 끝에 꽃 활을 든 신이 있다는 사실을 알았다. 명상을 방해받은 신은 분노하여 미간의 세 번째 눈을 열었다. 불을 정수로 하는 시바의 심안은 그 즉시 카마를 살라 버렸다.

이후 삼중(三重) 도시의 파괴자 하라[63]는 정념을 잠재우려 온 세상을 떠돌았다. 방랑하는 그에게 마음을 빼앗긴 성자의 아내들이 남편을 버리고 줄지어 그의 뒤를 따랐다. 한편 실의에 빠진 파르바티는 하라의 마음을 얻고자 혹독한 고행을 시작했다. 시바는 일곱 현자를 보내 파르바티의 고행을 시험해 보았다. 현자들이 그녀의 고결한 품성에 감명을 받아 돌아오자 시바는 그 자신이 직접 범행자로 화하여 하강하였다. 그의 유도 심문을 받은 파르바티는 흔들림 없는 미소를 머금고 "내가 고행을 하고 있는 것은 나의 가슴에 있는 욕망 때문입니다. 인드라를 위시한 다른 모든

---

63) 시바의 별칭. 유지자 비슈누와 결합하면 혼합신 '하리하라'가 된다.

246

신들을 무시하고, 아니 심지어 비슈누와 브라흐마까지도 거들떠보지 않고 나는 진정 오직 피나카 활을 든 분만을 나의 남편으로 얻기 원합니다."라고 답했다. 범행자의 탈을 쓴 샹카라는 끊임없이 파르바티를 시험하였다. 그는 파르바티의 미모를 찬양하기도 하고 시바를 모욕하기도 했으며, 그녀의 고행을 무의미한 것이라 매도하기도 했다. 마침내 분개한 파르바티는 그에게서 얼굴을 돌리고 욕을 퍼부었다.

"더러운 인간, 악독한 자여! 시바를 모독하는 자는 태어나서부터 자기가 쌓은 모든 공덕을 소멸시킨다는 것을 모른단 말이오? 그분을 욕하는 자는 예외 없이 시바의 종들에 의해 죽을 것이오!"

시바는 자리를 박차고 일어나는 파르바티의 손목을 잡았다. 그리고 자신의 신성한 형상을 드러냈다. 그는 당황하여 어쩔 줄 모르는 파르바티에게 부드럽게 말했다.

"오, 흠 없는 여인이여. 나는 그대를 시험해 보았고, 나에 대한 그대의 헌신을 알았소. 그대의 각별한 헌신을 보니 나의 기쁨은 이루 형용할 수 없소. 그대의 소원을 말하오! 그대에게 과분한 것은 아무것도 없소! 그대의 고행으로 인해 나는 이제부터 그대의 종이 될 것이오. 수줍음을 버리고 영원히 내 아내가 되어 주시오."

그리하여 시바 루드라는 히말라야의 딸과 카일라사로 돌아가 부부의 연을 맺었다. 그들 사이에서 '영원히 젊은 자'인 스칸다 카르티케야가 태어났으며, 그는 이후 세상을 뒤흔든 악마 타라카를 죽여 무명(武名)을 떨쳤다. 그리고 시바는 아내의 청을 받아들여 카마를 아난가[64]로 환생시켰다. 천상은 다시 풍요로워졌고 신들의 기쁨은 칼리 유가가 오기 전까지

---

64) 육체가 없는 자.

지속되었다.

아트리는 옷깃에 물을 묻혀 인드라의 이마를 축였다. 락슈미는 벽에 기대앉아 아트리의 곰상스러운 손놀림을 응시했다. 독이 빠지듯 혈관에 덮은 어둠이 가셨다. 그녀는 비로소 마음을 놓았다.

아트리가 사분사분 미소 지으며 말했다.

"인드라 천왕께서는 고비를 넘기셨사옵니다. 외상은 다 아물었고, 이제 의지력으로 마기를 몰아내는 일만 남았사옵니다."

"강한 자이니 그 점은 걱정하지 않아도 되겠지."

"예, 그렇사옵니다……. 하오나 사라스바티 님이 정말 안되셨어요."

락슈미는 눈을 감았다. 브라흐마의 아내는 언제나 잃어버린 것 속에서 살았고 그 결과 그녀 자신이 서글픈 환영으로 변해 버렸다. 락슈미의 눈꺼풀 아래 부서질 듯 연약한 사라스바티의 어깨와 샛말간 눈동자가 떠올랐다. 그때 구할 수도 있었는데! 그 빌어먹을 후레자식만 아니었다면! 락슈미는 손끝에 남은 촉감을 떠올리며 이를 갈았다. 몰아치는 빗소리가 회한처럼 비통했다.

"소녀가 해야 할 일은 없사옵니까?"

아트리가 살풋 다가와 물었다. 락슈미는 소녀의 미더운 눈빛을 응시했다. 분노가 서서히 가라앉았다. 그녀는 천녀의 손을 꽉 잡고 말했다.

"네게 이런 부탁을 해도 좋을지 모르겠구나."

"부디 말씀하소서."

"일이 이렇게 된 이상 브라흐마가 걱정이다. 그는 여태껏 각성을 못 했을 뿐 아니라 방황하고 있어. 사라스바티조차 저런 꼴이니 누군가가 대신 그를 인도했으면 한다. 아트리, 네게 그 일을 맡겨도 괜찮겠느냐?"

"하나 브라흐마 폐하께는 바루나 님의 눈이 따르고 있지 않사옵니까?"

"바루나는 믿음직한 자이나 브라흐마의 신변만을 수호할 뿐 그 이상 개입하려 들지 않아. 시바가 칩거하는 한 행동을 삼가려는 태세다. 그러므로 네 도움이 필요한 것이야, 아트리. 아수라들이라고 해도 천녀인 네게 주목하지는 않을 것이다."

"오, 슈리데비여. 소녀의 생명은 일찍이 폐하께 바쳐진 것이옵니다. 누군들 제 충정을 흐릴 수 있겠나이까?"

아트리는 바닥에 엎드려 락슈미의 오른발을 어루만졌다. 락슈미는 애틋한 감동에 가슴이 벅차 부드럽게 속삭였다.

"조심하거라. 그리 쉬운 행로는 아닐 것이다."

"어떤 고통이라도 기꺼이 감내하겠나이다."

천녀는 다소곳이 아미를 내리깔았다. 이내 희푸른 빛에 휩싸여 연기처럼 사라졌다. 정적이 다가오자 락슈미는 문득 고독을 느꼈다. 그녀는 빗발이 들이치는 창가에 섰다. 그러고는 쏟아지는 물줄기를 마음으로 삼키며, 지나간 삶과 죽음의 형상들을 추억했다.

21

궁전은 좀처럼 조용해지지 않았다. 앙금 같은 불안이 곳곳에 깔려 있었다. 타리스라다는 일족의 동요를 가르면서 걸었다. 그가 입은 소녀의 육체는 가냘팠으나 눈매에 무수한 전장이 응축되어 있었다.

시녀가 등 뒤로 다가와 고했다.

"라샨티 님께서 돌아오셨습니다. 당장 장군을 뵙고자 하십니다."

"돌아오셨나. 그럼 아야티 님께서도?"

"예."

타리스라다는 발걸음을 틀었다. 내궁인 제나나는 본래 금남 구역이지만 육체를 마음대로 갈아입을 수 있는 아수라들에게는 의미가 없는 구분이었다. 그곳에 타리스라다의 무성성(無性性)을 문제 삼을 이는 거의 존재하지 않았다.

계단에 발을 얹자마자 앙칼진 노성이 들렸다. 타리스라다는 휘장을 젖히면서 오른손을 들었다. 단검이 날아와 손바닥에 박혔다. 그는 조용히 팔을 내렸다. 핏물이 대리석 바닥에 뚝뚝 떨어져 웅덩이를 만들었다.

창가에 두 여인이 서 있었다. 하나는 검고 풍성한 머리채를 두른 살집 좋은 미인이었다. 아직 생명력이 고스란히 남아 있는 육체인지 얼굴에 불그스레한 혈색이 고여 있었다. 다른 여인은 왜소한 체구에 이목구비가 희미하여 볼품없는 인상이었다. 창백한 미간에 수심이 어려 있었다. 그녀의 육체는 영혼의 개성과 크게 동떨어지지 않았으나, 위축된 탓에 서로에게서 도망치려는 것처럼 불안정하게 보였다. 타리스라다를 발견한 그녀의 눈이 잠깐 빛났다가 곧 흐려졌다.

단검을 던진 쪽은 풍채 좋은 미인이었다. 그녀는 성큼성큼 다가와 큰소리로 외쳤다.

"내가 없는 사이에 무슨 일이 있었다고?"

"별로 대단한 것은 아니며 지금은 모두 수습……."

"닥쳐라!"

유디칸샤의 누이 라샨티는 인간의 껍질에 놀라울 정도로 생생한 감정을 떠올리며 소리쳤다. 그녀는 신경질적으로 주위를 버정이면서 비음 섞인 욕설을 쏟아 냈다.

"어쩐지 이상한 냄새가 난다고 생각했지. 불쾌해서 머리가 터질 지경이었어. 몇 명을 잡아 족쳤더니 겨우 불더군. 역시 그 계집, 락슈미의 암내였어. 어찌된 거냐? 감히 이곳에 악취를 풍기는 신들의 창녀가 들어오도록 방치하다니? 그러고도 대장군이라고 할 수 있나, 타리스라다!"

"언니, 그건 타리스라다 탓이 아니에요."

뒤에서 움찔거리고 있던 아야티가 조심스럽게 참견했다. 그녀로서는 대단한 용기가 필요할 법한 행동이었다. 그러나 라샨티가 한 번 노려보자 그녀는 어깨를 움츠리고 입을 다물어버렸다.

"불가항력이었습니다. 그녀는 비슈누의 가호를 입고……."

"호오, 불가항력?"

라샨티는 조소를 짓더니 느닷없이 타리스라다의 오른손을 잡아챘다. 그리고 손바닥에 박힌 단검을 한 바퀴 돌려 빼냈다. 뼈가 부서지고 힘줄이 끊기는 광경을 타리스라다는 말끄러미 바라만 보고 있었다. 아무리 육체를 바꾸어도 타리스라다의 표정에는 늘 우아한 경멸이 박혀 있었다. 그 점을 좋아하는 이도 있고 증오하는 이도 있었다. 그리고 라샨티는 후자의 전형이었다.

"애초에 너처럼 태생조차 알 수 없는 녀석을 이곳에 들이는 게 아니었어. 마음 같아서는 당장이라도 네 낯가죽을 벗겨서 그 아래 시커먼 속셈을 만천하에 드러내고 싶지만, 하필 오라버니가 너를 신뢰하고 계시니 그게 유감일 뿐이다. 하나만 묻지, 타리스라다. 어째서 그년이 무사히 이곳을 빠져나가도록 방치한 거냐? 불가항력이니 뭐니 구차한 변명 따위는 하지 마라. 나는 네가 그년을 충분히 포획할 수 있었으리라는 사실을 안다. 이건 사라스바티나 인드라의 문제가 아냐! 넌 방만했고 분명히 실패했다. 내 앞에 락슈미를 끌어와야 한다는 것을 알면서도 그렇게 하지 않았어. 이유가 뭐지?"

"그녀는 데비입니다."

라샨티는 격앙된 웃음소리를 냈다.

"그럼 저 별채에 처박혀 있는 여자는 누구인가, 응? 내 망상의 산물?"

"지금 락슈미는 유일한 샥티[65]입니다. 그녀를 해치는 것은 우리 일족의 존망을 위해서도……."

"우리? 언제부터 네가 아수라였지?"

타리스라다는 한쪽 어깨를 으쓱했다.

"더러운 히즈라[66] 주제에 가당치도 않은 헛소리 집어치워라, 타리스라다. 우리는 단 한 순간도 너를 아수라라고 생각한 적이 없다. 너는 데바도 아니고 아수라도 아닌, 그저 괴물에 불과해……. 두 번 다시 그 불길한 입으로 우리 일족의 이름을 참칭하지 마라!"

"그만하세요, 언니."

듣다 못한 아야티가 끼어들었으나 호되게 뺨을 얻어맞고는 물러났다. 라샨티는 손에 든 단검을 거칠게 내던졌다. 칼은 벽에 박혀 위아래로 흔들거렸다. 왕녀는 구멍이 뚫린 타리스라다의 오른손을 으스러지도록 비틀면서 잡아끌었다. 얼굴이 가까워지자 그녀의 입매가 차갑게 구겨졌다.

"잘 들어라, 타리스라다. 변명은 용납하지 않겠다. 슈리 락슈미의 머리채를 잡아 내 앞으로 데려와라. 저 칼로 그년의 살껍질을 하나하나 벗기고 혈관을 뜯어내는 광경을 보여 줄 테니까……. 만약 실패한다면 그때는 네 머리를 잘라 대신 걸어놓을 것이다."

타리스라다는 대답하지 않았다. 라샨티는 그의 손을 놓았다. 왕녀의 큼직한 가슴이 출렁거렸다. 그녀는 증오를 생명력으로 뒤바꾸는 것처럼 보였다. 아수라들은 살아가기 위해 무언가를 끊임없이 갈망해야 했고 긴 세월 부대끼면서 마침내는 열정의 대상에 함몰되고 말았다. 그러므로 라샨티의 분노는 삶에 대한 집착의 다른 이름에 불과했다. 타리스라다는 그 점을 이해했으나 신중한 태도를 버리지 않았다. 그는 자기 자신을 보듯이 메마른 눈으로 모든 것을 관망했다.

---

66) 남녀추니.

왕녀는 그의 침묵을 다른 식으로 해석했는지 분격하여 저주를 퍼부었다. 낡은 주문이며 인간의 몸을 입고 살아가는 동안 배운 욕설까지를 한꺼번에 내뱉은 그녀는 쿵쿵 발소리를 내며 방을 나가 버렸다. 휘장이 닫히자 불길한 메아리처럼 평화가 되돌아왔다.

"괜찮아요?"

아야티가 다가왔다. 그녀는 거의 울먹이듯 타리스라다의 손을 부여잡았다.

"이를 어쩌죠? 다른 육체를 찾아야 되겠네요."

곧이어 그녀의 갈색 눈동자가 충격으로 흔들거렸다. 아야티는 어리둥절해서 타리스라다의 오른손을 바라보았다. 상처는 완전히 아물어 흔적조차 남기지 않았다. 그녀는 왼손과 오른손을 갈마보고 다시 그의 얼굴로 눈을 돌렸다. 벌어진 입술이 해명을 요구하고 있었다.

"별로 대단한 것은 아닙니다. 공교롭게도 이 육체와 상성이 잘 맞는 모양입니다."

"하지만, 세상에…… 어떻게 이럴 수 있죠? 이미 죽은 몸에 새살이 돋다니!"

"때로는 죽은 나무에 꽃이 피기도 하지요."

타리스라다는 부드러운 목소리로 대꾸하고 손을 거두었다. 아야티는 납득하지 못하는 기색이었지만 늘 그렇듯이 그에게 대답을 강요하지는 않았다.

"이 육체의 원래 주인이 비슈누와 브라흐마의 혈육이었다는 얘기를 들었어요."

"그리 자랑할 만한 일은 아닙니다."

"하지만 다들 대단한 승리로 생각하고 있어요. 당신은 트리무르티를 우

254

스운 꼴로 만든 거예요. 그들은 아무것도 할 수 없었잖아요, 안 그래요?
그것 봐요, 그나마 신들을 외경하고 있던 자들조차도 이제는 그들이 무력
하다는 걸 알아요."

"전 '무력하다'라는 단어를 좋아하지 않습니다."

아야티는 당황하며 "실은 나도 그래요." 하고 말을 바꿨다.

"그건 너무…… 뭐랄까, 부정적인 말이죠. 좀 더 어울리는 표현이 있을
법도 한데……."

"결례를 용서하십시오. 단지 그 말이 제게 불쾌한 기억을 연상시키기에
그렇습니다. 저 역시 무력감에 자책하던 시절이 있었습니다……. 지금도
그 기억에서 자유롭지 않습니다."

"당신은 강해요. 누구보다 강하잖아요. 난 언제나 당신을 믿었어요."

"아야티 님, 당신은 선량한 분이십니다. 그러나 현명하지는 못합니다."

타리스라다는 웃으면서 대꾸했다.

"태생을 알 수 없는 뜨내기는 믿는 법이 아닙니다. 전 오랜 세월을 거쳐
간신히 이 자리에 이르렀으나, 지금까지도 신뢰보다는 불신이 마음 편합
니다."

"왜 그런 말을 해요?"

아야티는 고통스럽게 물었다.

"내가 당신을 미워하기를 바라나요? 그럴 수 없다는 걸 잘 알고 있잖아
요. 부디 우리들을 외면하지 말아요. 우리 일족이 너무 오랫동안 당신에
게 잔인했다는 걸 알아요. 하지만 지금은 당신이 없으면 아무것도 할 수
없어요. 부탁이에요, 타리스라다. 아무데도 가지 말고 앞으로도 계속 우
리들을 지켜 줘요."

"죄송합니다."

타리스라다는 아야티의 손에 입을 맞췄다.

"심려를 끼칠 생각은 아니었습니다. 분별없는 망발이었으므로 괘념치 마십시오. 신들을 배신하고 트리무르티와 대립한 제가 달리 어디로 갈 수 있겠습니까. 창조자가 제 눈을 파내던 순간 저는 데바의 이름을 버렸습니다. 지금 저는 아수라이며 단 한 번도 그 사실을 의심한 적이 없습니다. 일족이 원한다면 저는 언제든지 트리무르티에게 다시 무기를 들이댈 각오가 되어 있습니다."

"난 가끔 불길한 상상을 해요."

아야티는 잠긴 목소리로 말했다.

"당신이 다시 신들에게로 돌아가 버리고, 우리들은 하릴없이 앉아 그저 멸망만을 기다리는 거예요. 우스운 소리죠, 이런 꼴이 되어서도 죽음을 두려워하다니! 당신은 탄생의 아픔을 기억하나요? 육체의 욕망을, 삶의 수백 가지 감각들을, 혈관을 타고 흐르는 열기를……. 난 가끔 내가 그 모두를 꿈속에서만 보았고 지금도 여전히 꿈꾸고 있는 것은 아닌가 생각해요. 혹은 나 자신이 내가 거쳐 간 육체들의 악몽은 아닐까 하고. 타리스라다, 당신은 우리를 떠나지 않겠다고 말했죠. 나는 당신을 믿지만 그 이유는 내 스스로 관념에 갇히길 원했기 때문이에요. 우리가 한때는 자긍심을 갖고 있었고 행복했다는 추억으로 지어진 감옥요. 오래전 나는 삶이 은총으로 가득 차 있다고 믿었어요. 신들이 선사한 게 아니라 우리 스스로 만들고 가꾸어 온 행복. 그러나 아수라들의 제왕, 내 아버지, 마히샤가 파르바티를 죽였을 때…… 세상에 암흑을 초래했을 때…… 그 은총이 순식간에 카르마로 변모하는 고통을 맛보았어요……. 아까 난 내가 관념의 감옥에 갇혔다고 했지만…… 사실은 우리가 바로 관념이 되었던 거예요……."

그녀는 손으로 얼굴을 감싸고서 계속했다.

"나는 삶을 위해서가 아니라 존재를 유지하기 위해, 망각으로 전락하지 않기 위해 인간을 잠식하며 견뎌 왔어요. 내 주위의 많은 이들이 목숨을 끊어 버린 뒤에도……. 그들이 현명했고 내가 어리석은 걸까요? 말해 줘요, 타리스라다. 정말 언젠가는 이런 날들이 끝나게 될까요?"

그는 가만히 그녀를 바라보았다. 아야티의 핏기 없는 눈동자는 위안을 기대하며 떨고 있었다. 오랜 고통을 흘려보내면서도 그녀는 변함없이 삶에 대해 무구했다. 타리스라다는 다소나마 감동을 받았다. 그는 가능한 한 진심을 담아 답했다.

"저도 모르겠습니다."

아야티의 뺨이 부르르 떨렸다. 그녀는 울기 시작했다. 그러나 잠식된 지 오래된 그녀의 육체는 눈물을 만들지 못했다. 허덕거리며 쉰 흐느낌을 흘리는 모습이 기괴하게 보였다. 타리스라다는 방을 나왔다. 그는 정원을 거닐며 인광을 뿜는 연꽃들을 바라보았다. 문득 그녀를 동정할 필요가 없다고 생각했다. 적어도 그녀는 그토록 많은 말을 쏟아 내지 말았어야 했다. 그녀가 진정 그를 사랑한다면 물색없는 언어로 신뢰를 가장하는 대신 그의 모든 것을 차갑게 경멸해야 했다. 그는 언제나 거짓말을 하고 있었고 그녀 역시 처음부터 그 사실을 알고 있었으므로.

22

　지은은 욕조에 물을 틀고 앉아 거울을 보았다. 거기 비치는 여자는 낯익으면서도 눈에 설었다. 지은은 손바닥 안의 면도칼을 들여다보며 물이 차오르길 기다렸다. 훈김에 거울 안의 여자가 희미해졌다. 지은은 손바닥에 얼굴을 묻었다. 이제 곧 세계가 목욕물 속으로 가라앉을 것이다. 신들이 그 사실을 알았을 때 이미 칼리의 기억은 배수구 속으로 빨려든 뒤일 것이다. 그녀는 신경질적으로 웃고 물에 몸을 담갔다. 온기가 솜털을 적시며 그녀를 감싸 안았다. 지은은 얼굴을 수면 위로 내놓고 천장을 올려다보았다. 그러고는 지하를 흘러가는 물소리에 귀를 기울이며 나른한 이완을 즐겼다. 손바닥 안에서 면도칼이 불덩이처럼 달아올랐다. 물에 잠긴 채 그녀는 자신의 육체를 가까이 느꼈고 살갗 아래 흐르는 욕망을 감지했다. 지은은 손가락을 음부에 대고 부드럽게 움직였다. 축축한 숨소리가 벽을 타고 흘렀다. 마침내 실처럼 가느다란 쾌감이 전신을 휩쓸고 지나가자 그녀는 눈을 감았다.

지은은 몸을 일으켜 앉았다. 젖어서 미끄러운 손목을 더듬으며 맥이 뛰는 자리를 찾았다. 손가락 끝에 희미한 생명력을 느낀 그녀는 쓸쓸히 미소 지었다. 그러고는 면도칼을 가만히 손목 위에 올려놓고 눌렀다. 날 끝이 닿은 곳에 흠집이 생기더니 이윽고 핏기가 비쳤다. 입 안에 쓰디쓴 통증이 번졌다. 지은은 헐떡이며 손가락을 긴장시켰다. 마침내 힘주어 모든 것을 끝내려는 찰나 거실의 괘종시계가 울음을 터뜨렸다. 그녀는 귀를 기울였다. 소리가 머릿속에서 맥박처럼 뛰놀았다. 지은은 칼을 쥔 손을 풀었다. 그리고 욕조 바닥을 짚으며 구토를 억눌렀다. 간신히 호흡을 다스린 뒤에도 고통스러운 불쾌감이 위 속에 남았다.

지은은 비틀비틀 일어나 거울에 기댔다. 보유스름하던 표면이 맑아졌다. 지은은 힘없이 고개를 돌려 다시 여자와 마주 보았다. 변색된 입술이 툭 불거져 거스러미처럼 보였다. 그녀는 욕망했고 욕망에 배신당했고 그래서 절망했고 절망에 배신당했고 지금은 어디로도 숨지 못하고 어디로도 도망치지 못하고 무자비한 공포에 짓눌려 있었다. 그 여자는 죽음을 바라면서 삶에 패배하고 말았다. 패배자! 지은은 소리 없이 외쳤다. 거울 속의 여자가 불길한 미소를 떠올렸다. 지은은 미친 듯이 머리를 내저으며 손에 잡히는 물건들을 던졌다. 거울 표면에 어느 순간 금이 가더니 마침내 조각조각 부서지기 시작했다. 그녀는 심술궂은 희열에 떨면서 거울 한가운데 커다란 구멍이 뚫릴 때까지 몸부림쳤다. 그리고 부서진 조각들 위에 주저앉아 울음을 터뜨렸다. 그녀는 육체가 영혼의 부속물이 아니라 삶의 또 다른 형상이라는 것을, 진실이라는 것을, 서로가 서로의 전부이며 일부라는 것을 잘 알고 있었다. 숨을 거두는 순간에도 육체는 사라지는 것이 아니라 잊혀지는 것뿐이라고. 그래서 그녀는 부서진 파편들이 살갗에 파고들어 상처를 새기는 동안 고통을 삶의 증거로 받아들이며 감미로운 분노에 젖었다. 지은은 기쁨과 두려움으로 벅찬 가슴을 부둥켜안고 바닥에 쓰러졌다. 눈물로 묽어진 핏줄기가 입술을 적셨다. 각막에 붉게 물든 얼굴들이 비쳤다. 지은은 흩어진 유리 조각들을 손바닥으로 쓸었다. 수백 수천의 그녀들이 일제히 눈물을 흘리며 그녀를 주시하고 있었다.

계절은 소리 없이 움직였다. 지은은 방 안에 틀어박혀 햇살의 기울기가 변화하는 것을 보았다. 그러나 계절의 정확한 이름까지는 알 수 없었다. 그녀는 여전히 두툼한 봄옷을 입고 있었다. 그가 떠난 이후 내부에서 현실과의 접점들이 소멸해 버렸다.

지은은 옷깃을 여미고 바닥에 누웠다. 눈을 깜박이자 속눈썹 위에 빛이 방울방울 맺혔다. 햇살이 뜨거웠으나 피부 아래 깔린 한기는 걷히지 않았다. 지은은 부르르 떨고 가슴을 감싸 안으며 웅크렸다. 살짝 연 눈꺼풀 사이로 빛이 방바닥에 그리는 무늬가 들어왔다. 나붓거리는 잔상들은 날이 저물면서 흐려지더니 마침내 사라졌다. 이어 어둠이 밀려와 시계를 덮었다. 지은은 눈을 감고 필사적으로 심호흡했다. 그리고 팔을 벌려 품에 남은 감촉을 돌이키려 애썼다. 그토록 절실하던 그의 온기는 대체 어디로 사라진 걸까? 그 순간의 목소리, 볼을 타고 흐르는 빗물, 서로의 등을 파고들던 손가락까지 분명히 기억하고 있는데, 막상 그의 모든 것을 되살리려고 하면 막막한 고통만이 남는다. 그녀는 숨을 짧게 들이켜고 다시 생각했다. 그래, 그가 대체 그녀에게 무슨 의미였단 말인가? 그들의 추억은 오랫동안 진창에서 구른 끝에 누덕누덕 남루해졌다. 그는 그녀에게 자신의 이기에서 비롯된 인내를 강요했고 정부(貞婦)처럼 시간과 싸워 줄 것을 기대했다. 비록 돌아온다고 말은 했으나 떠나는 이들의 변설처럼 허망한 것이 있을까. 그녀는 피식 웃고 눈을 비볐다. 마른 눈물이 손가락에 달라붙었다. 그러나 그녀는…… 여전히 그를 기다리고 있었다. 희망이나 미련과는 성질이 다른 기다림이었다. 지은은 차라리 복수하는 심정으로 그의 뒷모습에 매달렸다. 그 남자가 돌아오지 않는다면 그녀는 그만큼 오랫동안 삶에 의미를 부여할 수 있을 것이다. 애착이 아닌 분노로, 소망이 아닌 절망으로.

어둠이 꺼풀을 벗고 깊어졌다. 소슬한 기운이 가슴에 스몄다. 지은은 천천히 몸을 일으켰다. 밤이 칼리에게 공명하는 것이다. 그녀는 더 이상 드러내어 저항하지 않았으나 방심도 하지 않았다. 칼리의 살육을 냉담한 눈으로 지켜보는 동안에도 행위와 의식을 떨어뜨리려 노력했다. 그녀는 그녀의 존재를 지킬 것이다. 비록 칼리에게 남용될지라도 그것은 그녀의 몸이지 다른 누구의 것이 아니다. 지은은 창턱에 손을 얹고 방 안을 둘러보았다. 벽시계가 시간의 흐름이 초조해서 견딜 수 없다는 듯 바삐 움직였다. 책장에 늘어선 책들이 어둠 속에서 가지런한 치열을 빛냈다. 끄트머리에 셰익스피어의 소네트집이 꽂혀 있었다. 또한 죽음은 그대가 그의 그늘 속에서 헤매노라 자만하지 못하리. 그녀는 입 속으로 읊조리고 창문을 열었다. 바람을 느끼는 순간 밤의 파도처럼 깊고 고적한 심연이 그녀를 삼켰다. 죽음은 — 그대를 —

칼리(黑). 그녀의 얼굴에 푸른 냉광이 떠올랐다.

여신은 낄낄거리며 전선 위로 뛰어올랐다. 그녀는 어머니, 죽음, 시간, 위대한 환상이었고 생성의 종말이었으며 지고한 왕국의 수호자였다. 최후의 밤이 올 때까지 그녀는 시바를 대신해 꿈을 꾸고 그 결과 태어난 세계를 되삼키는 임무를 맡고 있었다. 밤을 가르는 여신의 발놀림이 춤사위처럼 가벼웠다. 그녀는 창백한 파괴자의 주검 위에서 승리를 구가하도록 결정된 세계의 여왕이었다.

그녀, 죽음의 여신은 목표물을 향해 달렸다. 살육을 위해 태어난 존재인 그녀는 흐르는 핏물 속에서만 안식을 찾을 수 있었다. 여신의 발이 신성한 배우자의 가슴에서 떨어진 지 오래인 까닭에 칼리는 적의 목을 꺾으며 기갈을 해소할 수밖에 없었다. 한 방울의 피가 발등 위로 떨어질 때면 갈증도 잠시 잦아들었으나, 얼마 지나지 않아 다시 맹렬한 불꽃이 후두를 태우며 이글거렸다.

목적지에 도달하자 그녀는 눈짓만으로 카메라와 경보 장치들을 부쉈다. 연쇄 살인 사건이 세간의 화제가 된 이래 아수라들의 경계 태세는 점점 엄중해지고 있었다. 칼리는 얇은 그림자로 변해 곳곳에 지켜 선 경비원들을 타넘었다. 손아귀에서 지혜의 칼이 차가운 이를 번뜩거렸다. 아득한 어둠 너머 밤의 마녀인 다키니들이 목 놓아 부르는 비가가 들렸다. 칼리는 문간에 선 건장한 사내 둘을 쓰러뜨리고 문을 열어젖혔다. 그녀의 발끝이 춤의 마지막 스텝을 밟았다.

어둠이, 그리고 알싸한 술 냄새가 끼쳤다.

남자는 창문을 향한 안락의자에 몸을 파묻고 있었다. 문이 열렸는데도 뒷모습에 동요가 없었다. 의자 옆 탁자에는 위스키 병이 있었다. 잔 안의 얼음은 거의 녹은 채였다. 칼리는 미간을 찌푸렸다. 그에게는 사악한 기운이 없었다. 그녀는 남자의 뒤로 다가갔다. 그가 마기를 숨기고 있다면 돌아볼 틈도 주지 않고 목을 비틀 작정이었다. 그러나 손을 뻗자마자 벌떡 일어나 손목을 잡아채는 악력은 보통이 아니었다. 확 뻗쳐오른 칼리의 분노가 곧 경악으로 변했다. 단단히 응고한 어둠이 그녀의 두 눈을 빨아들였다. 남자의 이마에 타오르는 세 가닥 선이 가로누워 있었다. 인장을 발견한 칼리의 손이 떨렸다. 남자의 얼굴에 분노가, 두려움이, 습관 같은 인고의 노력이 흘렀다. 그가 외쳤다.

"파르바티!"

그녀는 비명을 지르며 몸부림쳤다. 혼란이 뜨거운 손가락으로 여신의 영혼을 휘감았다. 칼리―아유타―지은은 의식 속에서 아우성치는 목소리들을 들었다. 어떤 것은 그를 원했고 어떤 것은 그를 거부했고 어떤 것은 의기양양하게 그를 요구했다. 그녀는 헐떡거리며 주저앉아 머리를 감싸 안았다. 그녀의 심연에서 필사적인 절규가 울려 퍼졌다. "나를 놔두세요! 이샤, 만물의 주여! 제발 나를 가만히 내버려 두세요!" 날카로운 선웃음이 고함을 덮었다. 그녀는 귀를 막았다. 눈을 감고서 격랑이 사라지기를 기다렸다. 그러나 그 남자는 기다리지 않고 그녀의 어깨를 움켜잡았다.

"눈을 뜨시오, 세계의 여왕이여!"

그의 음성은 묵직했고, 사무치듯 절절했다.

"여기에 하라가, 그대의 반려이며 모든 신들의 통치자인 시바가 있소. 나는 너무 오랜 세월을 기다려 왔고, 그들이 그대를 유린하도록 방관할 수밖에 없었소. 그러나 이제 다시 그런 일은 없을 것이오. 더 이상 혼돈이 그대를 침범하지 못하도록 할 거요. 눈을 뜨고 나를 보시오. 제발……."

여자는 바닥에 엎드린 채로 흐느꼈다. 시바의 손이 닿자 그녀는 거칠게 그를 밀어냈다.

"부탁이에요, 이제 그만 나를 해방시켜 줘요! 난 파르바티가 아니에요. 모르겠어요? 당신은 언제나, 언제나, 언제나 계속 내게서 파르바티만을 찾고 있었어요. 당신은 내 희생을 외면했고 무의미한 것으로 만들었어요. 당신만 아니었다면 나는……."

여자는 울부짖으며 그를 피해 물러났다. 시바의 얼굴이 창백해졌다. 그는 마른 입술을 깨물고 흐느끼는 그녀를 내려다보았다.

지은은 혼란 뒤에 숨어 가만히 그를 응시했다. 절망에 지친 그의 모습은 그녀에게 기묘한 인상을 주었다. 그는 어쩐지 외견보다 훨씬 앳되고 상처받기 쉬운 듯 보였다. 지은은 혹시 그도 다른 이들과 마찬가지로 기억과 현세의 간극을 극복하지 못한 것은 아닐까 생각했다. 그러고는 희미한 안도감을 느꼈다. 지은은 처음으로 아유타라는 여인을 잡념의 개입 없이 순수하게 받아들일 수 있을 것 같았다. 그 여자는 마지막까지 파르바티의 그림자에서 헤어나지 못하고 파멸했던 것이다.

그러나 파르바티는? 여신은 어디로 간 것일까? 지은은 언제나 칼리를 의식했으나 그녀를 파르바티로 느낀 적은 한 번도 없었다. 비로소 의문을 느낀 지은은 아유타의 눈물 뒤에 웅크리고 앉아 기억을 돌이키려 애썼다.

기억…….

거기에 그녀가, 그리고 그가 있었다.

눈이 내렸다……. 기실 그곳에서는 눈이 그칠 줄 몰랐다.

몇 가지 심상이 밀려들었다…….

설원에 점점이 흩어진 혈흔. 선연하게 벌어진 피꽃. 그 위에 누운 여자. 여자를 바라보는 남자. 시반(屍班)처럼 창백하고 편평한 눈동자. 몰아치는 눈보라. 세계의 종말을 선고하는 눈보라. 그 음침하고 신랄한 숨소리.

치켜든 그의 팔. 세 갈래의 창날, 그 끝에서 흐르는 핏물. 그의 창이 그녀를 꿰뚫었다. 부릅뜬 여자의 눈자위에 하늘이 어렸다. 눈발로 얼룩진 카일라사의 창공. 여자는 침묵을 꿈꾸었다. 그러나 그녀를 죽인 그나 그에게 죽은 그녀나 삼사라의 바퀴가 도는 한 언제까지고 안식을 얻지 못하리라는 사실을 누구보다도 잘 알고 있었다.

그래서 그들은 어떻게 했던가? 서로를 미워했던가, 용서했던가? 혹은 그 모두를 내세를 살아가는 이들의 몫으로 남겨 두었던가?

어느 쪽이든 그들은 지나치게 인간적이었고 그로 인해 받아야 할 벌을 받은 셈이었다. 사랑이 시작되었을 때 이미 몰락은 불가피한 숙명으로 굳어진 터였다. 감탄해야 할 것이 있다면 그것은 그들이 한때 신성했다는 꿈같은 기억이 아니라, 수천 년이 지나도록 불변하는 격정이 존재할 수 있다는 바로 그 사실뿐이리라.

～

그 남자의 이름은 유디슈티라 카즈라로 나이는 열아홉 살이었다. 그의 가계는 대대로 명망 높은 성직자 집안이었다. 어린 유디슈티라는 형이 사고로 죽은 뒤 집안의 후계자로 지목되어 곰상스러운 보살핌을 받았다. 넘치는 애정과 관심 속에서 유디슈티라는 섬세하고 다감한 성품의 소년으로 성장했다.

열한 살이 되던 해 유디슈티라는 사촌형과 함께 영국으로 유학을 떠났다. 그곳에서 그는 바이올린에 흥미를 보였고 소질을 인정받았다. 그는 유명한 스승들을 거치며 몇 번 크고 작은 발표회를 갖기도 했다. 영국 사교계를 드나드는 동안 유디슈티라는 간혹 위축되었지만 그런 만큼 서구에 길들여지는 데 게으르지 않았다. 앨프리드 히치콕의 팬이 된 그는 감독의 취향에 감화되어 오랫동안 그레이스 켈리를 꿈속의 이상형으로 간직했다. 두세 번 금발에 지적인 여학생을 사귀었지만 전부 1년을 넘기지 못했다. 밤에는 옆방에서 항의가 들어올 때까지 오디오 볼륨을 키우고 음악을 들었다. 그가 좋아한 음악가는 모차르트와 바그너였다. 집안의 전통 탓에 채식주의자였지만 주량은 보통이 아니었다. 그에게는 친구가 많았는데 대부분 그와 마찬가지로 부유한 명문가의 자식들이었다. 주말이면 유디슈티라는 친구들과 거리로 빠져나가 오래전 그의 아버지에게 신세를 졌다는 옛 뱃사람의 술집에서 밤새 맥주를 마시곤 했다.

유디슈타라의 부모는 독실한 시바 교도였지만 그는 신앙에 흥미가 없었다. 힌두교가 그의 모태임을 잊은 적이 없었으나 그것을 자랑스럽게 생각하지도 않았다. 유디슈타라는 인도의 앞날이 불투명하다고 생각했다. 그는 고향의 지저분한 거리를 혐오했고 관광객을 상대로 비럭질하는 거지나 굶주린 아이들에게 아무 연민도 느낄 수 없었다. 소년이 사랑한 것은 오직 갠지스 강, 그 영원한 물결뿐이었다. 이따금 기분이 가라앉을 때면 그는 밀려드는 순례자들 틈에 섞여 하염없이 강변을 거닐었다. 유디슈타라는 혼탁한 여울에 발을 담그고 샨타누 왕과 강가 여신의 이야기를 떠올렸다. 샨타누 왕은 강가 여신의 아름다움에 홀려 그녀와 결혼했지만 여신의 신성한 행위에 의혹을 품은 나머지 아내를 잃고 말았다. 소년은 그가 왕이었다면 절대로 그녀를 놓치지 않았을 거라고, 무슨 일이 있어도 약속을 깨지 않았을 거라고 생각했다. 그는 물에 젖어 번들거리는 발로 강둑을 밟으며 화장터에서 솟는 연기를 바라보았다. 한 줄기 바람처럼 소소한 슬픔이 입술을 스쳐갔다. 어쩌면 신들이 그의 가슴을 가로질러 걷고 있는 것은 아닐까?

열일곱 살이 되던 날 유디슈타라는 여느 때와 마찬가지로 강변을 산책했다. 저녁에 그는 오한과 현기증을 느꼈다. 가벼운 감기쯤으로 여긴 소년은 생일 축하 파티를 물리치고 일찍 자리에 누워 잠들었다. 곧 그는 아름다운 여인을 보았다. 유디슈타라는 첫눈에 그녀가 갠지스 강의 여신이라는 사실을 알았다. 강가는 맑은 이마에 미려한 그림자를 드리우고 그를 향해 웃었다. 소년은 가슴을 떨며 그녀에게로 다가갔다. 여신은 그가 입을 열려는 순간 손가락을 입술에 갖다 대며 말했다.

"왕이시여, 아무 말씀도 하지 마세요. 여기는 시간의 궤도를 벗어난 곳이랍니다. 이 땅에서 언어는 토해지는 순간 뱀처럼 살갗을 뚫고 들어오지요. 부디 모든 것을 잊고 제게로 와 주세요. 지금 우리가 침묵 속에서 서로를 마주 보고 있다는 사실 이상으로 소중한 것이 또 있나요?”

그리하여 그들은 일곱 번의 낮과 일곱 번의 밤을 함께 보냈다. 유디슈티라는 여신의 몸속에서 팽창하고 흐느끼며 한없는 충만에 젖었다. 여신은 그를 천상으로 데려가기도 하고 까마득한 지하로 끌고 들어가기도 했다. 그녀는 그에게 감각을 가르쳤으며 그렇게 해서 태어난 기쁨을 나누어 가졌다. 그들은 두 개의 덩굴처럼 하나로 얽혀 서로의 모든 것을 혀끝으로 탐식했다. 그곳에는 언어 대신 폭발하는 숨결만이 존재했다.

일곱 번째 밤이 저물어 가던 날 강가 여신은 소년에게 작별을 고했다.

“언제까지고 당신과 함께하고 싶지만, 아쉽게도 우리는 이제 헤어질 수밖에 없군요. 당신의 발은 아직도 대지에 붙들려 있어요. 돌아가세요, 나의 왕이여. 우리는 아마 오랫동안 만날 수 없을 거예요. 이제 곧 저는 미혹 속으로 사라지고 당신은 새로운 아침을 맞이하게 되겠죠……. 당신이 인내해 온 고통만큼 많은 피와 눈물이 강을 따라 흐른 뒤에야 우리는 재회할 수 있게 될 거예요. 어쩌면 브라흐마의 한 낮과 한 밤이 지나고 나서야 비로소.”

그는 여신의 발 앞에 무릎을 꿇었다. 그리고 물기가 고인 눈을 들어 그녀를 우러르며 말했다.

“그와 같은 시간을 상상하는 것만으로도 제 심장은 터질 것 같습니다. 가르쳐 주십시오, 여신이여. 이제 저는 어떻게 해야 합니까? 저는 당신이 말한 것과는 달리 왕도 아니고 성자도 아닙니다. 지금 제 눈에는 어떤 희망도 보이지 않습니다.”

“눈을 뜨면 모든 것을 알게 될 거예요.”

여신은 붉은 입술에 희미한 미소를 떠올리며 말했다.

"기억하세요. 당신은 당신 자신의 주인이에요. 한때 자존자(自存者)였으며 마야를 밟고 춤추는 태초의 무용수였죠. 그리고 지금 다시 그 이름이 당신을 요구하고 있어요. 제가 무엇을 도울 수 있을까요? 저는 그저 무수한 모래알 중의 하나에 불과하답니다. 당신은 제 위를 지나 대양으로 걸어 나가야 해요."

그는 그녀의 말을 한마디도 이해할 수 없었지만 그 모두가 진실이라는 것만은 어렴풋이 알았다. 도리가 바이없는 결별이 찾아왔으며 그러한 상실이 모든 생마다 존재했다는 것 역시. 과연 그 순간에 무엇을 할 수 있단 말인가? 소년은 그저 소년이었고 이제 막 하나의 박막을 찢은 유생(幼生)에 불과했다. 유디슈티라 카즈라는 허수한 심정으로 눈을 질끈 감았다가 되떴다. 이내 그는 낯익은 천장과 얼굴들을 발견했다. 어느 결에 소년은 현실로 돌아와 있었다.

먼저 느낀 것은 그의 손을 틀어쥔 누이의 손가락이었다. 누이는 눈물이 그렁그렁한 눈으로 그를 들여다보며 뭐라고 외치고 있었다. 소년은 곧 부모의 얼굴을 알아보았고 그 옆에서 연신 땀을 훔치는 주치의를 알아볼 수 있었다. 그러나 소리는 단 한 마디도 들리지 않았다. 그는 숨을 치쉬고 다시 단절 속으로 잠겨들었다. 그리고 몇 가지 흉흉한 꿈을 꾸었다.

전조들이 그를 희롱하며 스쳐갔다. 유디슈티라는 머리를 불꽃 모양으로 풀어헤친 채 당나귀 위에서 키들거리는 여인을 보았다. 그 검은 처녀는 무언가를 끊임없이 먹고 있었는데 그것은 바로 시간이었다. 그가 다가서자 여인은 순식간에 흰 피부의 미인으로 변하더니 수면을 밟으며 달려갔다. 그녀의 발꿈치에서 떨어진 물방울들이 뿌리를 내리며 자라 거대한 나무가 되었다. 나무가 하늘을 뚫자 그 자리에서 눈처럼 천녀들이 쏟아져 내렸다. 천녀들에게 보위된 이는 투창과 잘린 머리를 든 여신이었다. 눈이 마주치자 소년은 얼결에 "누구십니까?"라고 물었다. 그녀는 "니르리티!"[67] 라고 외친 뒤 함성을 지르며 발을 굴렀다. 땅이 쩍 벌어지며 여신과 천상의 요정들을 삼켰다.

불길한 표상일지도 몰랐지만 소년은 마음 깊숙이 개운한 희열을 느꼈다. 번연히 그는 이 꿈과 강가 여신과의 봉별이 무관하지 않다고 깨달았다. 신들이 그들의 범속한 아들에게 바이쿤타[68]로의 길을 열어 보이는 것일까? 유디슈티라는 마음을 바로잡았다. 그는 장대한 미로를 헤치며 걸었다…….

그동안 바깥세상에서는 난리가 나 있었다. 유디슈티라의 부모는 원인을 알 수 없는 아들의 병에 속앓이하며 용하다는 의사들을 모두 불러들였다. 그러나 그중 누구도 확답을 주지 않고 고개만 저을 뿐이었다. 마침내 마지막 의사가 돌아간 뒤에는 사제들이 줄을 이었고, 어머니는 아들이 눈을 뜰 때까지 아무것도 입에 대지 않으리라고 선언하고는 성소에 틀어박혔다. 한편 부모와는 달리 칼리 교도인 유디슈티라의 누이 라니는 캘커타의 칼리가트 사원까지 날아가 염소 두 마리를 바치고 사흘 동안 기도를 올렸다. 날마다 "자이 칼리, 자이 칼리!"라고 통곡한 탓에 목은 퉁퉁 붓고 무릎과 이마가 벌겋게 까졌다. 신전을 오가는 동안 라니는 라이푸르에서 온 젊은 여인을 알게 되었는데, 그 여자는 그녀를 무자비하게 배신한 연인의 죽음을 빌고자 칼리 여신을 찾는다고 말했다. 그 독살스러운 눈빛을 앞에 두고 라니는 그녀의 옛 연인과 동생의 생명을 맞바꿀 수만 있다면 얼마나 좋을까 생각하기까지 했다. 그들은 매일 나란히 신상 앞에 서서

---

67) 불행의 여신.

68) 천국.

우유와 백단 가루를 뿌리고, 한 사람은 죽음을, 한 사람은 삶을 애절하게 기원했다. 죽음과 삶을 동시에 다스리는 신은 오직 어머니 칼리 여신뿐이기 때문이었다.

그런데 유디슈티라는 과연 무엇과 싸우고 있었나? 그는 바깥세상에서 생각하는 것과 달리 죽음과 금세 친교를 맺었다. 니르리티는 그의 시선이 미치지 않는 곳에서 뒤따르며 온갖 사념으로부터 그를 지켰다. 뭇 신들의 가호 속에서 유디슈티라는 무수한 불가설의 체험들과 맞닥뜨렸다. 그는 가시덤불을 맨발로 가로질렀고 송장에서 흐르는 추깃물을 받아 마시기도 했으며 식인귀와 흡혈귀들 사이에서 춤을 추기도 했다. 휘휘한 묘지를 거니는 동안 그는 귀신들에게 열렬한 환호를 받았고 그곳이 오랜 옛날 자신의 왕국이었음을 알았다. 그의 머리카락은 어느 사이에 허리춤까지 터불터불 늘어져 완연한 행자의 몰골을 이루고 있었다. 발을 옮길 때마다 기억이 하나씩 떨어져 나가더니 결국에는 이름마저 자취를 감추고 말았다. 그는 청정한 정신으로 세계를 유랑했다. 그리고 마침내 산에, 세계의 지붕인 히말라야에 도달했다.

카일라사는 난분분한 눈발에 옛 영광을 잃고 불모지처럼 보였다. 오래전 그곳에는 사계절 꽃을 피우는 교목들이 무성했고 맑은 바람이 향내를 퍼뜨리며 불었다. 위대한 생명력을 지닌 여덟 명의 신 바수와 천상의 현자들, 주술사들과 도사들과 고행자들이 그들의 왕을 섬기기 위해 드나들었으며, 악사 비슈바바수가 연주하는 비나 선율에 맞추어 가장 아름다운 천녀들과 가장 추악한 마귀들이 함께 어울려 춤추었다.

그리고 그녀가 있었다! 황금과 보석에 둘러싸여 그 광채조차도 무색하게 하는 히말라야의 딸, 파괴자의 아내 파르바티. 빛이고 지혜인 세계의 심장. 그는 무우수(無憂樹) 나뭇가지를 휘어잡고 살풋 미소 짓는 그녀의 환영을 보았다. 소년의 눈가에 물기가 고였다. 시간의 탑이 무너졌는데도 기억만은 이울지 않는 까닭은 무엇에서인가? ……제 모런의 심사마저 거둘 수 없다면 과연 이 무거운 이름은 누구를 위해 존재하는 것이냐.

소년은 예전 강가의 물이 흘렀던 산마루에 가부좌를 틀고 앉아 명상에 잠겼다. 고통을 벗기 위해 그는 다시 태어나야만 했다. 그러나 한때 순수의식이었던 그도 이제는 사하스라라[69]에서 추락한 바, 깨달음은 그의 손가락을 벗어난 뒤였다. 샥티를 상실한 그는 세상의 피조물들과 마찬가지로 방황하는 개아에 불과했다. 인식은 더 이상 초월이 아니라 부재에만 뿌리박고 있었다. 선택의 여지는 통곡과 회한뿐, 그 외에는 아무것도 없었다.

아무것도 없었다.

백 날하고도 여드레를 더 허송한 뒤에야 그는 산을 내려왔다. 걸음새는 불안정했고 안광은 번민으로 흐렸다. 그러나 소득이 아예 없지는 않아서 그는 지난 생들과 그 갈피에 숨은 의미를 해독하는 천안통(天眼通)을 얻을 수 있었다. 이제 이름을 잃은 그 남자의 발뒤꿈치에 귀를 바짝 세운 그림자가 따랐다. 그림자는 그를 대신하여 하계의 신음성에 감응하고 목쉰 소리로 흐느꼈다. 그 긴 공명에 닿은 나뭇잎들이 맥없이 시들어 나부꼈다. 먼 등성이는 죽은 자의 낯빛처럼 희었고 아래 산록은 부서진 계절의 잔해로 짙은 회갈색이었다.

그토록 하릴없이 유리하다 어느 외로운 골짜기에 이르렀을 때, 그는 문득 먼발치에서 불길한 호흡을 느꼈다. 칠흑 같은 어둠 너머 두 개의 눈동자가 푸르게 빛나고 있었다. 들척지근한 숨결이 목덜미에 닿아 뜨거웠다.

---

69) 초월을 다시 초월한 영역. 탄트라 요가에서는 의식이 사하스라라에 이르면 시바와 샥티가 서로 결합하며, 이로 인해 개아가 소멸한다고 말한다.

그는 살의의 발원을 알아보았다. 그것은 크고 아름다운 짐승이었다. 황금의 모피로 전신을 두른 호랑이.

"귀신들의 주 브하바여."

호랑이의 음성은 낮고 우아했다.

"당신도 알다시피, 내 이름은 트리슈나[70]요. 마라[71]의 딸이며 당신의 죽음이지. 나는 이곳에서 일만 칼파 동안 당신을 기다려 왔소. 이제는 당신이 내 기대에 부응할 차례요."

어둠이 범의 매끄러운 가죽을 타고 흘렀다. 그는 말없이 손을 내밀었다. 손아귀에서 날이 세 줄기로 가랑이진 창이 솟았다. 호랑이는 탐욕스럽게 눈을 빛내며 투그렸다. 다음 순간 그는 날아드는 발톱을 피해 뛰어올랐다. 허공이 희끔한 빛으로 갈기갈기 찢겼다. 그는 움직임을 정확히 포착해 창을 휘둘렀으나 호랑이는 덩치에 어울리지 않는 속도로 피했다. 길게 누운 털끝에서 불꽃이 튀었다. 그의 창날이 달려드는 호랑이의 입가를 스쳐 수염을 베었다. 바닥에 내려선 호랑이는 고양이과 특유의 몸짓으로 자세를 추슬렀다. 날렵한 턱선이 냉소로 이지러졌다.

그들은 사흘 밤낮을 쉬지 않고 싸웠다. 그는 모든 차크라를 해방시켰고 특수한 호흡법을 동원해 힘의 낭비를 막았다. 날과 밤이 흐르자 마침내 호랑이의 공격에서 기세가 숙었지만 그것은 그 역시 마찬가지였다. 사흘째 밤이 중경에 이르자 그는 무기를 버렸다. 그들은 맨몸으로 뒤얽혀 데굴데굴 굴렀다. 등이 비탈 아래 닿는 순간에 그는 호랑이를 짓누르며 팔꿈치로 늑골을 부쉈다. 분격한 포효가 산줄기를 뒤흔들었다. 짐승이 요동할 때마다 대지도 흔들렸지만 그는 두려움 없이 양팔로 적의 목을 휘감

---

70) 갈애(渴愛).

71) 죽음과 환혹의 신.

아 거세게 조였다. 한참이 더 지나 이윽고 지평선이 번해 올 때서야 범의 노성은 씨근거리는 숨소리로 변했다. 그들은 희부연 새벽안개 속에서 움직임을 멈추었다. 그는 팔에서 힘을 늦추지 않고 호랑이의 머리 옆 대지에 얼굴을 묻었다. 적의 입가에서 흐른 거품이 그의 귓등을 적셨다.

햇발이 길게 뻗었다. 짐승의 아름다운 벽안에서 차츰 광채가 스러졌다.

그는 귓가에서 헐떡헐떡 이어지는 목소리를 들었다.

"당신은…… 일찍이 카마를 정복했다고 생각하겠지만…… 이제는 당신 자신이 그의 노예로 전락했소……. 그리고 카마(愛)와…… 마라(死)는…… 하나의 진실을 지칭하는…… 서로 다른 두 이름에 불과하오. 이 승리는 단편적인 것이오……."

그는 대지에 기댄 채 눈을 감았다. 팔오금 안에 느껴지는 감촉이 점차 뻣뻣해졌다. 어느덧 호랑이는 목이 아닌 영혼을 울려 말하고 있었다.

"이제 당신은 어디로 갈 생각이오? ……죽음을 등에 업은 채, 과연 어느 곳으로 도망칠 수 있단 말이오?"

그는 고개를 들었다. 비스듬한 햇살이 눈동자 속으로 쏟아져 들어왔다.

"지옥으로!"

짐승은 그의 대답에 만족했다……. 그리고 웃기 시작했다. 남은 생명을 토해 내려는 양 웃고, 웃고, 또 웃던 그의 적은 제 웃음소리에 파묻혀 차갑게 식어 갔다. 마지막 온기가 모피를 떠났을 때 그는 일어섰다. 그는 지쳤고 목이 말랐다. 비틀거리며 걸음을 옮긴 그의 눈앞에 작은 샘이 나타났다. 은총처럼 맑고 차가운 물이 솟고 있었다. 그는 샘에 머리를 박고 쉴 새 없이 물을 마셨다. 갈증이 가라앉자 몸의 마디 곳곳이 쑤셨다. 그는 이끼를 베개 삼아 드러누워 하늘을 보았다. 어디선가 약샤[72]들의 노랫소리가 들렸다…….

승리!

세상에 행복을 가져다주시는 신들의 주여, 은총을 베푸소서.

당신은 옴(OM)보다도 높으신 창조자, 보호자, 파괴자이십니다.

당신은 세계의 시초이시며 세계의 모태이시며 세계의 내부이십니다.

편히 쉬소서, 위대하신 주여!

모든 세계들을 보호하소서.

그는 "거짓말이야." 하고 중얼거렸다. 순간 졸음이 견딜 수 없는 무게로 그의 눈꺼풀을 짓눌렀다. 세계가 점차 그에게서 멀어져 갔다. 노랫소리는 이제 이명처럼 둔하게 울리고 있었다. 그는 바싹 마른 입술을 움직여 다시 한 번 "거짓말이야." 하고 신음했다.

마침내 사물의 경계가 사라지고, 익숙한 침묵이 되돌아왔다.

≈

그 집은 볕이 성긴 응달에 있었다. 골목마다 '행복로(路)'니 '평화로'니 하는 이름들이 붙어 있는 외진 동네였다. 이름은 그럴듯했으나 사람들은 그다지 평화롭지도 행복하지도 않아 보였다. 문간마다 쓰레기가 수북했고 배수로에서 역겨운 악취가 풍겼다. 담벼락도 없는 얄팍한 벽 너머 피로에 찌든 어머니의 고함과 어린아이의 울음소리가 처량한 앙상블을 이루곤 했다. 오직 들개와 길고양이만이 행복하고 평화롭게 쓰레기통을 뒤지고 있었다.

---

72) 나무의 신.

그 집은 동네 끝자락에 있었다. 작지는 않았지만 낡기로는 근방에서도 제일가지 않을까 싶을 정도로 궁상맞은 집이었다. 두 개의 방에 작은 부엌과 화장실이 딸려 있었다. 한쪽 방문은 열려 있었는데 문틈으로 널브러진 옷가지와 침대가 엿보였다. 한동안 청소를 하지 않았는지 수북한 먼지 위에 발자국이 선명했다. 축축한 벽지에서 곰팡내가 풍겼다. 작은 들창에는 신문지를 덧대 빛이 들지 않도록 해 놓았다. 탁자 위에는 컵라면 용기와 편의점 도시락 껍질이 널려 있었다. 생활내가 물씬 풍기는 집이었지만 그 속에 체취는 섞여 있지 않았다. 마치 후대를 위한 사료(史料)로 삼기 위해 일상의 한 순간을 그대로 굳힌 것 같았다.

그녀는 조심스럽게 신발을 벗고 안으로 들어섰다. 그는 어둠 속에서도 거리낌이 없는 듯 전등조차 켜지 않았다. 결국 그녀가 벽을 더듬어 스위치를 찾아야 했다. 불을 켜자 실내가 노랗게 물들었다. 그나마도 당장 꺼질 듯이 깜박깜박 위태로운 빛이었다. 검누런 허공에 먼지들이 어룽거렸다. 그녀는 앉을 만한 곳을 찾아 두리번거렸다.

그가 의자 위에 놓인 물체를 치웠다. 바이올린이었다. 케이스를 열어 바이올린을 집어넣는 손놀림이 보물이라도 다루는 양 섬세했다. 그녀는 의자를 끌어당겨 앉으면서 물었다.

"그거, 당신 건가요?"

그는 대답 없이 바이올린을 구석에 밀어 놓았다. 긴 머리카락이 옆얼굴에 침울한 그림자를 떨어뜨렸다. 그는 그녀를 무시한다기보다 완전히 생소한 상황이라 어떻게 대처해야 할지 모르겠다는 듯이 조심스럽고 날이 선 태도를 보였다. 그 사실을 의식하자 그녀는 기분이 좋아졌다. 주위 공기가 느즈러졌다.

아유타의 기억이 사라지고 육체가 그녀에게로 되돌아왔을 때, 그를 따라나선 것은 오직 그녀의 희망에 의해서였다. 시바는 거부하지 않았다. 지은은 그가 그녀를 필요로 하고 있다는 사실을 알고 있었다. 어쨌거나 결국 그들은 기억 이상의 힘으로 결속된 터였다.

"당신, 바이올린 켤 줄 알아요?"

그는 이번에는 대답 대신 탁자에 놓인 고무줄로 긴 머리카락을 질끈 묶었다. 뒤로 늘어진 머리채에 노란 불빛이 촉촉이 배어들었다. 어둠이 그의 입가에 얼룩을 만들었다. 그녀는 어떻게 해서든 그 모호한 바림에서 표정을 읽어 내야만 했다. 어둠과 빛의 경계 속에서 그는 석상처럼 초탈한 침묵을 흘리며 그녀를 응시하고 있었다. 지은은 문득 아릿한 동통을 느꼈다. 지난 생에도 그는 그런 눈으로 그녀를 바라보았을까, 붉은 눈, 내팝과 분괴로, 원한으로, 자학적인 모소(侮笑)와 비뚝거리는 열망으로 한순간에도 쉴 새 없이 변하는 그토록 섬뜩한 눈빛으로?

지은은 체념했다. 그가 작심했다면 아무도 그 산 같은 침묵을 뒤흔들 수 없었다. 그러나 기분이 상한 것은 아니었다. 오히려 침묵을 통해 그와 맞닿은 듯이 느꼈다. 지은은 의자 아래에서 다리를 흔들었다. 가슴이 잠잠하게 가라앉았다.

"내가 당신을 뭐라고 부르면 될까요?"

마침내 그가 입을 열었다. 밤처럼 두꺼운 음성이었다.

"어떤 것을 원하오?"

"'진짜' 이름을 원해요. 현세에서의 이름."

"그 이름은 오래전에 죽었소."

"웃기지 말아요. 이름이란 건 자기 멋대로 죽일 수 있는 게 아니에요. 그게 가능하다면 당신은 무엇 때문에 여기에 있는 거죠?"

그는 턱 끝을 조금 움직였다. 그러자 입가의 그늘이 걷혀 마치 표정이 떠오른 것처럼 보였다.

"유디슈티라."

"유디슈티라?"

"내가 알던 이들은 나를 그렇게 불렀소."

"발음하기 어려운 이름이네요."

그녀는 이름을 입 안에서 굴려 보며 말했다.

"어디선가 들어 본 것 같기도 해요. 무슨 책이었더라……."

"옛 현왕의 이름이오."

"그래요, 기억나요. 하지만 그다지 현명한 사람이 아니었어요. 너무 많은 이들이 그 남자의 자비심 때문에 죽었잖아요."

"그것이 그의 다르마였소."

"하지만 그 남자는 그걸 원하지 않았어요."

그들은 다시 입을 다물었다. 지독한 방이야. 지은은 문득 그렇게 생각했다. 달빛조차 한 점 들지 않다니!

"유디슈티라? ……난 당신에게 묻고 싶은 게 아주 많아요. 정말 오랫동안, 아무도 나에게 진실을 가르쳐 주지 않았고, 내가 질문을 던지면 다들 비웃기만 했어요. 난 지쳐서 도망치려고 했어요……. 하지만 이렇게 된 바에는 모든 것을 알아야겠어요. 내게 대답을 줄 수 있는 사람은 당신뿐이에요."

시바는 말없이 그녀의 곁을 떠났다. 지은은 부엌에서 들려오는 물소리에 귀를 기울였다. 몇 분 뒤에 돌아온 그의 손에는 커피향이 풍기는 컵이 들려 있었다. 오직 하나, 그의 것만이.

시바는 컵에 입술을 대고 있다가 낮은 소리로 말했다.

"그때 그대는 그의 뒤를 따랐어야 했소."

"그?"

지은은 곧 신음하며 쓰게 웃었다.

"그 사람은 도망쳤어요. 지금쯤은 날 잊었을 거예요."

"그는 망각을 모르는 사내요. 오히려 너무 많은 것을 기억하고 있지. 단절될 수는 있어도 지워지지는 않는 기억……. 누구보다도 그대가 그를 잘 알고 있을 텐데."

"탐색하려 들지 말아요. 난 아는 게 없다고 말했잖아요."

"그대는 그에 대해서는 아무것도 잊지 않고 있소."

이번에는 그녀가 말을 잃을 차례였다. 지은은 손가락으로 탁자의 거친 표면을 문질렀다. 손톱 아래 작은 가시가 박혔다. 그녀는 고개를 수그리고 희미한 소리로 물었다.

"아유타는 브라흐마를 사랑했나요?"

"그가 그녀를 사랑했듯이."

"그리고 그는 그녀를 버렸겠죠?"

"그가 버린 것은 오직 그 자신뿐이오."

지은은 관자놀이를 엄지손가락으로 누르면서 냉소했다.

"어이가 없군요. 이건 말도 안 돼요. 난 내가 내 의지로 단 선배를 선택했다고 생각했어요. 선배도 마찬가지일 거라고 믿었고요. 하지만 이게 전부 짜고 치는 고스톱이었단 말이죠. 웃기는 일이네요. 우리가 정말 신이라면, 도대체 누가 우리를 지배하고 있다는 건가요?"

"우리는 섭리의 수많은 이름들에 불과하오."

"섭리!"

"우주의, 브라흐만의."

지은은 미우에 주름을 지었다.

"난 당신들이 더 대단한 존재일 거라고 생각했어요."

"우리 역시 한때는 브라흐만이었소."

"아니, 지금은 아니에요."

지은은 등받이에 기대어 눈을 감았다. 피로로 창백해진 손톱을 지그시 깨물었다. 우는 게 좋을까? 그러나 그러지 않았다. 결코 그가 보는 앞에서 무너지지는 않으리라. 이제 모든 나약함을 경멸하는 것만이 그녀에게 허락된 유일한 수단이었다. 지은은 떨리는 손을 틀어쥐고 고개를 들었다.

"당신 곁에 있게 해 줘요. 바로 여기에. 나한테는 이제 갈 곳이 없어요. 죽도록 도망쳐도 돌아올 곳은 이 자리뿐이에요."

"무엇 때문에?"

"당신이 그녀를 죽였기 때문이에요."

시바는 커피를 조금 마셨다. 그의 눈동자에 지금까지와는 다른 빛이 떠올랐다.

지은은 한 호흡 뒤에야 말을 이었다.

"하지만 그 점에 대해서는 아무것도 묻지 않겠어요. 대답을 기대할 수도 없을 것 같고, 아유타는 당신을 원망하지 않았을 테니까."

"알고 있소."

"알고 있다고요?"

그는 컵을 내려놓았다. 지은은 그 안에 고인 액체를 바라보았다.

"여왕이여, 그대가 원하는 대로 하시오. 그러나 내가 그대에게 줄 수 있는 것은 아무것도 없소. 우리는 오랜 세월 다만 허무를 공유했을 뿐이오. 침묵이 혼사의 서약이었고 추억이 유대의 전부였소. 앞으로 그대가 내게서 얻을 수 있는 것 역시 그 이상이 되지 않을 거요."

"난 원래 결혼에 대해 아무런 환상도 갖고 있지 않아요."

지은은 의자를 뒤로 밀면서 일어났다. 그러고는 망설이다가 덧붙였다.

"하지만 당신은 오해하고 있어요. 우리는 서로에게 그 이상의 것을 해 줄 수 있어요."

그녀는 그를 향해 부드럽게 미소 지었다.

"나는 당신을 위해 청소를 해 줄 수 있고, 당신은 나를 위해 커피가 어디에 있는지 말해 줄 수 있지요."

밤은 포도껍질처럼 검푸르고 윤기 나는 빛깔이었다. 컵을 들고 돌아왔을 때 시바는 탁자 모서리에 바이올린을 기대고 현을 손질하고 있었다. 그녀는 컵을 감싸고 서서 그의 손가락을 응시했다. 얼굴은 여전히 무표정했지만 현을 오르내리는 손끝은 경쾌한 생명력을 품고 있었다. 그녀는 그에게 호감을 느끼는 자신을 발견하고 놀랐다. 그녀는 컵을 내려놓고 그의 맞은편에 앉았다. 어둠이 출렁거리며 멀리 밀려갔다. 밤의 귀퉁이에서 고운 포말이 일었다.

"유디슈티라?"

그녀는 가만히 정적을 깼다. 그는 대답 대신 팔꿈치를 움직였다.

"바이올린은 언제부터 배웠어요?"

"열한 살 때부터."

"좋아해요? 내 말은, 음악 말이에요……."

그는 G선을 가볍게 퉁기고서 악기를 내려놓았다. 지은은 대답을 기다렸다. 어느새 그의 타이밍에 길들여진 모양이었다.

"나는 때로, 섭리는 언어가 아닌 선율을 통해 계시되는 것이 아닐까 생각하오."

그들은 더 이상 입을 열지 않고 침묵을 나누었다.

지은은 문득 그 방에 빛이 들지 않는 이유를 알았다. 시계도 창도 없는 그곳은 시간의 지배를 벗어나 있었던 것이다. 그녀는 안온감을 느꼈고, 그 사실이 두려워졌다. 어쩌면 지나간 순간들이 반복될지도 모른다. 그의 창이 다시 그녀의 몸을 꿰뚫을지도 모르는 일이다. 지은은 양팔로 몸을 감싸 안았다. 살갗이 뻣뻣하게 굳더니 가슬가슬한 잔소름이 그 위를 쓸고 지나갔다. 그녀는 벌거벗은 듯이 외로워졌다. 그의 숨소리는 해명(海鳴)처럼 차가웠다.

그 순간이 되돌아오면…… 그녀는 숨소리에 귀를 기울였다…… 그때 그녀는 다시 그를 이해하고, 다시 그를 용서할 수 있을까?

23

정오를 넘기자 하늘이 검기울어 침침해졌다. 비가 올 모양이었다.

오후에는 강의가 없었다. 시우는 당구나 치러 가자는 친구들과 더불어 학교를 빠져나왔다. 정문을 나서자마자 빗방울이 듣기 시작했다. 얼마 지나지 않아 옷 속까지 물기가 스며들었다.

"형, 우산 가져왔어."

어린 목소리가 덜미를 붙들었다. 시우는 천천히 몸을 돌렸다. 아홉 살 가량의 어린아이가 모자 그늘 밑에서 빙긋이 웃어 보였다. 아이의 이목구비는 범상했다. 스치듯 본다면 귀엽게만 여겨질 생김이었다. 그러나 좀 더 주의 깊은 사람이라면 기묘한 이질감을 느낄 법했다. 눈매가 지나치게 날카롭고 깊었던 것이다.

"동생이야?"

친구가 물었다. 시우는 고개를 끄덕였다. 우산을 건넨 아이가 혀짤배기 소리로 칭얼댔다.

"나 배고파, 형. 피자 사 줘. 엄마가 형이랑 점심 먹고 오라고 했단 말이야."

시우는 친구들을 보내고 아이에게 다시 돌아섰다. 얼굴에 확연한 고색이 떠올라 있었다. 아이는 그 기색을 감지하고 쓴웃음을 지었다. 가느다란 음성에 무시할 수 없는 위엄이 깃들었다.

"가네샤, 넌 예나 이제나 너무 솔직해서 탈이야. 생각하는 것이 고스란히 나타나는구나."

시우는 무심코 얼굴을 붉혔다. 아이는 작은 등을 보이며 걸음을 옮겼다. 빗발이 모자를 흠씬 적시면서 쏟아져 내렸지만 전혀 개의치 않는 듯했다.

"재회한 이래 적지 않은 시간이 흘렀다. 너도 어느 정도 마음을 정리했을 테지. 그런데도 여태 내가 거리껴지느냐?"

돌아서 있는 탓에 아이의 표정은 보이지 않았다. 시우는 조심스레 대답했다.

"아닙니다. 제가 미욱하기 때문입니다. 너무 많은 것이 불분명해서 도무지 갈피를 못 잡는 것뿐입니다……. 어찌 형님께 삿된 마음을 품겠습니까."

"뭐가 그리 널 괴롭히는 거지?"

시우는 '모든 것이!'라고 외치고 싶은 마음을 억눌렀다. 아이는 여전히 그를 돌아보지 않았다.

"도대체 무엇 때문에 제 각성은 이토록 느린 겁니까? 형님이 말씀하신 대로 벌써 꽤 많은 시간이 지났습니다. 그럼에도 제가 되살려 낸 기억은 불완전하기만 합니다."

"서두르지 마라. 각성의 정도는 데바마다 달라. 단 하루 만에 모든 것을 기억해 내는 자가 있는가 하면, 수십 년을 거쳐서 자각해 가는 자도 있다.

그리 초조해할 필요는 없어. 네가 유독 늦된 것은 아니다.”

“하지만 저는 시바의 아들입니다! 제게는 그분을 보필할 의무가 있습니다. 그런데 이렇게 몽매한 상태에서 무엇을 어떻게 할 수 있단 말입니까?”

“시바의 곁에는 내가 있다.”

아이, 스칸다 카르티케야의 목소리가 말을 잘랐다. 시우는 입을 다물었다.

“너는 그저 너로 있어 주면 돼. 그걸로 충분해.”

잠시 정적이 흘렀다. 추적거리는 빗소리만이 사이사이 섞였다. 시우는 주먹을 틀어쥐었다. 가만히 아이의 뒷모습을 노려보았다. 스칸다는 낌새를 알아챈 듯 걸음을 멈추었지만, 여전히 돌아보지는 않았다.

“어째서 그때 저를 깨우신 겁니까……?”

시우의 목소리는 짓눌려 일그러진 채 새어 나왔다.

“왜 각성을 촉발시키신 겁니까? 단순히 모든 것을 목격했기 때문이라면 제 기억을 소거하는 방법도 있었을 겁니다. 만일 그랬다면 저는 일상으로 되돌아갔겠지요. 하지만 형님은 그렇게 하지 않으셨고, 그 결과 지금의 저는 이도저도 아닌 불완전한 존재가 되고 말았습니다. 대체 왜 그때 저를 내버려 두지 않으신 겁니까!”

우산이 떨어져 발치에 굴렀다. 지나는 사람들이 의아한 눈빛으로 흘끗거렸다. 아이가 천천히 어깨를 틀었다. 시우는 모자 아래에서 매섭게 번뜩이는 두 가닥 안광을 알아볼 수 있었다.

“네가 내 동생이 아니라면 가만 두지 않았을 것이다…….”

스칸다는 으르렁거리듯이 내뱉었다.

“무지가 괴롭다고? 철없는 소리 하지 말아라! 각성을 축복으로 생각하느냐? 네 앞에 서 있는 내가 아무 대가도 치르지 않고 여기 존재한다고?

가네샤 가나파티, 시바 일족이 흘린 피의 농도를 정녕 모르는 게냐? 나는……!"

아이의 말꼬리가 흔들렸다. 그는 끝을 잇지 않고 삼켰다. 눈동자의 노기가 차츰 사그라졌다. 스칸다는 우산을 집어 다시 동생에게 건넸다.

"젖었구나."

무표정한 어조였다.

시우는 말없이 우산을 받았다. 머리 위로 치켜들었지만 이미 흠뻑 젖어 소용은 없었다. 오싹 끼쳐오는 한기가 차라리 좋았다.

되돌아선 스칸다의 등은 그가 뿜는 기운에 비해 우스울 정도로 왜소했다. 둥그런 어깨선은 어린아이의 것이었다. 그가 입을 열었을 때, 음성은 마냥 되바라졌다. 그러나 그조차 앳되게만 들렸다.

"무슨 말인지 안다. 어중간한 것이 더욱 괴롭다는 이야기겠지. 내 너의 심사를 헤아리지 못하는 바 아니다. 가네샤, 기실 나 역시 일이 이렇게 되리라고는 예상치 못했다. 내가 네게 접근한 것은 그저 지켜보려는 생각이었는데……."

아이는 손을 움직여 모자를 깊게 눌렀다.

"변명처럼 들릴지도 모르겠다. 하지만 너를 일깨운 것은 내가 아니야. 전에도 말했듯 원인은 브라흐마였다."

"브라흐마……?"

"너는 의식하지 못했겠지만, 그와의 조우로 네 영아(靈我)가 움직이기 시작한 것이다. 내가 알았을 때는 이미 늦어 있었다. 결국 나는 가능한 한 네가 상처받지 않는 범위 내에서 기억을 인도할 수밖에 없었어. 가네샤, 각성이란 뭐라고 생각하지?"

"기억과 힘을 되찾는 것으로……."

"동시에 인간으로서의 자신을 죽여야 한다는 의미지. 운이 좋으면 그러한 소멸과 재생이 유연하게 이루어지는 경우도 있다. 인드라의 경우가 그렇고, 비슈누의 경우가 그렇다. 시바에게 인도를 받은 인드라는 인간의 자아를 남겨 두면서도 본성을 일깨울 수 있었다. 양자를 서서히 조율하면서 힘을 되찾는 것이지. 시간을 대가로 치러야 한다는 전제가 붙긴 하지만 자아의 손상을 최대한 줄일 수 있는 방법이다. 많은 단계를 밟아 정점에 이른다는 점에서 요가와도 비슷하지. 그러나 각성이 일순에 일어날 경우……."

스칸다는 부르르 몸을 떨었다.

"상상할 수 있나? 그와 같은 폭력을! 어린아이로서의 내 자아는 그 앞에서 맥을 추지 못하고 파괴되어 소멸했다. 일순간이다. 정말 찰나에 모든 것이 끝나 버린다. 나의 아트만은 조각조각 흩어졌고 육체는 끝없이 피를 쏟았다. 몇 번이나 종말을 갈망했는지 모른다. 나는 죽으면서 내 죽음을 인식했고 태어나면서 내 탄생을 인식했다. 그리하여 마침내 스칸다 카르티케야로 거듭난 것이다."

스칸다는 말을 맺고 침묵했다. 작은 입술이 일그러져 있었다.

그들은 한동안 묵묵히 걸었다. 마침내 호젓한 공원길에 들어서자 시우는 걸음을 재촉하여 아이의 곁에 다가섰다.

"죄송합니다."

시우는 나직한 소리로 사과했다.

스칸다는 동생을 올려다보았다. 대답은 없었지만 시우는 그가 자신의 사과를 받아들였음을 알았다. 개울이 나타나자 스칸다는 징검다리를 앙감질로 통통 뛰어 건넜다.

"지금 아유타 타다라카이가 시바의 곁을 지키고 있다."

시우는 무심코 얼굴을 찌푸렸다. 스칸다는 그 표정을 확인하고 만족스럽게 눈을 빛냈다.

"기억은 불완전해도 온당한 분노만은 잃어버리지 않았구나."

"분노……."

시우는 중얼거렸다. 그는 아유타 타다라카이를 기억하고 있었다. 인간의 몸으로 파르바티의 자리를 대신한 여자. 시바의 이름을 능멸한 여자. 그녀에 대한 기억은 다른 것들과 마찬가지로 모호했지만 마음의 움직임은 또렷했다. 스칸다의 말대로 노여움에 가까운 감정이었다.

그리고 아유타의 이름은 언제나 브라흐마와 얼크러져 떠올랐다. 흉중이 어지러웠다. 시우는 단을 좋아했다. 그러나 그가 브라흐마와 겹치는 순간 호감은 일시에 혐오로 뒤바뀌었다. 시우는 감정의 근원에 무엇이 있는지 알 수가 없었다. 어째서 가네샤는 그들 두 사람을 미워했을까?

"간단해. 그들이 서로 통정했기 때문이지."

시우는 어리둥절해서 걸음을 멈추었다.

"그게 가능하단 말입니까? 시바의 데비와 트리무르티가……."

"물론 육체로는 선을 넘지 않았겠지. 그리 되면 힘의 충돌로 엄청난 비극이 벌어졌을 테니까. 적어도 그들에게 그만한 분별은 있었던 모양이다. 하지만 데비가, 시바의 아내가 의무를 외면하고 사련(邪戀)에 빠져들었다, 그것만으로도 충분하지 않은가?"

아이는 주머니에 손을 집어넣으며 퉁명스런 어조로 계속했다.

"브라흐마는 신과 아수라의 사생아를 천계에 들여 혼란을 자초했다. 타리스라다가 비슈누 치세 말기에 어떤 망동을 범했는지 기억나나? 그 개망나니는 아수라들 편에 서서 몇 번이나 메루의 질서를 어지럽혔지. 그런데 브라흐마는 그걸로도 부족해서 시바의 아내를 유혹했어. 제기랄, 어째서 섭리는 그자를 벌하지 않으시는 건가! 대체 왜 그런 망종에게 창조의 중책이 맡겨진 거지?"

스칸다는 거칠게 돌부리를 걷어찼다.

"하지만 어쨌거나 아유타 타다라카이는 데비야! 염병할 노릇이지만 부인할 수는 없단 말이다. 때문에 아유타가 시바의 곁에 있겠다 한들 어찌할 도리가 없어. 아버님께 데비의 보좌가 필요하다는 것은 불문가지의 노릇이니까. 비록 인장조차 없다 해도……."

"인장이 없다고요?"

"당연하잖아. 인장을 새기기도 전에 살해되었으니까."

시우는 멍하니 스칸다의 옆얼굴을 응시했다.

"살해?"

"누가 무엇 때문에 그런 짓을 했는지는 모르지만, 솔직히 나는 그에게 내심 감사했다. 만일 그가 손에 피를 묻히지 않았다면 내가 죽였을지도 모르지. 아무튼 진상을 아는 자는 없어. 시바 역시 아무 언급을 않으셨으니까. 물론 인장이 없다 해도 아유타는 환생 가능한 몸이었다. 하지만 윤회를 거듭하는 와중에 그녀의 기억은 대부분 흩어져 사라졌을 것이다. 각성이 순조롭지는 않겠지."

말하면서 스칸다는 모자를 벗어 손에 들었다. 빗물이 아이의 머리털을 흠뻑 적시며 얼굴로 흘러내렸다. 그는 모자를 고쳐 쓰면서 냉소를 머금었다.

"가네샤. 지금까지 들었다시피 우리의 기억은 마냥 아름다운 것만이 아니다. 일부는 추악하기까지 하지. 지난 세월은 데바와 아수라 모두에게 고행과 같은 나날이었다. 그러니 네 무지에 불안을 품지 말아라. 어차피 언젠가는 너의 시간이 올 것이다……. 지금은 다른 무엇보다 마음을 다스리며 기다리는 데 몰두하도록 해라."

공원을 빠져나가자 아파트 단지가 나타났다. 스칸다의 말투가 변했다. 그는 스쳐듣기에는 전혀 이상할 것이 없는 천진스러운 투로 말을 이었다.

"각성의 순간 나를 지탱한 것은 오직 시바와 너의 존재뿐이었어. 지금도 마찬가지야. 난 하염없이 침몰과 부상을 반복하고 있어. 칼리 유가는 절망의 시기야. 하지만 우리는 이 시대를 어떻게든 헤쳐 나가야 해."

시우, 가네샤 가나파티는 형을 바라보았다. 시바의 아들을. 아이의 윤곽은 너무나도 가늘었다……. 자그마한 얼굴 위에서 눈만이 형형한 광채를 내뿜고 있었다. 아이는 그 눈빛을 똑바로 동생에게 향하고, 강인하면서도 절박한 목소리로 말했다.

"너만은 무슨 일이 있어도 살아남지 않으면 안 돼."

24

바람이 머리를 싸안았다. 나는 그 가슴팍에 기대 눈을 감았다. 살결이며 땀내까지 느껴질 듯싶은 여름 바람이었다.

"할머니."

나는 입을 열었다.

"인간은 말이죠, 신이 없어도 아무 문제 없을 것 같지 않아요? 누가 도와주지 않아도 버둥거리면서 다들 열심히 살아가잖아요."

순간 무언가가 뒤통수를 딱 후려갈겼다. 할머니의 효자손이었다.

"씨잘데기 없는 소릴랑 작작하구 어여 일이나 나가! 밥벌레 소리 하기 전에."

"알았어요, 알았다고요."

나는 밥그릇을 상에 내려놓고 일어섰다. 움직이지 않는 오른팔을 옆구리에 늘어뜨리고 왼손으로는 앞치마를 붙들고서 시장 거리로 걸었다. 잡다한 냄새가 뒤얽혀 콧속으로 흘러들었다. 북적거리는 소음에 잇닿아 가슴이 슬슬 들썽거렸다.

시장통 천막 아래에서 생선을 팔기 시작한 지 어느덧 달포가량이었다. 촌 동네 재래시장이라 지저분했지만 넉넉한 인심에 활기 넘치는 곳이었다. 처음에는 무엇이 고등어고 삼치인지 구별도 안 갔지만 이제는 왼손만으로 썩썩 배를 가르고 몸통을 토막 칠 수 있었다. 그 모습을 보려 일부러 찾아온다는 단골손님도 생겨 신참치고 매상은 괜찮은 편이었다. 비린내에 찌들고 소음에 치이면서 나는 종종 인생의 불가해를 심각하게 곱씹곤 했다. 도대체 누가 뻗팔이 생선 장수 앞에서 신성을 운운하겠는가?

사연은 이렇다. 수중에 돈이 떨어지자 끼니를 한참 거른 나는 어느 날 밤 공원 벤치에 늘어져 별을 세고 있었다. 형이나 친구들에게 손을 벌리면 구호를 받지 못할 것도 아니었으나 그 와중에도 알량한 자존심 때문에 망설이던 터였다. 그때 머리맡에 마돈나처럼 하얀 후광을 두른 할머니가 나타났다. 할머니는 내게 생선 장사를 도와준다면 잠자리와 식사를 제공하겠다고 제안했다. 보수는 없음……. 쩨쩨한 계약이었지만 바로 그 순간 먼 하늘에 비구름이 알씬대고 있었고, 배가 고팠고, 최악의 경우 몇 번 그랬던 것처럼 경찰서 신세를 질 가능성도 있었기 때문에 나는 앞뒤 잴 겨를 없이 그 제안을 받아들였다.

할머니에게는 원래 일을 돕던 아들이 있었는데, 그가 갑작스레 입대하는 바람에 혼자 시장에 나가야 했고, 고질인 신경통이 도져서 그마저 여의치 않게 되자 무보수로 부려먹을 수 있는 일꾼이 필요해졌던 것이다. 때 맞춰 걸려든 것이 나였다. 어쨌거나 나는 궁한 처지였고 불구의 몸으로 일자리를 구하기도 쉽지 않았다. 한 풀 꺾였다고는 하지만 살을 찌르는 더위를 밖에서 감당하는 것도 여간한 일은 아니었다.

그리고 나는 좌절하고 있었다……. 이게 과연 옳은 길일까? 벌써 몇 달째 단서라고는 보지도 못한 채, 러시아 여인의 비참한 죽음과 죄의식만을 걸머지고 분개없는 방랑을 계속하고 있지 않은가. 지은과 형에게 돌아가는 것이 현명할까? 스칸다의 제안을 받아들여야 했을까? 결국 내가 깨달은 것은 하룻밤에도 수없이 형태를 바꾸어 밀려오는 악몽과의 투쟁이 최우선이라는 사실뿐이었다. 그 꿈들은 흉흉하기만 하지 달리 아무것도 제시하는 바가 없었다. 간신히 잠에서 퉁겨 나면 머리 위는 아득한 밤하늘이었고 손발은 피로로 부어 있었다.

비참하다.

나는 탕 소리를 내며 고등어의 머리를 썰었다. 그리고 영문을 몰라 눈동자만 굴리는 손님에게 고등어 몸통을 잘 싸서 건넸다. 손님은 지갑 속에서 꼬깃꼬깃한 5000원짜리를 꺼냈다. 앞치마 주머니에서 거스름돈을 꺼내 건넨 뒤 나는 염불 송경의 경지로 비린내를 깔고 앉아 다음 손님을 기다렸다. 일을 마치고 돌아가면 머리털 올올이 생선 비린내가 배어 떨어지지 않았다. 돌아가자마자 머리를 문질러 감아도, 물로 몇 번을 헹궈도 비척지근한 냄새는 사라지지 않고 이불이니 베개 속까지 스며들었다. 그러나 일을 시작한 후 며칠이 지나자 길이 들어 깨끗한 산소처럼 들이마실 수 있게 되었다. 할머니는 아들이 여자 친구도 사귄 적 없는 샌님이라고 불평했지만 내 심정으로는 이해가 가고도 남았다. 아무리 씻어도 비린내를 떨치지 못하는 불쌍한 남자 따위, 천사라도 구제해 줄 리 없다. 군대에 가 버린 것은 어쩌면 자기 나름의 도피였을지도 모른다.

"어이, 생선 장수!"

걸걸한 목소리가 들려왔다. 모자를 눌러쓴 사내가 눈앞에서 씩 웃고 있었다. 나는 짐짓 호들갑을 떨며 말했다.

"어서 오세요! 오늘 운이 좋으시네요. 보십쇼, 이렇게 싱싱한 생물 고등어가 한 마리에 3000원! 더도 덜도 말고 3000원입니다, 손님!"

"고등어는 비려서 영……."

"그럼 병어는 어떠십니까? 쪄 먹어도 좋고 구워 먹어도 좋고 조려 먹어도 좋은 팔방미인! 술안주로도 안성맞춤! 이만큼 큰 놈이 두 마리에 만 원입니다, 만 원!"

남자는 목젖이 보이도록 호탕하게 웃어젖혔다. 그러고는 품에서 만 원짜리 지폐를 꺼내며 말했다.

"너 길이 다 들었구나. 처음에는 영 어리버리하더니 이젠 좀 장사꾼 같다."

"감사합니다, 손님!"

나는 시침 딱 떼고 생선을 손질해 건네면서 외쳤다. 남자의 얼굴에 넙데데한 미소가 맴돌았다.

"어때, 할 만하냐?"

"방금 전에 막 마수걸이한 참인걸. 그냥 그렇지 뭐."

"그래도 제법인데. 칼 다루는 폼이 그럴듯해졌어."

남자는 시장 구석에서 옷가게를 운영하는 사장님으로 나보다 일곱 살 연상이었다. 소탈한 성격이라 상인들 사이에서 평판이 좋았고 내게도 잘해 주었다. 집에 초대해 밥을 먹여 주기도 하고 일이 끝나면 함께 술잔을 기울이며 이런저런 얘기를 늘어놓기도 했다.

"가게 비우고 나와도 돼? 어디 가?"

"동생한테 맡겼어. 오늘 딸내미 생일이거든. 가족끼리 맛있는 거나 먹으러 갈까 해서. 요 몇 년간 자리 잡는다고 소홀했잖아."

"부럽수다, 단란한 가정이라……."

"너도 얼굴 좀 펴라. 손님 떨어지겠다. 더워서 짜증나겠지만 기운 내라고. 내가 내일 저녁 살게. 요 근처에 죽여주는 고깃집이 생겼거든."

"형, 사랑해."

"미안해. 내게는 이미 아내와 자식이 있어."

나는 낄낄거리며 남자를 배웅했다. 그가 인파 속으로 사라진 뒤에 자리로 돌아와 앉았다. 도마 위에는 핏물이 밴 식칼이 길게 누워 있었다. 마음이 무거운 소리를 내면서 축 늘어졌다. 나는 미간을 질끈질끈 눌렀다. 정정하자. 이 정체(停滯)에 아주 의미가 없지는 않을 것이다. 버렸다고만 여긴 시간들이 차곡차곡 쌓여 지금 여기로 나를 끌어왔는지도 모른다. 그 남자를 처음 만나자마자 머릿속에 떠오른 생각이 그것이었다……. 결코 유쾌하지 못할뿐더러 소름 끼치는 예감이기도 했다.

남자의 이마에서는 인장이 빛나고 있었던 것이다.

시장을 벗어나 외길을 걸어, 언덕바지에 있는 집에 도착했을 때에는 한밤중이 다 되어 있었다. 질기게 들러붙은 비린내와 친숙한 어둠. 할머니는 항상 초저녁에 잠자리에 들어 돌아와서는 얼굴을 맞댈 일이 별로 없었다. 나는 마당의 수도에서 머리를 감고 대충 물을 끼얹었다. 거칠게 비누칠을 하고 찬물로 헹궈 낸 다음 한기에 움츠리며 툇마루로 뛰어올랐다. 방에 불이 켜져 있어 의아했지만 할머니가 청소를 한 뒤 잊고 나오셨나 하고 가볍게 넘겼다. 손을 대자 낡은 미닫이문이 덜컹덜컹 목쉰 소리를 뱉었다. 휑한 방을 떠올리며 문을 연 나는 일순 아연해졌다.

"어서 오세요."

나는 눈을 끔벅거렸다. 낯선 소녀가 다소곳이 꿇어앉아 나를 향해 미소 지었다. 길고 가느다란 머리카락이 치렁치렁 늘어져 있었고, 다갈색 눈동자는 물방울처럼 맑았다. 티셔츠에 면바지 차림이었지만 아무리 봐도 평범한 생김은 아니었다. 옆에는 교자상에 놓인 찌개와 밥이 김을 피우고 있었고 모서리를 딱딱 맞춰 펼쳐 놓은 이부자리도 보였다.

나는 화들짝 방에서 물러 나왔다. 문을 닫고 사방을 살폈지만 분명 내 방이었다. 다시 조심스레 문을 열자 소녀는 변함없이 단정하게 앉아 있었다.

"누구……십니까?"

"기다리고 있었습니다. 피곤하실 터인데 어서 안으로 드시지요."

"아니, 저…… 뭔가 착각하신 것 아닌가요?"

소녀는 근엄한 표정을 지었다. 불그레한 입술 위로 냉기가 흘렀다.

"브라흐마 님."

나는 무심코 이를 악물었다. 가슴이 거칠게 뛰기 시작했다. 소녀는 곧은 시선을 내 얼굴에 박고는 또릿또릿한 소리로 읊조렸다.

"지난날을 잊으셨다니 말씀드리겠사옵니다……. 소녀의 이름은 아트리, 물의 정령인 압사라스입니다. 일찍이 파리자타 나무의 꽃이 강가에 떨어졌을 때 여신께서 은총을 내리셨고, 이윽하여 꽃잎이 벌어지며 저를 낳았습니다. 그 뒤 소녀는 강의 정령들에게 거두어져 열다섯 해를 자라났습니다."

나는 문에 기대어 귀를 기울였다.

"그러던 어느 날 저를 키워 주신 양어머니께서 간다르바[73]와의 혼담을 들고 오셨습니다. 소녀는 딱히 혼인할 마음은 없었사오나, 키워 주신 정을 생각할 적에 거절할 수도 없어 승낙하였사옵니다. 길일을 받아 두고 기다리는데 소녀의 의혹은 점차 커져만 갔고 불안마저 깃들었습니다. 얼굴도 모르는 사내와 결혼하는 것이 정녕 행복일까 생각하며 강변을 거닐던 중, 소녀는 우연히 한 남자를 만났고 그의 늠름한 자태에 매료되어 연심을

---

73) 천상의 음악가. 반신족.

품었습니다. 그 역시 소녀의 마음을 거부하지 않아 둘 사이의 감정은 빠르게 무르익었고 마침내 넘어서는 안 될 선을 넘고야 말았습니다."

여자는 아미를 소곳하게 수그렸다. 내리깐 속눈썹에 촉촉한 물기가 어렸다.

"수개월이 지나 소녀는 태기를 느꼈습니다. 그 사실을 안 양어머니는 불같이 노하여서 혼담을 파하고 소녀를 내쫓았습니다. 갈 곳을 잃은 소녀는 유일한 의지인 연인을 찾아가 호소하였사옵니다. 그런데 그는 갑자기 태도를 바꾸어 소녀를 박대했고, 어찌할 줄 모르는 제 앞에 본모습을 드러내 보였습니다. 그제야 소녀는 그가 다름 아닌 지고한 창조자 브라흐마라는 사실을 알게 되었습니다……."

나는 입을 떡 벌리고 그녀를 바라보았다. 손바닥에 진땀이 배었다.

아트리는 원망스러운 얼굴로 나를 올려다보며 말했다.

"소녀에게 달리 무슨 도리가 있었겠사옵니까? 로케샤, 세계의 주인께 감히 어떤 요구를 하겠사옵니까? 결국 소녀는 산으로 들어가 홀로 아이를 낳았고, 수치스러운 심사를 억누르지 못하여 아이를 상자에 넣어서 버렸습니다. 모정조차 내친 죄인인 저는 하늘 아래 눈 둘 곳을 잃었고 절절히 가슴 저미며 참회하다 오늘날에 이르렀습니다."

그녀는 고개를 떨어뜨리더니 입을 다물었다. 나는 말을 잃고 메마른 입술을 핥았다. 한참 정적에 짓눌린 후에야 무거운 혀를 움직일 수 있었다.

"정말……입니까?"

"거짓말입니다."

한기가 등골을 타고 빠져나갔다.

소녀는 손으로 입을 가리고 쿡쿡 웃었다. 해사한 얼굴이 장난기를 뿜었다.

"아이 참, 폐하께서는 여전히 순진하시군요. 하계에 환생하셨으니 혹여 달라지셨을까 생각했는데. 귀여겨들으시면 단박에 간파함 직한 선소리가 아니오니까. 그걸 그리도 질겁하셔서, 정말이지 우스워서."

나는 망연히 선 채로 화를 내야 할지 계속 당황해야 할지 고민하다가, 결국 그녀의 살웃음에 맞받아서 웃고 말았다. 아트리는 내 앞에 가까이 다가앉은 다음 표정을 고쳤다. 진지한 얼굴로 바닥에 머리를 조아린 그녀는 어투를 바꾸어 말했다.

"다시 인사 올립니다. 아트리라고 하옵니다. 데비 슈리 락슈미의 시녀이며, 이제부터 감히 폐하를 모시게 되었사옵니다. 미천한 몸으로 외람되이 망동을 범하고 말았사옵니다. 부디 용서하소서."

"락슈미 씨?"

"데비께서는 폐하의 신상을 염려하고 계십니다. 소녀로 하여금 불편이 없으시도록 살피라는 분부이셨사옵니다."

나는 여전히 어리둥절한 채 천녀의 얼굴을 빤히 응시했다. 그녀는 시선을 똑바로 받으며 방긋거렸다. 호듯한 얼굴선이 달빛에 비쳐 푸르스름한 색조를 띠었다. 그 선명한 아름다움이 가슴을 쿡쿡 찔렀다.

나는 소녀에게서 등을 돌리고 툇마루에 걸터앉았다.

"고마워요……. 하지만 받아들일 수 없어요. 락슈미 씨에게도 그렇게 전해 줘요."

"까닭을 여쭈어도 되겠습니까?"

"아트리, 난 많은 사람들의 죽음에 책임이 있어요. 내 여동생을 비롯한 이들이 나 때문에 아수라들에게 살해되었습니다. 그중 한 여자의 죽음에는 내가 직접 관여하기도 했어요. 난 더 이상 아무도 위험에 빠뜨리고 싶지 않아요."

"저런······."

아트리는 안타까운 듯 말끝을 흐리더니, 대뜸 화제를 바꾸었다.

"자, 그럼 어서 들어오세요. 찌개가 식으면 맛이 떨어진답니다."

"이봐요."

나는 얼결에 신음하며 뒤돌아보았다. 압사라스 아트리는 상 옆에서 꼼짝 않고 미소만 지었다. 그녀에게 웃음은 습관처럼 자연스러운 듯했다.

"불행이야 안된 일이지만 그것과 제 임무는 별개이옵니다. 소녀는 폐하를 모시기 위해 데비의 명을 받들고 이곳에 왔사옵니다. 소녀를 내치신다면 그것은 제 존재 의미를 무시하신 것이나 다름없사옵니다."

"하지만 이렇게까지 할 필요는 없어요. 내 앞가림은 스스로 할 수 있다고요."

"과연?"

아트리는 호호 웃으면서 말꼬리를 올려붙였다.

"스스로 앞가림을 하실 수 있다면 이처럼 방황도 하지 않으시겠지요. 무람없는 말씀이오나 폐하께서는 지금 타인을 근심하시기보다 자기 연민에 빠져 계십니다. 모든 희생이 폐하로부터 비롯되었다면 그 무게를 감당하는 것 역시 폐하의 몫이옵니다. 누구를 원망하실 것이며, 어디로 달아나실 작정이십니까?"

나는 그녀를 노려보았다. 아트리는 물러설 기색 없이 언죽번죽 시선을 받아쳤다.

"소녀는 원체 미련한 까닭에 어렵게 말할 줄을 모릅니다. 지금 드릴 수 있는 말씀은 이런 것뿐이옵니다······. 소녀가 폐하라면, 그리고 많은 이들의 희생을 어깨에 걸머지고 있다면 지난 일로 고민하는 시간에 식사를 하겠사옵니다. 죽은 자를 추모하기 위해서라도 산 자는 삶을 이어가야 하지 않겠습니까?"

나는 침묵을 깨물고 있다가 중얼거렸다.

"락슈미 씨는 언변으로 시녀를 고르는 모양이군요."

"워낙에 통찰하시는 분이라서."

"틀린 말은 아닌 것 같군."

나는 고개를 설레설레 저으며 방으로 들어섰다. 아트리는 상을 앞에 끌어다 놓고 방긋 웃었다.

"자, 드시지요."

밥을 먹는 동안 아트리는 생선살을 발라내거나 김치를 찢으면서 곰살궂게 시중을 들었다. 만류해도 여간 막무가내가 아니었다. 결국 그녀가 하는 대로 내버려 두고 형과 이윤아의 근황을 물었는데, 이번에는 말을 낮추라면서 샐쭉한 표정을 떠올렸다. 나는 어찌할 줄 모르는 채 그녀가 내미는 반찬을 바보처럼 넙죽넙죽 받아먹었다.

"압사라스는 정령이죠……지? 역시 데바와 아수라 사이의 조약에 얽매이나?"

"아니옵니다. 조약 대상은 오로지 위대한 두 종족뿐이었습니다. 나가, 약샤, 간다르바, 압사라스, 수라순다리,[74] 킨나라[75] 등은 속박에서 해방되어 자유로운 선택의 기회를 얻었습니다. 대부분은 인간으로 환생하는 길을 택했고, 그렇지 않은 자들은 천계에 남아 때가 올 때까지 잠들기를 원했습니다."

"그렇다면 아트리는 왜 여기에 있지?"

---

74) 천상의 기녀.

75) 반인반수.

"소녀가 원했기 때문이옵니다."

"잘 모르겠는걸."

"길게 풀어 말씀드리자면 이런 것이지요. 소녀는 락슈미 님의 곁에 있기를 원했사옵니다. 오매간 일편단심으로 그분을 모시기만을 열망했기 때문에, 다른 생에서 다른 의미를 찾기란 불가능하였사옵니다."

"힘들었을 텐데."

"하나 결코 후회한 바는 없사옵니다."

"아트리는 나보다 훌륭하군."

"소녀도 그렇게 생각하옵니다."

아트리는 다시 입을 가리고 호호호 웃었다.

"그럼 지금 내 시중을 드는 게 락슈미 씨한테 미안한 일은 아닐까?"

"아니옵니다. 그분께서 지금 원하시는 것은 폐하의 안위이옵니다. 소녀는 일생 그분의 뜻에 기대어 살아왔으므로 지금도 오로지 순종할 따름이며, 그것이 곧 소녀의 무량무변한 기쁨인 것이옵니다."

나는 잠시 할 말을 잃고 숟가락으로 찌개를 휘저었다. 김치와 돼지고기가 국물 위로 떠올랐다. 아트리는 득달같이 고기를 집어 내 숟가락에 올려놓았다.

"아트리?"

"말씀하소서."

"이런 말 한다고 기분 상하지 않았으면 좋겠군. ……만약 시바가 과업을 단행한다면, 너와 같은 정령들은 어떻게 되지?"

"그야 세계와 더불어 소멸하겠지요."

"그렇다면 네 충정이란 별반 의미가 없는 것 아닐까?"

아트리는 고개를 갸웃거렸다.

“소녀는 워낙에 둔박하여서, 복잡한 것은 잘 모릅니다. 다만 이끌리는 대로 행동할 따름이옵니다. 순수한 충정이란 불요불굴이며 결벽하고, 결코 변덕스럽지 아니한 마음이라 생각하옵니다. 이 마음에는 한 점 의혹도 있을 수 없습니다.”

“두렵지 않아?”

“무식하면 용감하다고 하지 않사옵니까.”

아트리는 맑은 소리를 내어 웃었다. 그 웃음소리에는 과연 한 점 티끌도 없었다. 나는 감탄하며 밥을 입 속에 밀어 넣었다. 여전히 떨떠름했지만 그토록 확고하다면 더 만류한들 소용없을 것 같았다. 내 심중을 읽었는지 아트리는 한층 사분사분한 투로 말했다.

“너무 심려치 마옵소서. 소녀, 결코 위험한 일에는 개입하지 않을 테니까요. 폐하께서 마음을 쓰실 정도로 거추장스러운 짐이 되지는 않을 것입니다. 소녀는 단지 폐하의 평안을 살피는 임무를 맡았을 따름이옵니다. 검을 쥔다든가 피를 흘리는 무서운 짓은 할 수 없어요. 보시다시피 연약한 아녀자일 따름이니까요.”

나는 미소 섞인 그녀의 얼굴을 응시했다. 부드러웠지만 강기가 깃든 입매였다. 나는 그녀에게서 내 이름의 무게를 다시 읽었고 가슴을 타고 내려가는 슬픔을 맛보았다. 다른 길은 없다, 분명히. 이 여자도 내 여로에 놓인 포석인 것이다.

나는 무거운 입술을 열어 말했다.

“그럼 앞으로 잘 부탁해.”

“망극하옵니다. 혼신을 내던져 모시겠나이다.”

아트리는 만면에 해낙낙한 빛을 머금고 엎드려 절했다.

그 무렵 나는 예전과 좀 달랐을지도 모른다. 그때의 나는 결코 잊는 법을 모르는, 낙인처럼 지난 시간들을 몸에 새기고 다니는 수인(囚人)이었다고, 지금에야 비로소 그런 생각이 든다. 기억이 간수이자 판사였고 망나니였던 셈이다. 미각성의 혼돈을 헤매어 다니는 동안 내 몸의 세포들은 오로지 기억에만 복종하여 잊어야 할 것들조차도 방금 겪은 양 감관에 되살려 냈다. 나는 소냐를 살해할 때 사용한 권총의 섬뜩한 한기와 땅속에 그 총을 묻으면서 걷어 낸 이끼의 감촉을 현재 진행형처럼 떠올릴 수 있었다. 지은의 목소리가 귓가에 어리는 듯싶어 돌아보면서 "뭐?" 하고 공허한 물음을 던지는 일조차 적지 않았다. 과거는 흘러간 것이 아니라 가시적인 형체를 잃었을 뿐 여전한 모양으로 내 곁에 들러붙어 있었다. 나는 망각과 화해할 수만 있다면 무엇을 바쳐도 아깝지 않을 것 같았다.

그러나 기억은 두 번 다시 압살되지 않았다. 매일 아침 눈을 뜰 때면 나는 전날의 감촉들과 다가올 하루의 준비된 기억들에 대한 예감으로 몸서리치며 먼지처럼 들러붙은 꿈을 탈탈 털어야 했다. 기억들은 일견 별개의 것이라도 연속해 있어 뒤돌아보면 하나의 소실점을 향해 길게 내달리고 있었다. 그러한 길이 사방으로 뻗은 까닭에 무엇을 선택하든 가량없는 미망으로 걸어가야 한다는 사실만은 틀림없었다. 나는 각성이 두려웠다. 죽 기다리면서도 그날이 오지 않기를 내심 기원했다. 지난 생들마저 흉터가 되어 되돌아온다면 극복할 수 있을지 자신이 없었다. 실제로 그때 나는 삶을 이어 간다기보다 죽음에 이르는 계단들을 헤아리면서 호흡했던 것 같다. 순간순간에 붙들려, 이따금 창살 사이를 넘나들면서.

아트리가 나타난 그날 밤 나는 유형 같던 정체가 드디어 끝나리라는 기대와 불안에 잠을 이루지 못하고 뒤척거렸다. 새벽녘에야 겨우겨우 사로자다가 열린 문틈으로 햇귀가 비칠 무렵 자리를 털고 일어났다. 마당 수돗가에서 철벅철벅하는 물소리가 났다. 아트리가 쪼그려 앉아 빨래를 하면서 노래를 흥얼대고 있었다.

구름의 북소리가 하늘에서 울려 퍼질 때
새들의 길은 모두 비로 어두워지네.
승려는 황홀해서 언덕에 앉아
이보다 더 큰 희열을 발견하지 못하네.

동살이 천녀의 이마에 비쳐 부드럽게 반들거렸다. 틀어 올린 머리채 밑에 하얀 목덜미가 뻗어 있었다. 빨래를 불쩍거리는 손놀림은 리드미컬하고 낭비가 없었다. 작은 어깨가 들썩들썩 움직이는 모습을 보노라니 조금씩 기분이 좋아졌다. 나는 툇마루에 걸터앉아 그녀의 노랫소리에 귀 기울였다.

안식처를 찾다가 실패한
두루미가 맥 빠진 날개로
검은 구름을 두려워하며 날아갈 때
아자카라니 강은 나에게 기쁨을 주네.

아트리는 한 소절이 끝나는 것과 동시에 일어나서 허리를 폈다. 그러고는 입고 있는 옷깃에 미리 끼워 놓은 빨래집게들을 하나씩 빼서 다 빤 옷가지들을 줄에 가지런히 널었다. 부지런히 움직이는 동안에도 그녀의 발끝은 리듬에 맞추어 바닥을 두들겼다. 색색의 옷가지들이 줄 끝까지 늘비할 즈음해서 비로소 사방이 고르게 밝아 왔다. 돌아선 아트리는 나를 보고 반가운 표정을 지었다.

"어마, 언제부터 거기에 계셨사옵니까?"

"노래 듣고 있었어. 잘 부르던데."

"옛날에는 연회에도 곧잘 불려 가곤 했지요."

아트리는 손바닥을 바지에 문질러 닦고 부엌으로 사라졌다. 곧 보자기로 덮은 교자상을 들고 나와 툇마루에 올려놓았다. 메뉴는 밥과 구운 생선, 된장국이었다. 나는 숟가락을 들다 말고 물었다.

"할머니한테는 허락 받았어?"

"예. 실은 어제 사정을 말씀드리고 양해를 구했사옵니다."

"뭐라고 했는데?"

"소녀가 폐하와 혼약한 사이라고 말씀드렸지요."

그녀는 당황한 내 표정을 보고 생긋거렸다.

"소녀의 망설을 용서하시리라 믿어요. 다만 부부로까지 격상시켜 아뢰는 것은 사라스바티 폐하에 대한 예가 아니라고 생각하여서……."

"사라스바티?"

"모른다고는 아니 하시겠지요?"

아트리의 안색이 변했다. 나는 공연히 죄책감을 느끼며 말했다.

"알아. 브라흐마의 데비 말이지."

"아아, 무심하셔라, 무심하셔라. 어찌 그리도 냉담하시옵니까, 폐하!"

아트리는 강하게 나를 지탄했다.

"사라스바티 폐하께서는 지금 아수라들의 수중에 유폐되어 계십니다. 벌써 십여 년 간 광명을 보지 못하고 계시지요……. 폐하, 누가 뭐라고 해도 그분은 폐하의 데비이십니다. 조금이라도 괘념하여 주시면…….”

“그랬구나…….”

나는 어찌할 바를 몰라 중얼거렸다. 브라흐마에 대한 기억도 없는 처지에 그의 아내에게 무슨 감정이 들 까닭이 없다. 그러나 그녀의 비참한 처지는 상당한 충격으로 다가왔다. 사라스바티, 브라흐마의 데비. 그 이름이 내게 주는 것은 선잠에 스며든 꿈처럼 얕은 인상뿐이었다. 지금 그녀는 먼 곳에 갇혀 어떤 마음으로 나를 떠올리고 있을까?

내 심중을 간파한 아트리는 콧소리를 섞어 가며 말했다.

“아이 참, 소녀가 또다시 해망을 부리었네요. 괜스레 객설을 늘어놓고서……. 기실 소녀는 폐하께서 이미 알고 계시리라 생각했사옵니다. 참말로 면목이 없사옵니다.”

“아트리 잘못이 아니야. 내 생각이 짧은 탓이지.”

“그리 여기신다면 표정을 바꾸어 주시옵소서. 있던 정마저 떠날 만치로 우울한 눈빛을 지으시면, 소녀는 그만 몸 둘 바를 모르게 되고 마옵니다. 자고로 어두운 사람과 대면하는 것만큼 꺼림칙한 일도 없다는 것이 소녀의 비견이옵니다.”

아트리는 새치름히 고개를 돌렸다. 나는 무심결에 웃고 말았다. 그제야 그녀는 안심한 듯 다시 식사 시중을 들었다.

숟가락을 놀리는 동안 나는 심산스러운 상념에 잠겼다. 나를 두렵게 한 것은 내 전생이 어쩌면 많은 것을 빚지고 있을지도 모른다는 사실이었다. 내가 모르는 나 자신의 채무. 사라스바티는 브라흐마를 사랑했을까? 그리고 브라흐마는? 그들은 도대체 어떤 식으로 결속된 부부였을까?

식사를 마치자 아트리는 상을 부엌으로 들이더니 금세 설거지를 마치고 돌아왔다. 그러고는 하루 동안 일을 돕겠다기에 거절했다. 그러나 아트리는 막무가내로 내 등을 떠밀었다.

"이런 생활을 지속하셔서는 아니 됩니다. 조만간 할머님께서 새 일꾼을 구하신다 하오니 그때까지만입니다. 모쪼록 숙업의 깊이를 헤아리셔야 하옵니다. 억조창생이 오로지 폐하의 각성만을 고대하고 있으니까요."

나는 말없이 고개를 끄덕였다.

아트리는 부러질 듯 가느다란 허리로 짐을 옮기는 것부터 생선을 다듬는 것까지 거침없이 처리했다. 그동안 나를 연고도 없이 시장 모퉁이에서 생선을 파는 불쌍한 청년쯤으로 여기던 근처 상인들은 한마디씩 거들면서 아트리의 아름다움을 칭찬하기에 여념이 없었다. 덕분에 그날 점심까지의 매상은 며칠간의 소득을 합친 것만큼이나 많았다.

"소녀가 도움이 되는 듯하지요?"

감탄하는 나를 보면서 아트리가 상글거렸다. 나는 감사하면서도 적잖게 미안한 기분이 들었다. 덥고 습한 날씨라 짜증스러울 법했는데도 아트리는 시종 미소를 거두지 않았다. 점심때가 되자 그녀는 또 언제 준비했는지 반찬이 그득한 양철 도시락을 꺼냈다. 좌판 뒤에 쪼그려 앉아 밥을 나눠먹는데, 등 뒤에서 말소리가 들렸다.

"오, 그림 좋은데!"

나는 젓가락을 입에 문 채 돌아보았다. 옷가게 형이 능글맞게 시실거리고 있었다.

"아아, 형. 딸내미 생일잔치는 잘했어?"

"말 돌리지 마라, 이 자식! 얘기 듣고 와 봤더니, 얌전한 고양이가 어디 먼저 올라간다고……. 언제 이런 미인을 꼬드겼나?"

나는 멋쩍은 웃음을 지었다.

"어쨌거나 이것 참 경사로세. 워낙 우중충해 놔서 걱정했더니 내 신경만 손해 봤잖아. 여 제수씨, 안녕하십니까!"

그는 손을 휘둘러 아트리에게 인사를 건넸다. 아트리는 앞치마에 손을 문지르면서 일어났다.

"안녕하세요."

"아니 이거, 가까이서 보니 더 미인이시네요! 진짜 놀랐습니다. 도대체 언제부터 이 꼴통과 사귀신 겁니까?"

"그리 오래되지는 않았어요. 제가 첫눈에 반했거든요."

아트리는 손으로 입을 가리고 호호 웃었다. 남자는 짓궂게 내 등을 두들겼다.

"이 새끼 완전 웃기는 놈이네? 글쎄 어찌나 시침을 딱 떼던지 새까맣게 몰랐지 뭡니까. 언제 다 같이 식사라도? 아니 아니, 그보다 저희 집에 한 번 오시죠? 마누라도 좋아할 것 같은데."

"초대해 주셔서 감사합니다. 언제라도 기쁘게 찾아뵙죠."

아트리는 숭굴숭굴하니 답했다. 그는 "빈말 아닙니다, 꼭 오시는 거죠?" 하고 신신당부하고는 쾌활한 여운을 남기며 사라졌다. 나는 뒷머리를 긁적거리며 아트리에게 사과했다.

"미안해, 평소에 친하게 지내는 사람이라서……."

"괜찮습니다."

아트리는 부드럽게 내 말을 가로막았다.

"옳은 곳에 올바로 계셨군요. 안심했사옵니다."

그러고는 예사로운 몸짓으로 종이컵에 생수를 따랐다. 나는 뻣뻣하게 서서 컵을 받았다. 아트리는 더 이상 아무 말도 하지 않았고 빈틈을 내보이지도 않았다.

그제야 나는 내 기억들에 공통분모가 있다는 사실을 깨달았다. 그것은 침묵, 은밀한 공모로 이루어진 침묵이었다.

25

"심해를 택하느니 악마를 택하라."고 말한 것은 칼 구스타프 융이었다. 심해는 영적인 죽음을 뜻한다. 그와 성격은 다르지만 같은 얘기를 윌리엄 포크너는 이렇게 표현했다. "슬픔과 무(無) 중에서 나는 슬픔을 택할 것이다."

공책에 졸필로 베껴 쓴 두 문장 밑에는 나 자신의 어쭙잖은 의기도 덧붙여 있다. "멈추고 가라앉느니 갈가리 찢기며 나아가리라." 스무 살 때였다. 그리 옛날도 아니다. 그런데도 아주 늙어 버린 기분이 들었다. 우연은 없다던 지은의 말이 예언이 된 지금 나는 해저에 묻힌 화석이 되고 싶었다. 아무도 캐지 않는 영원한 정지.

날이 뜨거웠다. 막바지 불더위였다. 걸음을 옮길 때마다 발바닥 아래에서 아스팔트가 쩍쩍 소리를 냈다. 나는 이마의 땀을 훔치며 아트리를 바라보았다. 그녀는 과일 바구니를 흔들면서 경쾌하게 걷고 있었다.

목이 말랐다. 담배 생각이 났다. 길을 나선 이후 오랫동안 벼르던 금연을 단행한 차였다. 그러나 햇살이 귓등을 뜨겁게 달구자 빈 호주머니가 아쉽게 느껴졌다. 막상 담배를 떠올리니 다른 상념들은 뒤편으로 물러서고 그 자리를 온통 칼칼한 연기가 채웠다. 나는 아랫입술을 손가락으로 만지작거리다가 가끔 비틀면서 희뿌연 욕망을 내쫓으려고 노력했다.

"여기 맞사옵니까?"

아트리가 멈추어 서면서 말했다. 나는 건물을 올려다보았다. 몇 번 찾은 적 있는 연립 주택이었다. 층층이 난 창문 너머로 커튼이니 빨랫감 따위가 엿보였다. 어린아이들이 자전거를 타고 우리 곁을 빠르게 지나갔다. 그 서슬에 바구니에서 오렌지가 굴러 떨어졌다. 나는 오렌지를 주워 담으면서 말했다.

"너무 빨리 온 거 아닌가 몰라."

"늦는 것보다야 낫지요."

"그렇긴 한데……."

계단을 올라 3층에 섰다. 302호. 초인종을 눌렀지만 대답이 없었다. 두어 번 반복해서 눌러도 무반응이었다.

"사람을 불러 놓고 어디 간 거야, 이거."

주머니에 손을 꽂으며 투덜거리는데, 아트리가 살짝 문고리를 잡아당겼다. 현관문이 아무런 저항 없이 열렸다.

"어, 잠깐만……."

"뭐 어떻사옵니까. 초대도 받았는데."

아트리는 방글방글 웃으면서 스스럼없이 들어갔다. 나는 난처해하며 뒤따랐다. 현관 맞은편에 커다란 결혼사진이 있었다. 화사하게 웃는 신랑 신부의 얼굴이 보기 좋아서 똑똑히 기억하는 사진이었다.

"계십니까?"

대답 대신 냉기가 밀려왔다. 뭔가 이상한데 싶은 순간 비릿한 냄새가 감각을 파고들었다. 나는 무심코 아트리의 어깨를 꽉 잡았다.

"이 냄새……."

아트리의 눈동자가 흔들렸다. 그녀는 신을 벗고 살금살금 부엌으로 향했다. 나는 따라가는 대신 주춤거리며 물러섰다. 다시 기억의 핏줄기가 솟구쳤다. 공기에 잘게 부서져 섞인 죽음의 냄새, 구석구석 엉긴 어둠, 총성…… 세 발의 총성!

"아트리!"

나는 제풀에 놀랄 정도로 큰 소리를 내어 외쳤다.

"나가자!"

대답이 없었다. 신경질적인 여운만이 되돌아왔다. 나는 기도문과 욕설을 뒤섞어 읊조리면서 신발을 벗었다. 빌어먹을, 제기랄, 아멘, 인샬라…… 이런 염병할! 나는 신발을 걷어차고 부엌으로 달려갔다.

"아트리, 괜찮아?"

"저는 괜찮사옵니다. 그러나……."

아트리는 부엌에서 걸어 나와 창백한 얼굴로 내 팔을 잡았다. 나는 그녀를 뒤로 돌려 감싸며 문간에 늘어진 발을 젖혔다. 먼저 비리치근한 악취가 덤벼들었고, 그다음에 예감이 뚜렷이 구현되어 나타났다. 바닥에 아이와 여자의 시체가 구르고 있었다. 몸통과 머리가 따로 떨어진 채.

"검으로 잘린 것이옵니다, 단번에……."

아트리의 목소리는 침착했다. 나는 혹 그녀가 처음부터 예상했던 것은 아닐까 의심했지만 이내 그만두었다. 중요한 것은 그게 아니다. 예감만이라면 나도 마찬가지다. 저주받을 브라흐마의 환생이여, 너는 분명히 이렇게 될 줄 알고 있었다. 그게 아니라면 지금 밀려오는 이 감정은, 차라리 안도감이라 해야 마땅할 느낌은 뭐란 말이냐? 나는 핏물 속에 무릎을 꿇고 시체를 반듯이 눕혔다. 머리를 제자리에 돌려놓고 손발을 거둔 뒤에야 어금니를 부서지도록 악물었다. 고통이 강한 산처럼 목을 태우며 스며들었다. 이제 이 순간도 기념사진처럼 기억에 박혀 내 의지와는 관계없이 시시때때로 떠오를 것이다. 내가 이곳을 찾아온 이유는 흉중에 더해질 낙인을 직접 보고 확인하기 위함이었을 뿐이다.

몸을 일으키는데 문소리가 들렸다.

"벌써 왔어?"

덜그럭거리며 발이 걷혔다. 무슨 일이 일어났는지 얼른 이해하지 못해 부엌 바닥과 나를 번갈아 보는 동안에도 남자의 입가에는 너그러운 미소의 흔적이 남아 있었다.

검은 비닐봉지가 떨어졌다. 복숭아가 여기저기 굴러 떨어졌다. 남자는 마구 헝클어진 눈으로 아내와 딸의 시체를 응시했다. 턱이 부르르 떨리더니 갑자기 떡 벌어졌다. 그는 종잡을 수 없는 소리를 지르고 가족들에게 달려가 꿇어앉았다. 그러고는 창자를 쏟아내듯 처절한 오열을 토했다. 나는 구석에 서서 그가 감정의 화살을 내게 돌리길 기다렸다. 시간이 가슴을 베면서 지나갔다.

이윽고 남자가 일어섰다. 무언가를 찾듯 두리번거렸다. 시선이 몇 번 내게서 빗나가 헤매다가 한참 만에 내 얼굴로 되돌아왔다. 남자의 눈가에 피멍 같은 노기가 맺혔다. 그는 성큼성큼 다가와 믿을 수 없는 힘으로 내 멱살을 움켜쥐었다.

"너냐……?"

나는 부인하지 않고 눈을 피했다. 늘어진 오른팔 안에서 문득 화기가 이글거렸다. 생명력이라기보다 기억의 여신(餘燼)에 불과한 기운이었다.

"네가…… 네가? 정말, 정말이냐?"

목을 조이는 손가락의 힘이 점점 강해졌다. 죽은 팔 안의 열기가 이제 온몸으로 타고 올랐다. 그러나 나는 곧 그것이 기분만이 아님을 깨달았다. 증오로 검붉은 눈동자에서 불길이 솟구쳐 그의 주위를 엄호하듯 에워쌌다. 나는 고개를 쳐들었다. 남자의 이마에서 금빛 증명이 날카롭게 빛났다. 나는 자신도 모를 힘에 이끌려 중얼거렸다.

"아그니……?"

그는 멱살을 움켜쥔 손에 힘을 실어 나를 내동댕이쳤다.

"네놈은 대체 뭐냐!"

노호에 감응하듯 불길이 천장까지 치솟았다. 그러더니 남자의 손아귀로 떨어져 거대한 도끼로 변했다.

"제기랄, 그동안 감쪽같이 마기를 감추고 나를 기만했군. 네가 태어난 곳으로 돌려보내 주마, 지옥의 개새끼야!"

멀리서 아트리의 비명 소리가 들렸다. 눈앞이 아찔 휘면서 회전했다.

곧이어 구원의 손길이 내뻗쳤다.

차가운 물줄기가 바닥을 뚫으며 솟구쳤다. 나부끼는 물보라에 닿자 도끼가 모래처럼 부스러졌다. 물기둥 너머에 선 남자, 화신(火神) 아그니의 얼굴이 경악에 질렸다.

"바루나!"

그는 섬뜩한 소리로 으르렁거렸다.

"너까지 한통속이란 말인가……. 이자의 정체가 뭐냐!"

물기둥은 대답 없이 바닥에 스며들어 자취를 감추었다. 어느덧 주위를 휘감고 있던 화염이 잦아들었다. 때를 놓치지 않고 하얀 그림자가 남자와 나 사이에 뛰어들었다. 아트리였다.

그녀는 매섭게 남자의 뺨을 후려갈겼다.

"이 무슨 망동이십니까, 아그니여! 감히 프라자파티[76]께 위해를 가하려 하시다니, 억만 번의 윤회로도 속죄할 길 없는 중차대한 과실이십니다!"

남자의 기세가 꺼부러졌다. 그는 멍하니 내 이마를 살폈다.

"마하 브라흐마……?"

그의 입술에서 핏기가 걷혔다.

"그럴 리가! 그러나……."

"그저 오관에 의존하시렵니까? 아그니 브리하스파티의 심안은 사위었나요?"

아트리는 당차게 쏘아붙이며 나를 가로막고 섰다. 나는 그녀의 어깨 너머로 혼란을 주체하지 못하고 수없이 변화하는 남자의 눈빛을 바라보았다. 고통이 넓적한 얼굴에 머무르자 그는 백치처럼 무방비해 보였다. 나와 눈이 마주치자 남자는 맥없이 가족들의 시체 옆에 주저앉아 머리를 감쌌다. 나도 정말이지 그러고 싶었다. 그러나 그의 분노가 방향을 잃은 뒤에도 나는 내가 과연 가해자인지 불운한 관망자인지 판단을 내리지 못해 망설였다.

어디선가 발자국 소리가 들렸다.

소리는 상황을 타진하듯이 간격을 두면서 다가왔다.

아그니가 눈물로 번들거리는 얼굴을 치켜들었다. 목줄기에 뻣뻣한 힘줄이 섰다. 그는 주문처럼 들리는 단어를 읊조리면서 발소리의 주인이 나타나길 기다렸다. 문가의 발이 걷히는 찰나 나는 아트리를 감싸며 오른팔을 긴장시켰다. 그 팔이 이제 움직이지 않는다는 사실을 깨달은 것은 자그마

---

76) 창조자.

한 형체가 완전히 드러난 뒤의 일이었다.

"그녀가 옳다, 아그니여. 그대의 분노는 방향을 그릇 헤아렸노라."

여자가 낮고 위압적인 음성으로 속삭였다.

"그들을 죽인 것은 바로 나, 그대의 주인인 인드라이니라."

∼

헤어질 때와 다름이 없었다. 머리털만이 조금 더 자라 귓불 아래에서 흔들거렸다. 가량가량한 몸을 감싼 반소매 셔츠에 커다란 로고가 박혀 있었다. 주근깨가 깔린 콧마루는 볕에 그을려 다갈색이었다. 입술 밑에는 턱 끝까지 이르는 긴 흉터가 있었는데, 그것을 보자마자 나는 몇 년 전의 사건을 떠올렸다.

그때 우리는 진탕 취해서 몸조차 가누지 못했다. 누군가의 송별회였던가 뭐 그런 모임이었던 것 같다. 늦게까지 마시고도 모자라 선배의 자취방으로 옮겨 2차 3차를 이었다. 나사가 풀리자 너나할 것 없이 얼마간 막말을 해 가면서 떠들었다. 나는 벌렁 드러누워 천장을 향해 "그러니까 죄다 글러먹었다 이거야. 어따 써먹을 데가 있어야지."라는 둥 영문 모를 소리를 지껄였고, 미주는 선배들에게 둘러싸여 쉼 없이 폭탄주를 돌렸다.

아마 그 와중에 시비가 붙었던 모양이다. 정신을 차려 보니 술판은 파장이었고 미주는 남자 선배와 언성을 높여 다투고 있었다. 단순한 말다툼이던 것이 욕설이 오가면서 살기등등한 분위기로 바뀌었다. 상대도 여간 불같은 성격이 아니었고 미주도 물러날 줄 모르는 타입이었기 때문에 일이 점점 커졌다. 결국 흥분한 선배가 잡히는 대로 휘두른 것이 하필 과일 안주를 깎고서 옆에 놔둔 과도였고, 그 끝이 미주의 턱을 베었다. 미주는 어리둥절해서 입가를 더듬었다. 이윽고 상황을 파악하자 낮빛이 온통 시뻘게졌다. 그녀는 "야, 씹새끼야! 너 죽을래?"라고 외치며 와락 달려들어 상대방을 때려눕혔다. 그제야 정신을 차린 우리는 칼을 뺏고 필사적으로 두 사람을 떼어놓았다. 나는 고래고래 소리를 지르는 미주의 팔을 붙들고 방을 뛰쳐나왔다. 택시에 타서 병원으로 향하는 동안에도 미주는 온갖 욕지거리를 퍼부었다. 마침내 응급실 앞에 도착했을 때, 그녀는 무슨 일이 있었냐는 듯이 얌전한 얼굴로 내 어깨에 기대어 자고 있었다.

다음 날 술이 깬 미주는 아무것도 기억하지 못했다. 상처는 그리 깊지 않았지만 흉터가 남으리라는 것은 틀림없었다. 나는 간밤의 일을 설명하면서 퉁을 놓았다.

"넌 무슨 놈의 지지배가 그렇게 앞뒤 가리는 게 없냐?"

"그러게 말이야. 맨 정신이었으면 주먹 말고 나도 칼침을 놔 주는 건데."

그녀는 어이없어하는 나를 향해 낄낄거리더니 거울을 들여다보았다. 실밥이 헤집고 들어간 상처를 만지작거리며 썩 만족스러운 기색을 지었다.

"이거 괜찮은데. 턱이라 좀 아쉽기는 하지만. 나 옛날부터 스카페이스가 이상형이었거든."

나는 할 말을 잃고 마주 웃고 말았다. 그날을 계기로 우리는 급속히 친해졌다. 이후 술자리에서 나는 그 일을 종종 안주거리로 삼으며 미주를 '어설픈 알 카포네'라 놀렸다. 그때마다 그녀는 해죽거리며 아래턱을 만지작대곤 했다…….

지금 이쪽으로 다가오는 그녀의 입술 아래에도 틀림없는 흉터가 있었지만, 가엾한 눈초리며 맹금 같은 기운이 기억과 실제를 비틀었다. 미주는 나를 보지 않았다. 아그니의 얼굴만을 겨누며 또박또박 발을 옮겼다. 그러한 외면이 외려 나를 의식에 담은 반증인 듯싶어, 나는 가슴에 뒤엉키는 안도와 통증을 주체하지 못하고 물러섰다.

　미주와 마주 선 아그니의 눈길은 처음에 그녀의 이마로 향했다. 곧이어 눈으로, 코로, 입술로, 턱의 상처로, 목으로. 푸른 운동화 끝에 얼룩진 핏자국으로.

　"오랜만이군, 아그니."

　미주가 말했다.

　"인드라…… 님?"

　"이런 식으로 재회하기를 원치는 않았으나 어찌할 도리가 없었다. 그대의 식솔들은 내가 도착하기 얼마 전 아수라에게 잠식되었다. 나는 그대를 만나기 위해 이곳으로 왔으나 그들의 처지를 보고 선택할 길은 하나밖에 없었다. 알고 있겠지, 육체를 빼앗긴 인간에게는 재생의 기회가 없다는 사실을."

　미주의 목청에서 삭풍이 계속 흘러나왔다.

　"아그니여, 원한이 있다면 그대 자신에게로 향할지어다. 저급한 아수라들은 생명력을 보충하기 위해 신성이나 우수한 마기 근처에서 기생하며 살아가지. 그대 역시 모르는 바 아닐 터인데? 그대와 부부의 연을 맺은 여인, 혹은 자식만큼이나 노리기 쉬운 표적이 또 있을까? 각성한 처지에 인간을 가족으로 삼은 그대의 잘못, 그밖에는 아무것도 없다."

　아그니의 손끝이 바르르 떨렸다. 그는 비틀거리며 등 뒤 개수대를 짚었다. 손으로 눈을 덮고 비탄을 삼키는 그에게 미주가 한 걸음 더 다가갔다. 운동화가 눈자위를 홉뜬 아이의 머리 옆에 멈추었다.

　"그러니 그대가 치른 대가를 카르마의 소산으로 받아들이도록 하라. 그대는 오래전에 각성했음에도 너무 많은 시간을 지체하였다. 그대는 우마의 서거를 잊었는가? 데비의 소멸이 이제 그대에게 무의미하단 말인가?"

"그럴 리가 있겠습니까……!"

"그렇다면 무엇을 망설이는가! 남동쪽의 수호자, 신들의 제사장이여, 나는 시바의 명을 받들어 이곳에 왔노라. 위대한 스승께서 그대의 이름을 원하신다. 바야흐로 마하칼라[77]의 때가 도래한 것이다. 다섯 개의 길과 세 개의 층(層)과 일곱 개의 실을 지닌 신이여! 그대 자신을 루드라의 제단에 바쳐라. 정화의 시간이 우리를 기다리고 있다."

그녀는 분명히 아그니뿐 아니라 나를 향해서도 말하고 있었다. 나는 더 참지 못하고 "신미주!" 하고 외치며 그녀의 어깨를 잡아챘다.

"이게 어떻게 된 거야? 도대체 뭐라고 주절대는 거냐고?"

"수개월 만에 승후(承候)하옵나이다, 폐하."

미주의 입술이 녹슨 용수철처럼 움직였다.

"저는 시바의 하명을 받들어 이곳으로 왔습니다. 푸랄라야, 파괴자께서는 칼리 유가의 황혼을 맞이하여 제신의 결집을 바라고 계십니다."

"똥이나 처먹으라고 해!"

나는 한껏 고함을 질렀다.

"내가 듣고 싶은 건 네 얘기야. 지금 네가 여기에서 뭘 하고 있는지 듣고 싶은 거라고!"

"예전 이 육체의 주인이었던 여자에 대해서라면……."

"네 껍데기를 홀랑 벗긴다 해도 '그 여자'가 너라는 사실에는 변함이 없어."

그녀는 안을 헤아릴 수 없는 눈으로 나를 노려보았다.

"왜 그래? 너무 감동적이어서 말도 안 나오나 보지? 난 너한테 하고 싶

---

77) 대시간(大時間).

318

은 얘기가 많아. 돌아가면 들려주려고 차곡차곡 쌓아 놔서, 당장이라도
뇌가 부풀어 터질 지경이야."

"폐하."

"그딴 소리 좀 집어치워. 넌 꼭 책을 보고 외운 것처럼 씨부렁거리고 있
지만, 사실은 문맥도 제대로 파악 못한 게 틀림없는데 그래. 말하고 싶은
게 대체 뭐야? 다 같이 사이좋게 손을 잡고 세상을 멸망시키자고?"

"그렇습니다."

미주는 흐트러짐 없는 태도로 응수했다. 내가 무의식적으로 그래 왔듯
그녀도 오래전부터 이 순간을 준비해 온 것처럼 보였다.

"폐하께서 세계를 창조하실 때 그 세계는 동시에 시바의 것이 되었습
니다. 창조가 만물의 숙명인 것과 마찬가지로, 멸망 또한 만물의 숙명입니
다."

나는 침을 삼켰다. 미주가 자기 말의 무의미를 인식하고 있으리라는 기
대가 차츰 허물어졌다. 만일 그녀에게도 의혹이 있다면 그것은 우리가 공
유하는 과거에 대해서이지, 결코 내가 끌어안은 것과 같은 종류의 혼란은
아닐 것이다. 시바의 이름을 입술에 올릴 때 미주의 얼굴에는 강한 신뢰
감이 흘렀다. 나는 그 사실에 좌절하는 한편 질투했다. 어쩌면 그 사내는
운명에 대한 내 의인관(擬人觀)에서 태어난 존재일는지도 모른다.

"만약…… 내가 끝까지 거부한다면 어떻게 되지?"

"그럴 리는 없습니다."

"무슨 근거로?"

"멸망이 곧 브라흐만의 섭리이기 때문입니다."

"브라흐만, 브라흐만! 다들 줄기차게 그 이름만 지껄여 대는데, 도대체
그 자식의 정체가 뭐야?"

"브라흐만은 존재도 비존재도 아니며, 결코 언표될 수 없는 힘입니다."

"그렇다면 그런 녀석이 의지를 갖고 명령한다는 게 더 웃긴 거 아냐? 멸망을 시켜라, 창조를 해라 이딴 식으로……."

"섭리는 우리의 존재를 통해 발현됩니다, 폐하. 그것은 의지라기보다 본 유적인 당위에 가깝습니다."

나는 식탁 의자를 거칠게 끌어당겨 앉았다.

"벽에다 대고 지껄이는 쪽이 낫겠군."

미주는 신병처럼 뻣뻣이 서 있었다. 나는 짜증스럽게 머리를 긁적거렸다.

"빌어먹을! 네 말이 다 맞다고 쳐. 내가 신들 중의 유일한 후레자식이라고 가정해 보자고. 하지만 모든 것이 브라흐만의 뜻이라면 지금 내가 이렇게 뻗대고 있는 것도 결국 섭리의 일부라는 소리 아냐? 왜 그런 시간 낭비를 해? 그냥 나를 조종해서 시바에게 동조하도록 만드는 게 훨씬 빠르지 않아?"

"누가 감히 섭리를 헤아릴 수 있겠습니까?"

"그거 참 가슴이 따뜻해지는 말인데."

미주는 내게서 눈을 돌렸다. 그리고 멍하니 우리를 지켜보는 아그니에게 말을 건넸다.

"마음을 정했는가, 불의 지배자여?"

"저는……."

"관둬, 형. 들을 가치도 없어."

나는 퉁명스럽게 그의 말을 막았다.

"설마 형도 자기한테 세상을 멸망시킬 의무가 있다고 망상하는 건 아니겠지? 웃기지 말라고 해. 이 자식들은 자기 가족이라도 지옥까지 끌고 들어갈 놈들이야."

"신과 인간의 중재자이며 위대한 제관인 그대 에카리시여."

미주는 나를 무시하고 말을 이었다.

"삿된 감정을 내치고 일어나라. 시바께 복종하라. 그대가 걸친 이 육신은 허망한 마야이며……."

"신미주!"

나는 다시 미주의 말끝을 가로챘다.

"들어 봐. 내가 지금 갑자기 맛이 가서 너를 칼로 찌르면, 그래서 네가 죽으면 어떻게 되지? 네 이번 생은 끝장나는 거 아냐. 그래도 육체가 허망해?"

"현세가 끝난다고 본질이 사라지는 것은 아닙니다. 과거와 현재와 미래는 무수히 되풀이되고 있으며, 시간의 틈바구니에는 또 다른 공전과 역전이 존재합니다."

"난 그런 거 몰라. 내게는 이 순간만이 중요해. 지금 죽은 사람들은 지금 되살아날 수 없어. 내세에 다시 태어난다 해도 내 알 바 아냐. 너희는 데바인지 뭔지 하는 족속들의 허상에 얽매여 있는지도 모르겠지만, 난 브라흐마에게 내 현세를 양보할 생각이 없어."

"폐하께서는 중요한 사실을 망각하고 계십니다."

미주가 측은하다는 듯 나를 바라보았다.

"이 상황은 오래전 폐하께서 내리신 선택의 반복에 지나지 않습니다."

나는 말을 잃었다.

지금까지 한 번도 생각한 적 없었다. 그동안 브라흐마에 대해 수많은 그림을 그리면서도, 그를 의식적으로 내게서 분리해 '저들'의 범주에 넣고 떠올려 왔다. 그와 나를 동일시할 이유가 없었다. 말도 안 되는 소리였다. 내가 브라흐마의 연장임을 인정한다는 것은 패배를 뜻했기 때문에, 나는 신들은 물론 나 자신의 전생에도 대항할 태세를 갖춘 터였다.

그러나 나와 브라흐마의 뜻이 일치한다면? 스칸다 카르티케야의 분노가 현재뿐 아니라 과거까지 겨냥한 것이라면?

"폐하께서는 언제나 인간들 편에 서 계셨습니다."

미주가 내 심중을 읽은 듯이 말했다.

"한 번도 저희에게 만족스러운 대답을 주신 적이 없었습니다……. 부디 가르쳐 주십시오, 폐하. 시바를, 신들을 배신하고, 의무마저 저버리시면서 인간을 택하신 이유는 무엇입니까. 폐하께서 그리도 감싸고 아끼시는 인간들보다 못한 존재라면 우리가 신이라 불리는 이유는 무엇입니까. 우리는 무엇 때문에 절대에게서 분리되었고 무엇 때문에 몰락하였으며 무엇 때문에 인고의 생을 무수히 거쳐 온 것입니까."

미주의 목소리가 격앙되었다. 그녀는 나를 똑바로 노려보면서 외쳤다.

"대답해 주십시오, 창조자여!"

공기가 부들부들 떨렸다. 나는 어찌할 바를 모르고 넋을 잃었다. 그녀/그는 내가 아닌 다른 존재, 그러나 신들이 바로 나 자신이라고 일컫는 존재에게 외치고 있었다. 그 격성은 나를 통과하여 끝없이 깊은 비탈 밑으로 곤두박질쳤다. 다시 무력감이 가슴에 사무쳤다. 내가 스스로의 의지라 여긴 마음조차도 내 것이 아니었단 말인가?

"모르겠어."

나는 신음했다.

"정말 모르겠어. 무슨 말이 듣고 싶어?"

미주는 대답하지 않았다.

"이건 싸구려 신학 논쟁 같아. 인류가 몇 세기 전에 완결을 본 개싸움 말야. 하지만, 젠장……! 도대체 나한테 뭘 원해? 뭘 어쩌라고? 너희는 내 이마에 인장조차 없다고 했잖아!"

"'이제 그대 자신의 마음과 싸워야 할 시간이 되었도다…….'"

그녀는 느닷없이 희미한 소리로 읊조렸다.

"'죽음과 브라흐만은 자아 안에 거주하는 것이니…….'"

잠시 정적이 흘렀다. 나는 힘겹게 말마디를 떼어 가며 물었다.

"그래서, 넌…… 이겼어?"

미주는 쓸쓸히 고개를 돌렸다.

별안간 아그니가 입을 열었다.

"폐하, 인드라 님."

그는 우리의 시선을 모으면서 말했다.

"제게 시간을 주십시오. 결코 시바 루드라를 거역하겠다는 것이 아닙니다. 다만 애도의 시간과 숙고할 여유를 갖고 싶을 따름입니다……. 저는 제 의지로 모든 것을 결정하겠습니다. 모쪼록 용서하십시오."

미주의 표정이 착잡하게 엉켰다. 그녀는 두 구의 시체를 일별하고 내게 익숙한 방식으로 어깨를 으쓱했다.

"앙기라사[78]가 그리 말한다면 누가 이의를 제기하겠는가? 앞으로 나아가는 자여, 그대의 의지를 존중하겠다."

그러고는 안색을 바꾸어 말했다.

"이들의 영혼은 내가 인도했다. 화장은 지아비이자 아버지였던 그대에게 맡기겠노라."

아그니는 묵묵히 머리를 조아렸다.

열린 창틈으로 바람이 불었다. 아그니의 분노가 낳은 불꽃이 사그라지자 소소한 기운이 온몸을 휩쌌다.

---

78) 위대한 사제.

미주의 눈동자가 속눈썹 아래 숨었다.

"무례를 용서하십시오, 마하 브라흐마여. 언젠가는 대답을 들을 날이 오겠지요. 그렇게 믿고 싶습니다."

그러더니 내게서 신미주를 완전히 차단하듯 못을 박았다.

"지난 일들은 모두 잊으십시오. 이것은 진리의 문제입니다. 작은 시간들은 다가올 대시간 앞에서 아무 의미도 없습니다."

"나는 잊는 법을 잊어버렸어."

미주는 천천히 고개를 흔들었다. 누구를 향해? 그제야 깨달았다. 망각은 나를 떠났지만 상실이 그 자리를 대신했다고. 나는 계속 많은 것들을 잃어버릴 것이고 바로 이 순간에도 별리가 이루어지고 있음을. 붙잡아야 할까? 그녀도 기대하는 건 아닐까? 그러나 너무 늦었다. 다시 밀어닥친 바람살에 쓸려 미주의 형체가 희미해졌다. 사방 모든 것이 중력을 이기고 둥실 떠오른 것처럼 보였다.

마지막으로 나는 미주의 얇은 입술과 턱의 흉터 속에서 어떤 언어를 읽었다. 그러나 난독증에라도 걸린 양 말은 뿔뿔이 흩어져 의미를 완성하지 못했다.

26

가스레인지 위에서 달달한 냄새를 풍기는 육수가 끓어올랐다.

그녀는 시계를 흘끗 보고 개수대 위에 늘어뜨린 머리를 차분히 빗었다. 서른 번가량 꼼꼼히 빗질을 하고서 빗살 사이사이 낀 머리털을 훑어 손 끝으로 둥글게 뭉쳤다. 잠시 그것을 만지작거리며 생각에 잠겼다가 배수구에 버리고서 다시 시계를 보았다. 그녀는 차가운 물에 손을 씻고 양송이와 표고버섯을 얇게 썰었다. 국물이 졸아들 때쯤 버섯을 쓸어 넣고 냄비 안을 들여다보았다. 매운 증기로 콧등이 벌겋게 달아올랐다. 그녀는 찬장에서 적포도주를 꺼내 두 숟갈 따랐다. 육수에 포도주를 넣고 숟가락으로 휘저은 다음 소금과 후춧가루를 뿌렸다. 얼크러진 냄새의 입자가 부엌 안을 둥실둥실 떠돌았다. 불을 끈 뒤 그녀는 고기를 한 점 꺼내 맛보고 가스 밸브를 잠갔다.

"밥 다 됐어요."

그녀는 닫힌 방문을 향해 외치고 양손에 장갑을 끼었다. 문이 열리는 동안 냄비를 상에 올려놓고 접시와 포크를 가져왔다. 그는 문가에 서서 냄비를 바라보고 있었다. 그녀는 분주히 손을 놀리며 말했다.

"뭐해요? 얼른 와서 먹지 않고. 비프스튜 처음 봐요?"

그는 상 옆에 와서 앉기는 했으나 내키지 않는 듯 포크를 들었다. 그녀가 접시에 고기를 더는 동안에도 그는 육수를 뒤적이다 야채만을 건져서 먹었다. 지은은 어리둥절해서 접시를 내려놓았다. 그러고는 얼굴을 찡그리며 물었다.

"당신 혹시 채식주의자예요?"

"습관일 뿐이오."

"그럼 고기도 먹어요."

그는 말없이 감자와 버섯을 접시에 덜었다. 지은은 한숨을 쉬었다.

"내 멋대로 한 거라서 성의 어쩌고 운운할 처지가 아니라는 게 안타깝네요. 하지만 딴에는 자신 있다고 만든 거예요. 이거 제법 품이 드는 요리라고요. 웬만하면 고기도 좀 먹어요, 유디슈티라. 나 혼자 이거 다 해치울 수 없어요."

"미안하오."

그는 짧게 대꾸하고 감자를 포크로 찍었다. 지은은 언짢은 기색으로 냄비를 노려보다가 눈을 둥그렇게 떴다.

"혹시 쇠고기라서 그래요? 미안해요, 힌두교도들은 쇠고기를 안 먹는다는 걸 깜박했어요."

"계율 문제는 아니오."

"그럼 왜?"

"개인적인 고집이지."

그녀는 쓴웃음을 떠올렸다.

“그리 나쁜 대답은 아니군요. 알았어요. 별 수 없죠. 기왕 많이 만들었으니 남은 건 앞집에라도 갖다줘야겠네요. 그 집 애들은 깡말라서 영 보기 안 좋더군요.”

지은은 다시 짧은 한숨을 쉬었다.

“술은 괜찮아요, 유디슈티라? 싸구려 포도주가 있어요. 요리에 넣으려고 사 온 거지만 너무 많이 남아서. 생각 있어요?”

그는 고개를 끄덕였다. 지은은 술병과 잔을 들고 돌아왔다. 너무 달고 탁해서 입 안에 찌끼가 끼는 듯한 포도주였다. 그러나 그들은 병이 빌 때까지 묵묵히 술을 마셨다.

“잊어먹을 뻔했네요.”

지은이 문득 생각난 듯 말했다.

“낮에 당신이 없을 때 웬 꼬마가 찾아왔었어요. 날 씹어 먹을 듯이 째려보던데요. 자기를 스칸다 카르티케야라고 소개하던데, 맞나요? 스칸다라면 시바의 아들이죠?”

“그렇소.”

“나한테 무슨 원한이 있는지 도통 모르겠더군요. 아무튼 그 애의 전언이에요. ‘인드라가 아그니를 회유하는 데 실패했습니다.’ 말마디에 어찌나 가시가 돋쳐 있던지 혹시 나 때문에 실패한 게 아닐까 걱정하기까지 했어요.”

“그것뿐이오?”

“뭐라고요?”

“전언은 그뿐이었소?”

“달리 더 있나요?”

그녀는 술잔을 빙글빙글 돌렸다. 취기로 귓불이 달아올랐다. 눈이 마주치자 그녀의 얼굴에 찬찬히 맥 빠진 미소가 떠올랐다.

"이미 알고 있군요. 다 알고 있죠? 유디슈티라, 당신 정말 좋은 사람이에요. 말수가 너무 적은 게 단점이긴 하지만."

"그를 만나고 싶소?"

"왜 그래야 돼요? 난 혼란스러워요. 당신 곁에 있는 게 편해요. 그 사람도 각성했나요? 정말 그 사람이 당신들이 원하는 그런 존재인가요?"

"그는 아직 미각성의 혼돈에서 헤매고 있소."

"……그 사람, 지금 당신에게 맞서고 있죠?"

"아마도."

"만일 그가 창조자로 각성한다면, 그래도 여전히 당신을 거부할까요?"

"그대는 그의 어떤 점에 끌렸다고 생각하오?"

"바로 그런 고집이죠."

그녀는 코끝을 만지작대면서 웃었다.

"난 가끔 당신과 선배가 닮았다고 생각해요…… 아주 뒤틀린 방식으로. 나를 떠나서 한다는 게 당신한테 헤살 놓는 짓이라니, 너무나도 그 사람다워서 할 말이 없어요. 내가 당신 곁에 있는 걸 알고 있을까요?"

"모를 거요."

"하긴 안다고 뭐가 달라지겠어요."

그녀는 허탈하게 중얼거렸다. 유리잔을 바라보는 눈동자에서 감정이 걷혔다. 문득 그녀의 내부에서 영혼이 사라지고 빈 가슴에 회분(灰粉)이 내려 쌓이는 것처럼 보였다. 카일라사의 살풍경한 적막과 닮은 모습이었다.

그는 자리에서 일어나 방으로 사라졌다가, 바이올린을 가지고 되돌아왔다. 어느새 상이 치워지고 머리를 뒤로 묶은 그녀가 열심히 바닥을 걸레질하고 있었다. 묵은 때에 덖은 장판은 아무리 문질러도 여기저기 고인 얼룩이 사라지지 않았다. 그 때문에 땀이 밴 그녀의 몸짓이 서글픈 헛노릇으로 다가왔다. 그는 목덜미에 시린 눈발을 느낀 듯하여 고개를 돌렸다. 그토록 많은 생을 보냈는데도 불현듯 옛날과 같은 추위를 호흡할 수밖에 없었다.

그는 활을 들었다. 바흐의 무반주 바이올린 파르티타 2번, 「샤콘」.

선율에 귀 기울이는 동안 지은은 그녀의 일부가 떨어져 나가 먼 곳으로 사라지는 기분을 맛보았다. 연주는 아름다웠지만 불길했다……. 지은은 손을 멈추고 그 남자의 이마에서 빛나는 문장을 바라보았다. 그것이 결코 상서로운 징표가 아니라고, 절대의 변덕스럽고 잔학한 발현에 불과하다고 생각했다. 그러고는 다시 몸을 굽혀 걸레질했다. 반들거리는 바닥에 야윈 얼굴이 비쳤다. 깊숙이 찌든 때가 반영의 눈두덩에 어려 죽어 가는 사람의 얼굴처럼 보였다. 바보같이! 지은은 자신을 나무라며 걸레로 그림자를 쓸었다.

탄주를 마친 그는 바이올린을 내려놓고 생각에 잠겨 주위를 서성거렸다.

"왜 그래요?"

"내일 나와 함께 갈 곳이 있소."

"그것 참 신기한 일이네요. 어디죠?"

그는 탁자 위에 놓인 종이를 집어 건넸다.

"이거 무슨 표예요?"

"오페라요."

"오페라라고요? 대체 웬 거예요, 유디슈티라?"

"만나야 할 사람이 있소."

"굉장히 고상한 사람인 모양이네요."

그녀는 그에게 표를 되돌려주며 말했다.

“내가 껴도 되는 자리라면 갈게요. 오페라는 잘 모르지만.”

지은은 걸레를 뒤집어 물에 적셨다. 그러다 문득 방으로 돌아가는 그를 불러 세웠다.

“아까 제대로 못 봤는데, 제목이 뭐죠?”

그는 문을 닫기 전에 대답했다.

“「라 트라비아타」.”

~

예상보다 사람이 많았다. 객석에 빈자리가 거의 없었다. 지은은 팸플릿을 넘기며 훌훌 읽었다. 옆자리에서는 시바가 입을 꽉 다물고 명상에 잠겨 있었다. 그가 내면으로 침잠할 때면 선이 분명한 얼굴에 범접하기 힘든 빛이 깃들었다. 그의 안에 그녀가 결코 이해하지 못할 세계가 건설되고 있다고 생각하니 외로워졌다. 지은은 팸플릿을 덮고 그를 흉내 내어 자아의 집념을 초월한 곳으로 옮겨 가 보려고 노력했다. 그러나 그 시도는 감실감실 퍼져 오는 서곡에 가로막혔다.

1막, 비올레타의 살롱.

고급 매춘부인 비올레타의 파티에 많은 손님이 모여 있다. 청년 알프레도도 그중 하나. 알프레도는 비올레타에게 푹 빠져 있지만 그녀는 수많은 숭배자 중 하나인 그에게 눈조차 주지 않는다. 분위기가 고조되자 알프레도가 일어나 「축배의 노래」를 부른다. 비올레타가 가사를 이어받고 주위 사람들이 합세하면서 노래는 합창이 된다.

지은은 무릎에 놓인 팸플릿을 만지작거렸다. 영문을 알 수 없는 압박감으로 가슴 구석이 답답해졌다. 그녀는 심호흡을 하고 다시 무대에 집중했

다. 알프레도가 비올레타에게 구애한다. 비올레타는 거부하지만 결국 그
순수한 정열에 굴복한다. 동백꽃을 건네는 비올레타. 꽃을 받아든 알프레
도가 사라지자, 그녀는 그의 맹세를 되새기며 감동에 젖는다. 두려움과
설렘, 기대가 배태하는 불안…….

아냐! 지은은 무언으로 외쳤다. 저 여자는 파멸을 예감하고 있어. 이제
막 묏자리에 삽을 꽂았다는 걸 알면서도 애써 외면하는 거야. 비올레타
의 노래는 아름다웠다. 그러나 격정 어린 목소리가 높이 치솟았다 분수처
럼 사방에 흩뿌려질 때, 그 속에 담긴 비브라토는 희망과 회의의 엇박자
로 흐느낌처럼 들렸다. 지은은 목을 움츠려 객석의 어둠에 표정을 묻었다.
가엾은 비올레타는 어떤 식으로든 대가를 치르게 될 것이다.

2막.

두 주인공은 교외에 살림을 차리고 행복한 나날을 보내지만, 경제관념
이 없는 알프레도는 비올레타가 자신의 패물까지 아낌없이 팔아 치우면
서 생계를 유지하고 있다는 사실을 모른다. 그 와중에 등장하는 알프레도
의 아버지. 그는 비올레타가 아들을 유혹했다고 여기며 나무란다. 예정된
장해. 고뇌하는 비올레타. 그녀는 알프레도와 그의 가족을 위해 희생하기
로 마음먹고 배신을 가장해 떠나 버린다. 연인의 진심을 모르고 분노한
알프레도는 비올레타를 쫓아 파리로 가서, 수많은 사람들 앞에서 그녀를
모욕한다…….

막간에 로비로 나온 지은은 버섯처럼 오종종한 얼굴들 틈에 끼었다. 바
에 앉아 군상을 응시하는 동안 추억들로 가슴이 산란해졌다. 지은은 더
이상 단을 원망하지 않았다. 어쩌면 그녀는 망실한 시간들을 되찾으려 그
를 받아들였는지도 모른다. 만일 그렇다면 그녀는 그를 이용한 것이고 도
리어 그의 마음만이 순전했던 셈이다. 단순한 섞에 원망하기는 했으나 영

영 그를 잃을지도 모른다고 생각하니 정신이 아뜩해졌다. 왜 그때 문을 열어젖히고 뒤쫓지 못했을까? 지은은 비올레타를 떠올렸다……. 불시에 쇠잔해 버린 기분이었다…….

종소리가 울린 뒤에야 그녀는 객석으로 돌아왔다. 시바는 여전히 내면의 우주에 몰두하고 있었다. 갑자기 그에게서 도망치고 싶었다. 그러나 그의 역장에서 벗어나는 순간 또다시 집요한 혼란에 부대끼리라는 것을 알고 있었다. 지은은 마음을 도스르고 지꺼분한 눈자위에서 어둠을 내몰았다. 죽어 가는 비올레타가 애타게 알프레도를 찾고 있었다.

뒤늦게 진실을 안 알프레도가 울부짖으며 비올레타의 병상으로 달려온다. 알프레도의 아버지 역시 지난 잘못을 뉘우치며 사과한다. 모든 오해가 풀린 뒤 사랑하는 알프레도의 품에 안긴 그녀는 마지막 힘을 다해 아리아를 부른다. 아, 이제는 고통도 그쳤어요. 한없는 환희가 솟아나는걸요…….

환희…… 고작 그만한 보상에 저 여자는 일생을 걸었단 말인가? 지은은 괴로운 심정으로 고개를 들었다. 그때 이상한 광경이 보였다. 천장에 커다란 금이 가 있었다. 점점 벌어지는 균열에서 파편과 횟가루가 떨어지기 시작했다. 놀란 지은은 벌떡 일어나 외쳤다.

"천장이 무너져요!"

어리둥절하던 객석 사이로 이윽고 소요가 퍼졌다. 혼비백산한 이들이 비명을 지르고 울부짖으면서 엎치락뒤치락 공연장을 빠져나갔다.

"유디슈티라!"

반응이 없었다.

"뭐해요? 빨리 나가요!"

문득 지은은 그의 시선이 소란을 거슬러 무대로 달려가는 여자에게 꽂

혀 있음을 깨달았다. 마른 그림자가 바람처럼 재빨랐다. 붕괴는 걷잡을
수 없이 기세를 더해 이제 조명이니 돌조각이 머리 위로 떨어질 참이었다.
미처 피하지 못하고 넘어진 사람들이 비명을 질러 댔다.

그때 무대로 달려가던 여자가 단마디 고함을 질렀다. 여덟 방향에서 용
처럼 몸을 꼰 회오리가 들이닥쳤다. 보이지 않는 그물에 막힌 양 낙하물
들이 허공에서 멈추었다. 오케스트라와 가수들이 도망친 무대 위에 비올
레타만이 턱을 쳐들고 서 있었다. 여자가 무대로 뛰어오르자 비올레타가
손뼉을 쳤다. 등 뒤에 검은 그림자들이 나타났다. 형체를 분간하기 힘든
마수들이었다.

여자가 손을 허공에서 미끄러뜨리며 무드라[79]를 지었다. 다시 사방에서
바람살이 예리한 주둥이를 내밀고 달려들었다. 그러고는 마수의 살덩이를
갈기갈기 뚫고 찢었다. 비올레타가 여자의 목덜미에 검을 휘두르자 여자
는 재빨리 자신의 무기로 받아쳤다. 그 틈에 바람을 피한 마수의 발톱이
여자를 포착했다.

지은은 무대로 내달렸다. 있는 힘껏 가방을 마수에게 던졌다. 이르지
못하고 떨어졌지만 눈치를 챈 여자가 급히 마수의 다리를 베었다. 그러고
는 오케스트라 석으로 뛰어내려 연주자가 두고 달아난 하프를 움켜잡더
니 번쩍 쳐들어 아수라에게 날렸다. 비올레타의 머리가 뭉개지며 핏줄기
가 무대에 수를 놓았다.

여자는 남은 마수들을 처리하고 오른손 검지를 높이 치켜들었다. 이번
에는 알싸한 향내를 풍기는 왜바람이 들이닥쳤다. 그 끝에 닿은 살덩이들
이 산산이 부서져 흔적도 없이 사라졌다. 피 냄새를 집어삼킨 바람이 자

---

79) 정신의 상태를 표현하거나 기원하는 상징적인 손짓.

취를 감추자 무대에 남은 것은 비올레타의 시체뿐이었다.

여자가 주검 위로 허리를 굽혔다. 주문을 음송하자 비올레타의 가슴에서 불빛이 떠올랐다. 창백한 광구(光球)가 여자의 손놀림을 따라 공중으로 떠올랐다. 그리고 나선을 그리듯 춤추며 사라졌다.

공기가 수천 개의 방울처럼 찰랑거렸다.

무대에서 뛰어내린 여자가 성큼성큼 다가왔다. 지은에게 바투 붙어 서더니 눈을 빤히 들여다보았다.

삼십 대 중반쯤 되었을까, 강파른 인상의 백인 여자였다. 제 손으로 자른 듯 붉은 머리털이 삐죽삐죽 어수선히 뻗어 있었다. 핏기가 전혀 없는 얼굴에 잔주름이 자글자글했다. 눈동자는 어린 시절 갖고 놀던 초록색 유리구슬 같았다.

여자는 인상과 꼭 닮은 시니컬한 영어로 물었다.

"원래 그렇게 겁이 없어?"

"안 되는 거였나요?"

"무책임한 짓 하지 말란 얘기야."

"하지만 도움이 된 것 같은데요."

여자는 긴 손가락으로 입술을 비틀며 한참 더 지은을 내립떠보았다.

"배짱 하나는 끝내주는 계집애로군."

그녀는 입술을 놓고 지은을 지나쳐 시바에게 다가갔다. 시바는 여자가 싸우는 동안 비로소 공연을 관람하듯 부동을 풀어 놓은 채였다.

여자가 노래를 불렀다.

이 마음은

어느 누구에 의해 원하는 곳으로 움직이는가?

누구와 결합하여 첫 호흡이 태어났는가?

모든 생명은 누구에 의해 감화되고 말을 하는가?

눈과 귀 뒤에 어느 누구의 힘이 숨어 있는가?

시바가 낮고 분명한 소리로 답했다.

귀의 귀

마음의 마음

말의 말

바로 그가 숨의 숨이고

눈의 눈이라.

"오, 루드라여……!"

여자가 무릎을 꿇었다. 앙상한 어깨가 부르르 떨렸다. 한참 머리를 조아
리다가 입을 열었을 때 여자의 목소리에는 시큼한 기운이 돌아와 있었다.

"참으로 오랜 세월 폐하를 찾아 헤매었습니다. 각성한 지 서른두 해가
지나도록 제 눈과 귀는 폐하의 자취만을 쫓아 열려 있었고 손발은 잠들
줄을 몰랐습니다. 얼마 전에야 대륙을 건너 온 바람의 보고로 나라야나
가 계신 곳에 나타라자도 계신다는 것을 알았습니다."

그러더니 몸을 일으켜 지은에게 돌아섰다.

"일단 나가자고, 아가씨. 슬슬 여기를 지탱하는 게 힘들어지니까."

천장을 지탱하던 바람이 어느새 헐거워져 있었다. 눈에 보이도록 내려
앉은 벽면에서 부슬부슬 파편이 흘러내렸다. 그들은 함께 공연장을 빠져
나왔다. 모두 대피했는지 텅 빈 로비를 가로질러 직원용 뒷문으로 나서는

데 건물을 빙 둘러싼 소방차와 구급차 들이 보였다.

"아듀, 비올레타."

안전한 거리를 확보하자 여자가 손뼉을 치며 말했다. 굉음과 함께 건물이 무너져 내렸다. 흙먼지 속에서 구경꾼들이 절망적인 비명을 터뜨렸다.

"샌드위치가 더럽게 비싸니까 무너져도 싸."

여자가 히죽거리며 내뱉었다. 지은은 머뭇머뭇 시바를 쳐다보았다. 그의 얼굴은 수수한 탈처럼 무감각했다. 문득 의구심이 들었다. 이번의 침묵은 그녀를 대할 때와는 또 다른 형태의 방어 태세인 듯 보였다.

도중에 카페를 찾아 들어갔다. 바깥의 소동과 완전히 격리된 양 조용한 곳이었다. 여자는 아메리카노를 주문하고 시바와 지은을 바라보았다. 지은은 고개를 저었다. 종업원이 사라지자 그녀는 지은을 향해 말했다.

"통성명부터 하지. 난 로먼. 캐서린 로먼."

"임지은이에요."

"아가씨는 폐하의 애인인가? 제법 대범하던데."

"아니에요."

"그럼 뭐지? 조수? 혹시 매몰 사업에 관심이 있나?"

농담 같았지만 여자 스스로도 웃지 않았다. 커피가 나오자 그녀는 앙상한 손가락으로 잔을 들었다. 고양이 눈 같은 연두색 동공이 더욱 날카로워졌다. 긴장을 누르고 있는 듯싶었다.

"바유."

시바가 입을 열었다.

"말씀하소서."

그리고 대화가 시작되었다.

낯선 언어의 짜임이 활짝 열어 놓은 지은의 귀를 통과했다. 이따금 짧은 이름들만이 고막에 걸렸다. 아그니, 바루나, 비슈누, 락슈미…… 브라흐마. 박제가 되어 있던 고유명사들이 촉촉한 모음과 거센 자음의 조합을 통해 생명력을 부여받고 되살아나는 것 같았다. 실제로 그들이 하고 있는 일은 과거의 지층에서 이름들을 발굴하는 것, 그뿐인지도 몰랐다.

지은은 발끝으로 바닥을 툭툭 두들기며 오랜만에 찾아온 소외감을 맛보았다. 뭐라도 주문할걸 하고 후회하는 순간 오한이 일었다. 난 저 사람들에게 받아들여지고 싶은 걸까? 지은은 가슴을 그러안았다. 모멸감을 느꼈다. 어쩌면 그것은 아유타의 소망일 수도 있었다.

이야기가 끝난 모양이었다. 바유가 먼저 일어섰다. 그녀가 커피 값을 치르는 동안 지은은 시바와 함께 카페 밖으로 나왔다. 어느덧 밤이었다. 시바의 곁에 서자 분등하던 상념들이 차분히 가라앉았다. 결국 난 이런 걸 원하는 게 아닐까. 지은은 생각했다.

역으로 뻗은 길을 따라 작은 솔포기들이 늘비해 있었다. 쓰르라미 울음소리가 귓속을 긁었다. 가풀막진 비탈을 올라가는 중 앞의 두 사람은 그리 속도를 내는 것 같지도 않은데 따라잡기가 버거워 지은은 몇 번씩 숨을 가다듬었다.

역전에서 바유가 지은을 잡아끌며 말했다.

"조금 전에야 시바께 들었습니다. 미처 알아 뵙지 못해 송구스럽습니다, 아유타 님."

"상관없어요. 난 기억도 못 하는걸요."

"아무리 그래도 당신은 데비이십니다. 책임을 잊지 말아 주십시오."

"그게 무슨 뜻이죠?"

바유는 시바를 흘끗 쳐다보며 속삭였다.

"그냥 봐도 알 수 있습니다. 아직 처녀이신 것 아닙니까?"

“나더러 시바의 침대에라도 파고들라는 건가요?”

“유념하여 주시길……. 데비는 이름만의 자리가 아닙니다. 샥티와 결합한 상태에서 시바는 전능자인 파라아파라이며, 그 합일마저도 재차 초월할 적에는 마침내 ‘빛의 기둥’인 스탐바로 승화하십니다. 그것이 곧 브라흐만, 전진리(全眞理)지요. 그러나 샥티와 분리되어 주체와 객체의 개념이 발생할 때 신은 가장 낮은 단계인 파괴자 시바로 고정되고 맙니다. 그러한 상태에서 이루어지는 파괴는 창조의 씨앗을 배태하지 못합니다. 폐하, 샥티는 시바의 생명력의 현현이며, 현상계는 샥티가 추는 춤의 현현입니다. 시바와 샥티가 결합하지 못하면 다음 세계는 존재할 수 없습니다.”

“말도 안 돼요. 지금 각성도 하지 못한 인간에게 데비의 역할을 요구하는 건가요? 그게 얼마나 중요한지는 알겠지만 나한테는 희생이라는 생각밖에 안 드네요. 게다가 당신들은 아유타를 데비로 인정한 적도 없잖아요.”

“설마 그럴 리가 있겠습니까.”

“어련하시겠어요.”

지은은 홱 돌아서서 개찰구로 다가갔다. 바유가 뒤따르며 말했다.

“언짢으셨다면 죄송합니다. 그러나 제 말을 기억해 주십시오. 폐하께서는 섭리에 의해 데비가 되셨습니다. 그것이 곧 폐하께서 찾고 계신 진실입니다. 그 밖의 모든 것은 허상에 불과합니다.”

지은은 그녀를 외면하고 지갑을 꺼냈다. 그러나 지갑을 개찰구의 판독기에 대려는 찰나 바유가 손목을 꽉 붙들었다. 강퍅한 얼굴이 바짝 다가왔다.

“잊지 마십시오. 폐하께서는 지금 꿈을 꾸고 계십니다.”

~

그녀는 그를 바라보았다. 그는 창밖을 바라보았다. 빠르게 달리는 전철을 거슬러 해파리처럼 파르께한 불빛들이 어둠 속을 헤엄쳐 갔다. 밤을 닮은 그의 얼굴 위로 깜박깜박 도시의 야경이 흘렀다. 께느른히 늘어진 승객들은 안내 방송이 들릴 때마다 뒤척거리며 눈꺼풀을 들어올렸다. 한산한 열찻간 안에 서 있는 사람은 문가에 기댄 그뿐이었다.

그녀는 맞은편에 비스듬히 앉아 그를 스쳐 달아나는 그림자들을 읽어 보려고 했다. 그때 하행선 전철이 맹렬한 기세로 달려갔다. 이마에서 불빛들이 엉키는 가운데 인영을 닮은 형상이 그의 얼굴 깊은 곳에서 솟아올랐다. 전철이 반대편으로 사라지자 그는 더 이상 존재가 아니라 멀리 달음박질친 기억의 잔상처럼 보였다. 지은은 애잔한 감동에 사로잡혀, 그를 정말로 미워하거나 원망할 수 있다면 얼마나 좋을까 하고 생각했다.

열차가 지하로 파고들자 어스름한 느낌은 사라지고 그의 윤곽이 창백한 흰빛으로 뚜렷해졌다. 지은은 마음 깊이 아쉬워하며 일어섰다.

"문학을 학문으로서 공부하는 건 고양이를 쫓아다니는 거랑 비슷해요. 헤밍웨이의 「빗속의 고양이」 읽어 본 적 있어요?"

대답이 없었다.

"이탈리아의 호텔에 투숙하던 미국인 여자가 창밖을 보다가 비를 맞고 있는 고양이를 발견해요. 여자는 고양이를 방으로 데려오려고 나가 봤지만 이미 고양이는 사라지고 없었어요. 종업원에게 아쉬움을 토로한 뒤 방으로 돌아온 여자는 남편에게 계속 그 귀여운 새끼 고양이를 키우고 싶다고 조르죠. 남편은 관심이 없어요. 아마 고양이뿐 아니라 아내의 모든 것에 대해 그럴 거예요. 그때 누가 문을 두들겨서 열어 주자 종업원이 고양이를 안고 있었어요. 아주 아주 커다란 얼룩 고양이를."

지은은 발치의 돌을 툭 걸어찼다.

"이게 전부예요. 짧은 소설이거든요. 근데도 말들이 참 많아요. 고양이는 실재했느냐, 여자의 환상이냐, 여자가 본 고양이가 정말로 새끼 고양이 (kitty)였느냐, 아니면 큰 얼룩 고양이(big tortoiseshell cat)였느냐……."

그녀는 인도 모서리를 외줄 타듯 걸었다.

"그 고양이(the cat)냐 어느 고양이(a cat)냐, 아니면 이도 저도 아닌 고양이 자체(cat)냐, 이딴 문제를 놓고 왈가왈부하는 거죠. 난 그런 허무한 짓거리가 좋아요. 하지만 그냥 학문일 때만 좋아요. 당신들처럼 진지하게 사생결단을 하고 매달리긴 싫어요."

가로등의 누런 안광 속에서 시바의 그림자가 늘어졌다.

"알아요, 당신들이 지금 여기 있는 것마저 투쟁이라는 거. 무시하는 거 아니에요. 하지만 조금 슬프네요. 무지를 덮으려 희생을 요구하고, 희생이 또 다른 희생을 부르면서 일이 자꾸 꼬이는 거. 당신도 피해자 아니에요, 유디슈티라?"

그와 그림자가 합쳐지며 발이 멈추었다. 시바는 지은에게 몸을 돌렸다.

"아유타랑도…… 잤어요?"

조용히, 한참동안 그는 그녀를 바라보기만 했다.

그러더니 다시 걸었다. 지은은 몇 걸음 뒤에서 따라갔다.

"왜 아유타를 죽였어요? 아무 감정도 없었으면서. 미안해요. 묻지 않겠다고 해 놓고. 하지만 이 우주 전체에서 당신이 제일 슬픈 사람 같아요."

늘고 줄기를 반복하던 그림자가 어둠 속으로 완전히 숨었다. 지은은 자신이 그림자인 양 그의 등으로 다가갔다.

“혹시…… 아유타를 구하려던 거 아니에요?”

아무 말도 돌아오지 않았다.

그러나 뒷모습에 말라붙은 침묵의 기울기가 변했고, 지은은 그것을 대답으로 삼았다.

27

모래알이 발바닥에 서늘한 점들을 찍고는 물살에 빨려든다. 막 눈을 뜨는 하루가 강둑을 따라 길게 몸을 뻗는다. 우샤[80]의 머리채가 치렁치렁 수면에 늘어져 허연 안개로 변한다……. 나 말고는 없다. 벌레조차 보이지 않는다. 자기만의 비밀 장소에 숨어 우쭐하는 소년들처럼 나도 이 풍경 앞에서 독점의 기쁨을 누린다. 아직 승복하지 못한 어둠을 어르며 빛이 물 위를 뒹군다. 그 안에 무엇이 나타난다.

먼발치에서 감실거리는 그림자. 불쾌감과 호기심이 아울러 인다. 다가가 보니 육신을 밤과 아침에 나누어 담그고 물을 끼얹는 젊은 여자다. 은은한 금빛을 띤 살갗 위쪽에 나무열매 같은 유두가 매달려 있다. 새빨간 입술과 귀에 단 녹색 보석이 색채의 풍요를 더한다. 호기심이 욕망에 자리를 양보하고 나는 새로운 경색을 느긋이 감상한다. 위대한 크리슈나도 아

---

80) 새벽의 여신.

름다운 목녀(牧女)들 속에서 무구한 향락에 열중하지 않았던가.

바람에 몸이 식었는지 부르르 떨며 고개를 쳐든 여자가 비로소 나를 발견한다. 처녀의 본능으로 가슴을 가리더니 얼굴까지 푹 잠수한다. 잠시 뒤 물가에 나타난 그녀는 그 자리에 있던 옷으로 몸을 가리며 단검을 치켜든다.

"무엄한지고!"

노여움보다는 수치심에 어쩔 줄 모르는 음성이다.

"가까이 오라, 그 눈을 후벼 파 줄 터이니! 감히 이러한 무례를 범하고도 뻔뻔히 서 있는 그대의 이름은 무엇인가!"

나는 일단 고개를 숙인다.

"사죄하기 전에 그대의 이름을 듣고 싶소만. 그것이 진정 고귀하다면야 목숨으로라도 빌겠소."

"나는 쿠루의 왕 드루바의 딸 아유타다. 나의 증조부인 파릭시트 왕은 나라의 화신 아르주나의 손자이다. 내 몸에는 신들의 피가 흐르고 있노라. 무법자여, 이제 그대의 비열한 이름을 밝히거라."

기억에 있는 이름이다. 쿠루의 왕녀 아유타 타다라카이는 용맹과 미모로 많은 구혼자들의 마음을 빼앗았지만 그중 누구도 선택하지 않는다는 소문이었다. 진땅에 무릎을 꿇은 나는 하계에서 사용하는 이름을 댄다.

"소인의 이름은 아슈마카입니다. 어린 시절 사라유 강 근처에 버려져 어부의 손에 길러졌습니다. 우연히 코샬라 왕 하르샤의 눈에 들어 그분을 모시다가, 왕께서 서거하신 뒤 몸 둘 곳을 잃고 이리저리 방랑하고 있습니다. 감히 몰라 뵙고 이러한 망동을 범하였습니다. 무례를 용서하소서."

"비천한 몸으로 이 무슨 파렴치한 작태인가! 당장 목을 내놓아도 부족할 터!"

"그저 처분에 맡길 따름이옵니다."

나는 연거푸 머리를 조아린다. 아유타 왕녀가 주춤주춤 칼끝을 내린다.

"알았으면 비켜라."

"예?"

왕녀의 얼굴이 다시 시뻘건 빛으로 변한다.

"오, 옷을 입어야 하니 어서 비키란 말이다!"

나는 바위 뒤로 피한다. 황급히 바스락대는 기척이 들린다. 그 와중에도 당조짐하려 드는 기세만은 변함없다.

"보면 가만두지 않을 테다!"

"여부가 있겠습니까."

웃음을 참으며 고개를 쳐들자 머리 위를 막 수리야[81]의 마차가 가로지르고 있다.

~

숨이 막혔다.

눈이며 코가 열리질 않았다. 무언가가 얼굴을 짓누르는 것 같았다.

팔을 들어 허공에 대고 휘저어 보았다. 피부에 햇살이 느껴지는데 눈앞만은 깜깜했다. 버둥거리려는 찰나 말소리가 들렸다.

"그러다 진짜 죽겠는데."

"소녀가 바라는 바이옵니다."

그제야 압박감의 정체를 안 나는 얼굴을 덮은 베개를 밀어젖히고 벌떡

---

81) 태양의 신.

일어났다.

"야!"

"어머나 어머나, 기침하셨군요!"

아트리가 호호 웃으면서 베개를 뒤로 돌려 감추었다.

"너 지금 날 죽이려고 했지!"

"이 정도로 승하하시면 근성이 부족하다는 얘기밖에……."

"근성은 무슨 얼어 죽을 놈의 근성!"

삿대질을 퍼붓다 문득 그녀의 뒤에 선 남자를 발견했다. 나는 손가락을 쳐든 채 눈을 슴벅슴벅했다.

"형……."

아그니가 씩 웃었다.

"정신이 좀 드냐?"

그제야 나는 침대에 앉아 있는 자신을 발견했다. 아트리를 쳐다보자 그녀는 태연스레 말했다.

"번거로운 수속을 모두 해결해 주셨사옵니다. 감사드려야 할 상황이옵지요."

"수속?"

문득 허리께가 답답하여 무심코 더듬었다. 두꺼운 붕대가 가슴 밑을 친친 휘감고 있었다.

"뭐야, 이거. 왜 이래?"

아그니가 침대 옆 의자에 걸터앉으며 대답했다.

"갈비뼈가 부러졌어. 차에 정면으로 박았다던데 기억 안 나?"

"정말 꼴불견이었사옵니다."

"100퍼센트 운전자 과실이었으니 보험 덕이야 보겠지만, 어쨌거나 큰일

날 뻔했어."

"나잇살이나 드신 분께서 체면을 망각하고 그런 추태를 보이시다니, 소
녀는 민망스러워서……."

"뭐, 이만하길 다행 아냐."

"하지만 소녀는 너무나 너무나 부끄러운 나머지! 옆에서 남인 척 딴청
을 피우느라 힘들었사옵니다."

"아트리……."

아트리는 반죽 좋게 호호거리며 냉장고에서 과일을 가져왔다. 기억이
났다. 길을 건너던 중 신호를 무시한 택시가 전속력으로 달려들었다. 머릿
속에서 폭죽이 터진 것 같았는데 부딪히면서 정신을 잃은 모양이었다.

"머리부터 떨어졌다면서 괜찮냐?"

"아프긴 한데…… 그거 아수라 아냐?"

"평범하고 성실한 과속 졸음 운전자였으니 걱정 안 해도 된다."

나는 머리를 꾹꾹 눌러 별 탈이 없음을 확인한 뒤에야 그에게 물었다.

"형은 왜 여기 있어?"

"우연. 여기 입원한 친구를 문병 왔다가 아트리랑 딱 마주쳤지. 네가 실
려 온 직후였어."

"우연이라……."

"멋진 표현이지?"

그는 쓴웃음을 지었다.

"그냥 그렇게 믿고 싶은 거 아니겠냐. 엄밀히는 섭리에게 멱살을 붙들
려 끌려왔다고 해야 할 텐데. 아직도 고집이 남아서……."

나는 고개를 수그렸다. 마지막으로 헤어질 때 우리는 서로 심한 상처를
입어 돌아볼 기력조차 없었다. 그러나 지금 아그니의 얼굴은 아무런 흔적

없이 담담했고 내게는 그것이 더 고통스러웠다.

아그니가 내 심중을 읽은 듯 말했다.

"관둬. 다 부질없어……. 게다가 애꿎은 널 탓할 만큼 빙충이는 아냐. 원망하려면 날 원망해야지. 그런데 이제 와서 그게 무슨 소용이야? 죽은 사람들을 되살리는 건 우리가 할 수 있는 일이 아냐."

그는 내 어깨를 툭툭 두들겼다. 진동을 따라 찌르르 통증이 흘렀다.

나는 옆구리를 문지르며 중얼거렸다.

"왜 하필…… 이런 데 처박혀 있을 때가 아닌데."

"빨리 낫고 있으니 이틀이면 퇴원할 수 있을걸."

"뼈가 부러졌는데?"

아그니가 침대 옆 탁자에서 작은 거울을 집어 내 앞에 내밀었다.

"처음 실려 왔을 때는 얼굴도 상처투성이였어. 그런데 내가 보는 앞에서 순식간에 아물더군. 거의 안 보이지?"

광대뼈 부근에 살짝 긁힌 자국만 보였다.

"그게 무슨 소리야?"

"뭐겠어?"

아그니가 팔짱을 끼고 나를 쳐다보았다.

"네 몸이 기억을 앞지르고 있는 거야."

나는 할 말을 잃고 뻐끔거렸다.

"우리의 목적론적 세계관에는 어긋나지만…… 적당한 단어가 생각 안 나니 '진화'라고 하자. 각성에 맞추어 일어나는 신체 변화 말이야. 네 의식은 아직 깨지 못했더라도 밑바닥에서 뭔가가 움직이기 시작했고, 몸이 그걸 포착한 거지."

아그니가 코로 한숨을 내뿜었다.

“사실 아트리나 인드라 님 아니었으면 믿지도 못했을 거다. 네가 브라흐마 님이라는 걸. 인장조차 없는 인간이 트리무르티라는데 믿음이 가겠냐?”

“왜 브라흐마한테만 인장이 없지?”

“내가 어떻게 알아? 이런 건 있어. 오래전 시바와 브라흐마 두 분은 공공연히 대립하셨어. 악몽 같은 시절이었지. 여신께서 서거하신 후 데바들은 통탄과 분노 속에서 헤어나질 못했어. 세 폐하께서도 거처에서 좀처럼 나오질 않으셨고. 그런데 그 와중에 브라흐마 님이 자주 인간의 형상으로 하계를 방랑하신다는 소문이 돌았어. 트리무르티의 거처는 4층 천계의 정상에 있고 우리조차도 아무 때나 범접할 수 없는 곳이라 구태여 확인할 필요는 못 느꼈지만……. 어쩌면 그게 화근이었을지도 몰라. 언제부터인가 브라흐마 님은 인간에게 너무 깊이 빠져드셨어.”

“시바랑 달리?”

“시바께 인간에 대한 애정이 없다고는 생각하지 마. 다만 비슈누가 현상계 그 자체라면 브라흐마와 시바는 세계의 단예(端倪)니까 어떤…… 불일치 같은 게 있었을 뿐이야. 브라흐마 님이 하계에서 무엇을 보고 느끼셨는지는 나도 몰라. 어쨌든 그분은 인간에게 기회를 주자고 주장하셨어. 세계는 분명히 마야(夢)였지만 그 꿈을 꾸는 신들이 이제 꿈에서 벗어날 수 없게 되었으니 곧 실재로 화한 것이 아니냐고. 데바들은 경악했고 점차 브라흐마 님에게서 등을 돌렸어. 그분께는 고립무원의 외로운 싸움이었어…….”

화창한 날씨였다. 막바지 더위가 기승을 부리고 있었다. 창 아래로 이글이글 열기를 피워 올리는 화단이 보였다. 목마른 팬지꽃이 축 늘어져 있었다. 병실 안에는 나를 포함해 환자가 넷 있었다. 왼팔에 깁스를 한 중년 사내가 텔레비전을 보며 웃었다. 옆 침대의 환자는 우리 이야기에 귀를 기울이다가 몽상가 집단쯤으로 여겼는지 실소를 흘리며 드러누웠다. 아트리가 사각사각 소리를 내며 배를 깎았다.

"브라흐마는 인간이 되고 싶었던 걸까?"

"그럴지도 모르지. 하지만 인장을 버린들 운명에서 도망칠 수는 없어. 동족들의 눈이야 피하더라도."

아그니는 아트리가 이쑤시개로 찔러 건넨 배를 받아 물었다. 잇자국에서 튄 즙이 이불 위로 떨어졌다.

"이해가 안 돼. 그래 봤자 눈 가리고 아웅이잖아."

"난 좀 알 것 같기도 해."

아그니는 배를 다 먹고 이쑤시개를 내려놓았다.

"나약한 심사일지라도…… 기한을 연장하고 싶은 거지. 난 죽은 마누라랑 대학 때부터 연애했어. 졸업하고 각성했는데 아무래도 헤어질 수가 없더라. 각성이 불완전했던 까닭도 있지만, 어쨌든 별 문제야 있겠느냐 하면서 결혼까지 했어. 하지만 마음속으로는 모르는 바가 아니었지. 쿠베라[82]나 바유, 소마[83] 같은 놈들은 각성하면서 인간들과의 접촉을 단절하고 은둔했어. 바루나만은 경우가 다르지만 워낙 용의주도해서 아수라들에게 허점을 내보이진 않았을 거야. 그런데 난 내심 결말을 예상하면서도 아무 조치도 취하지 않았어. 결계를 치고 정령들에게 감시를 명하긴 했지만 불충분하다는 걸 스스로도 잘 알고 있었단 말이야."

"형 잘못은 아냐."

"그럼 누구 잘못이냐? 들어 봐. 난 그게 내 안의 죄의식이 만들어 낸 결과라고 생각해. 어디를 가건 무엇을 하건 나는 아그니의 기억에서 벗어

---

82) 부의 신.

83) 달의 신.

나지 못했고 인장의 압력에서 자유로울 수도 없었어. 결국 강박에 사로잡힌 나머지 처와 자식을 죽임으로써 운명에게 속죄하려 했을 수도 있단 얘기야. 살해가 누구 손을 빌려 이루어졌는가는 중요하지 않아. 요는 내가 그걸 방치했다는 데 있어. 그날 난 가족들의 시체를 보고 분노하는 한편 이제 됐다 싶었어. 짐을 덜었으니 비로소 아그니의 본질에 충실할 수 있겠다고. 그런 나 자신에게 치미는 증오를 어떻게든 해소해야 했고 하필 네가 그 자리에 있었던 거야. 바루나의 방해가 없었다면 난 정말 널 죽였겠지. 그런 식으로 책임을 떠넘긴 다음 맘 놓고 가족들을 애도했을 거야……."

"배 하나 더 드시겠어요?"

"응, 고마워. ……아무튼 인드라 님이 나타나자 아찔했어. 그제야 죽은 가족들의 핏값을 내가 직접, 마지막 순간까지 치러야 한다고 깨달았지. 죽인 건 다름 아닌 나였어. 내 안일함과 착각이 빚은 결과였단 말이야. 인장이 이마에 박혀 있는 한 내가 달아날 곳은 없었어. 결국 난 가족들의 목숨을 한 손에 쥐고 공놀이를 했던 셈이야. 언젠가 놀이는 끝나고 공은 땅으로 떨어지겠지. 하지만 놀이 끝에 뭐가 있는지 깨닫는 순간 내 손으로 공을 찢어발길 수도 있었어. 그런데 마침 그때 인드라 님이 호되게 볼기짝을 후려갈긴 거야. 안도해야 되나? 모르겠군."

그는 침울한 얼굴로 입을 다물었다. 벽에 걸린 텔레비전 안에서 개그맨 셋이 실없는 농담을 주고받았다. 관객들은 왁자하게 웃어젖혔지만 진심으로 즐거워하는 것 같지는 않았다. 문이 열리면서 쇼핑백을 든 소녀들이 들어와 옆 침대의 환자를 에워쌌다. 대화 내용으로 미루어 그는 고등학교 선생인 듯했다. 부산스러운 현실감이 가슴에 사무치자 나는 하마터면 눈물을 흘릴 뻔했다. 연민과 그리움.

"그래서 난 생각했어."

아그니가 다시 입을 열었다.

"브라흐마 님은 나보다 현명하셨는지도 몰라. 인장을 버림으로써 그분은 잠시나마 안전을 확보하신 거야. 하지만 어차피 시한부 유예야. 이제 그만 현실을 직시하지 않으면 나처럼 치명적인 결과를 초래할 수도 있어."

그는 이쑤시개를 양손으로 쥐고 부러뜨렸다.

"여기서 널 만났을 때 난 내 역할을 깨달았어. 난 시바의 의지를 존중해. 칼리 유가의 종막에 섭리는 그분을 통해 발현되니까. 그러나 한편으로 나는 브라흐마께도 타당한 이유가 있으리라 믿어. 두 분의 불화가 극복되면 이 혼란도 끝이 날 거야. 그러니 브라흐마 님은 슬슬 눈을 뜨셔야만 해."

나는 고개를 끄덕였다. 아그니는 언성을 낮추어 계속했다.

"내가 너를 입구까지는 인도하겠어. 하지만 그 이상은 네 몫이야. 쉽지는 않을 거야. 너한테는 인장이 없기 때문에 아직은 인간이나 다름이 없어. 목숨이 위험할 수도 있고 더 심한 꼴을 당할지도 몰라. 어떻게 할래? 이건 전적으로 네가 결정할 문제야."

나는 "각오하고 있어."라고 대답했다. 아그니의 얼굴에 미소가 돌아왔다.

"잘할 거야. 넌 보기보다 강단 있는 녀석이니까."

28

아그니가 나를 인도한 곳은 산중턱에 있는 암자였다. 맞바래기로 바람 꽃 낀 등성이가 보였고 뒤편에는 맑은 냇물이 흘렀다. 문을 닫고 누우면 들창 사이로 물소리가 숨결처럼 두런두런 들려왔다. 암자를 둘러싼 자귀나무는 붉은 술 같은 꽃송이를 하나 둘 떨어뜨리며 가을을 준비하고 있었다.

아그니는 내게 요가를 가르쳐 주겠다고 말했다.

"팔다리를 배배 꼬는 그거? 나 유연성은 꽝인데."

"신체 단련을 중심으로 하는 건 하타 요가라고 해서 요가의 여러 갈래 중 하나에 불과해. 중요한 건 마음이야. 정신을 집중해서 삼매의 경지에 이를 수 있으면 언제 어디서 어떤 모습을 하건 그게 바로 요가라고."

"사실은 집중력도 그다지……."

"걱정 말고 나만 따라와. 쉽지는 않겠지만 단계별로 차근차근 밟아 나가면 일정한 경지에 도달할 수 있을 거야."

"얼마나 걸릴까?"

"하급 수행자는 12년, 상급 수행자는 6년……."

그는 내 표정을 보고 서둘러 덧붙였다.

"하지만 너한테는 신성한 아트만이 있잖아. 그걸 믿어 보라고."

"그 아트만인지 뭔지를 믿다가 세상이 끝나고 말겠군."

아그니는 정말 요가의 여덟 단계를 기초부터 하나하나 가르쳤다. 첫 단계인 제계(制戒)는 다섯 계율을 지킴으로써 욕망을 지우는 것. 두 번째인 내제(內制)는 기도나 고행을 통한 수련. 세 번째인 좌법(坐法)은 체위 훈련. 네 번째인 조식(調息)은 호흡의 통제. 다섯 번째인 제감(制感)은 모든 대상으로부터 감각을 제거하는 것. 여섯 번째인 집지(執持)는 강렬한 집중. 일곱 번째인 선정(禪定)은 명상. 여덟 번째인 삼매(三昧)는 영혼이 곧 우주가 되는 범아일여(梵我一如)의 경지.

말이 쉽지 처음에는 앉아 있는 것만도 고역이었다. 선선한 바람이 스미는 독방에서 눈을 감고 있노라면 어김없이 찾아드는 졸음부터가 강적이었다. 간신히 호흡법을 익힌 뒤에도 진전이 더뎠다. 정신을 차리면 어느새 온몸이 땀에 흠뻑 젖어 있었다. 아그니가 절대 땀을 닦지 말라고 했기 때문에 바람에 맡기고 말리는 수밖에 없었다.

어느 해거름 녘 툇마루에 퍼더버린 내게 아트리가 사붓사붓 다가왔다.

"어마, 땀 좀 봐! 바닷물에라도 들어갔다 나오신 것 같사옵니다."

"고작 숨을 쉬었다 뱉는 것뿐인데 퍽도 유난스럽지."

"좋은 징조여요. 호흡이 트이기 시작했다는 증거이지요."

"그렇다고는 하지만……."

"첫 단계를 넘어서는 데만 수년씩 걸리는 이들도 있사옵니다. 너무 심려치 마옵소서."

"완전 호흡의 경지에 달하면 호흡 자체가 정지한다더군. 그게 가능한가?"

"그럼요. 소녀는 위대한 현자들이 몇 년이고 몇십 년이고 숨을 쉬지 않고 명상에 잠긴 광경을 보았사옵니다."

"무시무시하군. 난 영원히 못 할 것 같아……."

"라야[84]의 문은 누구에게나 열려 있답니다. 제왕에서 걸인에 이르기까지 귀천이 없지요."

그녀는 살포시 꿇어앉아 손에 든 쟁반을 내려놓았다. 알싸한 냄새가 풍기는 찻잔이 놓여 있었다.

"솔잎차이옵니다. 이웃 산사에서 얻어 왔사옵니다. 몸을 정하게 한다고 스님께서 말씀하시더군요."

나는 찻잔을 들어 입술에 댔다. 목구멍이 확 데워지면서 막힌 것이 사라지듯 뚫렸다. 코끝에 은은한 향취가 남았다. 나는 잔을 무릎에 올려놓고 가물가물 번지는 노을을 바라보았다. 무겁게 기우는 저녁 해 주위로 불그름한 기운들이 몰려들더니 어느 순간 빗줄기처럼 죽죽 흘러내렸다. 그 결에 흠뻑 젖은 등성이가 무르녹아 영영 사라질 것처럼 아스라했다. 소스라치도록 슬픈 새소리가 골짜기에서 골짜기로 길게 부딪히며 메아리쳤다. 계절이 먼 바다로 사라지고 이제 다른 계절이 돌아오고 있었다.

"아트리."

아트리는 툇마루 아래 늘어뜨린 다리를 흔들거리다가 돌아보았다.

"예?"

"오래오래 살아. 백 년 만 년 천만 년."

"천만 년이나 살면 지겨워서 아니 되옵니다."

---

84) 마음 작용이 소멸한 상태.

“그럼 만 년만.”

“백 년으로 줄여 주시면.”

“알았어. 그때까지 아무 탈 없이 건강하게 살아.”

아트리는 속눈썹을 깜작깜작하며 말했다.

“폐하께서도 오래오래 만수무강하시옵소서. 후일에 옛 시름을 돌이키며 그런 날도 있었지 하고 수염을 쓰다듬는 노인이 되어 주소서. 그리하여 다가올 세대에 소녀와 지나 보낸 이 순간을 전해 주시옵소서.”

“약속할게.”

“아무래도 소녀에게 시인의 자질이 있는 듯하지요?”

“아, 감동했어.”

천녀의 둥그스름한 아늠이 미소로 부풀었다. 나도 따라 웃었다. 소소한 바람이 귓바퀴 안에 고였다. 우리는 그 뒤로도 산마루가 이내로 식을 때까지 납작한 공백들을 하나하나 가슴에 불러들이며 앉아 있었다.

$\sim$

“나다와 빈두와 칼라로 나타나신 구루 시바께 귀의합니다…….”

아그니의 음송이 멀게 들렸다. 그는 시바야말로 가장 위대한 요가 행자이며 궁극적인 지향점 자체라고 말했다. 그러나 락슈미는 그 역시 아내를 잃은 슬픔에서 헤어나질 못했다고 하지 않았던가? 삼매에 도달했다면 모든 것을 초월했을진대, 어디에서 전락이 태어나고 방황이 시작되는가? 통 모를 노릇이었다. 호흡으로 마음을 다스리며 나는 한때 신들에게만 열려 있었다던 문을 찾아내려 부단히 노력했으나 성과가 없었다. 의식이 침잠할 때면 불길한 의문만이 문득문득 고개를 쳐들었다. 어쩌면 ‘나’는 본질이 꿈꾸는 기억의 무수한 복제들 중 하나가 아닐까?

"오! 신이여, 나의 사랑하는 샹카라여! 마음으로 지고의 목적을 구하는 사람들에게 세간의 장애가 무엇인지 말해 주오……."

나는 원형의 미로 안에 섰다.

처음 펼쳐진 것은 바닥이 없는 암흑이었다. 발밤발밤 헤매다 보니 어느새 그 위에 길이 한 줄기씩 떠올랐다. 한밤중에 착륙하는 비행기 창문 너머 서서히 드러나는 도시의 야경 같았다. 길은 자꾸 눈 안에서 도망쳤고 어둠은 너무 강했다. 몇 번씩 집중이 흐트러지며 깨어났지만 나는 포기하지 않았다.

작은 불덩이가 내 앞에 떠 있었다. 아그니였다.

이건 만다라다.

의식에 직접 꽂히는 목소리였다.

그 자체가 우주령(宇宙靈)으로서 세계상(世界像)을 배태한 미궁. 중앙의 기점과 그것을 둘러싼 사방의 점은 시바의 다섯 측면을 뜻하지. 서쪽은 백(白)으로 사트요야타[85]이며 북쪽은 황(黃)으로 바메데바,[86] 남쪽은 흑(黑)으로 아고라,[87] 동쪽은 적(赤)으로 타트푸루샤,[88] 마지막으로 중심은 녹(綠), 이샤나[89]이자 마하데바 시바. 중앙에 도달하는 것이야말로 요가가 지향하는 최고의 목표이자 절대와 합일할 수 있는 가장 빠른 방법이다.

---

85) 세계의 창조.

86) 세계의 유지.

87) 一意專注.

88) 윤회의 암흑.

89) 창조의 힘.

"어떻게 거기까지 찾아가지?"

만다라에는 정답이 없어. 네 발자취가 길이야. 나아가면서 그리는 게 유일한 방법이지.

걸음을 떼자 발꿈치가 찍히는 곳마다 희미하게 빛이 나타났다. 멈추면 사라지고 나아가면 이어지면서 정말로 길을 만들었다.

"다른 데 나타나는 길들은 뭐야?"

수많은 영혼들이 수많은 만다라를 따라 걷고 있는 거지. 너와 겹칠 수도 있고 어긋날 수도 있고…….

그렇게 여기니 빛 자국들이 낙숫물처럼 가슴을 똑똑 두들겼다. 아무 지표도 없는 어둠을 헤치며 나는 그 리듬에 집중했다. 도, 도, 레, 미……음표들끼리 들쭉날쭉 달라붙더니 진짜 선율이 되어 들렸다. 착각인가 싶어 귀를 막았다 열자 한층 더 선명해졌다.

「애즈 타임 고즈 바이(As Time Goes By)」.

"카사블랑카!"

어둠이 열렸다.

도시…… 20세기 초? 중반? 흑백영화처럼 뽀얗게 더께가 앉은 풍경이다……. 극장에서 나온 남녀가 팔짱을 끼고 마천루 그늘 아래를 걷는다. 갈색 머리를 복슬복슬 만 여자의 눈시울이 촉촉했다.

정말 감동했어.

남자가 대꾸했다.

결말은 좀 바보 같더라.

뉴욕 시가지. 「카사블랑카」가 상영 중이니 1940년대일까. 전쟁 속에서도 사랑이 아직은 고귀할 수 있던 시절이다. 그러나 그들 남녀의 관계는 깊지 않다. 남자의 뇌리에 그려지는 예상 동선은 식당에서 바를 거쳐 자기 방 침대에서 마침표를 찍는다. 그리고 며칠 뒤, 그는 다른 여자를 끼고 같은 영화를 보러 극장을 찾는다.

삶을 뒤집으면 우표의 뒷면처럼 끈끈한 죽음이 나타나던 시대. 남자에게 중요한 것은 순간들뿐이었다. 술과 춤과 섹스의 경쾌한 스타카토. 그런 세계가 막을 내린 것은 1946년. 남자는 포연이 걷혀 가는 도시 한구석에서 외로운 죽음을 맞이했다. 마약과 알코올에 뼛속까지 찌들어서.

그것이 내 전생이었다. 그러나 아무 감상도 들지 않았다. 남자의 일생은 텔레비전 드라마처럼 얇은 평면 모양으로 가슴을 스치며 달려갔다.

각성을 못 한 상태에서 과거 자체만 보니까 그래.

술병의 성곽 안에 널브러진 초라한 주검은 분명 '나'였다. 그러나 '내'가 아니다. 이상한 기분이었다. 안녕히, 나약한 내 전생이여. 좀 멋진 녀석이면 좋았겠지만 인생이란 게 다 그렇지. 다음 생에서도 당신은 별 볼일 없는 인간이지만 적어도 심심하지는 않을 거야. 위안이 되기를.

나는 걸음을 돌렸다. 눈앞이 다시 어두워졌다…….

촉각이 반응했다. 눈보라가 우악스런 기세로 몰아닥쳤다.

이윽고 영상이 떠올랐다. 수염에 고드름을 매단 사내가 커다란 손으로 어린아이의 손을 비벼 데우고 있었다. 두툼한 털가죽 옷도 삭풍을 막기에는 역부족인 듯했다. 남자와 아이의 코가 점점 보라색으로 변했다. 서둘러 불기를 찾지 않으면 동상이 감각을 집어삼킬 것이다.

에스키모.

남자는 그들의 정체성을 규정짓는, 외부에서 주어진 이름에 아무 관심이 없다. 그들의 문제는 춥고 배고픈 현실뿐이다. 사냥에는 성공했지만 이 바람을 이겨 내지 못하면 자칫 동사할 것이다. 삶의 한쪽 겨드랑이에 끼어 있는 죽음이 둥글게 입술을 모으고 가차 없는 숨을 내뿜고 있다.

기억의 영사막을 뚫고 불어 닥친 바람은 내 의식까지 침범하여 서릿발 쳤다. 나는 이를 딱딱 부딪뜨리며 움츠렸다. 황급히 걸음을 떼었다. 장면 들이 꼬리를 물고 흘러갔다. 남자는 쉰 살까지 살았지만 그 끝은 언제나 예감하던 대로 깨끗하지 못했다. 사냥을 나간 그가 빙벽을 헛디뎌 죽자 자식 넷 중 셋이 굶주려 뒤를 따랐다. 살아남은 아이는 이웃에게 구조되 었다. 남자가 애처롭게 손을 문질러 주던 사내아이였다.

영상이 녹으면서 뚝뚝 물이 흘러내렸다. 나는 어둠으로 되돌아왔다. 아 직도 뻣뻣하게 얼어붙은 살갗을 문지르며 발을 옮겼다.

생과 사의 장면들이 긴 열차처럼 달려왔다. 걸음마다 한 생이 지나가는 듯싶었다. 문득 내 뜻대로 그것들을 움직일 수 있음을 깨달았다. 비디오 를 감듯 빠르고 느리게 속도를 조종할 수 있었던 것이다. 나는 많은 기록 을 흘려 넘겼다. 모든 생이 다 흥미로울 수는 없었고 어떤 건 그냥 끔찍 했다. 더구나 내게서 뻗어 나간 그림자들의 유희를 보는 것처럼 현실감이 없었고 동일시도 되지 않았다. 무수한 내가 있었지만 그들은 동시에 무수 한 타인들이었다.

아그니는 그런 무감함이 ‘항체’ 때문이라 했다.

인간은 대부분 의식 속에 전생과 현생을 차단하는 항체를 갖고 있어. 기억이 탄생 전으로 거슬러 내려가도 저항할 수 있도록. 인간의 영혼은 본질을 모르는 채 숱한 자아를 감당할 수 있을 만큼 강하지 않으니까.

아마존 오지에서 몽골 평원으로…… 이집트 궁정으로…… 독일의 시 골 마을과 베트남의 오두막……. 무한정 걸었다. 지쳐 쓰러질 것만 같았 다. 끝내는 기억과 시간 들이 조각나 섞이며 기괴한 곤죽으로 변했다.

정신 차려!

아그니가 깨웠다.

지금 무너지면 처음부터 다시 시작해야 해. 잘하고 있어. 집중을 잃지 마.

육손이에 외눈박이 꼽추가 왕과 귀족들 앞에서 재간을 부린다……. 물구나무를 서거나 오렌지로 저글링도 하면서……. 그의 생명줄은 그들의 웃음에 매달려 간당이고 있으니 증오가 태어나는 것도 당연하다. 그러나 육신이 곧 지옥인데 도망친들 어디로 갈 수 있겠는가? 그의 고통이 내 가슴에 옮겨 붙는다. 그을린 영혼이 눈시울을 통해 진물을 토한다. 여느 때처럼 곡예를 부리던 광대는 왕의 얼굴에 어리는 혐오를 발견한다. 잠시 후에야 자신의 외눈에서 흐르는 기름 같은 눈물을 깨닫는다……. 왕이 외친다, 저 흉측한 물건을 끌고 가라! 우물 밑바닥에 가둬라! 영원히 내 눈앞에 나타나지 못하게 해!

나는 깨어난다.

기억들이 바닥에 내려앉더니 작은 점으로 변했다. 개미였다.

개미들은 시작과 끝이 보이지 않을 만큼 긴 띠를 이루어 행렬을 시작했다. 행렬이 향하는 쪽에서 피리 소리가 들렸다. 음률에 맞추어 주위 풍경이 수없이 모습을 바꾸었다. 시대와 지역을 뒤죽박죽 뛰어넘다가 달리의 그림처럼 기묘한 배경막이 되었다.

아그니가 말했다.

놀라워. 브라흐마의 신성을 내가 우습게 본 모양이군. 여기까지 올 줄이야……. 살아 있는 몸으로 이곳에 도달한 인간은 몇 되지 않을 거야.

"아주 없지는 않다니 좀 안심이군."

앙상한 줄기로만 이루어진 숲을, 구름에 덮인 황야를, 검은 눈이 내리는 골짜기를 걸었다. 하늘이 여덟 가지 색으로 변화했다. 빨강, 파랑, 초록, 노랑, 검정, 은색, 보라, 금색. 이윽고 배경이 사라지면서 발 앞에 불타오르는 외길이 나타났다.

나는 멈추어 섰다.

"더는 못 가. 절대로!"

가! 멈추지 말고!

"그렇게 쉬우면 직접 가시던가!"

마음에 집중하면 아무렇지도 않아!

주춤주춤 다가가자 고통이 살갗을 깨물었다. 아그니가 내 등 뒤로 돌더니 몸을 확 떠밀었다. 나는 구르다시피 화염 속으로 뛰어들었다.

"미쳤어?"

소리를 지르고 나서야 감각의 평온을 깨달았다. 발이 불길 안에 안전하게 놓여 있었다. 나는 조심스레 걸음을 옮겼다. 금빛 혓바닥이 날름날름 몸을 핥았다. 그러나 뜨겁기는커녕 아늑한 기분마저 들었다.

마침내 불길을 빠져나오자 해변이었다. 얼어붙은 바다가 눈앞에 펼쳐졌다. 소스친 채 군은 파도 표면에 초승달의 창백한 미소가 비쳤다.

계속 가.

검은 수면이 단단히 발을 받쳤다. 물결이 만든 주름 덕분에 아주 미끄럽지는 않았다. 그러나 파르무레하니 병적인 달빛과 가없는 수평선이 가슴을 싸늘하게 만들었다. 나는 어서 끝이 보이길 빌며 느럭느럭 나아갔다.

멀리 무언가가 보였다.

팔을 축 늘어뜨린 허수아비 같은 것이 서 있었다. 여자였다. 얼굴을 반쯤 가린 그늘 안에서 입술이 움직였다.

"오빠……."

나는 소리를 질렀다.

아그니가 뭐라 외쳤지만 들리지 않았다. 동생의 이름을 부르며 달렸다. 손이 닿으려는데 그녀의 눈이 확 타오르더니 형체가 변했다.

"오랜만입니다."

타리스라다!

독기가 전신을 내달렸다. 나는 주먹을 꽉 틀어쥐었다.

"영이를 내놔!"

달빛을 닮은 악마가 고개를 흔들었다.

"안타깝게도 이 육체는……오랜 세월 제가 취했던 그 어떤 몸보다 마음에 듭니다……. 과연 당신과 같은 태에서 나온 인간답게……."

휩쓸리지 마! 저건 실체가 아냐!

아그니의 경고도 분노를 누르지 못했다. 이제껏 겪은 모든 괴로움의 발원이 그자인 것만 같았다. 갑자기 내 왼손이 알 수 없는 힘에 이끌려 허공으로 솟았다. 살의가 손바닥을 뚫고 내솟아 시퍼런 망인(鋩刃)으로 변했다. 창조자의 검 브라무트라가 어둠 속에 냉광을 흩뿌렸다.

타리스라다가 해쓱한 입술을 비틀었다.

"다루는 법을 제법 터득하셨군요."

"닥쳐!"

나는 칼을 꽉 움켜쥐고 그에게 달려들었다. 날이 그를 덮쳤으나 갈린 것은 허공이었다.

모습이…… 사라졌다.

음산한 소리가 귀에 스몄다. 그제야 정신이 들었다. 얼어붙은 바다가 녹기 시작했다. 내 집중은 산산이 부서져 있었고 물너울이 만다라의 길을 삼켰다. 아그니가 다급히 외쳤지만 들리지 않았다. 노도가 나를 휘감아 어둠에 처박았다. 덧없는 몸부림 끝에 질식한 의식이 육체를 떠나면서 죽음 비슷한 상태가 찾아왔다.

29

지독한 통증이었다.

삶의 증거일까, 삶에서 팽개쳐진 증거일까. 확신이 들 때까지 엎드려만 있었다. 기신할 상태가 되고도 한참을 움지럭거리다 힘겹게 머리부터 들었다. 아무것도 없었다. 달도, 바다도, 악마도, 아그니도.

이승이든 저승이든 아픔만은 분명했다.

삐걱거리는 발로 먹물 같은 어둠을 디뎌 보았다. 설 수는 있었다. 한 걸음씩 움직였다. 몸과 마음의 속도가 어긋나 걸을 때마다 양쪽의 박리 작용이 일어나는 기분이었다.

어디선가 누가 방아를 찧고 있었다.

아니, 아니다. 북소리다. 리듬 없이 철저하게 단조로운 소리였다. 색에 빗대자면 텁텁한 잿빛이었다. 나는 그쪽으로 방향을 틀었다. 한참을 걷자 기이한 광경이 보였다.

긴 행렬이었다. 말처럼 생긴 네발짐승 위에 투명한 사람들이 앉아 있었다. 피부는 물론 그 안에 엿보이는 장기며 혈액도 투명했다. 왼가슴 속에서 유리 심장이 쿵쿵 뛰고 있었다.

선두에 있는 자는 위대한 군주 같았다. 차림이 화려하고 품위가 흘렀다. 얼굴에 깃든 슬픔마저 높은 경지에 있는 듯 보였다. 옆에서 짐승을 모는 여자도 분위기가 비슷했는데 아마 아내인 모양이었다.

투명한 고수들이 북을 두들길 때마다 메마른 소리가 울려 퍼졌다. 행렬이 흘러가는 동안 나는 꼼짝 않고 서 있었다. 그들의 절망에는 한 점의 가망도 없었다. 그 사실이 가슴을 무겁게 짓눌렀다.

그들이 시야에서 완전히 사라진 뒤에도 북소리는 오랫동안 메아리쳤다. 나는 한참을 더 못 박혀만 있었다. 무엇이 또 나타날지, 무슨 타격이 될지 두려운 까닭이었다.

그러나 이미 그것이 곁에 와 있었다.

아름다운 모습, 소녀의 모습으로. 단순히 아름답다는 말로는 모자랐다. 절대미(絶對美)였다. 그밖에는 어떤 판단도 허용하지 않는 완전무결한 미가 내 앞에서 너울거렸다. 북소리의 여운에 맞추어 발끝으로 바닥을 두들기고 몸을 구부렸다 폈다. 경쾌한 춤사위였음에도 나를 둘러싼 공기는 못물처럼 잠잠했다.

알몸에 얇은 천만 두른 소녀는 춤을 추면서 내게 점점 다가왔다. 나는 취한 듯 그저 바라보았다. 소녀의 팔이 하느작거리며 내 목을 감쌌다. 가슴을 밀어붙이며 시선을 내 눈동자 깊숙이 찔러 넣었다. 나는 거부하지 못하고 그녀의 허리를 껴안았다. 입술이 맞붙으려는 찰나 섬광 같은 예감이 뇌리를 가로질렀다. 나는 브라무트라를 불러내 그녀의 등에 꽂았다.

소녀가 품 안에서 사라졌다.

새하얀 부엉이가 머리 위로 둥실 떠올랐다. 낭랑한 웃음소리가 울려 퍼졌다. 나는 그녀의 이름을 확신했다. '죽음', 암유나 상징이 아닌 죽음 그 자체였다.

"지옥에 온 것을 환영하오, 권능이여!"

웃음이 점점 부풀면서 허공을 뒤흔들었다. 소리가 정점에서 폭발하여 흩어지자 괴괴한 정적이 되돌아왔다. 나는 먹먹한 귀를 문지르며 두리번 거렸다. 소녀도 부엉이도 자취를 감추고 침묵이 어둠을 압착하고 있었다.

지옥?

가슴이 불안스레 뛰었다. 난 역시 죽은 걸까?

분명한 것은 움켜쥔 단검의 감촉과 칼날에 어린 빛뿐이었다. 나는 브라무트라를 등불처럼 치켜들었다. 마음이 휘청거릴 때마다 금속에 얼굴을 비추며 걸었다. 같은 어둠이라도 만다라 위를 걸을 때보다 몸이 무거웠다. 어디선가 암울한 비후(悲吼)가 울려 퍼졌다. 거기에 반응하듯 들려오는 수런거림. 소녀가 옳았다. 그곳은 지옥이었다. 황천의 눈들이 내 사지에 주렁주렁 매달려 있었다.

기척이 느껴졌다. 돌아보니 쭈그려 앉은 곱사등이 노인이 검은 이를 드러내며 히죽거리고 있었다. 조금 전 투명한 망자들과 달리 노인은 나를 알아보는 것 같았다. 나는 용기를 내어 다가갔다.

"저……."

말을 채 꺼내기도 전에 노인이 낄낄거렸다. 그가 짧은 팔을 허공으로 내뻗자 손아귀에 불쑥 술잔이 나타났다. 허공에서 액체가 흘러내려 그 안에 고였다. 피처럼 검붉고 걸쭉한 액체였다.

노인이 그것을 마셨다. 잔을 입가로 가져가는 것조차 힘들어 보였지만 혀가 날름거리며 액체에 잠기자 변화가 일었다. 등이 펴지고 어깻죽지가 부풀었다. 근육이 구부정한 다리에 엉겨 붙으면서 무릎을 높이 밀어 올렸다. 노인의 얼굴에서 주름이 싹 사라졌다. 팽팽히 당겨진 입술 사이로 이가 새하얀 광택을 뿜었다. 마침내 그는 선사시대의 거석처럼 우람한 거인이 되었다.

거인이 외쳤다.

"그들의 종말을 위하여!"

엄청난 소리였다. 사방에서 쩌렁쩌렁 반향이 돌아왔다. 나는 귀를 꽉 틀어막았다. 거인이 껄껄 웃어젖혔다. 술잔 안의 내용물을 단숨에 들이켜자 그의 모습이 다시 변했다. 양초가 녹듯 허물어지고 오그라들어…… 완전히 사라져 버렸다.

메아리만이 계속 맴돌았다. 그들의 종말을 위하여…….

예언도 아니고 희망도 아니었다. 기정된 사실에 바치는 추도사였다. 나는 무겁게 늘어진 마음을 추스르며 걸음을 뗐다. 소리가 사라지자 단테의 적막이 되돌아왔다.

여기선 아무런 울음소리도
없고 들리는 건 오직
영원한 공기를 떨리게 하는 한숨뿐.

과연 지옥이나, 또한 얼마나 다른가. 운명의 강도 파수견도 없었다. 불길 속에서 절규하는 영혼들도 보이지 않았다. 그저 고독이…… 정지가…… 생과 사는 물론 죽음과 죽음마저 가르는 절대적인 단절이 있을 뿐이었다.

태양이 빛나는 하늘이 어느새 먼 꿈처럼 느껴졌다…….

"살려 줘!"

누군가가 외쳤다.

"살려 줘!"

나는 주위를 휘둘러보았다.

지금까지와는 달리 너무나 현실감 가득한 목소리였다. 빛에 쬔 것처럼 머릿속이 맑아졌다. 나는 급히 그쪽으로 다가갔다.

이윽고 병아리만 한 하얀 새를 둘둘 감고 삼키려 드는 뱀이 보였다. 새는 나를 보자마자 목 놓아 악을 썼다.

"살려 줘! 제발!"

나는 브라무트라를 빼들었다. 뱀이 새를 휘감은 채 목만 쭉 늘려 내게 달려들었다. 다가올수록 몸피가 계속 부풀어 내 앞에 떡 벌어진 아가리가 분화구만큼이나 가량없었다. 나는 몸을 낮추어 뱀의 턱 밑으로 파고들었다. 브라무트라를 목에 박자 초록색 피가 튀었다. 뱀이 요동쳤지만 손잡이를 틀어잡고 칼을 옆으로 힘껏 잡아끌었다. 날을 따라 열리는 길에 불꽃이 튀었다.

뱀의 몸부림이 나를 강타했다. 나가떨어져 구르다 고개를 들자 불길에 휩싸인 대가리가 보였다. 쉿 하는 소리와 함께 가랑이진 혀가 화염 속으로 사라졌다. 이윽고 시커먼 몸뚱이가 천천히 쓰러졌다.

나는 칼을 주웠다. 옷자락에 날을 닦으며 새를 바라보았다.

새는 푸르르 날개를 털고 그 끝으로 부리를 문질렀다. 그러고는 깃털을 하나하나 공들여 점검했다. 이상이 없었는지 허공으로 날아올라 내게 다가왔다.

"세상에!"

요란한 첫인사였다.

"모든 신들을 걸고 맹세하건대 이처럼 놀라운 광경은 본 적이 없어! 생자가 망자의 왕국을 뻔뻔스레 활보하다니! 넌 대체 누구지?”

“나도 궁금한데. 망자의 왕국에는 조류도 들어올 수 있나?”

새는 내 머리 주위를 한 바퀴 맴돌았다.

“흠, 위대한 구루인가 했는데 아닌 모양이군. 날 모른다니 말이야. 네 눈에는 내가 뭐로 보이지?”

“말하는 병아리.”

“이런!”

새가 날개를 활짝 펼쳤다. 그러자 깃털이 쭉쭉 뻗으며 어둠을 하얗게 덮었다. 몸통과 대가리 사이에서 거의 보이지 않던 목도 긴 곡선을 그리며 늘어났다. 내 머리만 한 눈이 붉은 보석처럼 번쩍거렸다.

“자, 이제 알아보겠지?”

“우량 백조?”

“맙소사, 끔찍하군! 경전조차 읽지 않은 애송이 아냐!”

새는 고개를 움츠리며 탄식했다. 그러고는 오만한 눈으로 나를 내려다보았다. 새에게도 표정이 있다는 것을 나는 그때 처음 알았다.

“난 함사야. 브라흐마의 호흡에서 태어난 새지.”

“아……”

나는 멍청하게 중얼거렸다.

“그럼 뭐더라, 브라흐마의…… 바하나?[90]”

새는 비로소 흡족한 표정을 지었다.

“아주 아둔패기는 아니로군. 맞아. 난 브라흐마를 태우고 우주의 끝에서 끝까지 활공하는 바하나야. 벌써 오랫동안 그 역할을 수행하지 못했지

---

90) 신들의 탈것. 성수(聖獸).

368

만……."

'호흡의 새' 함사는 유감스러운 듯 말끝을 흐렸다. 그러나 금세 기운을 되찾고 부리를 치켜들었다.

"그런데 넌 어쩌다 여기 떨어진 거야?"

"그러게. 안 그랬으면 불쌍한 뱀도 식사를 방해받지 않았을 텐데."

새는 콜록콜록 기침 소리를 냈다.

"음…… 그 점은 고맙게 생각해. 하지만 뭐랄까, 브라흐마의 바하나를 구할 수 있었으니 너한테도 영광 아니겠어?"

"영광이 아주 사무치지."

나는 심드렁하니 대꾸하고 발을 옮겼다. 새가 따라오리라는 확신이 있었다. 과연 함사는 공중을 슥 미끄러져 내 머리 옆에 따라붙었다.

"어쩌려고? 계속 갈 건 아니지?"

"아니면 어쩌라고?"

"설마 야마의 궁정에 뛰어들 작정이야?"

"야마?"

함사가 의기양양하게 퍼드덕거렸다.

"거 봐, 거 봐! 이럴 줄 알았어! 명왕의 이름조차 모르다니! 대체 어떻게 너 같은 무지렁이가 여기까지 온 거야? 내가 브라흐마를 모실 때만 해도……."

"명왕이라면, 여기 저승의 왕?"

"허 참, 달리 누가 있다고? 최초의 인간이자 최초로 죽은 자, 망혼을 통치하고 심판하는 안타카[91] 야마! 여길 돌아다니려면 그 정도 상식은 있어

---

91) 최후의 존재.

야지!"

하데스, 염라…… 명부의 제왕. 함사의 말대로였다. 이곳이 어디인지 안 순간 그 이름을 떠올렸어야 했다. 나는 어리석은 자신을 나무라며 계속 걸었다. 함사가 조급히 외쳤다.

"진심이야? 정말 야마를 만나려고?"

"응. 어쨌든 이대로 가면 된다 이거지?"

함사가 부르르 떨었다. 그러고는 비둘기만 한 크기로 변신해 내 어깨에 앉았다.

"나한테 숨 좀 불어 봐."

나는 함사의 부리에 대고 훅 숨을 불었다. 새는 방정맞게 잔기침을 토했다.

"우, 지독해! 인간의 숨은 정말 구리다니까! 이렇게 혼탁한 기운을 품고 명왕 앞에 나서겠다고?"

"너를 창조한 신의 숨이 얼마나 깨끗했는지는 모르겠지만……."

나는 손을 저어 어깨에서 함사를 내쫓았다.

"그도 인간의 육신을 입으면 구린내를 풀풀 풍기고 다닐걸."

"걱정해서 한 소린데 입방정은!"

함사는 툴툴대며 다시 내 어깨에 내려앉았다. 쳐다보자 고개를 돌리고 딴청을 피웠다.

"어쨌든 빚도 있고 양심에 가책을 받기도 싫으니까 특별히 동행해 주지. 기뻐해도 돼."

"너무 기뻐서 현기증이 난다……."

발길 가는 대로 한참을 더 걸었다. 먼발치에 드레드레 널린 빨래 같은 것이 보였다. 다가가 확인하자 가슴이 턱 막혔다. 길 양옆에 교수대가 죽

늘어서 있었다. 참혹한 주검들이 한량없이 매달려 뻥 뚫린 눈구멍으로 우리를 내려다보았다.

"온 인류가 동원된 거 아냐? 굉장한데!"

함사가 신이 나서 소리쳤다.

"이리로…… 가야 하나?"

"여태 싸돌아다녔으면서 뭘 배웠어? 이곳에서 보이는 건 다 이정표야!"

나는 교수대를 외면하려 애쓰며 길에 들어섰다. 그러나 고개를 숙이고 걸어도 눈이 자리를 옮긴 듯 주위가 훤히 보였다. 악취가 어찌나 강렬한지 숨을 쉴 때마다 폐가 문드러지는 것 같았다. 더욱 견디기 힘든 것은 표정들이었다. 부패한 얼굴에서 구더기처럼 바글거리는 원한과 고통이 내 안까지 파고들었다.

그 길이 빨리 끝나기만을 바랐지만 걸어도 걸어도 제자리인 양 똑같은 풍경이었다. 마침내 다리에 힘이 풀렸다. 시취에 찌들듯 내 안에서도 싹트기 시작한 저주를 감당할 수 없었다. 눈을 감고 오염을 몰아내려 애쓰는데 함사가 머리 위로 뛰어올랐다. 그러고는 날개를 뻗어 내 눈을 가렸다.

"자, 일어나! 얼른 탈출하자고!"

깃털이 따뜻했다. 나는 용기를 냈다. 주춤주춤 걷는 동안 함사는 목청을 돋워 노래했다.

"왼쪽, 여기서 직진! 고무나무 아래서 나는 그녀의 입술을 훔쳤네. 오, 소마여! 별들 사이에서 그대가 본 것을 다른 신들에게 말하지 말아 주오……."

얼마나 지났을까.

머리 위가 가벼워졌다. 푸드덕 날아오른 함사가 한숨을 쉬었다.

"흐! 이건 뭐 송장 박람회도 아니고……. 야마의 악취미도 상당하구먼."

나는 어깨 너머를 돌아보았다. 무표정하고 견고한 암흑만이 뻗어 있었다. 가슴 속의 독이 비로소 빠져나갔다.

"고마워……."

"빚은 갚았다. 알았지? 난 미적지근한 게 질색이거든."

웃으며 팔을 내밀자 함사는 그 위로 내려앉았다. 새가 어깨에 자리 잡는 걸 확인하고 나는 계속 걸었다.

사방에서 희뭇은 그림자가 솟아났다. 해파리처럼 어둠 속을 미끄러졌다. 몇몇이 우리를 뚫고 지나갔지만 아무 느낌이 없었다. 고요한 얼굴들이 일제히 한 방향으로 쏠려 있었다.

"이게 다 뭐야?"

"내세가 결정되길 기다리는 영혼들. 카르마의 심판장으로 가는 거야. 바퀴가 찰칵찰칵 움직이면서 딱지를 붙이겠지. 넌 착하게 살았으니까 부자로 태어나라, 넌 개같이 살았으니까 똥개나 돼라……."

표정이 완전히 지워져 생전의 모습을 짐작하기 힘든 넋들 틈에서, 나는 자칫 낯익은 얼굴을 흘려보낼 뻔했다. 통통한 러시아 여인이 내 곁을 지나갔다.

"소냐!"

유령은 그 목소리를 수의처럼 두르고 사라졌다.

멀거니 서 있는데 함사가 부리로 볼을 쪼았다.

"왜 그래? 뭔 일이야?"

나는 고개를 흔들었다. 그러고도 한참 그녀가 사라진 자리를 바라보며, 다시는 어떤 신에게도 기도하지 않겠다는 나 자신과의 맹세를 깼다.

혼들이 나아가는 방향을 거슬러 무언가가 이쪽으로 달려왔다. 말과 기수였다. 기수는 한 손에 창을 들고 얼굴에 짐승의 뼈로 만든 면갑을 쓰고 있었다. 어둠 속에서 면갑이 파르무레한 인광을 내뿜었다.

기수가 내 앞에서 말을 세우고 창끝을 내밀었다. 그의 목소리는 지금까지 내 귀를 거쳐 간 소리 중에서 가장 어두웠다.

"생자의 몸으로 명부에 내려온 까닭은 무엇인가."

"당신들의 왕을 만나고 싶습니다."

"인간이 영육을 온전히 지닌 채 명왕 앞에 선 예는 일찍이 없었다."

"예외를 간청합니다. 이미 제가 여기 있다는 것만으로도 충분하지 않습니까?"

함사가 귓가에 대고 속삭였다.

"잘하고 있어. 더 뻔뻔하게!"

면갑의 눈구멍 안에서 시커먼 응어리가 움직였다. 그러나 고민하는 기색은 아니었다. 이미 결론을 정해 놓고 나타난 것 같았다. 그는 창끝을 움직여 말 등을 가리켰다.

"순항의 조짐이 보이는군."

함사가 킬킬거렸다. 나는 기수 뒤에 올라탔다. 저승의 말이 어둠을 박차고 날아올랐다. 그때까지 그저 새카맣기만 하던 사위가 말발굽 아래에서 묘명한 형태를 드러냈다.

멀리 그물처럼 뒤얽힌 실들과 그 가운데를 꿰뚫는 거대한 갈고리가 나타났다. 갈고리를 매단 쇠사슬은 아무리 고개를 젖혀도 끝이 보이지 않았다. 나는 기수에게 물었다.

"저 실은 뭐죠?"

"세계의 혈맥이다, 인간이여."

"갈고리는요?"

"운명의 심장이다, 인간이여."

대답이 되지 않았지만 더 물을 용기도 없었다. 나는 발아래 풍광으로 눈을 돌렸다. 그리고 미혹으로 가득 찬 듯하던 그곳이 지상과 다름없이 치밀한 질서 위에 조성된 시스템임을 알았다. 내세에 대한 기다림이 그 세계의 부속들을 움직이고 있었다. 나는 지옥에 떨어진 이후 처음으로 희망을 느꼈다.

이윽고 어둠을 길게 가로지르는 강철 성벽이 나타났다. 그 땅의 여느 장소와 마찬가지로 공허한 분위기였지만 제법 살집 있는 활기도 느껴졌다. 말이 성문 앞에 내리자 양쪽 가에 선 문지기 둘이 창을 엇걸어 가로막았다. 그들도 푸르스름한 면갑을 쓰고 있었다.

"인장을 지니지 않은 자, 생명을 품고 있는 자, 온전한 육체를 지닌 자는 이 문 안으로 들어갈 수 없다."

그들이 합창하듯이 웅얼거렸다. 나를 데려온 기수가 비슷한 어조로 말을 받았다.

"사령들을 지배하는 자, 죽음을 정복한 자, 지하의 왕국을 통치하는 위대한 자 야마의 윤허가 있었다."

함사가 소곤거렸다.

"상상력이라고는 눈곱만치도 없는 놈들 같지 않아? 분명히 저 대사 말고는 할 줄 아는 말도 없을 거야."

마침내 두 문지기가 창을 내리고 양옆으로 물러섰다. 거대한 성문이 소리 없이 열렸다. 후텁지근한 바람이 냉기를 뚫고 끼쳐 왔다.

"가자."

나는 발을 내디뎠다. 그러나 함사는 고개를 저었다.

"난 여기서 기다릴래. 이 안의 공기는 내 정결한 폐랑 안 맞는 것 같아."

불안한 마음이 들었지만 도리가 없었다.

“그럼 다녀올게.”

“응. 부하들의 꼬락서니를 보니 명왕은 지독히 따분한 녀석일 거야. 말이 통하길 빌게.”

나는 미소를 짓고 왼손을 들어 보였다. 면갑의 기수는 묵묵히 기다리고 있었다. 내가 그를 따라 성벽 안으로 들어서자 등 뒤에서 육중한 소리와 함께 문이 닫혔다.

이리하여 나는 명왕 야마의 궁전에 발을 디뎠다.

30

기수는 잠시도 지체하지 않고 나를 어전으로 인도했다. 성 안은 지상의 건축물과 다를 바 없었으나 모든 것이 차가웠고 모든 소리를 빨아들였다. 도중에 여러 사람과 마주쳤지만 아무도 나를 쳐다보지 않았다.

천장이 아득히 높은 홀에 이르자 기수가 고했다.

"지하 세계의 주인이시여, 육체를 입은 자가 알현을 청하옵나이다."

야마의 이름을 들은 순간부터 마음을 다져 왔으나, 그럼에도 나는 압도되었다. 무심코 몇 발짝 물러섰다. 그는 웅장했다. 크기만이 아니었다. 암벽 같은 얼굴 반쪽은 파르스름한 얼음이었고 다른 반쪽은 화염이었다. 노란 광택을 띤 눈은 금속 같았다. 옷에 덮이지 않은 맨살은 온통 진한 초록색이었다.

옥좌 곁에 왕과 쌍둥이처럼 닮은 거대한 여성이 서 있었다. 그녀의 발치에는 눈이 네 개 달린 황소만 한 개가 웅크려 있었고 어깨에는 하얀 부엉이가 앉아 있었다. 부엉이의 정체에 대해서는 궁금해할 필요도 없었다.

저승의 왕이 입을 열었다.

"지상의 존재여, 질서를 파괴하면서까지 내 앞에 선 이유는 무엇인가."

나는 용기를 전부 끌어올렸다.

"저는…… 저는 미아입니다. 제가 알던 이름과 타인이 안기려는 이름이 불화하여 합치점을 찾으려 헤매다 우연히 이곳에 이르렀습니다."

초록색 여인이 허리를 구부려 야마의 귀에 속삭거렸다. 왕의 누런 시선이 그녀를 떠나 내게 되돌아왔다.

"어떠한 현인이라도, 살아서 해탈을 이룬 지반무크타[92]라 할지라도 죽음을 거치지 않고 이곳에 이를 수 없다. 그대가 여기 선 것은 우연에 의함이 아니다. 내 마음이 심히 산란해지는도다. 리타가 다시금 흔들리고 있도다. 그대는 혼돈의 중심에 서 있는 자다."

나는 뭐라 말해야 할지 몰라 잠자코 있었다. 야마가 다시 말했다.

"그 오른팔은 저주를 받고 있구나."

나는 놀라 팔을 내려다보았다.

"정(淨)한 방향이 제거되고 부정한 방향이 남았으되, 부정 안에 신성한 무기가 깃들었다. 육신을 지닌 존재여, 그대의 운명은 그 저주와 마찬가지로 혼탁하고 어지러운 것이니라."

나는 타리스라다를 떠올렸다. 그가 나를 찌르고 브라무트라가 왼손으로 스며든 뒤 오른팔이 마비된 것은 순전한 우연이라 생각했다. 그러나 야마의 말대로라면 타리스라다는 처음부터 악의 어린 심산으로 내 앞에 나타난 것이다. 문득 싸늘한 울분이 치밀었다.

"어찌하면 저주를 풀 수 있습니까?"

---

92) 생해탈자. 이생에서 완성을 이룬 자.

"무지한 자여, 그것은 내게 물을 일이 아니다. 해답은 오로지 그대의 아트만에 달려 있다. 그대가 하기에 따라 저주는 숙명이 될 수도 있고 당장 사라질 수도 있다."

"최소한…… 어떤 가르침을 주실 수 없습니까?"

야마가 괴이한 미소를 떠올렸다.

"가르침이라……. 지상과 지하의 왕국들에서 그 단어가 소멸한 지 오래이다. 아무도 자기 아닌 타인을 진리로 이끌 수 없다. 데바들이 쇠퇴할 때 위대한 스승의 시대도 죽었다."

나는 입술을 꽉 깨물었다.

"멸망으로 향하는 이 시대에 체관을 제외하고 무슨 깨달음이 필요하겠는가? 나는 예전에 위대했던 어느 신을 기억한다. 운명을 바꾸려던 그의 몸부림은 더 많은 고통만을 초래하였다. 섭리의 수행자가 자신의 권세를 과신한 나머지 외려 섭리에 도전한 것이다."

나는 브라흐마를 겨냥한 화살촉을 느꼈다.

"가장 높은 신마저 무참히 단죄되었을진대 인간의 몸으로 어찌 고통을 자초하려 하는가. 인간은 재미있는 존재지만 스스로 생각하듯이 위대하지는 못하다. 그대가 브라흐만에게서 등을 돌리려 한다면 나는 충고할 수밖에 없다. 지상에 속한 자여, 그대를 나의 왕국으로 이끈 것은 섭리의 경고 자체이다. 그대는 무수한 망자들을 보았겠지? 인간에게 죽음은 숙명이다. 멸망이 존재의 숙명인 것과 마찬가지로. 불사를 꿈꾸는 인간의 몸부림이 허상에 불과하듯 존재의 불멸을 꿈꾸는 자 역시 거대한 미혹에 빠져 있는 것이다."

막엄한 충고였다. 나를 꿰뚫고 오만한 창조자에게까지 이르는. 설복되지 않고서는 견딜 도리도 없는. 나는 맨몸의 인간일 뿐이었다. 브라흐마가 신들을 배신했다면 나 또한 배반당한 영혼이었다. 그는 인장을 거부함으로써 자신의 환생을 무지와 무력 속에 내팽개친 것이다.

이제야 단념할 마음이 생겼나? 어둠 속에서 누군가가 무언으로 물었다. 나는 그날 밤 그대로의 모습으로 시바와 마주 보고 있었다. 그때와 다른 점이 있다면 지금 그는 보다 가열한 태도로 나를 다그치고 있다는 사실이었다. 시바의 검은 눈동자에 불꽃이 비쳐 타올랐다. 그제야 나는 불현듯이 깨달았다. 그와 나는 서로의 일부이고 반영이므로 각자의 고민과 번뇌는 결국 서로에게 속해 있다는 것을. 내가 비약할 때 그는 침몰하며 그 반대도 어김없이 성립한다는 깨달음이 섬광처럼 머릿속을 내리질렀던 것이다. 나는 부정한 왼손을 꽉 틀어쥐었다. 용기를 내어 앞으로 나서자 어느새 시바의 환영은 사라지고 눈앞에는 다시 지옥의 왕이 도사리고 있었다.

"그렇지만 최소한 인간에게 선택권을 줄 수는 있습니다. 멸망 앞에서 어떤 태도를 취할 것인지. 외면하든지, 순응하든지, 전 존재를 걸고 저항하든지."

"아무도 죽음의 형태를 선택할 수는 없다."

"세계를 사랑하는 것은 더 이상 신이 아니라 인간입니다. 세계를 움직이는 것도 인간이고요. 말씀대로 인간이 죽음 앞에서 할 수 있는 일은 많지 않습니다. 그러나 죽음은 내세로 이어지는 길이지 소멸이 아닙니다. 제가 당신의 왕국에서 배운 진실은 이것입니다. 죽음조차도 인간에게 완전한 종말이 아닙니다. 인간은 끊임없이 생성되는 존재이며 신들은 더 이상 그들에게 진리를 가르칠 수 없습니다. 왕께서 직접 그렇게 말씀하셨듯이."

야마는 흥미롭다는 듯 나를 응시했다.

"그대는 신인가, 아니면 인간인가?"

"모르겠습니다……."

나는 말끝을 흐렸다.

"모르겠습니다. 저는 스스로가 인간이라고 믿습니다. 그러나 다른 이들은 제가 데바들의 비탄에서 태어났다고 합니다. 야마여, 보시다시피 저는 그저 부박한 존재입니다. 그러나 제가 힘닿는 데까지 저항하리라는 것만큼은 확신할 수 있습니다. 저는 이단자입니다. 그런 까닭에 오히려 더 쉽게 이런 불경을 범할 수 있는지도 모르겠습니다. 존재에 종말이 필연이라는 당신의 말씀은 진리입니다만, 적어도 그 필연 앞에서 취할 표정쯤은 스스로 결정하고 싶습니다."

내 목소리는 떨렸고 온몸이 차가웠다. 마구 얼더듬으면서 입에서 무슨 말이 나오는지도 분간하지 못했다. 그러나 그것이 구원의 여지가 없는 선언임은 막연히 이해하고 있었다.

야마가 말했다.

"조야한 궤변이되, 대담하기 그지없는 고백이로다."

푸르스름한 얼굴과 불그레한 얼굴 양쪽에 비대칭의 표정이 떠올라 있었다.

"이곳은 태양의 은총에서 벗어난 모든 존재의 쉼터이다. 이곳에서 존재는 지난 생을 벗어 던지고 다음 생을 향해 거듭난다. 세계가 멸하면 이곳은 붕괴되고 모든 영혼은 절대의 품으로 돌아간다. 나는 그날을 기다리고 있다. 그것은 나, 삼사라의 문지기인 야마가 휴식을 얻는 축복의 시간이다."

야마의 곁에 선 여자, 아마도 저승의 왕비가 작게 고개를 끄덕였다.

"그러나 그대의 결단은 흥미롭다. 예정된 패배 앞에서 그대는 아마 뼛조각조차 남기지 않고 사위리라. 그때 그대가 떠올릴 표정을 기대하겠노라. 그대의 얼굴에 이는 마지막 진동이 세계를 어떻게 움직일지 지켜보겠노라.”

야마의 음성이 점점 부풀었다. 발밑이 마구 흔들렸다. 왕과 왕비를 비롯한 풍경이 한 덩어리로 뭉그러졌다. 나는 균형을 잡으려 애썼다. 온 세상이 입을 모아 내 머리에 장중한 선고를 퍼부었다.

“보라, 여기 태초의 일자로부터 생산된 자, 스스로 존재하던 자가 반역을 외쳤도다. 가장 신성한 자가 가장 추악한 존재로 몰락했도다. 완전함에서 나온 자가 불완전해지고자 모든 것을 버렸도다. 마하 브라흐마여, 그대와 그대를 따르는 이들에게, 그대를 적대하는 이들에게 절대의 인도가 있기를!”

눈앞이 까맣게 꺼졌다. 그러고는 다시 시각의 표면으로 튀어 올랐다. 나는 성문 앞에 서 있었다. 강철 성벽 너머, 망자들이 꾸역꾸역 행렬하는 지옥의 거리.

날카로운 소리가 귀청을 찢었다.

“아이고, 어쩌자고 이렇게 불쑥 나타나! 놀라서 떨어질 뻔했잖아!”

브라흐마의 하얀 새가 날아왔다. 내가 팔을 내밀자 그 위로 내려앉았다.

“대담은 어땠어?”

나는 한참 머릿속을 가다듬었다.

“결론은 애매하고 암시만 수두룩하고…….”

“내 그랬지? 아주 따분 천만인 녀석일 거라고!”

함사가 나불나불 부리를 여닫았다. 나는 성벽 꼭대기에 깔린 허공을 올려다보았다. 거대한 왕의 붉고 푸른 얼굴에서 물결처럼 꼬인 입술을 떠올리며.

어전까지 나를 안내한 기수가 말을 한 마리 더 끌고 왔다. 나는 그 위에 올라탔다. 기수가 말을 앞세워 나를 인도했다. 우리는 어둠을 뚫고 갈림길을 여럿 지났다. 어느 지점부터 망자들이 사라지고 공기의 농도가 진해졌다. 머리 위에 비닐을 오려 붙인 듯한 달이 떠올랐다. 마냥 시커멓던 공백에 색이 피었다. 흰빛과 붉은빛이 어우러진 꽃들이 다문다문 늘어서더니 뒤미처 갈꽃 모양으로 새하얀 꽃들이 풍성했고, 끝에는 푸른 꽃이 빽빽한 화원이 나타났다. 만곡한 길녘에 늪이 있었다. 악어 같기도 하고 뱀 같기도 한 생물이 대가리를 내놓고 철벅거렸다.

어둠이 짙은 보라색으로 바래자 야마의 기수가 말을 세웠다. 그는 손을 들어 길 끝의 소실점을 가리켰다.

"길을 따라 죽 가면 진리의 미궁 속으로 돌아갈 수 있을 것이다, 구도자여. 나는 더 이상 나아갈 수 없다."

지친 기색이었다. 면갑에 감도는 빛이 흐려지고 어깨가 축 늘어졌다. 길을 가리키는 그의 손끝이 약간 떨리는 듯 보였다. 나는 말에서 내려 정중히 감사했다.

기수가 두 마리 말과 함께 사라지자 함사의 부리가 쩍 열렸다.

"휴! 저 형씨가 옆에 있으면 부담스러워서 말을 못 하겠어. 이 동네에도 천상의 유머 감각을 좀 도입해야 한다니까!"

새는 푸르르 몸을 떨고 내 어깨에 앉았다.

"자, 이제 다시 둘만 남았군, 응?"

"안타깝게도, 불행하게도……."

길은 희박한 어둠을 뚫고 길게 뻗어 있었다. 푸르스름한 화원에서 향기가 흘러나왔다. 달빛이 차갑고 예리한 생기를 머금었다. 덩달아 세포도 되살아나는 느낌이었다.

타박타박 걷는 동안 함사가 다시 노래를 불러 젖혔다. 바람이 불었다.

대기의 정체에서 빠져나온 참이라 그 가느다란 살랑임마저 달콤했다. 어느새 푸른 꽃무더기가 사라졌다. 공중에 거미줄처럼 얽힌 굵직한 실들이 나타났다.

나는 걸음을 멈추고 실낱을 올려다보았다. 야마의 기수가 한 말이 생각났다. 세계의 혈맥.

무슨 의미였을까?

"말 그대로 세계의 핏줄이란 뜻이지."

함사가 뇌리를 들여다본 듯 말했다.

"비유가 아니고?"

"아니라니까. 운명의 심장에서 뻗어 나가는 핏줄이야. 전 세계의 기관, 즉 대지와 바다 들이 이 실을 통해 연결되어 있어. 너 말이지, 여기서 빠져나가거든 당장 경전부터 읽도록 해. 『바가바드기타』도 읽은 적 없어? 분명히 거기에 '여러 개의 진주가 실에 꿰여 있는 것처럼 나에게는 전 세계가 연결되어 있다'는 구절이 있을 텐데? 『브리하드아란야카』, '숲의 위대한 우파니샤드'는 또 어떻고? '이 실인 바람에 의해서……이 세계와 또 다른 세계와 이 세상에 존재하는 모든 사물은 서로 연결되어 있다.'"

나는 함사의 의기양양한 핀잔을 들어 넘기며 걸었다. 이윽고 먼발치에 거대한 기둥이 나타났다. 길에서 완전히 벗나간 위치라 접근할 수는 없었지만 한눈에 말 등 위에서 본 갈고리임을 알아차렸다.

"혹시 저게……."

"맞아. 운명의 심장이야. 위로는 브라흐만에게 연결되어 있고 아래는 시간의 회전심이지. 네 운명도 저 갈고리의 일부분이야."

나는 경외감을 품고 운명의 현현을 바라보았다. 완벽한 균형을 이루며 곧추선 갈고리는 마치 세계를 지탱하는 닻처럼 보였다.

한참을 더 걸었다. 아무리 걸어도 풍경이 바뀌지 않았다. 문득문득 돌아보면 갈고리가 계속 똑같은 크기로 눈 안에 들어와 걸렸다. 제자리를 맴도는 기분이라 불안해질 무렵 함사가 비명을 질렀다.

두 마리 사자가 길 가운데 서 있었다.

금술 같은 갈기를 휘날리는 수사자와 몸집이 날렵한 암사자. 나는 브라무트라를 빼들었다. 그러나 사자가 내뿜는 위엄에 기가 눌려 숨조차 쉬기 힘들었다. 떨리는 손을 앞으로 내밀었지만 그보다 빨리 암사자가 덤벼들었다.

나는 칼을 떨어뜨리고 쓰러졌다. 함사가 뭐라고 외쳤지만 귀에 들어오지 않았다. 사자가 앞발로 내 가슴을 누르며 고개를 숙여 나와 눈을 맞추었다. 황금빛 시선이 눈동자 안으로 흘러 들어오자 신기하게도 두려움이 사라졌다. 준엄하면서도 자애롭고, 연민 어린…… 기억의 심층에 파문을 떨어뜨리는 눈빛이었다.

사자의 발이 가슴에서 떨어졌다. 나는 몸을 일으켰다. 사자들이 천천히 내게서 돌아섰다. 재촉하는 듯한 자세였다. 걸음을 내딛자 그들은 양옆에서 나를 인도했다.

머리 위에서 함사가 흥분한 투로 떠들었다.

"이봐, 대체 뭔 일이야? 시간의 사자들이 직접 마중을 나올 정도로 이 녀석이 대단한 존재야? 태모께서 무료해하시는 모양이지? 장담하는데, 이 녀석은 인간 전체를 합친 것보다 더 따분한 놈이라고!"

수사자가 목을 울려 말했다.

"좀 더 신중하게 행동하라, 호흡의 새여."

"난 늘 신중해! 보면 몰라? 내 머릿속에는 어떤 현자라도 엎드려 가르침을 청할 만한 지혜가 꽉꽉 들어차 있다고! 아, 내 입이 이렇게 무겁지만 않으면……. 대지에 발이 매인 너희는 모르겠지만, 예로부터 날개를 가진 족속의 현명함이란…….”

“태모?”

나는 사자들에게 물었다. 암사자가 엄숙하게 대답했다.

“만물의 어머니께서 그대를 원하신다, 인간과 신의 경계에 있는 자여.”

“왜 저를?”

“여신의 뜻은 우리가 헤아릴 수 있는 것이 아니다.”

나는 더 묻지 않고 봄날의 파도처럼 출렁이는 두 사자를 따라갔다. 함사는 지치지도 않고 수없는 경구를 인용하며 잔사설을 늘어놓았다.

길이 끝나고 새로운 풍경이 나타났다. 대지는 거대한 체스 판이었다. 희고 검은 정사각형이 규칙적으로 배열되어 있었다.

“이건 뭐죠?”

수사자가 대답했다.

“여덟의 제곱은 세계의 완전성을 뜻하는 동시에 시간의 지배자 시바를 상징한다. 승부가 한 번 이루어질 때 한 시대가 지나간다. 말의 움직임은 존재의 현현을, 움직임에 따른 결과는 운명을 의미한다. 교착하는 두 제왕이 여기에 있다. 이는 그대가 언젠가 피할 수 없는 대립 속에 설 것을 예언하는 증표이다.”

예정된 패배 앞에서 사위리라. 야마의 목소리가 귓가에 메아리쳤다. 판의 짜임은 언뜻 대등했으나 냉소적인 암시들이 흑백의 교차 사이사이에서 아른거렸다. 나는 숨을 들이켜고 그 위에 발을 들이밀었다. 그날 밤 불길 한가운데서 홀로 암흑이던 시바의 얼굴을 생각하며 신발 밑창으로 천천히 행과 열을 짓이겼다.

풍경이 바뀌었다. 우람찬 거목이 밀밀한 숲이었다. 내 몸통보다 굵은 나뭇가지에 쟁반만 한 잎사귀가 무성했다. 한 줄기 시내가 녹음을 가로질렀다. 그 안을 흐르는 것은 물이 아니라 우유였다.

유천(乳川)을 따라가니 발원지에 거대한 나무가 서 있었다. 숲 전체를 압도하는 엄청난 몸집이었다. 턱을 떨어뜨리고 멍하니 바라보는 동안 나무가 움직였다. 가벼운 살랑임이 점차 분명한 동작으로 변했다. 줄기의 빛깔이 물긋해지고 가지가 야위면서 줄어들었다. 잎사귀들이 서로 달라붙어 투명한 막을 만들었다. 나무껍질이 부드러운 피부로 변하고 두툼한 윤곽이 낭창낭창 휘며 곡선이 되었다. 이윽고 나무가 있던 자리에 키가 훤칠한 여인이 나타났다.

사자들이 여인의 발치로 다가가 고양이처럼 몸을 사렸다. 여인은 나보다 머리 두 개쯤 컸고 발끝까지 오는 베일에 덮여 있었다. 머리 위에는 은빛 관이 얹혀 있었다. 앞으로 내민 오른손에 연꽃이 들려 있었고 맨발바닥 아래 뿌리가 뻗어 있었다. 우윳빛 냇물이 그 틈에서 끊임없이 흘러나왔다.

숲이 술렁거리며 여인을 향해 굽었다. 모든 소리가 사라졌다. 어느새 나는 떨고 있었다. 우주를 낳은 여인. 대지의 어머니.

태모신.

그녀의 이름은 파르바티였고, 락슈미였으며, 칼리이자 두르가였다. 데메테르였고 이시스였고 이슈타르이자 아스타르테였다. 나는 벅찬 가슴을 안고 무릎을 꿇었다. 여신은 말이 없었지만 침묵 속에서 나는 분명히 그녀의 목소리를 들었다.

나는 과거에 있었고, 현재 있고, 미래에 있을 모든 것이다.

그리고 아직까지 그 누구도 나를 가린 베일을 들어 올린 자는 없다.

여신이여, 당신을 경배한다. 세계를 잉태하고 산고를 인내하며 만물을 낳은 위대한 여인. 바다는 양수의 모사이며, 대지는 자궁의 복제이다. 존재의 궁극적인 종말은 결국 당신의 자궁으로의 회귀……!

태초의 여인이 팔을 들었다.

손가락이 허공에 우아한 그림을 그렸다. 내 눈은 한순간도 그 움직임에서 떨어질 줄 몰랐다. 여신은 춤추는 듯한 손놀림으로 무드라를 완성해 자신의 배로 이끌었다.

순간 모든 것이 그 속으로 빨려들었다.

나는 눈을 감았다. 습기. 온기. 부유감. 마음에서 중력이 제거된 고양감. 양수의 기억. 생명의 감촉. 뜨겁고 폭신하고 축축한 통로를 누비는 긴 유영이 멈추자, 나는 슬며시 눈을 떴다. 바다가 보였다.

수면은 고요했다. 만다라에서 본 것과 달리 얼음은 아니었다. 그러나 내 발은 단단히 받쳐진 듯 물 위에 놓여 있었다. 주위를 둘러보았다. 허공에 거대한 연꽃 봉오리가 떠올라 있었다. 그 밑에는 똬리를 튼 뱀이 잠들어 있었다. 뱀의 비늘에서 흐른 빛이 수면에 어룽어룽 고였다.

"뭐지……?"

나는 무심코 중얼거렸다. 등 뒤에서 함사가 답했다.

"쿤달리니의 뱀이야. 이름은 물라다라. 쿤달리니는 해방되지 않은 영적인 지혜, 근원을 이루는 자아를 뜻하지. 저 뱀이 똬리를 푸는 순간이 세계가 속박에서 해방되는 그날이야."

함사가 연꽃을 향해 날아갔다. 그러고는 봉오리 위에 앉아 나를 내려다보았다.

"여긴 어디지?"

"태모의 자궁이야."

새가 말했다. 나직하니 엄숙하기까지 한 어조였다.

"여기까지 오다니 놀랐어. 이곳은 만다라의 중심이고, 우주의 축이야. 전능한 신들 외에 여기 도달한 자는 없어……."

나는 다시 주위를 둘러보았다. 태모의 자궁?

"그럼 이제 다 끝났나?"

함사가 고개를 기웃했다.

"일단은. 완전히는 아냐. 쿤달리니는 풀리지 않았고 연꽃은 입을 다물고 있어. 네가 얻은 것은 고작해야 절대지의 그림자랄까. 하지만 이 정도도 대단한 수확이야. 인장을 지니지 않은 인간의 몸으로."

나는 새를 응시했다. 무언가가 마음속에서 덜그럭거렸다……. 의혹이 서서히 형체를 갖추자 나는 입 밖으로 끄집어내 물었다.

"신들 말고는 내가 처음이라면, 너는?"

함사가 웃었다. 조용한 웃음이었다. 그때까지 들은 그의 어떤 목소리와도 달랐다. 소리가 파문처럼 테를 늘리며 퍼져 나갔다. 수면이 잘게 술렁이며 반응했다.

새의 모습이 변화했다. 하얀 날개와 뾰족한 부리, 둥근 눈이 이지러진다……. 어떤 부위는 길이를, 어떤 부위는 굵기를 더하며 빛깔과 형태를 바꾼다……. 깃털이 축축 늘어지더니 실오리 같은 머리털이 된다……. 검고 긴 머리카락…….

이윽고 연꽃 위에 그 남자가 나타났다.

꿈에도 잊을 수 없는 눈동자, 그와 나 사이에 놓여 우리를 자기 자신인 동시에 서로의 반사상(反射像)으로 만드는 두 개의 거울.

"여기까지 온 것을 축하하네, 나의 형제여."

시바가 말했다.

31

"오랜만이군."

그날과 다름이 없었다. 똑같은 눈빛에 똑같은 음성이었다. 나는 헐떡이면서 주저앉지 않으려 기를 썼다. 그간의 적대감이 두려움의 위장일 뿐이었음을 고통스럽게 이해했다.

"왜⋯⋯?"

비틀린 목청에서 제일 먼저 튀어나온 소리였다.

"왜 날 속였지?"

"여기에는 속은 자도, 속인 자도 없어. 네가 본 것은 모두 진실의 다양한 모습이다."

"여태껏 함사의 탈을 쓰고 날 조롱했잖아!"

"오해하고 있는 모양인데, 그 새 역시 나 자신이었다."

그의 입아귀에 어두운 미소가 고였다.

"나는 모든 것의 그림자이며 시바는 내 무수한 본체 중 하나다. 즉 네 곁에 있던 하얀 새가 진짜 '함사'가 아니었던 것처럼 지금의 나도 진짜 '시바'가 아니야. 바꾸어 말하자면 네가 믿기에 따라 나는 함사이자 시바가 될 수도 있다."

나는 의심 어린 눈으로 그를 쏘아보았다.

"정 싫다면 다른 형태를 취할 수도 있어. 무엇을 원하나? 비슈누, 락슈미? 아유타나 타리스라다? 네가 선택만 하면 거기에 맞춰 외양을 바꾸겠다. 어차피 이곳에서 감각이란 무가치하니까."

나는 한참 잠자코 있다가 고개를 흔들었다.

"알겠다……. 네가 내 이름을 스스로 결정하였으니 원하는 것을 묻도록. 본체의 기억을 통해 가능한 만큼 답하겠다."

이 또한 시험일까? 시바이면서 시바가 아닌 사내가 몸을 앞으로 기울이자 장막 같은 머리채가 주르르 흘러내렸다. 나는 주저했지만 더 의심한들 다른 수가 있는 것도 아니었다.

"날 이런 식으로 끌고 다닌 이유가 뭐야?"

"첫째, 아그니는 그리 적합한 안내자가 아니었다. 자신의 번민조차 극복하지 못한 자이므로 그를 배제하고 내가 직접 너를 이끌 수밖에 없었다. 둘째, 야마는 섭리의 충실한 파수꾼이지만 한편으로는 포용력과 나름의 유머 감각마저 지닌 사내다. 그와의 대화에서 네가 무엇을 주장하고 얻을 것인지 궁금했지. 너는 한계가 분명한 말로써 물러나지 않을 뜻을 밝혔고 야마를 통해 네 선언은 세계 구석구석 전달되었다."

전율이 등골을 훑으며 지나갔다.

"셋째, 만다라의 미궁을 통과하려면 엄청난 수행과 상상을 불허하는 인내가 필요하지. 하지만 너에게는 아무것도 없으니 편법을 써야 했다. 지옥은 안락하지는 않지만 나무랄 데 없는 지름길이고 덕분에 너는 무사히 태모전에 도달할 수 있었다……. 대답이 되었나?”

“어느 정도.”

시바의 그림자가 한쪽 어깨를 추켜올렸다. 머리채 그늘 속에서 그의 얼굴이 점점 모호해졌고 그래서 더욱 기억 속의 흉조와 닮아 보였다.

“브라흐마는 대단히 무모한 자였다. 스스로 낳은 모순에 발이 걸려 좌초하면서도 끝끝내 결의를 거두지 않았다. 현명하다고는 못 할 아집이었지. 무엇이 섭리와 그의 불화를 초래했는지는 모른다. 그러나 그가 자멸의 예감을 끌어안고 싸웠으리라는 점은 분명하다.”

“그런 자살 행위를 계승한 게 나란 얘기로군.”

“그렇지. 슬픈 일이다. 시간의 힘도 그를 흔들지 못하다니……. 네게도 분명 커다란 불행이겠지.”

“브라흐마는 대체 뭘 원했지?”

“거칠게 비유하자면 그는 변증법의 신봉자였다. 테제는 데바였고 안티테제는 아수라였으며, 그로부터 전개된 진테제가 인간이었던 셈이다. 브라흐마는 절대에서 추락함으로써 자기모순을 노출한 데바와 아수라는 인간에게 세계를 양보하고 물러나야 한다고 믿었다. 단순한 논리지만 그 안에는 함정이 있었다.”

“함정?”

“패러독스. 그 자신이 테제인 까닭에 브라흐마의 주장은 자기부정으로 귀결될 수밖에 없었다. 그는 신과 악마가 스스로의 불완전함을 인정하고 적극적으로 지양됨으로써 인간성 속에서 통일되어야 한다고 주장했다. 그러나 인간다운 신 또는 인간다운 악마란 토끼의 뿔 같은 소리지. 그것이 네 믿음처럼 공존을 의미하는가? 천만에. 결국은 데바와 아수라 모두 피조물에게 흡수되어 소멸해야 한다는 극단적인 선언일 뿐이다.”

내 머리가 맹렬히 회전했다. 그 기세에 현기증마저 일었다.

"인장을 버림으로써 그는 자신의 주장을 실천에 옮겼다. 그러나 여기 있는 너는 무엇인가? 너는 야마의 어전에서 네가 무엇인지 모른다고 인정했다. 의도야 어쨌건 브라흐마는 섭리를 부정했고 그 결과로 너를 낳았다. 너는 그의 오류에 대한 증명이다. 이미 인간일 수 없으나 신이 될 수도 없는 자. 창조자에게 버림받은 신들의 절망과 분노를 걸머지고 네 본질을 직접 확인해야 한다."

시바의 그림자가 말을 맺은 뒤에도 나는 입을 열 수 없었다. 조각조각 부서진 사고의 틈으로 혼란이 스며들었다. 마침내 버석거리는 혀가 간신히 말 도막을 밀어냈다.

"공존이…… 불가능하다고?"

"불가능하다."

그림자가 잘라 답했다.

"힘을 키워 거오해진 인간은 더 이상 신을 필요로 하지 않게 되었다. 그중에는 신을 뛰어넘어 자신의 힘으로 해탈을 이루는 자마저 나타났다. 그런 인간에게 신들이 이제 와 섭리를 현시한들 무슨 소용이 있겠는가? 공존은 불가능하다. 선택도 불가능하다. 이해도 불가능하다. 절대란 그 자신 외에 아무것도 허락하지 않는 상태다."

나는 이마를 짚었다. 마른침을 삼키며 어떻게든 생각을 정리하려 했다.

"그럼…… 인간은…… 신들이 권리를 주장한다면 그저 속수무책으로 사라지는 수밖에 없나?"

"그렇다. 하지만 결코 비극은 아니야. 멸망은 무에서 태어난 유가 다시 무로 돌아가 유를 준비하는 순환의 한 단계일 뿐이다."

발밑이 꺼지는 듯한 절망 속에서 나는 어떻게든 자신을 끌어올리려 했다. 그림자의 말을 자르고 이어붙이며 내 머릿속의 파편들과 섞었다. 마침내 곤죽 속에서 초점이 나타났다. 그림자가 의도했건 하지 않았건 그의 언중에는 중대한 암시가 담겨 있었다. 그 사실을 깨닫자 섬광에 꿰찔린 듯 사고가 번뜩이며 정렬했다.

나는 손을 치켜들었다. 그러고는 그림자에게, 아마도 그의 뒤에서 지켜보고 있을 시바에게 외쳤다.

"아니야! 이제 알겠어. 왜 당신들이 그렇게 절대를 부르짖는지. 자기들도 불완전하면서, 운명을 이해하지도 못하면서 편리한 대로 끌어다 붙이는지."

시바의 그림자가 주의 깊은 눈동자를 내 얼굴로 향했다.

"만일 세상의 멸망이 영원회귀의 첫째가는 전제라 할지라도, 이 상황에서는 근본부터 아주 잘못됐어. 그걸 결정하는 데바들이 온당한 주체조차도 아니기 때문이지. 당신이 말한 브라흐마의 변증법을 내가 부연해 볼까? 분명히 데바들은 한때 절대 그 자체였을지도 모르지만, 지금은 개개의 자의식을 가진 아트만이야. 스스로 인정하듯 그건 결국 데바들이 절대자의 자기실현으로 인해 외화되었다는 얘기지. 그러한 변증법이 절대자 자신의 과정이라고 본다면 데바들은 인간보다도 못한 존재야. 이제 막 분열되었기 때문에 자기모순을 극복할 정도로 강하지 못하단 말야. 그래도 굳이 절대의 품으로 돌아가고 싶다면 이름을 버리는 수밖에 없어! 하지만 자신의 유한성조차 직시하지 못하는 처지에 그럴 용기나 있겠어? 그나마 나은 방법이 옛 영광에 집착하며 인간을 적대하는 것뿐이겠지. 세상을 깡그리 뒤집기만 하면 그리운 시절로 돌아갈 수 있다니 참 달콤한 얘기일 거야. 별로 어렵지도 않잖아. 그게 곧 절대의 섭리라고 우기기만 하면 먹혀 들어가니까. 그렇지만 아냐, 그건 틀렸어. 당신들은 데바의 개체화를 몰락이라고만 생각해. 그거야말로 진정 섭리일 수도 있다는 생각은 아예

하지도 않는다고. 더 낮은 곳으로 떨어지는 것이 비약을 위한 단계라고는 생각할 수 없는 거야?"

그림자는 대답하지 않았다.

"당신 말대로 브라흐마는 뼛속까지 뒤틀린 녀석이었을지도 몰라. 하지만 적어도 상황을 제대로 판단할 줄은 알았어. 인장을 버림으로써 그는 상징적인 자살을 선택한 거야. 개아로서…… 신들이 극히 사적인 열망을 품고 세상을 파괴할 때, 그건 더 이상 신성하지도 당연하지도 않은, 추접스럽고 비열한 밥그릇 싸움에 불과해. 거기에 무슨 대단한 의미가 있지? 당신들은 단지 그 무의미를 감내할 자신이 없을 뿐이야."

시바의 그림자가 미소를 지었다. 그는 조용히 몸을 일으켜 수면으로 미끄러져 내렸다. 교교한 달빛이 그를 비스듬히 꿰뚫었다. 물거울 위에는 내 모습 외에 아무것도 비치지 않았다. 지친 반영을 감싸 안고 부서지는 역광을 보는 동안 나는 다시 흔들렸다. 몸을 얽은 뱀과 입을 다문 연꽃이 말하듯 여기에 선 자는 무지를 토로하기 위해 이끌려 왔는지도 모른다. 수면에 박힌 눈동자에서는 도무지 진리의 흔적조차 찾아볼 수 없지 않은가?

아냐, 저들이 틀렸어. 내가 옳아. 혹은 저들이 스스로 옳다고 믿는 것처럼 나 역시 옳다고 믿을 수밖에 없어. 여기에는 부정이, 부정의 부정이, 그럼으로써 내게로 돌아오는 확고한 긍정만이 존재해.

"변함없이 집요한 녀석이군."

그림자의 목소리에는 아무런 감정도 섞여 있지 않았다.

"방금 써낸 단편은 제법 그럴싸하지만 네 사변의 한계를 명시한 것과도 다름이 없다. 그러나 곧바로 시비를 판별하지는 않겠다. 내게는 그럴 자격이 없으니까. 나는 세계가 꾸는 꿈의 일부분이며 아침이면 망각 속으로 사라지는 찰나에 불과하다. 그러므로 여기서 네게 해 줄 수 있는 일은 시바의 선물을 전하는 것밖에 없다.”

“선물?”

그는 무언가를 쥔 모양으로 손을 내밀었다. 다가서자 내 이마에 손가락을 얹었다. 날카로운 고통이 머리를 관통하고 열기가, 뒤이어 야릇한 쾌감이 찾아들었다. 무심코 이마 한가운데를 더듬자 손가락 끝이 확 달아올랐다.

그림자가 자분자분 속삭이는 투로 말했다. 잠으로 빠져드는 것처럼 안팎의 경계가 허물어졌다. 몽롱한 고요함 속, 신비로운 물소리. 나는 무의식을 향해 추락한다. 팔이 수면으로 떠오르려 허공을 더위잡지만 차츰 공포가 사라진다. 나는 마음을 놓는다……. 비아(非我)가 대치를 해제하고 내게로 빨려든다. 나는 기분 좋은 혼돈이 되고 타자들의 함성이 내 안에서 뒤눕는다.

그는 여전히 말하고 있다. 이제 그 소리는 언어가 아니라 감각이다.

다음에 다시 만다라의 미궁에 도달하거든…… 그때는 이 ‘그림자 세계’가 아닌 진정한 중심의 문을 열어라……. 쿤달리니가 풀려 있고 연꽃이 봉우리를 연 완전한 우주축으로……. 그때 네가 얻은 절대지가 세계의 새로운 가능성이 될 것이다…….

나는 떨어지고, 떨어지고, 떨어지고, 흩어진 내 편린들이 빛처럼 너울지며 퍼져 나가고, 무극의 바다 위에 뿌리를 박아 세계를 이룬다. 언제 어디선가 이 모든 기적을 내가 직접 만들어 냈다는 생각이 든다. 다른 우주에서는 나와 시바의 처지가 역전되어 그가 무의식 속으로 낙하하고 내가 웃어 젖혔는지도 모른다. 그래, 웃음소리. 그가 웃고 있다. 당신이지? 나는 당신을 알아. 우리는 한때 영적인 쌍둥이였지. 우리는 서로의 목에 올가미처럼 휘감긴 탯줄을 움켜쥐고 태어났어. 애증이 그토록 아름다운 얼굴을

갖고 있다니 놀랍군. 주렁주렁 늘어선 머리들 아래 단 하나의 자궁. 진리
란 결국 그런 게 아닐까?

～

　　나는 우주의 사장(沙場)에 서 있었다.

　　열두 개의 태양이 머리 위를 맴돌았다. 작열하는 빛으로 막 어둠에서 벗
어난 눈이 아프도록 부셨다. 아직 태어나지 않은 세상은 뜨겁고 축축했다.

　　멀리서 비틀비틀 사람의 형상이 다가왔다. 매서운 빛살에도 그의 윤곽
은 파묻히지 않았고 오히려 선을 따라 검푸른 광배마저 둘린 듯했다.

　　그가 가까워지자 시야의 풍경이 변했다.

　　나는 그와 그를 둘러싼 세계를 알아보았다.

　　그것은 나였고…… 내게 다가올 미래였다. 결의를 곱씹던 얼굴이 눈시
울로부터 침윤하는 슬픔으로 참혹하게 일그러졌다. 손아귀에는 브라무트
라가 열쇠처럼 물려 있었다.

　　앞으로 내뻗은 칼날이 누군가의 목에 박혀 우르르 떨렸다. 그 조용한
체읍에 공명하여 미발의 대지가 울었다.

　　나는 내가 죽이는 자의 얼굴을 보았고…….

　　그녀와 눈을 마주했다…….

　　……그리고 다시 빛이…….

(2권에서 계속)

춤추는
자들의 왕 1

1판 1쇄 찍음 2010년 9월 7일
1판 1쇄 펴냄 2010년 9월 14일

지은이 | 유진
편집인 | 김준혁
발행인 | 김세희
펴낸곳 | 황금가지

출판등록 | 1996. 5. 3. (제16-1305호)
주소 | 135-887 서울 강남구 신사동 506 강남출판문화센터 5층
전화 | 영업부 515-2000 / 편집부 3446-8773 / 팩시밀리 515-2007
홈페이지 | www.goldenbough.co.kr

ⓒ (주)민음인, 2010. Printed in Seoul, Korea

ISBN 978-89-94210-40-7 04810
ISBN 978-89-94210-42-1 04810(set)

* 황금가지는 (주)민음인의 픽션 전문 출간 브랜드입니다.

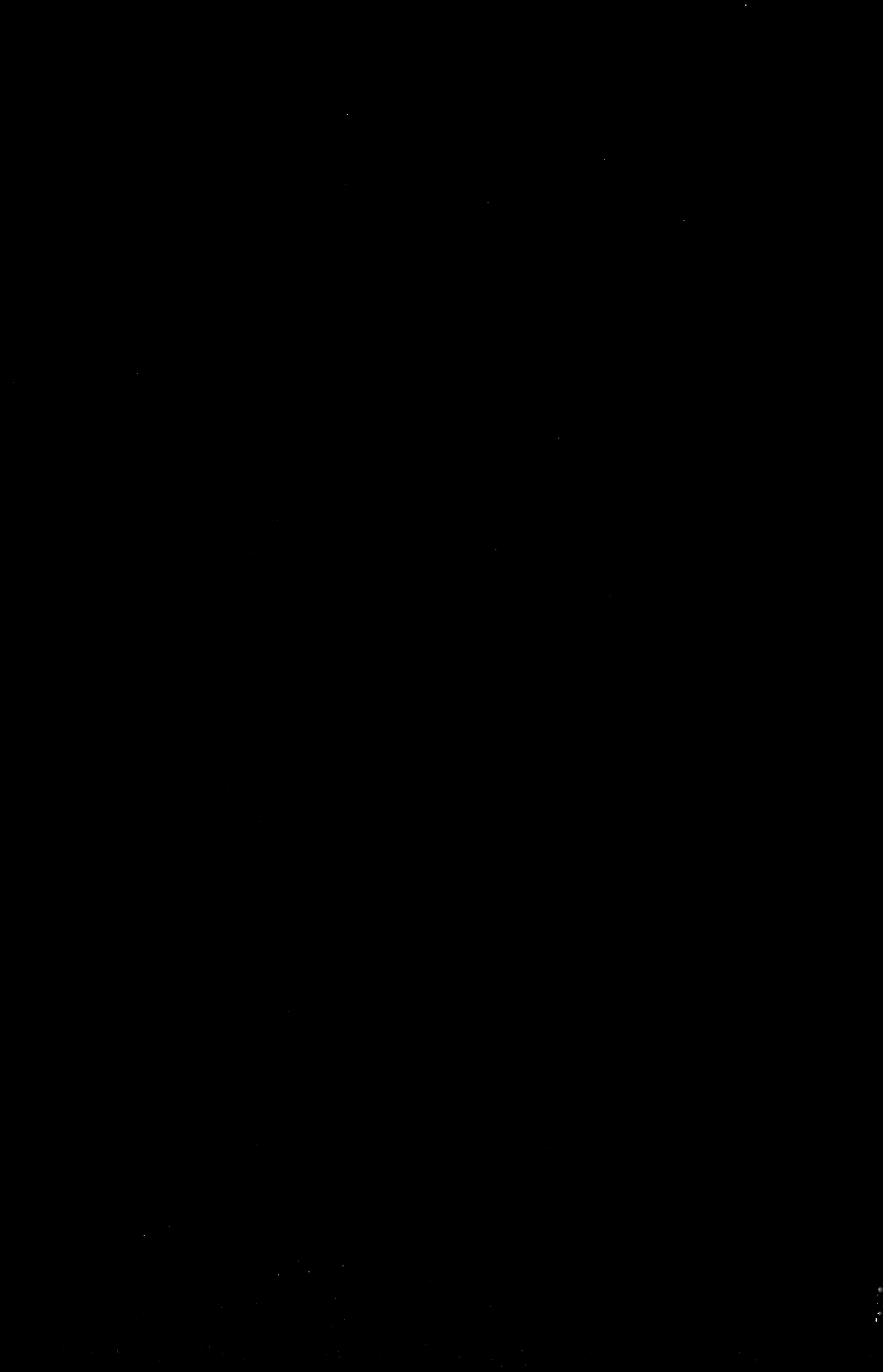